Das Erbe der Lady Eleanor

Hanna Friedrich

Das Erbe der Lady Eleanor

Roman

Krug & Schadenberg

For Kimberly
who kept me from writing and filled me with life instead.

Danksagung

Zunächst möchte ich mich bei Andrea Krug und Dagmar Schadenberg für die ausgesprochen angenehme Zusammenarbeit bedanken. Es war mir ein Vergnügen! Ein lieber Dank geht auch an Ulrike, mit der ich die Idee zu der Handlung entworfen habe. Ohne dich würde es diese Geschichte nicht geben. (Das Universum sei gepriesen für den Umfang der Erde und die Dauer von Überseeflügen!) Liebe Patricia, es ist wundervoll, sich auf deine freundschaftliche und hilfreiche Unterstützung stets verlassen zu können. Und Sybille, hab tausend Dank für deine kreativen Ideen und natürlich für die köstliche Korrespondenz mit »Lady Sybilla«. Auch bei dir, liebe Ymke, möchte ich mich herzlich bedanken. Schon so viele Jahre begleitest du mich in liebevoller Freundschaft und nimmst so selbstverständlich an meinen Projekten Anteil. Liebe Claudia, wenn wir es nicht eines Tages gewagt hätten, unsere Gedanken einmal versuchsweise auf dem Papier festzuhalten, dann würden die beiden Heldinnen dieses Romans wohl immer noch lediglich in meinem Kopf herumspuken. Vielen Dank für deine wertschätzende Unterstützung. Und Sigi, dir sei gedankt für deine spontane Hilfsbereitschaft und deine Fähigkeit, die Dinge zum richtigen Zeitpunkt in die Hand zu nehmen. Ich fühle mich von euch allen reich beschenkt! Bedanken möchte ich mich auch bei meiner Familie, Insa, Fiete, Lutzer, Claudia, Mara und Ida, für das Glück, das Ihr mir seid.

KAPITEL I

8. Februar 1215

Der junge Reiter zog seine Kapuze tiefer ins Gesicht, als der Regen dichter wurde. Über ihm zuckten Blitze und erhellten die Fluten des Dees neben ihm, dessen Tosen die schnellen Hufschläge seines Pferdes übertönte. Besorgt spähte er nach dem Dokument unter seinem Mantel und atmete erleichtert auf, als er es trocken verwahrt fand. Sein Herr würde ihm niemals verzeihen, wenn die Botschaft an die Lady von Chester Schaden nähme, und er konnte von Glück sagen, dass ihm der Wirt bei seiner Rast in Leeds einen ausgedienten Mantel geschenkt hatte. »Michael«, hatte er gesagt und ihm auf die nasse Schulter geklopft. »Dein Herr muss recht zufrieden mit dir sein, dass er dich auserkoren hat, zu Lady Isabelle zu reiten.«

Der Gedanke an die Worte des alten Mannes ließ Michaels Herz höher schlagen. Tatsächlich hatte er es nur der Schnelligkeit seines Pferdes zu verdanken, dass er für diese Mission auserwählt worden war. Als es hieß, Brian Caddington, der Sohn des Earls von York, habe eine Nachricht an Lady Isabelle zu überbringen, hatten sich umgehend sämtliche Boten im Audienzsaal ihres Herrn versammelt. Die Schönheit der Lady war legendär, und ein jeder Bote hoffte inständig, nach Chester hinüberreiten zu dürfen.

In York rankten sich viele Gerüchte um Lady Isabelle, aber natürlich wusste man nie, was von derartigem Gerede zu halten war. Genau genommen war es nämlich bisher nur der alten Mary vergönnt gewesen, die Lady tatsächlich zu Gesicht zu bekommen. Die betagte Köchin war vor vielen Jahren am Hofe von Chester beschäftigt gewesen, und sie schwor, die Schönheit von Lord Trascotts Tochter sei schon in ihren Kindertagen überwältigend gewesen.

Michael hatte oft am Holztisch in der Hofküche gesessen und Marys Geschichten gelauscht. Die alten Augen der Köchin leuchteten jedes Mal, wenn sie von ihren Tagen in Cheshire berichtete, und in ihren Erzählungen erschien das Castle von Chester wie ein riesiger Palast, in dem die freundlichsten Menschen unter der Herrschaft eines edlen Burgherrn und seiner liebreizenden Tochter lebten, einem bezaubernden Burgfräulein mit hellblondem Haar. Ihre grünen Augen hatten die Farbe des Mittelmeeres, und ihre Bewegungen waren anmutig wie die einer arabischen Prinzessin.

Und obwohl jeder wusste, dass diese Schilderungen wohl mehr mit Marys Zuneigung zu Lady Isabelle als mit der Wahrheit zu tun hatten, sehnte man in Yorkshire sehnsüchtig den Tag herbei, die schöne Lady endlich einmal zu Gesicht zu bekommen. Die Chancen standen gut, denn hartnäckig hielten sich die Gerüchte, dass Isabelle die Gattin von Lord Brian werden sollte. Seit Wochen waren die Mutmaßungen um seine Hochzeit Hauptthema am Hofe. Was konnte eine Lady, die laut der Ordensschwestern von St. Claire sechs Sprachen sprach und bei Mönchen in ganz Europa die Kräuterheilkunst studiert hatte, mit einem Mann verbinden, den außer Schlachten und Kriegsführung wenig interessierte? Ganz zu schweigen davon, dass Dorfschmied Toby behauptete, die Lady verfüge über das Zweite Gesicht. Menschen mit einer derartigen Gabe galten als sehr feinfühlig, und nicht nur Michael fragte sich, wie dies mit Lord Brians grobschlächtiger Art zu vereinbaren war.

George, Stallknecht am Hofe von York, war überzeugt, dass die Gründe der Vermählung etwas mit Politik zu tun hatten. Erst in der Woche zuvor hatte Michael mit ihm über das Gerücht um die anstehende Verlobung gestritten, denn er konnte sich nicht vorstellen, dass eine Frau, die so schön und so klug war wie Lady Isabelle, gehandelt wurde wie ein Stück Vieh. George hatte nur verächtlich die Augen verdreht. »Das ist Politik, mein Lieber.

Davon verstehst du nichts. Wenn eine Lady klug ist, dann fügt sie sich in ihr Schicksal zum Wohle ihres Volkes.«

»Mag sein, dass Lady Isabelles Verhalten etwas mit Politik zu tun hat«, unterbrach ihn Michael. »Aber was hat Lord Brian davon? Welchen Sinn hat es, das kleine Cheshire mit der größten Grafschaft des Landes zu vereinen? Nein, nein, es muss ihre anmutige Erscheinung sein.«

George schüttelte den Kopf. »Unser Herr hat keinen Sinn für Schönheit, das weißt du so gut wie ich. Es ist kein Geheimnis, dass Lord Brian und sein Vater Lancashire in ihre Gewalt bringen wollen, und für die Eroberung von Lancashire liegt das benachbarte Cheshire überaus günstig.«

Michael war Politik ziemlich egal. Für ihn war allein die Vorstellung verlockend, Lady Isabelle als seine zukünftige Herrin zu haben. »Nur weil du ein paar Brocken Französisch sprichst, heißt das noch nicht, dass du was von Politik verstehst.«

»Eine Hochzeit zum jetzigen Zeitpunkt wäre ein geschickter Schachzug«, beharrte George. »Der alte King John ist geschwächt, und wir haben bereits den dritten Adelsaufstand binnen eines Jahres.«

»Sei vorsichtig, was du sagst. Das ist unser König, von dem du da sprichst!« Die Respektlosigkeit des Stallknechts ließ Michael zurückweichen. »Dafür können sie dich hängen!«

»Wenn hier jemand gehängt wird, dann ist es der König selber.« George wedelte wichtig mit dem Zeigefinger. »Wenn Lord Brian die Tochter von Lord Trascott heiratet, hat die Familie Caddington zwei der wichtigsten Grafschaften Englands unter sich. Da wird sich King John warm anziehen müssen.«

»Ich wünschte, die Aufstände würden endlich ein Ende nehmen«, seufzte Michael. »Warum muss unser Herr einen Krieg nach dem anderen führen? Erst Durham, jetzt Lancashire. Ich verstehe nicht, warum so viele Menschen sinnlos ihr Leben lassen müssen.«

George zuckte die Achseln. »Es steht uns nicht zu, darüber zu urteilen. Vielleicht wird die Lady ja einen besänftigenden Einfluss auf Lord Brian haben. Und wenn sich der Sohn beruhigt, dann vielleicht auch der Vater.«

Nur drei Tage nach ihrer Unterhaltung wurde am Hofe bekannt, dass Lord Brian eine Nachricht nach Chester zu überbringen hatte, und niemand zweifelte daran, dass diese Nachricht der Vertiefung seiner Beziehung zu Lady Isabelle diente.

So kam es, dass sich alle zehn Boten vor dem Audienzsaal der Caddingtons einfanden und ihre Dienste anboten. Zur Enttäuschung der Bewerber war Lord Brian weniger an der Erfahrung seiner Boten als vielmehr an der Schnelligkeit ihrer Pferde gelegen gewesen, und seine Wahl war auf den Reiter gefallen, der im vorangegangen Monat innerhalb eines Tages nach Manchester und wieder zurück geritten war.

»Gleich hast du's geschafft, mein Guter!« Michael klopfte auf den nassen Hals seines Hengstes. Sein treuer Gefährte schien zu spüren, dass ihre Reise kurz vor dem Ende stand und mobilisierte die letzten Kräfte. Noch einmal schaute Michael prüfend unter seinen Mantel, als am Horizont die Türme von Chester auftauchten. Das Siegel war fest und trocken wie am Morgen seiner Abreise.

»Guten Abend, mein Herr! Was sucht Ihr noch so spät vor den Mauern der Burg von Chester?«, riss ihn eine helle Stimme aus seinen Gedanken. Als er aufblickte, sah er eine weibliche Gestalt auf einem schneeweißen Ross auf sich zureiten. Die Kapuze ihres Mantels verwehrte ihm einen Blick auf die Züge der Reiterin, ihr Schimmel war jedoch ohne Zweifel ein edles Tier aus bester Zucht. Es passte nicht recht zu der schlichten Gewandung der Reiterin. Als sie näher kam, bemerkte er, dass sie genauso durchnässt war wie er.

»Seid gegrüßt, Milady!«, rief er ihr entgegen. »Ich bin auf dem Weg zur Lady von Chester.«

»Ich bedaure, aber du wirst sie nicht antreffen. Sie ist ausgeritten und wurde vom Unwetter überrascht.« Die Reiterin wendete ihr Pferd und fiel neben ihm in einen leichten Trab. »Was führt dich nach Chester?«

»Mein Name ist Michael.« Er nahm einen geschäftlichen Ton an. »Ich bin ein Bote vom Sohn des Earls von York, und ich habe eine Nachricht für Lady Isabelle.«

»Dann komm mit mir, Michael.« Die Reiterin führte ihn zum Haupttor, wo ihnen die Wärter unverzüglich Einlass gewährten. »Ich werde dich zur Lady führen, aber zunächst begleitest du mich zu den Stallungen. Deinem Pferd wird eine kräftige Portion Hafer guttun.«

Michael hatte in der ihm zugewiesenen Kammer ein weißes Leinenhemd und schwarze Beinlinge vorgefunden. In der trockenen Kleidung fühlte er sich nun wesentlich gewappneter, der Tochter von Lord Trascott gegenüberzutreten, und er verließ neugierig seine Kammer. Auf den Gängen eilten Bedienstete hin und her, die ihn ausnahmslos höflich grüßten. Es schien eine natürliche Freundlichkeit durch die Räume der Burg zu wehen, die auch Fremde mit einschloss und Michael an den Palast erinnerte, von dem die alte Mary ihm so oft erzählt hatte.

Eine rothaarige Dienerin, die bei jedem Schritt ihr linkes Bein nachzog, geleitete Michael zu den Gemächern von Lady Isabelle. Der Raum, in den sie ihn führte, war ein großes, rundes Turmgemach mit zwei schmalen Fenstern in jeder Himmelsrichtung. Rechts von der Tür befand sich eine Feuerstelle, neben der sechs Stühle um einen ovalen Tisch herum angeordnet waren. Links unter den Fenstern stand ein schlichter Holztisch, auf dem nichts weiter als eine Wachstafel und ein Griffel lagen. Die flackernden Kerzen an der Wand hüllten den Raum in ein warmes Licht.

»Es ist ein schöner Ort für Momente der Muße.«

Die sanfte Stimme ließ Michaels Kopf in die Höhe schnellen. Fast wäre er über seine eigenen Füße gestolpert, als er an der Türschwelle die Lady erblickte. Unbeeindruckt von seiner plötzlichen Verlegenheit lächelte sie ihm freundlich zu und begab sich zu einem der Stühle neben dem Kamin. Sie winkte ihn zu sich, als sie sich setzte. »Hier ist es angenehmer.«

Lady Isabelle war kleiner und zierlicher, als Michael sie sich vorgestellt hatte, aber der warme Glanz in ihren Augen war genau so, wie Mary ihn beschrieben hatte. Die alte Köchin hatte wahrlich nicht übertrieben, wenn sie von der Schönheit der Lady geschwärmt hatte. Michaels Blick wanderte verstohlen von dem edlen Gesicht zu dem weißen Gewand mit dem gestickten Wappen der Trascotts. Darüber trug die Lady einen grünen Mantel, der durch zwei silberne Tasseln zusammengehalten wurde und an den Ärmeln ebenfalls mit dem Wappen der Trascotts versehen war. Als Michaels Blick auf die durchnässten Stiefel der Lady fiel, gefror dem jungen Boten das Blut in den Adern. »Milady«, stammelte er. »Ich bitte vielmals um Verzeihung. Ich konnte nicht ahnen …«

»Du hast mich nicht erkennen können«, unterbrach sie ihn beschwichtigend. »Ich wollte dich nicht absichtlich täuschen, aber ich fühlte mich so gar nicht wie eine Lady dort draußen.«

»Ich verstehe.« Michael musste an den schlichten Aufzug der Lady draußen vor den Burgtoren denken. Sich nochmals verneigend überreichte er der Lady das Dokument seines Herrn. »Mit ehrwürdigsten Grüßen von Lord Brian, Milady.«

Als sie das Schriftstück entgegennahm, bemerkte er ein leichtes Zittern ihrer Hand. Ihre Miene ließ jedoch nichts als Freundlichkeit erkennen. »Hattest du eine gute Reise, Michael?«

»Danke der Nachfrage, Milady«, antwortete er vorsichtig. Es war nicht üblich, dass eine Lady Konversation mit einem Boten pflegte. Ihr aufmunterndes Lächeln ließ seine Befangenheit allerdings schnell schwinden, und er wagte es, ihr in die Augen zu sehen. »Es war kalt und hat in einem fort geregnet«, gestand er.

»Ja, das ist mir nicht verborgen geblieben«, lächelte sie. »Hat man dir schon ein Mahl angeboten?«

»Nein, Milady, das ist nicht nötig.«

»Und ob das nötig ist. Du hast einen langen Weg hinter dir.« Sie klatschte in die Hände, und gleich darauf erschien die rothaarige Dienerin in der Tür. »Ruth, sorg doch bitte dafür, dass unser Gast etwas zu essen bekommt.«

»Sehr wohl, Milady.« Die Dienerin verschwand so leise wie sie gekommen war.

»Leider war die letzte Ernte sehr schlecht«, wandte sich Lady Isabelle wieder an Michael. »Das Gemüse ist nicht so frisch, wie man es sich wünschen würde.«

»Das ist in Yorkshire nicht anders, Milady. Die Ernte war überall schlecht.«

»Das ist wahr«, seufzte sie. »Ich denke, es wird Zeit zu lesen, was Lord Brian zu berichten hat. Ruth wird dir dein Mahl in deine Kammer bringen.«

»Meinen untertänigsten Dank, Milady.«

»Bis zum nächsten Morgen werde ich eine Antwort an Lord Brian verfasst haben. Halte dich zur Abreise bereit.«

»Das werde ich, Milady.« Er verneigte sich und atmete erst wieder ein, als er auf der anderen Seite der Tür stand. »Bei Gott, die Frau ist ein Engel«, murmelte er gegen die Tür. Als er bemerkte, dass die rothaarige Dienerin ihn neugierig beobachtete, riss er sich zusammen und eilte die Treppe hinunter zu seiner Kammer.

Während Michael sich nach einem ausgiebigen Mahl längst im Land des Schlafes befand und von einem Palast mit einem bezaubernden Burgfräulein träumte, saß Lady Isabelle reglos auf ihrem Stuhl und starrte auf das Schriftstück in ihrem Schoß. Jetzt war es also soweit. Lord Brian hielt um ihre Hand an. Seit zwei Jahren hatte sie diesen Tag gefürchtet, und nun war er gekommen.

Eine stille Träne tropfte auf das Siegel des Dokuments, und Isabelle wischte sie sorgsam fort. Wenn es dem Wohle ihres Volkes diente, dann würde sie sich ihrem Schicksal fügen. Die Menschen vertrauten darauf, dass der Hof eine Lösung für die Probleme fand. Sie konnte sie nicht enttäuschen.

Ihre Gedanken wurden vom Klopfen der Dienerin unterbrochen. »Milady, Euer Vater ist auf dem Weg zu Euch.«

Als Lord Trascott in der Tür auftauchte, verwandelte sich die Freude in seinem Gesicht unmittelbar in Sorge. »Ich dachte, der Bote von Lord Brian sei mit einer frohen Nachricht gekommen? Wieso die gefurchte Stirn, mein Kind?«

Isabelle reichte ihm das Dokument. »Lord Brian erwartet umgehend eine Antwort.«

Lord Trascott überflog die Nachricht. »Was für ein großzügiges Angebot. Er schlägt vor, nur die Verlobung in Chester zu feiern und die eigentliche Vermählung in York zu begehen. Dort würde er für sämtliche Kosten aufkommen.«

»Vater, Ihr wisst so gut wie ich, dass dies nur ein Köder ist, damit wir einwilligen. Lord Brian weiß genau, wie schwierig es für uns ist, die Mittel für eine Vermählung aufzubringen.«

»Es ist nur gut, wenn Lord Brian uns einen Schritt entgegenkommt«, widersprach Lord Trascott. »Wir haben das doch alles längst besprochen, Isabelle. Du weißt, dass deine Vermählung unumgänglich ist. Wir hatten drei schlechte Ernten hintereinander, und dieser Frühling ist genauso verregnet wie der letzte. Unser Volk hungert, und es erwartet, dass wir etwas tun.«

»Wir brauchen die Unterstützung des Königs.«

»Mein liebes Kind.« Der Earl von Chester legte den Arm um seine Tochter. »Du weißt sehr wohl, dass King John ganz andere Sorgen hat, als sich um die Menschen in Cheshire zu kümmern. Nicht zuletzt ist es der Earl von York selbst, der mehr

Macht von ihm einfordert. Unserem König steht das Wasser bis zum Hals.«

»Lord Brian wird unser Volk in den Krieg schicken, Vater.«

»Wer in den Krieg zieht, bekommt zu essen. Das ist die simple Wahrheit. Sieh selbst.« Er nahm Isabelle den Brief aus den Händen und überflog die Absätze. »Er verspricht, den Menschen in unserer Grafschaft genügend Nahrung für die nächsten fünfzehn Winter zur Verfügung zu stellen.«

»Hat jemals ein Caddington sein Versprechen gehalten?«

»Davon sollten wir uns nicht leiten lassen. Wir wissen, dass Yorkshire mehr Krieger braucht und dass die Caddingtons Cheshire benötigen, um von zwei Seiten in Lancashire einzufallen. Lord Brian braucht unsere Bevölkerung, um seinen Krieg fortzuführen, und er wird sie nicht verhungern lassen.«

»Ich will nicht, dass unsere Menschen wieder in eine Schlacht ziehen müssen. Gerade haben sich die Auseinandersetzungen zwischen Normannen und Angelsachsen einigermaßen gelegt.« Isabelle schüttelte den Kopf. »Vater, Ihr habt Euch Euer ganzes Leben für den Frieden in Cheshire eingesetzt, und jetzt sollen wir ihn wegen drei schlechter Ernten aufgeben?«

»Es sind nicht nur die schlechten Ernten, und das weißt du. Dein Bruder, Gott hab ihn selig, hat mehr als die Hälfte unseres Vermögens verprasst, und ich weiß einfach nicht, wie wir die nächsten Jahre überstehen sollen. Über Walter Caddington und seinen Sohn kann man sagen, was man will, aber uns gegenüber haben sie sich immer als äußerst ehrenwert erwiesen.«

»Kein Wunder, sie wollen ja auch unser Land.«

»Und sie werden es auch bekommen. Ohne Nahrung sind wir zu schwach, um uns zu verteidigen. Yorkshire kann unser kleines Cheshire im Nu vereinnahmen, wenn die Caddingtons es wollen. Mit einer Hochzeit verhinderst du ein Blutbad, und du bewahrst die Menschen von Cheshire vor dem Tod durch Hunger und Seuchen.«

»Ihr verheiratet mich an den Sohn eines Tyrannen, Vater.«

Lord Trascott schüttelte missbilligend den Kopf. »Es ist schwer zu sagen, was an den Gerüchten dran ist ...«

»Seine eigene Tochter hat die Vogelfreiheit vorgezogen.«

»Du glaubst den Stimmen, die behaupten, dass er sie nicht verbannt hat, sondern dass sie den Hof von sich aus verlassen hat?«

»Bestimmt hat sie sich zuerst von ihm losgesagt, und dann hat er sie nachträglich verstoßen, um sein Gesicht zu wahren.« Isabelle schauderte es bei dem Gedanken an solch einen Vater. »Werde ich an einem Hof leben, von dem die eigenen Familienmitglieder fliehen?«

»Das ist eine Familienfehde, über die wir uns kein Urteil erlauben können, mein Kind.«

»Die Caddingtons befinden sich im Krieg gegen Lancashire, und vermutlich werden sie bald einen weiteren Aufstand gegen den König organisieren. Wollt Ihr, dass unser Name damit in Verbindung gebracht wird, Vater?«

»Du wirst großen Einfluss bei Hofe haben, Isabelle. Du kannst etwas bewirken. Du kannst den Aufständen ein Ende machen.«

»Ich?« Isabelle fuhr sich durch ihre blonden Haare. »Wie sollte ich das zuwege bringen?«

»Niemand kennt deine Durchsetzungsfähigkeit besser als ich, meine Liebe. Dir kann niemand etwas abschlagen. Hast du vergessen, wie du zwei Edelmänner davon überzeugt hast, dir ihre kostbaren Gürtel zu schenken?«

»Da war ich zehn.«

»Eben«, entgegnete er. »Und seitdem ist deine Überzeugungskraft noch um einiges gewachsen. Niemand kann deinem Charme widerstehen.«

»Ich habe es Euch ohnehin längst versprochen«, seufzte Isabelle. »Es nützt nichts, weiter zu lamentieren.«

»Sehr richtig, mein Kind. Es ist das einzig Vernünftige, und Gott wird es dir lohnen.«

»Ich werde schon einen Weg finden, um die Ehe mit Lord Brian zu ertragen. Mir ist bewusst, dass nicht jede Frau ihren Gatten lieben kann wie meine Mutter Euch geliebt hat.«

»Gott hab sie selig, meine Eleanor.« In Lord Trascotts Stimme lag tiefe Wehmut, als er seine Tochter an sich zog. »Manchmal, wenn ich dich ansehe, ist es, als stünde sie vor mir.«

»Würde sie meine Vermählung wohl gutheißen, Vater?«

»Liebes Kind, es wird höchste Zeit, dass du heiratest. Seit deinem dreizehnten Geburtstag haben elf Edelmänner um deine Hand angehalten. Nun zählst du bereits neunzehn Lenze, und die Leute werden bald sagen, du seist wie eine dieser Frauen, die auf die Insel Cyane verbannt wurden.«

»Du meinst die Amazonen aus den irischen Sagen? Ich muss gestehen, ich finde die Idee recht verlockend, als Kriegerin für eine gute Sache zu kämpfen.«

»Ohne einen Gatten?« Lord Trascott sah seine Tochter entsetzt an. »Das ist nicht dein Ernst! Wozu habe ich dir eine solch gute Erziehung angedeihen lassen? Jedes Weib braucht einen Mann, so hat Gott es bestimmt.«

Isabelle war sich nicht so sicher, was Gott alles bestimmt hatte, aber sie ließ das Thema fürs Erste ruhen. Es galt jetzt eine Verlobung vorzubereiten.

In dieser Nacht träumte Isabelle wirr und unruhig. Szenen von der geplanten Verlobung vermischten sich mit Bildern von Amazonen. Im Traum knieten sie vor ihr nieder wie zu einer Huldigung, dann setzten sie sie auf ein golden schimmerndes Pferd mit weißer Mähne. Gemeinsam ritten sie durch die Wälder, bis sich plötzlich ein weißer Nebel über die Landschaft breitete, der Isabelle von den Amazonen trennte. Sie rief nach ihnen, aber der Nebel schluckte ihre Stimme. Als sie sich umsah, befand sie sich im Hof ihrer Burg. Das Gemäuer war bunt geschmückt, und Menschen jubelten Rittern zu, die in voller Rüstung über den

Platz ritten. Sie sah in tiefblaue Augen, die sich plötzlich in Lord Brians graue Augen verwandelten, und dann spürte sie, wie ihr das Herz herausgerissen wurde.

Sie fuhr schweißgebadet aus dem Schlaf hoch und sank schwer atmend zurück in ihr Kissen. Verkaufte sie ihre Seele um ihres Volkes willen? Es gab keine andere Lösung als diese. Gleich am folgenden Tag würde sie die Kosten anlässlich der bevorstehenden Verlobung mit dem Kämmerer besprechen. Er hatte den besten Überblick über die Ausgaben am Hofe und vermochte eine erste Einschätzung abzugeben, die sie in ihre Antwort an Lord Brian einbeziehen konnte.

Es dauerte lange, bis ihre aufgewühlten Gefühle sich beruhigten und sie wieder in einen oberflächlichen, aber traumlosen Schlaf fiel.

Als Michael am Morgen des nächsten Tages Chester verließ, war er vortrefflicher Stimmung. Lady Isabelle hatte ihn nochmals zu sich gerufen und ihm ein Paket für die alte Mary übergeben, in dem sich vermutlich Erbstücke von Marys verstorbener Mutter befanden. Bis zu ihrem Tode hatte diese in der Küche des Hofes von Chester gearbeitet, und Michael konnte sich noch gut erinnern, wie untröstlich Mary gewesen war, als sie vom Dahinscheiden ihrer Mutter erfahren hatte.

Seine Kameraden würden vor Neid erblassen, wenn er ihnen erzählte, dass er der Lady nicht nur von Angesicht zu Angesicht gegenübergestanden, sondern sich sogar in ihren Gemächern aufgehalten hatte. Zwei Mal, um genau zu sein. Und nun ritt er zurück nach York mit einer guten Nachricht unter seinem Mantel. Sein Pferd war ausgeruht, das Wetter war klar, Frühling lag in der Luft, und sein Herr würde sehr zufrieden mit ihm sein. Alles in allem war das Leben eine gute Sache.

KAPITEL II

»Das ist nicht Euer Ernst, Milady!«

»Es ist mein voller Ernst, Lady Ann.« Isabelles Ton duldete keinen Widerspruch. »Wir sprechen jetzt schon das dritte Mal darüber, dabei sind die Einladungen bereits letzte Woche verschickt worden. Es gibt zu dieser Entscheidung nichts mehr zu sagen.«

»Wenn Ihr darauf besteht«, seufzte die Hofdame und begann mit ihrem Taktstock einen Viervierteltakt zu klopfen. »Jetzt der Andro, Milady. Erst zwei Schritte nach links, dann dreimal stampfen.«

Isabelle ging zwei Schritte nach links und tippte dreimal auf der Stelle.

»Stampfen, Milady. Nicht sachte mit dem Fuß auftippen.« Lady Ann machte Isabelle die Bewegungen vor. »Es ist ein gewöhnlicher Bauerntanz. Also bitte stampfen.«

Isabelle vollzog mit ihren Armen eine kreisförmige Bewegung und stützte ihre Hände in die Hüften, während sie dreimal heftig auf den Boden stampfte.

»Gemach, gemach. Ihr sollt Euch nicht die Füße dabei brechen.« Lady Ann schüttelte den Kopf über die ungewöhnliche Zerstreutheit ihrer Schülerin. »Dann sagt mir wenigstens, warum es Lord Brian sein muss.«

»Weil er um meine Hand angehalten hat.« Isabelle hakte ihren kleinen Finger bei Lady Ann ein. Gemeinsam gingen sie zwei Schritte nach links, während ihre Arme eine kreisförmige Bewegung vollzogen.

Lady Ann warf ihr einen prüfenden Blick zu. »Allein in den letzten zwei Jahren haben fünf Vasallen um Eure Hand angehalten. Warum nehmt Ihr nicht einen von denen?«

»Sie waren alle Wüstlinge.«

»Wenn Ihr auf die Liebe wartet, werdet Ihr ewig eine Jungfrau bleiben.«

Isabelle ging zwei weitere Schritte nach links, den kleinen Finger in den der Hofdame gehakt. »Ich warte nicht auf die Liebe, Lady Ann. Ich weiß, dass sich das für Damen meines Standes nicht geziemt. Ich bin willens, mich meinen Pflichten zu unterwerfen, aber wie jede Frau wünsche ich mir einen Gemahl, mit dem ich ohne Abscheu zusammenleben kann.«

»Und das ist bei Lord Brian der Fall?«

»Nein. Das war die Antwort auf Eure Frage, warum ich die früheren Bewerber nicht erhört habe. In Bezug auf Lord Brian spielen diese Überlegungen keine Rolle.«

»Ihr begeht einen schweren Fehler, Milady«, beharrte Lady Ann. »Ein Caddington wäre der Letzte, bei dem ich Euch wissen möchte.«

Isabelle seufzte, als sie erneut aus dem Takt kam. Es war ihr schwer genug gefallen, das Antwortschreiben an Lord Brian zu verfassen. Umso mehr hätte sie jetzt die Unterstützung ihrer älteren Freundin nötig und nicht ihren unnachgiebigen Widerstand. »Warum seid Ihr so entschieden gegen meine Vermählung, Lady Ann? Ihr wisst, dass es das Beste für Cheshire ist.« Isabelle hielt in ihrer Bewegung inne und musterte die Hofdame. »Verschweigt Ihr mir etwas?«

»Natürlich nicht, Milady«, beeilte sich Lady Ann zu versichern. »Verzeiht mir, ich war im Unrecht.« Sie stellte den Tanzstab zur Seite und deutete einen Knicks an. »Darf ich jetzt gehen? Lady Divora wird jeden Moment eintreffen.«

»Ja, geht nur. Wir können morgen mit dem Tanz fortfahren.«

Isabelle sah der Hofdame kopfschüttelnd nach, als diese ungewohnt eilig den Raum verließ. Irgendetwas stimmte nicht mit ihrer Freundin.

Ein Klopfen an der Tür hielt sie davon ab, den Gedanken weiterzuverfolgen. Auf ihre Antwort hin steckte Ruth den Kopf zur

Tür herein. Ihre Miene verhieß nichts Gutes. »Lady Divora wegen des Turniers, Milady.«

»Bitte sie herein.«

Isabelle hatte ihren Satz noch nicht zu Ende gesprochen, da stand Lady Divora schon in der Tür. Wie gewohnt war ihre Erscheinung ausgesprochen auffällig. Vielleicht war es ihre unerhört bunte Art, sich zu kleiden, oder ihre verrückten Frisuren, die sie wechselte wie andere Leute Gewänder. Vielleicht war es ihr überfetteter Hund, ohne den sie nie gesichtet wurde, oder ihr dramatischer Akzent, der einen glauben machen könnte, sie käme direkt aus Byzanz (dabei war sie die Tochter eines angelsächsischen Vasallen), oder auch ihr ordinäres Lachen, das so laut durch das Castle von Chester schallte, dass man ihm kaum entrinnen konnte. Vermutlich war es alles zusammen, das es unmöglich machte, Lady Divora zu übersehen. Gemeinsam mit Kämmerer Edgar, der die finanziellen Ausgaben streng im Blick behielt, war sie die ideale Besetzung für die Vorbereitung der Verlobung, doch sie konnte einem den letzten Nerv rauben. Und Letzteres tat sie mit Inbrunst.

Isabelle zog sich einen Mantel über ihren erhitzten Körper und wappnete sich innerlich für den Redeschwall, der unweigerlich auf sie einprasseln würde. »Lady Divora, tretet doch ein.«

Das ließ sich die Lady nicht zweimal sagen. Ihren Hund im Schlepptau trällerte sie los. »Diese Verlobung wird eine Sensation. Man wird noch Jahre davon sprechen. Mehr als vierzig Ritter haben bereits zugesagt. Wir brauchen eine Bleibe für über hundertzwanzig Gäste. Lady Madhill und ihr Gatte wünschen eine Unterkunft im Nordflügel, weil sich die Lady bei ihrem letzten Besuch von der Sonne belästigt fühlte. Wir werden das Blaue Zimmer für sie herrichten. Der Hof von York wird mit zwanzig Bediensteten anrücken. Ich weiß gar nicht, wo wir die alle unterbringen sollen. Unser eigenes Gesinde wird in die Ställe ausquartiert werden müssen. Was sagt Ihr dazu, dass die Earls von Nottingham und Stafford bereits zugesagt haben? Und das, wo es sich hier noch gar nicht um die Hochzeit, sondern nur um die Verlobung handelt.«

»Habt Ihr die Wirtsleute in der Umgebung gefragt, wie viele Gäste sie aufnehmen können?« Isabelle nutzte den Augenblick, als Lady Divora nach Luft rang.

»Zu wenige. Wir rechnen damit, dass mindestens dreihundert Menschen aus den umliegenden Dörfern der Verlobungsfeier beiwohnen möchten. Mit Verlaub, Ihr seid sehr beliebt bei den Menschen, Milady.«

»Die Leute sind froh, wenn sie etwas Abwechslung geboten bekommen. Das lässt sie ihre Sorgen vergessen.« Isabelle legte die Stirn in Falten. »Lady Divora, ich befürchte, dass die Feierlichkeiten, wie Ihr sie jetzt geplant habt, etwas zu opulent sind. Die Leute werden denken, dass wir prassen, während sie hungern.«

»Es handelt sich um Euren Abschied aus Cheshire, Milady! Ihr gestattet ...« Lady Divora nahm unaufgefordert auf einem Stuhl Platz und hob den Hund auf ihren Schoß. Er quiekte wohlig, als er sich dort ausbreitete. »Die Verlobungsfeier wird Euer letzter öffentlicher Auftritt in Chester sein, und die Menschen kommen, um Euch Lebewohl zu sagen. Sie erwarten eine große Feier.«

Ihre Worte versetzten Isabelle einen Stich. Es war unvorstellbar für sie, ihr Volk zu verlassen und an einen fremden Hof zu gehen. Aber dieser Schritt musste getan werden, sie war jahrelang auf ihn vorbereitet worden. »Was habt Ihr denn bisher für das Turnier vorgesehen?«

Lady Divora war nun endlich bei ihrem Lieblingsthema angelangt. Sie bereitete leidenschaftlich gern Turniere vor und hatte in den letzten Jahren wenig Gelegenheit dazu gehabt. »Alle edlen Gäste sind geladen, einen Tag vor dem Turnier einzutreffen«, begann sie und griff nach der Wachstafel auf dem Tisch. »Das Turnier im Burghof wird den Auftakt der Festivitäten bilden, die

Verlobungszeremonie wird am darauffolgenden Tag vollzogen. Das anschließende Fest wird für die geladenen Gäste im großen Saal und für das gemeine Volk im Burghof zelebriert. Das Turnier beginnt nach Sonnenaufgang mit dem Verlesen der Regeln, dann kommt die Helmschau und danach das Vorturnier, die Vesperie.«

»Streicht die Vesperie.«

»Streichen? Die Leute lieben die Vesperie!«

»Bei den letzten Turnieren gab es während der Vesperien so viele Verletzte, dass die meisten Ritter gar nicht mehr zum Hauptturnier antreten konnten. Ich möchte nicht, dass die Gäste auf den Höhepunkt des Festes verzichten müssen. Setzt statt des Vorturniers einen Buhurt an, der von den Knappen bestritten wird.«

»Wie Ihr wünscht, Milady. Die Vesperie wird gestrichen.« Lady Divora fügte sich missmutig. Es fiel ihr offensichtlich schwer, ihren sorgsam entworfenen Plan zu ändern. »Dann findet also am Vormittag der Buhurt mit zwei Mannschaften statt, und am Nachmittag folgt der Tjost für die Ritter. Ihr müsstet Euch noch einen Preis für den Sieger überlegen, Milady.«

»Was schlagt Ihr vor?«

»Einen Kuss natürlich! Der ideale Preis – einer Lady Eures Standes angemessen.«

»Dann schreibt für den Tjost einen Kuss als Belohnung aus.«

»Mit Vergnügen, Milady.« Lady Divora machte sich eifrig Notizen. »Und am nächsten Tag findet dann die eigentliche Verlobungsfeier statt. Der Tag beginnt mit einer Wagenfahrt nach Northwich, wo die Arbeiten an der großen Saline bewundert werden können. Anschließend gehen die Männer zur Jagd, und wenn sie zurück sind, beginnt der Ball im Saal, während das gemeine Volk sich unten im Hof vergnügen kann.«

Isabelle nickte zufrieden. »Ich möchte, dass jeder, der es wünscht, an den Festivitäten teilnehmen kann.«

»Natürlich, Milady. Lediglich die Anfrage des wappenlosen Ritters nach der Teilnahme an dem Turnier haben wir zurückgewiesen. Alle anderen werden auf Eurem Fest herzlich willkommen geheißen. In den Dörfern werde ich Euren Wunsch noch besonders bekanntgeben. Ich werde gleich nach Maxwell schicken lassen, dass er ...«

»Einen Moment bitte.« Isabelle gelang es, Lady Divoras Ausführungen zu unterbrechen. »Ihr habt die Anfrage des wappenlosen Ritters zurückgewiesen?«

Lady Divora legte theatralisch ihre Wachstafel zur Seite. »Ich wollte Euch damit nicht behelligen. Der wappenlose Ritter hat seine Teilnahme an dem Turnier angefragt. Macht Euch aber deswegen keine Sorgen, wir haben uns schon darum gekümmert.«

»Warum habt Ihr ihm abgesagt?«

»Warum?« Lady Divora sah sie irritiert an. »Der wappenlose Ritter kann auf gar keinen Fall an dem Turnier teilnehmen. Der Earl von York hat seine letzten drei Schlachten verloren, weil dieser Unhold mit seinen Kriegern aufgetaucht ist.«

»Macht die Absage rückgängig.«

»Rückgängig?« Der Hund sprang erschrocken vom Schoß seiner aufgebrachten Herrin. »Das ist unmöglich! Es wird einen Eklat geben auf Eurer Verlobung!«

»Meine Verlobung soll ein friedliches Fest sein, und jeder ist geladen, ob Freund oder Feind. Die Menschen werden das Zeichen verstehen.«

»Durch Euer Zeichen werdet Ihr den ersten Ehezwist haben, noch bevor Ihr verlobt seid, Milady!«

»Die Hochzeit im Sommer wird in York stattfinden – da können die Caddingtons gern die Gäste bestimmen. Hier sind wir in Chester, und ich bleibe bei meiner Meinung.« Isabelles Ton machte deutlich, dass das Thema für sie beendet war.

»Wollt Ihr das nicht noch einmal mit Eurem Vater besprechen?«, fragte Lady Divora mit flehender Stimme. Offenbar sah sie ihr schönes Fest in Rauch und Asche aufgehen.

»Es ist meine Feier, und ich bestimme, wer geladen wird. Und ich sage, jeder Gast ist willkommen.«

»Woher wollt Ihr wissen, dass der Ritter nicht auf einen Hinterhalt aus ist und die Burg in Besitz nehmen will? Er hat kein Wappen, Milady. Er ist weder einem Edelmann verpflichtet, noch gibt er seinen wahren Namen preis. Womöglich ist er ein Gesetzloser und nur auf Euren Familienschmuck aus. Ich würde diesem Mann keine zehn Fuß über den Weg trauen.«

»Der Ritter könnte unsere Burg gar nicht stürmen, weil er nicht die notwendigen Leute dafür hätte.«

»Man sagt, er nimmt es mit zwanzig Männern auf einmal auf, Lady Isabelle. Ihr seid mitnichten vor ihm geschützt.«

»Er ist ein Ritter, und das bedeutet, er hat Ehre. Er wird die Regeln nicht brechen.«

»Euer Wort in Gottes Ohr, Milady.« Lady Divora ließ resigniert den Griffel fallen. »Ich wasche meine Hände in Unschuld, wenn es statt einer Freudenfeier einen Skandal gibt.«

»Ihr braucht Euch nicht zu sorgen. Ich übernehme die volle Verantwortung.« Isabelle lächelte der Lady besänftigend zu. »Ich danke Euch für Eure Mühe.«

Lady Ann schritt rastlos in ihrer Kammer auf und ab. Ihre Finger verkrampften sich in ihrer Tunika, während sie ein Zitat aus der Bibel vor sich hin murmelte. »Si potes credere omnia possiblia credenti. Alles ist möglich dem, der da glaubt.«

Seit dem Tod von Lady Eleanor schwebte das Versprechen, das die Sterbende ihr abgenommen hatte, wie ein Damoklesschwert über ihr. Bisher war sie nie in Versuchung gekommen, es zu brechen, aber die jetzige Situation machte die Einhaltung geradezu unmöglich. Sie hatte das Unheil kommen sehen in den letzten Jahren, aber sie hatte gehofft, dass ihre Gebete erhört würden und ihre Isabelle nicht in die Lage geriet, den Avancen des künftigen Herrschers von Yorkshire nachgeben zu müssen.

Lady Ann wusste nicht, warum es so wichtig war, dass Isabelle noch nichts von dem Geheimnis ihrer Mutter erfuhr, aber sie vertraute darauf, dass ihre verstorbene Freundin diese Anweisung aus gutem Grund gegeben hatte. Isabelle war noch ein Kind gewesen, als Lady Eleanor von einer schweren Lungenerkrankung heimgesucht worden war, und Lady Ann hatte ihr am Sterbebett geloben müssen, bis ans Ende ihrer Tage schützend die Hand über ihre Tochter zu halten. Und daran hatte sie sich gehalten. Sie hatte sich große Mühe gegeben, Isabelle die Mutter zu ersetzen, und Isabelle dankte es ihr von ganzem Herzen.

Umso unerträglicher war es nun, in dieser dringlichen Sache nicht die Wahrheit sagen zu können. Das letzte Versprechen, das man Sterbenden gab, durfte unter keinen Umständen gebrochen werden. So etwas brachte Unglück über die ganze Familie. Im Sommer zuvor hatte Baron Wollester das letzte Versprechen, das er seiner dahinscheidenden Tante gegeben hatte, missachtet. Drei Monate später war in seinen Ställen ein Feuer ausgebrochen, das auf die Räume des Gesindes übergegriffen und den halben Hof in Schutt und Asche gelegt hatte. Nein, sie würde sich nicht mit dem Herrgott anlegen. Doch wie nur konnte sie die Vereinigung von Isabelle und Lord Brian verhindern?

Lady Ann seufzte tief, als ihre Hände über das schamanische Amulett strichen, das Lady Eleanor ihr auf dem Sterbebett anvertraut hatte. Und mit ihm ein Geheimnis, das nun schwerer denn je auf ihrer Seele lastete. Lady Eleanor hatte ihr von einer Begebenheit erzählt, die weit in die Vergangenheit zurückreichte, bis in das Jahr 813. Damals war der berühmte Magier Balthazar nach Irland gesegelt, um ein hundert Seiten starkes Buch in Sicherheit zu bringen, das nicht in falsche Hände geraten durfte. Es enthielt das gesamte Wissen der Weißen und der Schwarzen Magie, »denn beide speisen sich aus derselben Quelle«, hatte

Lady Eleanor erklärt. Nur ein Mensch, der über die vollkommene Balance zwischen Gut und Böse verfüge, sei in der Lage, mit diesem Wissen umzugehen, ohne Tod und Vernichtung über die Menschheit zu bringen. Viele Jahre lang hatte der alte Balthazar einen Nachfolger gesucht, aber seine Bemühungen waren erfolglos geblieben.

Deswegen beschloss Balthazar, das Buch von der Menschheit fernzuhalten. Er vergrub es auf der Insel Cyane, die auf keiner Seekarte zu finden war. Die einzigen Menschen, die auf Cyane lebten, waren ein Stamm Amazonen. Deren Besitz- und Machtstreben war von jeher nicht sehr ausgeprägt, was sie zu bestens geeigneten Wächterinnen über das Buch machte. Als Gegenleistung sicherte Balthazar ihnen ein mildes Klima und Nahrung in Hülle und Fülle bis ans Ende ihrer Tage zu.

Nur sehr selten gelangten Seefahrer auf die Insel, und wenn sie es taten, durften sie die Insel nie wieder verlassen. Auch den Amazonen war es nicht gestattet, sich von der Insel zu entfernen. Dies war allein den Schamaninnen vorbehalten. Sie lebten unerkannt unter den Menschen auf dem Festland und trugen das Wissen über die dortigen Entwicklungen zurück zu ihrem Stamm.

So erfuhr Lady Ann, dass die Lady von Cheshire eine Schamanin war, deren Gabe in jeder Generation von Mutter zu Tochter vererbt wurde. Und plötzlich verstand sie auch, wieso Lady Eleanor so häufig von quälenden Erscheinungen heimgesucht wurde. Auch ihre Tochter Isabelle besaß diese Gabe, aber noch wusste sie nicht, dass es sich bei ihren Vorahnungen um schamanische Visionen handelte. Erst an ihrem zwanzigsten Geburtstag würde sie die Wahrheit erfahren und Trägerin des Geheimnisses werden. So hatte es Balthazar verfügt.

»Nun sterbe ich, ehe ich ihr ihre Bestimmung erklären kann«, hatte Lady Eleanor mit schwacher Stimme geflüstert. »Deswegen müsst Ihr das übernehmen, meine liebe Freundin. Ihr dürft keiner Menschenseele etwas davon erzählen. Auch nicht meinem lieben Gemahl. Die Botschaft darf nur unter Frauen weitergegeben werden. Wartet Isabelles zwanzigsten Geburtstag ab, erst dann dürft Ihr ihr alles erzählen. Versprecht Ihr mir das?«

Natürlich hatte Lady Ann es ihr versprochen und ihr versichert, dass sie sich keine Sorgen zu machen brauchte. Lady Eleanor könne sich vollkommen auf sie verlassen. Ein schwaches Lächeln war über das bleiche Gesicht von Lady Eleanor gehuscht, als sie der Hofdame das Amulett überreichte. Es war ein ausgesprochen schönes Amulett, aus rötlichem Holz gefertigt und geformt wie eine Blüte, in die ein Symbol geschnitzt war, das einen Bogen mit drei übereinanderliegenden Pfeilen darstellte. Auf der Rückseite waren Zeichen eingeritzt, die Lady Ann nicht verstand, aber Lady Eleanor hatte ihr versichert, dass Isabelle eines Tages in der Lage sein würde, sie zu deuten.

In der Nacht vor ihrem Sterbetag hatte Lady Eleanor noch eine letzte Vision ereilt. Sie sah die Vermählung ihrer Tochter, und im Hintergrund blitzte das grün-weiße Wappen der Caddingtons auf. Sie hatte gespürt, dass diese Hochzeit großes Unglück über England bringen würde. »Ihr müsst verhindern, dass meine Isabelle einen Caddington heiratet! Versprecht mir das, Lady Ann.«

Auch dieses Versprechen hatte Lady Ann gegeben, und so blieben ihr angesichts der neuen Entwicklungen am Hofe nur zwei Möglichkeiten: Entweder sie hielt ihr Versprechen, Isabelles zwanzigsten Geburtstag abzuwarten, doch in dem Fall konnte sie nichts gegen die Vermählung mit Lord Brian unternehmen, oder sie brach ihr Versprechen und weihte Isabelle ein. Das würde die Hochzeit verhindern, aber Balthazars Gebot missachten und dadurch möglicherweise unermesslichen Schaden anrichten.

Wie auch immer Lady Ann es drehte und wendete, stets kam ein Unglück dabei heraus. Und so war es nicht nur Isabelle, die in dieser Nacht von schlechten Träumen heimgesucht wurde, sondern auch die engste Vertraute ihrer verstorbenen Mutter.

KAPITEL III

Es war der 2. Mai 1215, und im Castle von Chester war alles so reich geschmückt wie zuletzt bei der Hochzeit des Earls mit seiner Lady Eleanor. An den Türmen hingen Wimpel und Fahnen mit dem Wappen der Familie Trascott, unten im Hof waren bunte Bänder gespannt, und Händler hatten ihre Stände aufgebaut. Man konnte Krüge, Töpfe, Körbe und Bürsten erstehen, und es gab eine reiche Auswahl an Gewandungen für Jung und Alt. Daneben reihten sich Stände mit Brot, Wein, Obst und Gemüse.

An der Ostwand der Burg spielten Kinder mit den Schweinen und Ziegen, die später zum Verkauf angepriesen würden, und über den gesamten Hof zog der Duft von gebackenen Äpfeln, die ein altes Mütterchen aus ihrem Bauchladen anbot. Abseits der Stände, in der Nähe der Stallungen, wurde das Gelände für das Turnier abgesteckt. Mitten im Gewühl hastete Lady Divora, eine Wachstafel in jeder Hand, von einem Bediensteten zum anderen. Es war nicht zu überhören, dass die beleibte Dame mit den bisherigen Vorkehrungen noch nicht zufrieden war. »Ach, ihr Dummköpfe! Muss man euch denn alles dreimal sagen? Nicht hier ist das Feld für den Buhurt, sondern dort drüben!« Sie gab dem Diener David einen Klaps mit ihrer Wachstafel.

Isabelle betrachtete das Treiben unten auf dem Hof von ihrem Turmfenster aus. Alles war so beschäftigt, dass niemand die eigentliche Hauptperson der bevorstehenden Feier beachtete. Ihr war es nur recht, wenn die Menschen sie in Ruhe ließen, und zum Glück erwartete niemand, dass die Braut höchstpersönlich die von weither angereisten Gäste begrüßte.

Wieder einmal zeigte sich, dass Isabelle sich auf ihr Gesinde verlassen konnte. Die Küche bereitete sich seit Tagen auf den großen Besuch vor, Betten und Räumlichkeiten waren wider Erwarten genügend gestellt worden, und der Kämmerer hatte sämtliche Kosten für das Fest abgesegnet. Die Familie Caddington und ihre Dienerschaft würden erst am Abend anreisen, so dass Isabelle noch ein wenig Muße hatte, bevor sie Konversation mit ihrer zukünftigen Familie betreiben musste.

Isabelle fragte sich, ob ihr wohl noch genug Zeit für einen Ausritt zu ihrer Lieblingsstelle am Chester See blieb. Nicht mehr oft würde sie die Gelegenheit haben, dort ungestört ihren Gedanken nachzugehen. Sicher gab es auch in York schöne Flecken Erde, aber kein Ort der Welt bewahrte so viele ihrer Erinnerungen wie das Ufer dieses Sees. Wie oft hatte sie sich nach dem Tod ihrer Mutter dorthin geflüchtet, und es war Ruhe und Zuversicht in sie eingekehrt.

Seufzend stieß sie sich von der warmen Fenstermauer ab. Sie würde sich beeilen, und es würde gar nicht auffallen, dass sie fort war. Hastig zog sie sich feste Schuhe und ihr Reitgewand an und machte sich auf zum hinteren Tor der Stallungen. Von weitem waren die Rufe der Bediensteten zu hören und mittendrin das hohe Kläffen von Lady Divoras Hund. Isabelle musste lächeln bei dem Gedanken, dass sie die quirlige Dame vermissen würde. So einiges hier würde ihr fehlen. Wie gut, dass sie wenigstens ihre Felicia mitnehmen konnte.

Als Isabelle geräuschlos die Stalltür öffnete, empfing sie der typische Geruch von Heu, Mist und warmen Pferdeleibern. Felicia schnaubte freudig, als sie ihre Herrin erkannte. »Still, Felicia, still.« Isabelle vergrub ihr Gesicht in der Mähne ihrer treuen Stute. »Wir stehlen uns jetzt einfach davon und kommen nie wieder. Was hältst du davon?«

Felicia rieb ihren Kopf an der Schulter ihrer Herrin, so als wolle sie ihre Zustimmung geben. Isabelle griff nach dem Zaumzeug an der Wand, hielt jedoch in ihrer Bewegung inne, als sie am anderen Ende des Stalles ein Geräusch vernahm. Auch Felicia spitzte aufmerksam die Ohren. Isabelle strich ihr beruhigend über den Hals, bevor sie zum anderen Ende des Stalles schlich.

Hier waren die Pferde der Ritter untergebracht, also musste es sich bei dem Eindringling entweder um einen Dieb oder um einen Knappen handeln. Im Schutz eines Stützpfeilers beobachtete Isabelle, wie in der Nähe der vorderen Stalltür ein Mann neben einem Pferd niederkniete. Das sah nicht nach einem Eindringling aus, sondern eher nach einem Knappen, der von seinem Herrn geschickt worden war. Isabelle wollte wieder zu ihrer Stute zurückkehren, aber etwas an der Art, wie der Knappe mit dem Pferd umging, ließ sie innehalten. Er schien die rechte Hinterhand des Tieres zu untersuchen und sprach leise Worte, während seine Hände tastend über das Sprunggelenk des Pferdes glitten. »Ganz ruhig, mein Junge. Ganz ruhig. Lass mich mal sehen ... Sehr gut machst du das ... Ganz ruhig ... Sieh an, es ist weniger schlimm, als ich befürchtet habe.«

Der Rappe zuckte leicht, als die Hand des Knappen vorsichtig über eine empfindliche Stelle fuhr. Dabei redete der Mann weiter behutsam auf das Pferd ein. Welch ein Vertrauen das Tier ihm entgegenbrachte. Obwohl es offensichtlich Schmerzen litt, blieb es ruhig stehen und wartete, bis er die Untersuchung beendet hatte.

Die Schönheit des Pferdes war atemberaubend. Sein glänzendes schwarzes Fell passte wunderbar zu dem rabenschwarzen Haar, das, vermutlich von dem Knappen unbemerkt, unter dessen Kopfbedeckung hervorquoll. Er trug einen schwarzen Umhang über einer roten Tunika von edler Machart. Seine schwarzen Stiefel, die über ebenfalls schwarze Beinlinge gezogen waren, reichten bis zum Knie und waren offenbar frisch geputzt.

Beide, Pferd und Knappe, hoben abrupt den Kopf, als Isabelle hinter ihrem Stützpfeiler hervortrat. Der Knappe schoss in die Höhe. »Milady.« Er verbeugte sich. »Verzeiht, ich habe Euch nicht kommen hören.«

Isabelle war so eingenommen von der Schönheit des Pferdes, dass sie auf seine Entschuldigung gar nicht einging. »Dein Herr kann sich glücklich schätzen, solch ein prachtvolles Tier zu besitzen«, sagte sie bewundernd.

»Er schätzt sich glücklich.« Weiße Zähne blitzten, als der Knappe lächelte. »Ein treueres Tier kann man sich nicht vorstellen.«

Isabelle spürte, wie die blauen Augen des Mannes sie aufmerksam beobachteten, als sie näher trat. Die ganze Haltung des Knappen hatte etwas von einer Katze, stolz und ruhig, doch stets zum Sprung bereit. Sein Gugel verhüllte die Hälfte seines Gesichtes, und doch hatte Isabelle das seltsame Gefühl, als wäre sie ihm schon einmal begegnet.

»Wie ist dein Name, Knappe?«

»Mein Name ist Ross, Milady.«

»Ross, meinst du, dein Herr erlaubt, dass ich mir sein Pferd einmal näher ansehe?«

»Gewiss, Milady. Sagt einfach seinen Namen – Aymon. Dann lässt er Euch an sich heran.«

Isabelle tat, wie ihr geheißen. Sofort spitzte der Hengst die Ohren und wandte ihr seine Aufmerksamkeit zu.

»Ihr könnt jetzt getrost auf ihn zugehen.« Ross zog einen halben Apfel hervor und reichte ihn Isabelle. »Hier. Zur Unterstützung Eures Vorhabens.«

»Wir werden sehen, ob Aymon sich mit einem Stück Obst bestechen lässt.« Isabelle sah andächtig zu, wie das Pferd den Apfel vorsichtig aus ihrer Handfläche nahm.

»Aymon ist nicht bestechlich. Wenn er Euch nicht trauen würde, ließe er das Apfelstück unberührt.« Ross kraulte den Rappen zwischen den Ohren. Bei der Bewegung öffnete sich sein Umhang und gab den Blick auf einen weißen Gürtel frei.

»Sir!« Isabelle wich zurück. Aymon wieherte erschrocken.

»Was ist?« Ross sah alarmiert auf. Doch als er ihrem Blick zu seinem weißen Gürtel folgte, der ihn als Ritter kennzeichnete, fand er zu seiner Gelassenheit zurück. »Oh. Ich verstehe.«

Isabelle war weniger gelassen. »Sir! Mit Verlaub! Ihr habt mich glauben lassen, Ihr wärt ein Knappe! Was tut Ihr überhaupt hier in den Ställen? Wo in Gottes Namen ist Euer Knappe?!«

»Er hilft beim Abstecken des Turnierfeldes, Milady. Außerdem wollte ich mir Aymons Verletzung lieber selbst ansehen.«

»Wie konntet Ihr mich so täuschen!« Isabelle wusste selbst, dass sie übertrieben reagierte, aber etwas an der selbstsicheren Haltung des Ritters reizte sie maßlos. »Warum habt Ihr den Irrtum nicht umgehend aufgeklärt?«

»Ich hielt es nicht für notwendig, Milady. Wir haben uns nur über Pferde unterhalten.«

»Es ist völlig ohne Belang, worüber wir uns unterhalten haben, Sir. Ich finde Euer Betragen höchst unschicklich!«

Sir Ross verbeugte sich höflich. »Mit Verlaub, Lady Isabelle, ich habe dann wohl überhört, dass Ihr Euch vorgestellt habt.«

»Ich ... ich hielt es nicht für notwendig«, stotterte sie und bemerkte zu spät, was sie gesagt hatte.

Das amüsierte Blitzen in den Augen ihres Gegenübers war so entwaffnend, dass sie lachen musste. Der Ritter stimmte in ihr Lachen ein, und ihr gemeinsames Gelächter tönte durch den ansonsten ruhigen Stall.

»Ich bitte um Verzeihung, Sir«, sagte Isabelle schließlich und zupfte an ihrem Reitgewand. »Ihr trefft mich nicht in bester Verfassung an. Es gibt so viele Dinge, die erledigt sein wollen ... Dies ist ein ungünstiger Tag für eine erste Begegnung.«

Sie wusste, dass in ihrer Bemerkung mehr mitschwang, als sie zu offenbaren beabsichtigt hatte, aber sie war es leid, ihren Gemütszustand stets vor allen Menschen zu verbergen. Und in den Augen des Ritters lag etwas, das man an diesem Tag nicht erwarten sollte: Mitgefühl.

Beschämt wandte sie ihr Gesicht ab. Er war ein Fremder. Es gab nicht den geringsten Anhaltspunkt für seine Vertrauenswürdigkeit. Sie musste vorsichtiger sein.

»Morgen wird ein anstrengender Tag für Euch werden, Milady.« Der Themenwechsel des Ritters ließ darauf schließen, dass er sich Isabelles Konflikt bewusst war. »Jetzt habe ich Euch den Grund meines Aufenthalts hier gesagt, aber Ihr habt mir den Euren noch nicht verraten.«

»Ich wollte nach meiner Felicia sehen«, antwortete Isabelle, dankbar für Sir Ross' Taktgefühl. »Sie steht dort drüben.«

»Ein schönes Tier. Und hervorragend gepflegt. Lasst Euch von mir nicht aufhalten. Falls Ihr beabsichtigt auszureiten ...«

»Nein, nein. Mein zukünftiger Gemahl, Lord Brian, wird jeden Moment hier sein.« Isabelle registrierte den Schatten, der bei der Erwähnung Brian Caddingtons über die Züge des Ritters huschte, aber sie entschied sich, ihn nicht darauf anzusprechen. »Ich denke, für einen Ausritt ist es jetzt zu spät.«

»Ich bedaure, Euch gestört zu haben, Milady. Ich habe nur nach meinem Pferd geschaut. Entschuldigt bitte mein unziemliches Benehmen.« Er verneigte sich vor ihr und schritt zum vorderen Stalltor. Dort drehte er sich noch einmal um. »Es war mir eine Freude, Eure Bekanntschaft zu machen, Lady Isabelle. Es ist lange her, dass ich mit jemandem gelacht habe.«

»Werde ich Euch morgen sehen, Sir?« Ihr Herz klopfte lauter, als ihr lieb war.

»Ja, Milady«, versicherte er. »Ihr werdet mich morgen sehen.«

Isabelle zog die Decke über ihre Schultern. Bis auf das Bellen der Hunde im Hof und das gelegentliche Husten eines Wachpostens war es vollkommen still in der Burg. Doch Isabelle fand keinen Schlaf. Die Ereignisse des Tages schwirrten ihr durch den Kopf, und die Gedanken an die bevorstehende Verlobung lasteten schwer auf ihrem Gemüt.

Die Caddingtons waren früher als erwartet eingetroffen. Isabelle hatte gerade noch ihre Reitkleidung gegen ein gelbes Gewand tauschen können, bevor es höchste Zeit war, die Treppen zum Hof hinunterzuschreiten, um die Ankömmlinge zu begrüßen. Den ganzen Abend über hatte sie sich alle Mühe gegeben, wenn schon nicht herzlich, so doch wenigstens zuvorkommend zu ihrer zukünftigen Familie zu sein. Es war ihr schwergefallen, denn beim gemeinsamen Mahl hatte Lord Brian sich ihr gegenüber derart besitzergreifend verhalten, dass es sie bei der Erinnerung daran schauderte. Wie sollte sie mit solch einem Menschen ihr Leben teilen? Ihre Gedanken wanderten zu dem stolzen Ritter, dem sie in den Stallungen begegnet war. Seine sanften Augen hatten so viel mehr Mitgefühl verraten, so viel mehr echtes Interesse anstelle des unverblümten Besitzanspruches, den Isabelle bei Lord Brian wahrnahm.

Ihr künftiger Gatte würde niemals so mit seinem Pferd sprechen, und sicher würde ihm auch niemals ein Tier solch ein Vertrauen entgegenbringen. Die Bewegungen des Ritters besaßen eine Eleganz, wie Lord Brian sie nie haben würde. Der Sohn des Earls von York hatte den breiten Körperbau seines Vaters geerbt, und von weitem sah er eher aus wie ein Schmied als wie ein Adeliger. Sein Äußeres war gepflegt und ohne Makel, doch in seinen Augen lag etwas Kaltes und Rastloses, das Isabelle auf der Hut sein ließ.

Sie hatte den ganzen Abend über mit ihm geplaudert, aber es war schwierig gewesen, geeigneten Gesprächsstoff zu finden. So unterhielten sie sich über das bevorstehende Turnier und die anschließenden Festivitäten. Lord Brian freute sich offenkundig auf das Kräftemessen. Ihm bot das Turnier eine willkommene Gelegenheit, sich im Kampfe zu üben. Er war als ausgezeichneter Krieger bekannt; er besaß Kraft und Geschick und den Willen zu töten. Als er Isabelle während des Speisens von seinen vergangenen Schlachten erzählte, blieb ihr kein Zweifel mehr, dass er die

Leidenschaft für die Kriegsführung mit seinem Vater teilte. Während sie ihn über seine Heldentaten auf dem Schlachtfeld prahlen ließ, überlegte sie insgeheim, dass es für sie durchaus von Vorteil sein könnte, wenn ihr Gemahl sich häufig auf dem Kriegszug befand. Sicher war es ihr in Abwesenheit der Männer umso besser möglich, sich um die Kultur am Hofe zu kümmern. Womöglich könnte sie mit den Künstlern des Hofes ein Theaterstück aufführen. Lord Brians Mutter, die Lady von York, ließ vielleicht mit sich reden.

Emily Caddington hatte Isabelle während des Mahls mehrmals aufmunternd zugelächelt. Offenbar war sie mehr als zufrieden mit der Wahl ihres Sohnes. Schon bei ihrer Ankunft hatte sie Isabelle mit einer Herzlichkeit begrüßt, die den beiden Männern der Familie fehlte. Vielleicht war sie mehr auf ihrer Seite, als Isabelle zu hoffen gewagt hatte.

Nach dem abendlichen Mahl hatten sich die Männer in die Gemächer ihres Vaters begeben, während Isabelle mit Lady Caddington zurückgeblieben war. Die Frau des Earls war eine kleine, schmächtige Person und einige Jahre jünger als ihr Gatte. Sie war seine zweite Frau, und Isabelle wusste, dass er sie geheiratet hatte, um mit ihr einen Nachfahren für sein Geschlecht zu zeugen, nachdem seine erste Frau früh verschieden war. »Sicherlich ist Euer verehrter Vater auch längst wieder auf Brautschau«, sagte Lady Caddington und lächelte. »Ich hoffe, er wird sich nicht einsam fühlen, wenn Ihr fort seid.«

»Der Reitunfall meines Bruders Matthew ist erst drei Jahre her, Milady. Wir alle brauchten Zeit, um das Unglück zu verkraften. Ich glaube schon, dass mein Vater sich mit dem Gedanken trägt, sich erneut zu vermählen, aber es scheint ihm wichtiger zu sein, zunächst seine Tochter in gute Hände zu geben.«

Lady Caddington winkte einem Diener, ihr Wein nachzuschenken, und wandte sich dann wieder an Isabelle. »Ich bin außerordentlich erfreut über die Wahl meines Sohnes, und ich bin froh, wenn ich mehr weibliche Gesellschaft am Hof habe. Wie ich höre, schreibt Ihr selbst Gedichte, meine Liebe?«

»Ja, das ist richtig.« Das Verfassen von Poesie gehörte zu Isabelles liebstem Zeitvertreib. »Meine Eltern wollten mir die Möglichkeit eröffnen, später in ein Kloster zu gehen, wenn ich es wünschte. Drei Geistliche und Lady Ann, eine der Hofdamen, haben sich um meine Erziehung gekümmert. Die Mönche haben mich lesen und schreiben gelehrt, und so habe ich das Dichten für mich entdeckt. Kennt Ihr die griechische Dichtkunst, Milady? Sie ist wunderschön.«

Lady Caddington schüttelte den Kopf. »Leider ließ mein Vater mir keine solche Erziehung angedeihen. Ich wurde von Anfang an auf die Ehe mit einem Duke vorbereitet. Es ist dann nur ein Earl geworden.« Sie lächelte. »Bereut Ihr es, nicht ins Kloster gegangen zu sein?«

»Nein, Milady. Auf diese Weise habe ich mehr Möglichkeiten, meinem Volk zu dienen. Nach Matthews Tod ist es nun an mir, Cheshire einen Weg aus seiner Misere zu weisen.«

Lady Caddington stellte ihren Wein zur Seite und nahm ihr Stickzeug aus einem Korb. Es war ein weißer Stoff, an dessen Ecken vier Rosen gestickt waren. »Wolltet Ihr denn zuvor gern ins Kloster gehen?«

»Lady Ann hat mir das Klosterleben immer in den schönsten Farben ausgemalt. Ich habe ihr das damals geglaubt und konnte es kaum erwarten, an einem solchen Ort leben zu dürfen. Heute denke ich, sie wollte einfach nicht, dass ich eines Tages heirate.«

»Dann ist Lady Ann jetzt sicherlich ein wenig verstimmt.«

»In der Tat«, lachte Isabelle. »Das ist sie. Lady Ann findet, dass ich meinen Geist verschwende, indem ich heirate.«

Lady Caddington stimmte in ihr Lachen ein. »So geistlos ist das Eheleben nun auch wieder nicht. Obwohl ich es bemerkenswert finde, dass Ihr sechs Sprachen sprecht. Welcher Gatte soll da mithalten?«

»Ich würde die Gedichte und Minnegesänge aus anderen Teilen Europas sonst nicht verstehen, Milady. Es ist mir nie schwergefallen, andere Sprachen zu lernen. Im Gegenteil, ich habe den Unterricht immer kaum abwarten können. Erst das Erlernen fremder Sprachen lässt einen die eigene wirklich verstehen.«

»Das glaube ich gern, mein Kind. Ich beneide Euch um Eure Begabung. Meine eigene liegt mehr in der Handarbeit.« Lady Caddington wies auf ihr Stickzeug.

»Darf ich?« Isabelle strich mit der Fingerkuppe über eine der Rosen. »Was wird es werden?«

»Ich hoffe, es bis zu Eurer Vermählung vollendet zu haben.« Lady Caddington betrachtete zufrieden ihr Werk. »Die Decke ist für die Tafel des Brautpaares.«

Sie hatten sich noch eine Weile über das Sticken und Weben unterhalten, bis Isabelle bemerkte, wie erschöpft Lady Caddington von der weiten Reise war. So zogen sie sich bald darauf in ihre Gemächer zurück, denn auch Isabelle spürte die Müdigkeit in ihren Gliedern.

Und trotzdem lag sie jetzt hellwach in ihrem Schlafgemach und grübelte über ihre Vermählung nach. Der Tag war angenehmer verlaufen als gedacht. Zwar empfand sie Lord Brian gegenüber die erwartete Abneigung, aber vielleicht würde ihr Emily Caddington eine Unterstützung am Hofe sein. Und nicht zuletzt war da die unverhoffte Begegnung mit einem außergewöhnlichen Ritter, der bald unter Beweis stellen würde, ob er genauso viel Geschick wie Charme besaß.

Isabelle drehte sich auf die andere Seite. Der Mangel an Schlaf schien zur Gewohnheit zu werden. Als sie endlich zur Ruhe kam, brach draußen bereits die Dämmerung an.

KAPITEL IV

Am folgenden Tag war in jedem Winkel der Burg zu spüren, dass ein besonderes Ereignis bevorstand. Der Hof war überfüllt mit Menschen von nah und fern. Bedienstete huschten eifrig von einem Gast zum anderen und verköstigten die Neuankömmlinge, Händler priesen lautstark ihre Waren an, und neben den Zelten der Ritter bewegten einige Knappen bereits die Pferde ihrer Herren. Die überdachten Tribünen für die Familien Trascott und Caddington und für die übrigen adeligen Gäste befanden sich in der Nähe der Burgmauer, und auf der gegenüberliegenden Seite des Turnierfeldes war eine riesige Tribüne für das Volk errichten worden. Hier lagen auch die Helme und Wappen der Ritter zur Besichtigung bereit.

Lord Trascotts Herold hatte bereits das Feld betreten, und alle wussten, dass es nun nicht mehr lange dauern konnte, bis er die Regeln verlas. Vorher jedoch würde Isabelle ihres Amtes als Lady von Chester walten und gemeinsam mit dem Herold und dem Marschall, der die Oberaufsicht über das Turnier innehatte, die Helme und Wappen begutachten und entscheiden, ob jeder Ritter zu dem Turnier zugelassen würde.

Allerdings war die Tochter des Earls von Chester bisher noch von niemandem gesichtet worden. Das ließ viel Zeit für Spekulationen über ihre mögliche Gewandung und über die Frage, ob die Familien wohl schon gemeinsam oder noch getrennt den Hof betreten würden. Neben dem Ziegenstall hatten sich schon einige Wetteifrige eingefunden, um ihre Stimme zu dieser Frage abzugeben. Im Moment lagen die Befürworter des getrennten Erscheinens vorn, schließlich war die Verlobung noch nicht öffentlich bekanntgegeben worden.

In der Tat schritten Lord Trascott und seine Tochter wenig später allein durch das Tor. Der Earl trug ein dunkelrotes Gewand mit dem Wappen der Trascotts auf Brust und Armen, Lady Isabelle war in einem hellen Grün gekleidet, das die Farbe ihrer Augen aufgriff. Die Trascotts gingen zunächst an der Tribüne der Adeligen vorbei und begaben sich anschließend zu den Rängen des gemeinen Volkes. Wie immer bei solchen Gelegenheiten wechselten sie einige Worte mit den Menschen in der Menge. An diesem Tag nahmen sich sowohl Vater als auch Tochter dafür ausnehmend viel Zeit, denn für Isabelle würde es das letzte Mal sein, dass sie auf diese Weise mit ihrem Volk in Berührung kam.

Während ihr Vater auf der Tribüne Platz nahm, trat Isabelle an den Rand des Turnierfeldes und wartete auf das Zeichen des Herolds. Die Knappen standen, jeder mit einer stumpfen Waffe in der Hand, in einer Reihe am Eingang des Feldes und hofften auf die baldige Eröffnung des Buhurts. Als Isabelle ihren Blick über sie schweifen ließ, entdeckte sie unter ihnen Michael, den Boten von Lord Brian.

»Milady.« Michael verneigte sich, als sie zu ihm hinübersah.

»Es scheint, ich habe wichtige Veränderungen verpasst!«, rief sie dem errötenden Knappen zu.

Michaels Gesichtsfarbe wurde noch dunkler. »M-m-milady«, stotterte er, als er zu ihr trat. »Ich hatte nicht zu hoffen gewagt, dass Ihr mich wiedererkennt.«

»Deine durchnässte Gestalt vor den Toren der Burg hat einen bleibenden Eindruck hinterlassen.«

Der freundliche Ton der Lady ließ ihn seine Schüchternheit erneut überwinden. »Auf dem Rückweg von Chester nach York wurde ich von Raubrittern überfallen. Ich war den Strolchen hilflos ausgeliefert, aber zufällig war ein Edelmann in der Nähe, der sofort herbeigeritten kam, als er meine Not bemerkte. Er hat mir das Leben gerettet und die Räuber in die Flucht geschlagen.«

»Und jetzt bist du sein Knappe?«

Michael zeigte ihr stolz sein stumpfes Schwert. »Ja, Milady, es ist mein erster Buhurt heute.«

»Wer von den Rittern ist dein Herr, Michael?«

»Sein Name ist Sir Ross, Milady.«

»Sir Ross?«, entfuhr es Isabelle. Sie bemühte sich, ihre Stimme sofort wieder zu senken. »Also bist du nicht mehr in den Diensten von Lord Brian?«

»Der Ritter hat mir angeboten, mich Lord Brian abzukaufen, Milady. Ich hatte ihm erzählt, dass ich den Caddingtons nur ungern diene, und da bot er mir an, sein neuer Knappe zu werden, weil sein alter im Kampf gefallen sei.« Michael presste erschrocken die Lippen zusammen, als ihm bewusst wurde, wie er über Lady Isabelles zukünftige Familie gesprochen hatte. »Selbstverständlich hat mich Lord Brian stets ausgezeichnet behandelt«, beeilte er sich zu versichern.

»Davon gehe ich aus«, lächelte Isabelle. »Fühlst du dich wohl bei deinem neuen Herrn, Michael?«

»Einen besseren könnte ich mir nicht vorstellen, Milady. Er ist sehr freundlich zu mir.«

»Welchem Rittergeschlecht gehört er an?«

»Ich weiß es nicht, Milady.«

Isabelle sah ihn ungläubig an. »Du weißt es nicht? Du bist sein Knappe!«

Michael wollte gerade antworten, da wurden sie vom Beifall des Publikums unterbrochen. Lord Caddington und seine Gemahlin hatten den Hof betreten und begaben sich zur Tribüne.

»Michael, wir werden unser Gespräch ein andermal weiterführen. Viel Glück bei dem Buhurt!« Isabelle hätte gern noch ihre Frage beantwortet bekommen, aber die Pflicht rief. Die Caddingtons nickten ihr freundlich zu, als sie höflich vor ihnen knickste. Der Earl von York hatte die Nachricht von der Teilnahme des wappenlosen Ritters am Turnier gelassener aufgenommen als erwartet. Als auch Lord Brian Isabelle geradezu überschwänglich gedankt hatte, war ihr klar geworden, dass die Caddingtons Isabelles Einladung für einen geschickten Winkelzug hielten. Lord Brian betrachtete das Turnier als eine willkommene Gelegenheit, den wappenlosen Ritter aus dem Weg zu räumen, um endlich ungehindert Lancashire einnehmen zu können. Kein Wunder, dass sein Vater zufrieden lächelte, als er auf der Tribüne Platz nahm.

Am Ausstellungsstand der Helme wurde Isabelle von Lady Divora empfangen, die ihr unter der Hand zuzischte: »Das ist Eure letzte Gelegenheit, dem wappenlosen Ritter die Teilnahme am Turnier zu verweigern, Milady! Es ist nicht ehrenwert, ohne Wappen zu kämpfen. Ihr dürft seiner Beteiligung nicht zustimmen!«

Isabelle tat, als höre sie Lady Divoras Worte nicht, und schritt die bereitliegenden Helme und Wappen ab, den Herold ihres Vaters an ihrer Seite. Am anderen Ende des Standes angekommen, nickte sie ihm kurz zu, und er erhob die Stimme: »Die Lady von Chester erklärt alle zu dem Turnier angetretenen Ritter für zugelassen.« Die Menge brach in Gejohle aus und klatschte begeistert.

Der Herold begann die Regeln für das anstehende Turnier zu verlesen, aber Isabelle hörte nur mit halbem Ohr zu. Was für ein Zufall, dass Michael ausgerechnet der Knappe von Ritter Ross geworden war! Vielleicht würde er ihr noch mehr über seinen Herrn erzählen können, vorausgesetzt, er überstand den Buhurt ohne größere Blessuren.

Seufzend begab sie sich auf ihren Platz. Sie hatte noch nie viel übrig gehabt für Schaukämpfe. Ihr war schleierhaft, wieso es Menschen in Friedenszeiten Vergnügen bereitete, aufeinander loszugehen, und sie hoffte stets, dass der Wettkampf sich nicht zu lange hinzog. Das Publikum sah das offenbar anders. Kaum war der Buhurt eröffnet, begannen die Leute zu pfeifen und Fähnchen zu schwenken, und jedes Mal, wenn ein Knappe vom Pferd fiel, jubelte die Menge auf.

Es stellte sich recht schnell heraus, dass die Mannschaft mit den grünen Bändern den Gelben an Kraft und Erfahrung überlegen war. Michael, der das Los für die gelbe Mannschaft gezogen hatte, machte sich ganz gut, obwohl es eher Glück als Geschick war, das ihn auf dem Pferd hielt. Doch schließlich wurde auch er von einem Grünen vom Pferd gestoßen und landete unsanft auf dem Boden. Bald waren sämtliche Reiter von ihren Pferden geholt, und der Kampf setzte sich am Boden fort. Die erfahrenen Knappen teilten gefährliche Hiebe aus; andere wiederum schienen das erste Mal ein Schwert in der Hand zu halten. Man konnte froh sein, dass alle Waffen stumpf waren, sonst hätte wohl nur eine Handvoll Knappen den Kampf überlebt.

Wegen der großen Teilnehmerzahl zog sich der Buhurt länger hin als gedacht, und die Knappen waren sichtlich erschöpft, als der Marschall das Ende des Wettkampfes ausrief. Die grüne Mannschaft hatte mit hohem Vorsprung gewonnen und präsentierte stolz den Preis des Siegers, einen Pokal mit dem Wappen der Trascotts. Die sich bald in diesem Gefäß befindende Flüssigkeit würde am Abend unzählige Male nachgefüllt werden.

»Ritter O'Neil, Sieger im Turnier von Landford, begrüßt die Familie Trascott.«

Die Worte des Herolds wurden vom Beifall der Menge begleitet. Der zur Tribüne reitende Edelmann war erst der vierte einer langen Reihe von Rittern, die sich ihr vorstellen würden, und Isabelle hasste es, jedem von ihnen zuzulächeln, als wünsche sie ihm allein den Sieg beim Turnier.

Ritter O'Neil zügelte sein Ross und verneigte sich vor der Tribüne der Trascotts. »Milady, Ihr seid schöner als glitzernde Tautropfen in der Morgensonne. Es ist mir eine Freude, vor Euren Augen den Sieg zu erringen.«

Isabelle lächelte ihm zu und dankte für das Kompliment. »Gott behüte Euch, Sir.«

»Und er schütze Euch, Milady.« Der Ritter verneigte sich ein weiteres Mal und lenkte seinen Falben dann zu den Turnierschranken, an denen sich seine Vorgänger bereits eingefunden hatten.

»Ritter McForce, zweiter Sieger im Turnier von Oxford«, verkündete der Herold.

Ein Ritter in schwerer Rüstung hielt vor Isabelle und klappte sein Visier hoch. »Meinen untertänigsten Dank für die Einladung, Milady. Ihr werdet sehen, Ihr schuldet mir einen Kuss.«

»Gott sei mit Euch, edler Ritter.« Isabelles Miene ließ nicht im Geringsten erkennen, wie inbrünstig sie hoffte, Sir Edward McForce würde als Erster in dem Turnier ausscheiden. Doch konnte sie ihre Schadenfreude kaum verhehlen, als sich sein Pferd auf dem Weg zu den Turnierschranken unwillig aufbäumte. Isabelle nahm einen Schluck aus ihrem Kelch und zwinkerte Lady Divora zu, die, wie sie wusste, eine Schwäche für Ritter McForce hatte und ihm im Gegensatz zu ihr im Falle seines Sieges nur allzu gern den verdienten Preis gewährt hätte.

»Ritter Ross begrüßt die Familie Trascott.«

Isabelle hätte fast ihren Kelch fallen lassen, als die Worte des Herolds über den Platz hallten. Ihre Hände umklammerten das kühle Gefäß, als der angekündigte Ritter auf sie zuritt. Sowohl das Schild des Ritters als auch die Kuvertüre seines Rappens waren in schlichtem Dunkelblau gehalten. Doch nirgendwo war ein Wappen zu finden. Der Herr mit den sanften Augen, dem sie am Vortage im Stall begegnet war, sollte der gefürchtete wappenlose Ritter sein? Isabelle konnte ihre Überraschung nur mühsam verbergen.

Sir Ross lenkte seinen Rappen vor die Tribüne und verneigte sich tief vor Isabelle und ihrem Vater. Als er den Kopf hob, öffnete er sein Visier. »Ich danke Euch für Eure Großzügigkeit, Milady. Es ist mir eine Ehre, an Eurem Turnier teilnehmen zu dürfen.«

Auf dem Turnierplatz herrschte Totenstille. Nur das Gurren der Tauben von den Zinnen der Burg war zu hören und irgendwo das Bellen spielender Hunde. Man wartete gespannt auf die Reaktion der Gastgeberin, und alle Augen im Publikum waren auf Lady Isabelle gerichtet. Es schien, als hielten alle gemeinsam den Atem an. Auch auf den Plätzen der Caddingtons waren die Geräusche verstummt.

»Es ist mir eine Freude«, erwiderte Isabelle und hoffte, dass ihre Stimme nicht halb so belegt klang, wie es ihr vorkam. Irgendwie gelang es ihr, die Augen von ihrem Gegenüber zu lösen. »Wie geht es Eurem Pferd, Sir?«

Sir Ross räusperte sich. »Es ist wohlauf, Milady.« Erneut fing er ihren Blick auf, und in stummer Übereinkunft entschieden beide, dass jede weitere Konversation einen Skandal auslösen würde.

»Viel Glück, Ritter Ross. Gott sei mit Euch.«

»Wer hätte gedacht, dass Ihr es tatsächlich wagt, hier aufzutauchen, Sir«, ertönte es da von der Tribüne der Caddingtons.

Sofort wurden die Augen des Ritters starr und kalt. Mit einer schnellen Bewegung schloss er sein Visier und verbeugte sich vor Lord Caddington. »Ich freue mich darauf, meine Kräfte mit denen Eures Sohnes messen zu dürfen, Milord.«

Noch ehe der Earl etwas erwidern konnte, wendete Sir Ross sein Pferd und ritt in gemächlichem Trab zu den Turnierschranken.

Isabelle gelang es nur mit Mühe, ihre Contenance zu bewahren. Dies war bereits das zweite Mal, dass sie eine deutliche Veränderung in der Miene des Ritters wahrgenommen hatte, als das Thema auf die Familie Caddington kam. Hier ging es eindeutig um mehr als um die Rivalität auf dem Schlachtfeld. Was konnte Ritter Ross und Lord Caddington miteinander verbinden? Im Augenblick war es unmöglich, dieser Frage weiter nachzugehen, denn der nächste Teilnehmer erwartete bereits ihren Segen.

»Ritter Liverpool begrüßt die Familie Trascott«, kündigte der Herold an.

Der Ritter trabte zur Tribüne und verneigte sich. »Eure Schönheit ist betörend, Milady. Sie spornt mich zu großen Taten an.«

Isabelle nickte ihm geistesabwesend zu. »Viel Glück, Sir.«

»Ritter Caddington begrüßt die Familie Trascott.«

Lord Brians Visier war bereits geöffnet, als er zur Tribüne ritt. »Gott sei mit Euch, Milady. Am Ende dieses Turniers seid Ihr mein.« Ein siegesgewisses Lächeln spielte um seinen Mund.

»Das will ich hoffen, Milord«, lächelte sie und betete, dass niemand den Schauer bemerkte, der ihr bei diesem Gedanken über den Rücken rieselte.

Es dauerte endlos, bis alle Ritter der Familie Trascott die Ehre erwiesen hatten, und Isabelle atmete erleichtert auf, als der letzte Turnierteilnehmer zu den Schranken ritt. Ihr Vater nickte ihr anerkennend zu. »Gut gemacht. Jetzt können wir erst einmal in Ruhe das Schauspiel genießen. Ich hoffe, es wird ein spannender Wettkampf.«

Der Marschall wiederholte nochmals, was der Herold am frühen Morgen verlesen hatte: Der Tjost würde aus drei Teilen bestehen, die jeweils zu Pferde zu absolvieren waren: Man würde mit der Quintana beginnen, einem Geschicklichkeitsspiel, bei dem es darum ging, mit einer Lanze ein bestimmtes Ziel zu treffen. Beim darauffolgenden Ringgalgen würden die Teilnehmer versuchen, im Galopp einen Ring aufzuspießen, der an einem Galgen hing. Und bei der letzten Disziplin, dem Stechen, galt es, den Gegner im Zweikampf mit der Lanze zu besiegen.

Vor der Turnierbahn hatten sich die Ritter bereits in einer Reihe aufgestellt und warteten auf das Zeichen für den Beginn. Während die Reiter ihre erregte Erwartung unter ihrer eisernen Rüstung verbergen konnten, scharrten die Pferde ungeduldig mit den Hufen.

Isabelle beantwortete geistesabwesend die Fragen Lady Divoras, die noch dringend Anweisungen zur Tischordnung am Abend benötigte und die Zeit nutzte, um Isabelle mit Fragen zu bestürmen. Zum Glück gesellte sich Lady Madhill zu ihnen und verwickelte Lady Divora in ein Gespräch. So hatte Isabelle einen Moment für sich, um ihre Gedanken zu ordnen.

Etwas Merkwürdiges geschah mit ihr, und sie konnte nicht benennen, was es war. In ihr war eine seltsame Erregung, die sie nicht deuten konnte. Sie hatte in ihrem Bauch begonnen und war in sämtliche Glieder gezogen. Statt tauber Verzweiflung, wie sie es eigentlich für diesen Tag erwartet hatte, verspürte sie eine sonderbare Lebendigkeit. So als hätte sie einen Schatz tief in ihrer Seele aufgetan.

Isabelle strich sich über die Stirn, um ihre Gedanken zu vertreiben, und sah hinüber zu den Turnierschranken. Die bunten, sorgfältig gefertigten Kuvertüren der Pferde, deren Muster und Farben sich auf den Bannern, Schilden und Helmen der Reiter wiederholten, waren ein wunderschöner, farbenfroher Anblick, der sich in Friedenszeiten nur selten bot. Ritter Ross befand sich mit Aymon im ersten Drittel der langen Reihe. Er sprach mit seinem Knappen, aber Isabelle war zu weit entfernt, um ausmachen zu können, worum es ging. Offenbar wollte Sir Ross eine andere Lanze haben.

Der Anblick der kampfbereiten Ritter ließ Isabelle an die vielen Male denken, die sie sich mit Lady Divora über den Sinn und Zweck von Turnieren unterhalten hatte. Im Gegensatz zu Isabelle liebte Lady Divora derartige Wettkämpfe und behauptete, das Geheimnis des Vergnügens liege darin, sich gleich zu Beginn einen schmucken Ritter auszusuchen, dem man den Sieg wünschte. Isabelle hatte eingesehen, dass das die Spannung der Spiele erheblich erhöhen mochte, aber sie hatte sich nie für einen Ritter entscheiden können. In ihren Rüstungen sahen sie letztlich alle gleich aus.

Doch dieses Turnier war anders. Zum ersten Mal verstand

sie, was Lady Divora gemeint hatte, und es war wie eine Ironie des Schicksals, dass es sich bei dem von Isabelle auserwählten Ritter ausgerechnet um den Erzfeind ihres zukünftigen Gemahls handelte. Wie keinem anderen wünschte sie dem wappenlosen Ritter den Sieg, und allein der Gedanke an den versprochenen Preis ließ ihr das Blut in die Wangen schießen. Und als wären diese Gedanken nicht schon verwirrend genug, stockte ihr der Atem bei der Vorstellung, dass ihr zukünftiger Gatte den Augenblick herbeisehnte, an dem er Ritter Ross die Kehle durchstechen konnte. Man schrieb dem wappenlosen Ritter fast übermenschliche Fähigkeiten im Kampf zu, aber wer wusste schon, ob das Gerede der Leute der Wahrheit entsprach. Doch sollte es Sir Ross gelingen, sich erfolgreich zu verteidigen, würde Lord Brians Tod ihrem Volke die Überlebenschance nehmen.

Isabelle war froh, dass zumindest der Beginn des Turniers, die Quintana, eine unblutige Angelegenheit war. Galt es doch nur, vom Pferde aus mit der Lanze ein Ziel, den sogenannten Sarazenen, zu treffen. Die Aufgabe verlangte Geschick und Schnelligkeit, aber keinen Kampf gegen andere Wettbewerbsteilnehmer. Als Ritter Ross die Turnierbahn entlanggaloppierte, die Lanze fest in der Hand, klopfte Isabelles Herz derart laut, dass sie Angst bekam, der alte Lord Caddington würde es auf seinem Platz auf der Tribüne nebenan hören.

Sie war nicht die Einzige, die den Stoß gespannt verfolgte. Sir Ross und Lord Brian zählten zu den mutmaßlichen Gewinnern des Turniers, und nicht wenige Leute im Publikum hatten ihren letzten Penny auf einen der beiden Ritter gesetzt. So sah man denn auch überall glückliche Gesichter, als nach der Quintana und dem Ringgalgen Lord Brian und Sir Ross unter den fünf Besten waren. Isabelle nutze die kurze Umbaupause vor dem Rennen, um Michael aufzusuchen.

Der junge Mann war sichtlich überrascht, als die Lady ihn erneut zu sich winkte.

»Milady? Kann ich etwas für Euch tun?«

»Nein, nein.« Isabelle hob beschwichtigend die Hände. »Wir sind vorhin nur in unserer Unterhaltung unterbrochen worden.«

»Ich bedaure sehr, Milady, aber ich muss das Pferd meines Herrn zur Tränke führen.«

»Dann komm zu mir, wenn du das getan hast. Ich habe dir eine Frage zu stellen.«

»Sehr wohl, Milady. Ich werde sofort bei Euch sein.«

Sehr viel Wasser konnte er dem Rappen kaum gegönnt haben, denn der Knappe fand sich umgehend wieder bei Isabelle ein. »Ihr wünscht mir eine Frage zu stellen, Milady?«

»Aymon ist ein ausgesprochen schönes Tier. Sein Besitzer hat großes Glück mit ihm.« Isabelle klopfte dem Pferd auf den Hals.

»Ihr wisst seinen Namen? Habt Ihr mit meinem Herrn gesprochen?«

»Wir haben uns gestern im Stall getroffen«, antwortete sie leichthin. »Du fühlst dich also wohl bei deinem neuen Herrn?«

»Sehr wohl, Milady. Ich lerne jeden Tag etwas Neues.«

»Was hast du denn bereits gelernt?«

»Inzwischen putze ich schon die Waffen und halte sie instand. Ich füttere sein Pferd, und manchmal darf ich es auch reiten. Ich mache Besorgungen und koche für uns und mache die Wäsche.«

»Du bist bestimmt viel mit ihm unterwegs ...«

»Ja, Milady. Wir schlagen unser Lager auf, wo es uns gefällt.«

»Dann schläfst du in seiner Nähe?«

»Selbstverständlich. Wir übernachten meist unter freiem Himmel.« Michaels Stimme nahm einen schwärmerischen Klang an. »In meinem ganzen Leben habe ich mich noch nie so frei gefühlt.«

Isabelle hatte im Augenblick wenig übrig für die Schönheit des Nachthimmels. In ihr war ein unerhörter Verdacht aufgekeimt, was das Verhältnis von Sir Ross zu Brian Caddington anging. Für ihre nächste Frage war eine kleine Notlüge unausweichlich.

»Michael, hast du von den Gerüchten um ein Muttermal gehört, das der wappenlose Ritter am rechten Schulterblatt haben soll?«

Michael sah sie erstaunt an. »Nein, von dem Gerücht weiß ich nichts.«

»Und? Hat er eines?«

»Ein Muttermal? Ich bedaure, Euch diese Frage nicht beantworten zu können. Ich hatte noch nicht die Gelegenheit, es zu sehen.«

»Die Frage ist mir unangenehm, aber ich ... ich habe an einer Wette teilgenommen ... wegen dieses Muttermals ... Deswegen würde ich gern wissen, ob er eines hat, wie die Leute sagen.«

Michael schüttelte den Kopf. »Mein Herr zieht es vor, beim Bad allein zu sein, Milady. Es tut mir leid, Euch diese Frage nicht beantworten zu können.«

»Aber du hast ihn schon einmal ohne seine Kopfbedeckung gesehen?«

»Auch das nicht. Ich fürchte, ich bin eine schlechte Quelle für derlei Informationen.«

»Das macht nichts.« Sie lächelte besänftigend. »Es ist nicht schlimm, wenn ich die Wette verliere.« Es war Zeit, zur Tribüne zurückzukehren, und ihre kurze Unterhaltung hatte bereits mehr offenbart, als sie zu hoffen gewagt hatte. Hastig verabschiedete sie sich von Michael und begab sich zurück zu ihrem Vater.

Lord Trascott verfolgte mit besorgter Miene, wie seine Tochter gedankenverloren die Treppen zur Tribüne heraufstieg. »Ist dir nicht gut, mein Kind?«

»Lediglich ein wenig schwindelig, Vater. Es ist ein aufregender Tag.«

Als der Marschall das Startsignal für das Pferderennen gab, war Isabelle so in sich gekehrt, dass sie dessen Verlauf kaum mitbekam. Erst in der letzten Runde wandte sie ihre Aufmerksamkeit wieder den Reitern unten auf dem Feld zu. Ritter McForce lag nur um einige Inches vorn, dicht gefolgt von Sir Ross und Lord Brian. Danach schloss sich mit beträchtlichem Abstand Ritter Lawford an. Fuß um Fuß hatte sich Aymon nach vorn geschoben und war im Begriff, auch an Ritter McForce vorbeizuziehen.

Doch plötzlich, kurz vor der Ziellinie, zügelte Sir Ross sein Pferd. Erschrocken beobachtete Isabelle, wie Ritter McForce unangefochten als Erster ins Ziel galoppierte, gefolgt von Lord Brian und dann Sir Ross. Die Menge sprang von den Rängen, als McForce mit erhobenen Armen zur Tribüne der Trascotts ritt.

Isabelle winkte ihm höflich zu, aber ihre Aufmerksamkeit galt Sir Ross, der Michael offenbar anwies, sein Pferd in den Stall zu führen. Gab er auf?

Abrupt erhob sich Isabelle. »Entschuldigt mich bitte, Vater. Ich muss mich eben um eine wichtige Angelegenheit kümmern.«

Ohne seine Antwort abzuwarten, stieg sie die Tribüne hinab und lief auf einem Umweg zu den Stallungen. Wie schon am Tag zuvor benutzte sie den Hintereingang, um zu den Pferden zu gelangen.

Michael war bereits dabei, Aymon abzureiben und sah verwirrt hoch, als ihn die Lady nun schon zum dritten Mal an diesem Tag ansprach.

»Was ist geschehen?«, rief sie schon von weitem.

»Aymons Verletzung scheint doch noch nicht ausgeheilt zu sein. Er bekam plötzlich Schmerzen.«

»Nicht ausgeheilt?« Isabelle mochte ihr Entsetzen nicht verbergen, egal wie merkwürdig Michael ihr Verhalten finden würde.

»Jawohl, Milady. Mein Herr hat mir befohlen, ihn in den Stall zu führen.« Michael hob die Kuvertüre vom Boden auf und legte sie sorgfältig zusammen. »Er wird gleich hier sein und sich Aymons Bein ansehen.«

Tatsächlich öffnete sich in dem Moment die Stalltür, und Sir Ross trat ein. Er zögerte, als er sah, wer neben seinem Knappen stand. »Milady, es ist nicht gut, dass Ihr hier seid. Man sollte Euch hier nicht sehen.«

»Ihr dürft nicht aufgeben, Sir.« Isabelle lief ihm entgegen, hielt jedoch inne, als sie den erstaunten Blick des Ritters bemerkte. Das Blut stieg ihr in den Kopf, als ihr bewusst wurde, was sie da gesagt hatte.

»Wir wissen beide, dass Ihr Euch nicht aus Sehnsucht vermählt«, sagte Sir Ross taktvoll. »Aber dass Ihr dem Erzfeind Eures künftigen Gatten den Sieg wünscht, ist in der Tat eine Überraschung.«

Besorgt sah Isabelle ihm dabei zu, wie er das schmerzende Gelenk seines Pferdes inspizierte. Woher nahm sie die Gewissheit, dass sie diesem Mann trauen konnte, wo doch ganze Armeen ihn fürchteten? Die Tatsache, dass er Lord Brians Feind war, konnte wohl kaum Anlass genug sein.

»Ich eheliche Lord Brian aus zwei Gründen«, schlug sie alle Vorsicht in den Wind. »Der erste ist, dass ich es meinem Volk schuldig bin, und der zweite, dass ich hoffe, in meiner Stellung einen gewissen Einfluss ausüben zu können.«

»Aus eben diesen Gründen trage ich diese Rüstung«, erwiderte Sir Ross lächelnd. »Im Übrigen gönne ich Eurem Gemahl zwar den Sieg nicht, aber ich gefährde nicht die Gesundheit meines Pferdes.«

»Vielleicht kann ich helfen?«

»Milady?« Sir Ross hob fragend die Augenbrauen.

»Ihr gestattet?« Isabelle trat an die rechte Hinterhand des Pferdes und tastete sachte das verletzte Sprunggelenk ab. »Sir Ross, würdet Ihr Euren Knappen anweisen, meine Dienerin Ruth aufzusuchen und ihr auszurichten, sie solle mir Arnika, Nelken, Minze und Kamille bringen? Und auch ein paar Sternanisblätter?«

Michael sah seinen Herrn fragend an. Als dieser nickte, rannte er los, so schnell ihn seine Füße trugen.

»Ihr beherrscht die Kräuterheilkunde?«, wandte sich Sir Ross an Isabelle. »Das ist beachtlich.«

Erneut fühlte sie sich von den blauen Augen gefangen. »Schon als Kind habe ich mir nichts sehnlicher gewünscht, als Mensch und Tier heilen zu können. Vor einigen Jahren bin ich dann einem Mönch aus dem Heiligen Römischen Reich begegnet, der mir viel beigebracht hat. Seitdem habe ich mir stetig mehr Wissen angeeignet, und ich hege die Hoffnung, dass wir Euer Pferd schneller wieder gesund bekommen, als Ihr glaubt.«

»Ich weiß selbst recht viel über Kräuter.« Sir Ross' Augen folgten Isabelles Bewegungen, als sie ihre Handschuhe ablegte. »Aber von der Heilkraft des Sternanisblattes habe ich noch nie etwas gehört.«

Isabelle sah auf, als sie seinen Blick auf sich ruhen fühlte, und diesmal war er es, der errötete. Einen Moment standen sie stumm voreinander, dann wandte sie ihr Gesicht ab. »Er will Euch töten, Sir«, sagte sie leise. »Ihr müsst Euch in Acht nehmen.«

»Ich bin stets vorsichtig, Milady.«

Isabelle nickte, wenig beruhigt. Was hätte er auch anderes sagen sollen? »Darf ich Euch etwas fragen, Sir?«

»Selbstverständlich, Milady.«

»War Euch bekannt, wer ich war, als ich Euch gestern im Stall angesprochen habe?«

»Ihr wart mir beschrieben worden, Milady.«

»Also wusstet Ihr es? Das war nicht sehr ritterlich!«

»Nein, das war es nicht, aber Euer Gesicht, als Ihr meinen Gürtel bemerkt habt, war es wert.« Sir Ross beobachtete amüsiert Isabelles Versuch, eine strenge Miene aufzusetzen. »Ihr habt mich zum Lachen gebracht.«

»Und ich tue es schon wieder«, konstatierte sie lächelnd.

»Das ist richtig«, gestand er. »Ihr tut es schon wieder.«

Das Knarren der Stalltür unterbrach ihre Unterhaltung, und Michael eilte mit der Dienerin Ruth herein. Sie stellte eine bronzene Schale vor ihrer Herrin ab, in der sich die verlangten Kräuter befanden. »Habt Ihr noch einen Wunsch, Milady?«

»Danke, das wäre erst einmal alles, Ruth. Du kannst wieder gehen.« Isabelle kniete sich auf den Boden und breitete ein Leinentuch auf dem Stroh aus. »Wenn du mir etwas Wasser bringen könntest, Michael.«

Als der Knappe ihr einen Eimer reichte, hatte sie bereits die Kräuter auf dem Tuch verteilt und zerrieb nun die Sternanisblätter darüber. Anschließend füllte sie die Schale mit Wasser, goss die Kräuter hinein und verrührte alles zu einer grünen Paste. »Ihr könnt sie jetzt auftragen, Sir.« Sie reichte dem Ritter die Salbe. »Hier. Das wird die Schwellung und die Schmerzen lindern.«

Sir Ross nahm ihr die Schale ab und trug die Salbe vorsichtig auf Aymons Gelenk auf. »Draußen sind die Umbauten so gut wie fertig. Uns bleibt nicht mehr viel Zeit.«

»Ohne mich werden sie schwerlich anfangen.« Isabelle wischte sich die Hände mit dem Tuch ab und streifte ihre Handschuhe wieder über. »Wenn die Salbe hilft und Ihr Euer Pferd gleich wieder reiten könnt, habe ich dann einen Wunsch frei?«

Sir Ross reichte Michael die Zügel. »Ich bin Euch zu großem Dank verpflichtet, Milady. Ich erfülle Euch jeden Wunsch, sofern es in meiner Macht steht.«

»Dann verliert jetzt keine Zeit«, drängte sie. »Begebt Euch geschwind zum Turnierplatz.«

»Und Euer Wunsch?«

»Später.« Isabelle entfernte ein paar verräterische Strohhalme von ihrem Gewand. »Ich gehe jetzt zur Tribüne. Ihr müsst Euch also beeilen.« An der Tür des Stalles drehte sie sich noch einmal um. »Viel Glück, Sir.«

Sir Ross verneigte sich. »Jetzt habe ich einen Grund, das Stechen zu überleben, Milady. Ihr habt womöglich einen Wunsch frei.« Isabelle hatte die Stalltür geschlossen, noch ehe der Ritter ihr Erröten bemerken konnte.

Kaum hatte sie sich zurück zur Tribüne begeben, da eilte Lady Divora schon auf sie zu. »Wo seid Ihr gewesen, meine Liebe? Ich habe Euch überall gesucht!«

»Was ist denn? Ist etwas nicht in Ordnung?« Wenn Lady Divora ihren Hund nicht dabei hatte, war die Sache ernst.

»Lord Hallerby wurde die Treppe hinuntergestoßen. Der Baron ist schwer verletzt.«

»Grundgütiger! Wo ist er?«

»Wir haben ihn in sein Gastquartier gebracht, Milady. Euer Vater und Lady Ann sind bereits dort.«

Isabelle sah unentschlossen zum Turnierfeld und wieder zu Lady Divora. »Genügt es nicht, wenn mein Vater sich um ihn kümmert?«

»Lord Hallerby hat nach Euch gefragt, Milady.«

Isabelle wechselte einige Worte mit dem Marschall und folgte dann Lady Divora zum Südflügel der Burg. Während sie die Treppe hinaufeilte, sah sie aus den Augenwinkeln einen schwarzen Hengst in blauer Kuvertüre zu den Turnierschranken traben.

Lady Divora warf Isabelle einen misstrauischen Blick zu. Das Lächeln um deren Mundwinkel war doch wohl reichlich deplaziert, schließlich hatte sich jemand gerade fast den Hals gebrochen.

Lord Hallerby war bereits auf eine weiche Matte gebettet worden, als Isabelle bei ihm eintraf. Die Cotte des Barons war zerrissen, sein Gesicht geschwollen, und unter seinem Kopf hatte sich eine dunkle Blutlache gebildet. Neben dem Lager standen Isabelles Vater und Wachposten Gilbert, am Kopfende saß Thomas, der Arzt des Hofes, und untersuchte die Platzwunde.

»Ich wurde niedergeschlagen, Milady.« Lord Hallerbys Stimme war so anklagend, als sei sie schuld an seiner Misere. »Ich war in unser Gemach gegangen, um meiner Gattin einen Umhang zu holen. Da wurde ich von hinten gepackt, in den Flur geschleppt und die Treppe hinuntergestoßen.«

»Es tut mir leid, Milady«, stammelte Gilbert. »Ich bin sofort zur Treppe geeilt, als ich den Lärm vernahm, aber ich kam zu spät. Die Übeltäter waren bereits verschwunden.«

Lord Trascott trat neben seine Tochter. »Jemand ist in deine Gemächer eingedrungen, Isabelle. Lady Anns Schlafgemach wurde auch durchsucht.«

»Aber wieso? Was könnten sie dort gewollt haben?«

»Ich weiß es nicht, mein Kind. Es sieht alles danach aus, als hätten sie alle übrigen Räume unangetastet gelassen.«

»Vielleicht haben sie die Waffenkammer aufgebrochen?« Lord Hallerby richtete sich stöhnend auf. »Habt Ihr schon mit Eurem Kämmerer gesprochen?«

»Er war gerade bei mir und hat mir versichert, dass die Diebe weder in die Schatzkammer noch in die Waffenkammer eingedrungen sind. Es wurden keinerlei Wertgegenstände entwendet.«

»Ich muss sofort zu Lady Ann.« Isabelle war schon so gut wie aus der Tür. »Wo ist sie?«

»Vermutlich ist sie noch in ihrem Schlafgemach und sieht nach, ob irgendetwas fehlt.«

»Ich muss gehen, Thomas«, informierte Isabelle den Hofarzt. »Falls du Kräuter brauchst, lass sie dir von Ruth bringen.«

»Sehr wohl, Milady.«

»Du kommst mit mir, Simon«, wies sie den Diener neben der Tür an. Um zu Lady Anns Schlafgemach zu gelangen, mussten sie zunächst an Isabelles Gemächern vorbei. Die Tür ihres Schlafgemachs stand weit offen, und so fiel ihr Blick ungehindert auf den verwüsteten Raum. Isabelles Gewänder und ihr Schmuck waren aus den Schränken gerissen worden und lagen überall auf dem Fußboden verstreut. Aus dem Nebenraum war das verzweifelte Schluchzen Lady Anns zu hören.

Isabelle zerrte Simon von der Tür weg. »Darum kümmern wir uns später. Ich muss zuerst zu Lady Ann.«

Die Hofdame hockte zusammengekauert auf ihrem Bett, das

Gesicht in den Händen geborgen. Vor ihr lag eine leere Schatulle.

Isabelle war in drei Schritten bei ihr. »Ist etwas Wichtiges entwendet worden, Lady Ann?«

»Sie haben das Amulett!«, stieß die Hofdame hervor.

»Was für ein Amulett?«

Lady Ann wurde von einem weiteren Schluchzer geschüttelt. »Es ist von Eurer Mutter, Milady.«

»Meine Mutter hat Euch ein Amulett geschenkt?« Davon hatte die Hofdame ihr nie etwas erzählt.

»Nein.« Lady Ann schüttelte heftig den Kopf. »Es gehört mir nicht. Ich habe es nur aufbewahrt.«

»Aufbewahrt? Für wen?«

»Ich darf es Euch nicht sagen, Milady«, schniefte Lady Ann. »Aber wir müssen das Amulett zurückbekommen.«

Isabelle strich ihrer älteren Freundin beruhigend über den Rücken. »Wenn sie nur ein Amulett gestohlen haben, ist es doch nicht so schlimm.«

»Ihr versteht nicht, Milady. Ich muss das Amulett unbedingt zurückhaben. Es ist mir kostbarer als mein Leben.«

»Kostbarer als Euer Leben?« Das musste in der Tat ein interessantes Amulett sein. Wieso hatte ihr nie jemand davon erzählt?

»Bitte dringt nicht weiter in mich, Milady. Es ist mir nicht erlaubt, Euch Näheres zu sagen.« Lady Ann wischte sich die Tränen ab. »Doch glaubt mir, Lady Isabelle, ich brauche es unbedingt zurück. Ihr müsst mir versprechen, mir zu helfen.«

»Natürlich werde ich alles tun, um es Euch zurückzuholen. Ihr könnt Euch auf mich verlassen.«

»Ihr seid zu gütig.« Lady Ann sank in die tröstenden Arme ihrer jungen Freundin.

Als von draußen das dumpfe Scheppern aufeinandertreffender Lanzen an ihr Ohr drang, sah Isabelle fragend zu dem Diener hinüber. »Wer kämpft dort unten, Simon?«

»Ich weiß es nicht, Milady. Ich glaube, es sind Lord Brian und Sir Edward.«

»Sieh nach, wie viele Ritter noch hinter der Schranke sind.« Isabelles Ton verriet ihre Ungeduld, und Lady Ann hob verwundert den Kopf. »Habe ich etwas verpasst? Seit wann ist es Euch wichtig, was auf einem Turnier geschieht?«

»Lord Brian will sich auf einen tödlichen Kampf mit dem wappenlosen Ritter einlassen.«

Lady Anns Augen forschten in dem Gesicht ihrer Freundin. »Und Eure Sorge gilt nicht Lord Brian, nehme ich an?« Isabelle antwortete nicht, aber die Hofdame kannte Isabelle gut. Es war schwer, ihr etwas vorzumachen. »Mein liebes Kind. Das Leben schlägt manchmal seltsame Wege ein, nicht wahr?«

»Lord Brian darf nicht gewinnen«, sagte Isabelle leise.

»Wenn er verliert, fällt die Hochzeit aus. Was wird dann aus Cheshire?«

»Die Hochzeit wird nicht ausfallen. Wenn Sir Ross gewinnt, wird er Lord Brian nicht töten.«

»Was macht Euch da so sicher? Die beiden sind Erzfeinde.«

»Man erzählt sich, der wappenlose Ritter habe auf dem Schlachtfeld mehr als einmal die Möglichkeit gehabt, Lord Brian zu töten. Aber er hat es nie getan.«

»Das sind alles Legenden, Lady Isabelle. Warum sollte er seinen Feind am Leben lassen?«

»Ja, warum?« Isabelle betrachtete gedankenvoll den verwüsteten Schrank. Eben dieses Geheimnis wollte sie baldmöglichst lüften. »Ich muss gehen. Lasst alles so liegen, wie es ist, wer weiß, ob wir nicht noch etwas finden, was uns Aufschluss über die Übeltäter geben kann. Alles Weitere besprechen wir später.«

Lady Ann griff nach Isabelles Arm. »Versprecht mir, dass Ihr mir helft, das Amulett wiederzubeschaffen, sobald die Feier vorbei ist.«

Isabelle legte ihre Hand auf die der Hofdame. »Sorgt Euch nicht, Lady Ann. Ich verspreche es bei allem, was mir heilig ist.«

Draußen vermischte sich das Scheppern von aufeinanderkrachendem Eisen mit dem Aufjohlen des Publikums. Besorgt eilte Isabelle zur Tür und lief den Gang hinunter, wo ihr schon der um Luft ringende Simon entgegen kam. »Ritter O'Neil ist soeben aus dem Turnier ausgeschieden, Milady. Lord Brian und Ritter Ross sind die letzten.«

Unten hörte man den Ruf des Marschalls, und das Trommeln von Pferdehufen vermischte sich mit dem Beifall des Publikums. Simon reckte aufgeregt den Hals und spähte über die Köpfe vor sich. »Das ist der Zweikampf, den sich das Publikum gewünscht hat!«, jubelte er.

Die Menge machte erschrocken Platz, als Isabelle zur Tribüne eilte. Lady Divora, die neben Lord Trascott saß, sah pikiert auf Isabelles zerzaustes Haar. »Wie gut, dass ich immer einen Kamm dabei habe, meine Liebe.«

»Was geschieht dort unten, Vater?« Isabelle wehrte Lady Divoras fürsorgliche Hand ab.

»Die beiden Ritter haben sich gerade von den Pferden gestoßen. Der Kampf geht am Boden weiter.« Lord Trascott tätschelte seiner Tochter die Wange. »Du solltest dir das hier nicht ansehen, mein Kind. Die beiden machen den Anschein, als wollten sie sich gegenseitig durchbohren.«

Isabelle beobachtete ängstlich, wie die Waffen der beiden Ritter ein ums andere Mal aufeinandertrafen. Das Klirren der Schwerter hallte über den Platz, während die beiden Lanzen vernachlässigt auf der Erde lagen. Lord Brian drängte Sir Ross mit kraftvollen Hieben zur Umgrenzung des Turnierfeldes. Sir Ross wich zurück, und Isabelle betete, dass es sich dabei um eine taktische Maßnahme handelte. Sie hatte keinen Zweifel daran, dass Lord Brian in diesem Kampf jede Gelegenheit nutzen würde, um seinen Erzfeind ein für alle Mal aus dem Weg zu räumen.

Lord Brian holte zu einem mächtigen Schlag aus, der direkt auf den Scheitel seines Gegners zielte, aber Sir Ross parierte den Hieb, indem er zur Seite sprang, und so stieß Lord Brians Klinge ins Leere. Anstatt seinerseits anzugreifen, zog Sir Ross sein Schwert zurück und stellte sich vor Lord Brian auf. Wieder schlug dieser zu, aber diesmal duckte sich Sir Ross, während die beiden Schwerter laut klirrend aufeinandertrafen. Blitzschnell griff er nach seiner Lanze und schlug damit Lord Brian die Füße unter dem Boden weg. Mit einem dumpfen Aufprall landete er auf dem Sandboden.

Isabelle sah plötzlich etwas in Lord Brians Hand aufblitzen. Die Menge schrie auf, als Sir Ross gleich darauf zu Boden ging.

»Er hat einen Dolch!«, zischte Lady Divora. »Das ist gegen die Regeln!«

»Vater, Ihr müsst den Kampf abbrechen!«, flehte Isabelle. »Das ist nicht recht!«

Lord Trascott wandte den Blick nicht von den beiden Rittern unten auf dem Platz. »Du weißt, dass das nur der Marschall kann. Und von seinem Platz aus war das nicht zu sehen.«

»Aber es ist unser Turnier!« Isabelle unterdrückte einen Aufschrei, als sie sah, wie Lord Brians Schwert auf den Kopf des wappenlosen Ritters herabfuhr. Abermals verfehlte es sein Ziel. Sir Ross hatte sich zur Seite gerollt und war aufgesprungen, so dass er nun wieder neben Lord Brian stand. Unter seiner Rüstung quoll Blut hervor und rann seinen Oberschenkel hinunter.

Lady Divora drückte die aufgelöste Isabelle wieder auf ihren Stuhl zurück. »Nun habt bloß kein Mitleid mit dem Verräter. Lord Brians Vorgehen war nicht rechtens, aber wenigstens gewinnt nicht dieser Unhold unser Turnier.«

»Isabelle, nimm dich zusammen.« Ihr Vater warf ihr einen warnenden Blick zu. »Du bist mit dem Mann so gut wie verlobt! Wir können ihm jetzt nicht in den Rücken fallen.«

Isabelle biss sich auf die Lippen. Sie wusste, dass ihre Verlobung ohne Zwischenfälle über die Bühne gehen musste. Weder von dem Einbruch in ihre Gemächer noch von Lord Brians Regelverstoß durfte die Öffentlichkeit erfahren.

Unten auf dem Feld parierte Sir Ross jeden Hieb, aber er war deutlich in der Defensive. Die sparsam eingesetzten Bewegungen, mit denen er seinen Gegner über das Feld trieb, ließen darauf schließen, dass er Lord Brian müde machen wollte. Geschickt wich er einem Angriff aus und entging abermals einem tödlichen Hieb. Doch seine Verletzung würde ihn zu Boden zwingen, bevor Lord Brian seine Kräfte verließen.

Im Publikum war es still geworden. Die Menge hatte begriffen, dass es hier nicht mehr um einen Turniersieg ging. Es ging um Lancashire, um Yorkshire und um Cheshire. Es ging um Macht und Ruhm, um Rache und Vergeltung, um Leben und Tod.

Isabelles Herzschlag setzte aus, als Lord Brian seine Lanze in Sir Ross' Schulter stieß und dieser zu Boden stürzte. Doch noch im Fallen musste er Lord Brian die Lanze entrissen haben, denn als er am Boden lag, stieß er sie mit aller Kraft gegen dessen Helm, so dass Lord Brian taumelnd in die Knie ging. Blitzschnell war Sir Ross wieder auf den Beinen, das Schwert auf Lord Brians Hals gerichtet.

»So tötet mich doch! Tötet mich!«, schallten Lord Brians Worte über den Platz.

Sir Ross erwiderte nichts. Er ließ Lanze und Schwert fallen und schritt langsam vom Turnierplatz. Neben den Schranken sank er zu Boden.

Isabelle schoss von ihrem Stuhl hoch. »Versorgt die Verwundeten!«

Lady Caddington eilte schluchzend die Treppen hinunter und sank neben ihrem Sohn nieder. Isabelle und ihr Vater eilten ebenfalls zu Lord Brian.

»Mir fehlt nichts«, keuchte er und wehrte die Hände seiner Mutter ab.

»Du bist ein Versager!« Lord Caddington schlug seinem Sohn in das blutende Gesicht. »Du kannst unmöglich mein Sohn sein!«

Isabelle zerrte ihn von Lord Brian weg. »Mit Verlaub, Milord. Über den Wettkampf könnt Ihr später streiten. Euer Sohn braucht einen Arzt, keine Schelte.«

»Zum Teufel mit Euch, Isabelle!«, fluchte Lord Caddington. »Eine schöne Verlobung ist das!«

Lord Brian wimmerte leise. Er wirkte jetzt eher wie ein kleiner Junge, der eine Mutprobe verloren hatte.

»Kommt, Lord Brian.« Isabelle half ihm vom Boden auf. »Der Hofarzt wird Euch einen Verband anlegen. Ich habe noch etwas zu erledigen, werde aber gleich wieder bei Euch sein.« Sie gab den Bediensteten neben sich Anweisungen, den Sohn des Earls in seine Gemächer zu bringen. »Und richtet Ruth aus, sie soll mir umgehend den braunen Umhang mit der Kapuze bringen.«

Als der Herold verkündete, dass die Ehrung der Sieger aufgrund der jüngsten Entwicklungen erst am folgenden Tage stattfinden würde, kam Bewegung in die Menschenmenge. Einige gingen zu den Ständen, um sich mit Getränken und Speisen zu versorgen, andere strömten zum Südtor, wo ein Tanzspektakel angekündigt war. Kaum hatte Isabelle den geforderten Umhang von Ruth entgegengenommen, warf sie ihn sich über und verbarg ihr Gesicht unter der Kapuze. Dank dieser Tarnung gelang es ihr, im unübersichtlichen Gedränge unbemerkt zu Sir Ross' Zelt vorzudringen. Dort standen bereits zwei von ihrem Vater einbestellte Ärzte und baten um Einlass, doch offenbar weigerte sich der Ritter, sie hereinzulassen.

Isabelle entledigte sich ihres Umhangs. »Für Ritter Ross ist bereits gesorgt«, wies sie die Ärzte an. »Kümmert euch lieber um Lord Brian.«

»Aber Euer Vater sagte …«

»Für Sir Ross ist bereits gesorgt, habe ich gesagt!«

Die Ärzte zogen kopfschüttelnd von dannen. Wenn sich im Zelt schon ein Heiler befand, dann hätte Ritter Ross ihnen das ruhig sagen können.

Isabelle schlug den Eingang des Zeltes zur Seite und stieß dabei fast mit Michael zusammen.

»Milady!«, flüsterte er erschrocken. »Was um Gottes Willen tut Ihr hier?«

»Ich möchte den Verwundeten sehen.« Ihr Blick fiel auf Sir Ross, der auf eine Strohmatte gebettet war. Sein Helm und seine blutverschmierte Rüstung lagen neben ihm.

»Ich habe den Befehl, niemanden hereinzulassen, Milady.«

»Wie du siehst, bin ich schon drinnen. Je schneller du mir aus dem Weg gehst, desto besser.«

»Bitte versteht doch, Milady. Ich befolge einen Befehl.«

»Und ich gebe dir den Befehl, mich nicht zu behindern! Du willst deinen Herrn doch wohl nicht verbluten lassen.«

»Er wird mich zum Teufel jagen!«, flehte Michael.

»Wenn du mich nicht zu ihm lässt, wirst du in Zukunft ebenfalls auf dich allein gestellt sein – du wirst nämlich keinen Herrn mehr haben.« Isabelle drängte sich an dem Knappen vorbei an Sir Ross' Lager. »Sei unbesorgt, Michael. Ich nehme die Verantwortung auf mich.«

»Milady. Nicht!« Sir Ross versuchte eine Hand zum Protest zu heben. »Lasst mich allein. Ich bitte Euch.«

Isabelle dachte gar nicht daran, ihm diese Bitte zu gewähren. Doch sie war froh, zumindest eine Reaktion von dem schwerverletzten Ritter zu bekommen. »Sir Ross, Ihr habt noch ein Versprechen einzulösen, also müsst Ihr leben.«

»Ihr versteht nicht, Milady.«

»Ich verstehe mehr, als Ihr denkt, Sir.« Vorsichtig zog sie ihm seinen Surcot aus und schob das darunterliegende Leinenhemd hoch. In der Lendengegend des Ritters klaffte eine tiefe Wunde. »Ich brauche Wasser und ein sauberes Tuch«, wies sie Michael an.

Sobald der Knappe mit den notwendigen Utensilien neben ihr stand, machte sich Isabelle an die Reinigung der Wunde. Die Tatsache, dass Sir Ross sich nicht wehrte, zeigte, wie sehr ihn der Blutverlust bereits geschwächt hatte. »Ich brauche Nadel und Faden, Michael.«

Mit leichenblassem Gesicht schaute Michael zu, wie sie sich anschickte, die Wunde zusammenzunähen.

»Kein Verband vermag eine Blutung so zu stillen wie eine Naht«, erklärte Isabelle. »Ein Heiler aus dem Orient hat mir diese Praktik gezeigt. Sie ist schmerzhaft, hat sich aber vielfach bewährt.«

Sir Ross lag reglos da, den Blick an die Decke des Zeltes gerichtet. Es war nicht zu erkennen, inwieweit er der Unterhaltung zu folgen vermochte. »Milady«, flüsterte er heiser. »Warum erzählt Ihr mir nicht einfach, was für ein Versprechen ich einlösen muss und lasst mich dann in Ruhe sterben?«

»Das ist jetzt nicht wichtig.«

»Es ist wichtig. Ein Versprechen ist immer wichtig.«

Isabelle zögerte. Dies war ein denkbar schlechter Augenblick für ihren albernen Wunsch. Sie überlegte, ob sie sich spontan einen anderen einfallen lassen sollte, aber Sir Ross nahm sein Versprechen offensichtlich sehr ernst. Den Blick fest auf die blutende Wunde unter ihren Fingern gerichtet, gab sie seiner Bitte nach. »Ich wünsche, dass Ihr Eure Kopfbedeckung für mich abnehmt.«

Ihre Nadel stieß daneben, als Sir Ross versuchte, sich aufzurichten. »Milady, ich erfülle Euch jeden anderen Wunsch.«

Isabelle drückte den Ritter zurück auf die Matte. »Das ist ein großzügiges Angebot. Lasst mich Euch zu Ende behandeln, damit ich darauf zurückkommen kann.« Mit geschickten Fingern verknotete sie den Faden und betastete dann vorsichtig die Schulter unter seinem Leinenhemd. Sir Ross rührte sich nicht, aber Isabelle spürte seine Anspannung.

»Lord Brian hat Euch an der Schulter verletzt, nicht wahr?«

Der Ritter schüttelte den Kopf. »Es ist nichts«, stieß er hervor.

»Michael.« Isabelle wandte sich an den Knappen. »Ich möchte, dass du zu Lady Ann gehst und dich von ihr in die Kräuterkammer führen lässt. Sie soll Ruth mitnehmen. Sag meiner Dienerin, es gehe um eine Fleischwunde. Dann wird sie wissen, was ich benötige.«

Michael nickte eifrig und verließ fluchtartig das Zelt.

»Warum habt Ihr ihm nicht gleich gesagt, welche Arzneien er besorgen soll, Milady?«, keuchte Sir Ross.

»Weil es länger dauert, wenn er zu Lady Ann und zu meiner Dienerin laufen muss. Lady Ann befindet sich draußen bei den Gästen, und Ruth ist bei Lord Brian.«

»Ihr wollt meinen Knappen nicht hierhaben?«

»Genau. Ich will mir Eure Schulter ansehen, Sir.«

»Ich werde es Euch nie verzeihen, wenn Ihr das tut.«

In den Augen des Ritters lag ein solches Flehen, dass Isabelle fast das Herz brach. Sie griff nach seiner Hand und legte sie in ihren Schoß. Sie war größer und gebräunter als ihre, mit schmalen, langgliedrigen Fingern, die ihr mehr verrieten, als der Ritter preiszugeben bereit war.

Behutsam strich sie über die blutverkrustete Haut. »Warum habt Ihr Lord Brian nicht getötet, Sir Ross?«

»Das könnt Ihr nicht verstehen, Milady.«

»Warum darf ich Eure Schulter nicht versorgen?«

»Es tut mir leid, Lady Isabelle.«

»Warum durften die Ärzte nicht hereinkommen?«

Keine Antwort.

»Warum darf Euch selbst Euer Knappe nicht ausziehen?«

»Was?!« Ross sah sie entsetzt an.

Isabelles Finger umschlossen sanft die Hand in ihrem Schoß. »Sir, Ihr braucht keine Angst zu haben. Euer Geheimnis ist bei mir sicher.«

»Welches ... Geheimnis? Ich weiß nicht, wovon Ihr sprecht.«

»Doch, ich denke, das wisst Ihr.« Mit einer schnellen Bewegung riss Isabelle das Leinenhemd entzwei. Es gab den Blick frei auf eine blutverschmierte Bandage, die fest um den Brustkorb gewickelt war. »Euer Name ist nicht Sir Ross. Ihr seid Lady Rose, Lord Caddingtons Tochter.«

Der Ritter schwieg, und Isabelle fürchtete schon, er habe das Bewusstsein verloren. Aber dann bewegten sich seine Lippen. »Verratet mich nicht, Milady.«

Isabelle schüttelte heftig den Kopf und wischte Rose zwei Tränen aus dem Gesicht. Als dabei ihre eigenen Tränen auf Roses Wangen fielen, musste sie lachen. »Seht uns nur an, Milady. Jetzt wisst Ihr, warum ich Michael fortgeschickt habe.«

Rose stöhnte leise. Mit einem Tuch tupfte Isabelle ihr die Schweißperlen von der Stirn. Das Gesicht glühte bereits vom einsetzenden Fieber. »Wir haben nicht viel Zeit. Darf ich jetzt bitte Eure Schulter versorgen?«

Ohne die Antwort abzuwarten, machte sich Isabelle ans Werk. So vorsichtig sie konnte, zog sie Rose das zerrissene Leinenhemd aus. Um die festgezurrte Bandage zu entfernen, musste sie Roses Oberkörper leicht anheben. Der unverhoffte Anblick der vollen Brüste unter dem Leinen trieb ihr das Blut in die Wangen, und sie war froh, dass Rose den Blick an die Zeltwand gerichtet hielt.

Die Ritterin protestierte schwach, als Isabelle ihren Oberkörper noch weiter aufrichtete.

»Ihr dürft das Bewusstsein nicht verlieren, Milady. Ich brauche Eure Mithilfe.«

Offenbar gelang es ihr, resoluter zu klingen, als ihr zumute war, denn Rose gehorchte nun widerstandslos. Isabelle reinigte die Wunde und schlang einen Verband um die verletzte Schulter. Dann wickelte sie mit zitternden Fingern eine frische Bandage um Roses Oberkörper und war sich gewiss, dass sie diesen Moment niemals vergessen würde. Sie war dankbar für die Erfahrung, die sie in den letzten Jahren bei der Wundversorgung erworben hatte und die ihre Bewegungen sicher und ruhig erscheinen ließ.

Isabelle hatte die Weiblichkeit des wappenlosen Ritters gerade verhüllt, da trat Lady Ann ins Zelt, gefolgt von Michael und Ruth.

»Wir bringen die Kräuter, Mil…« Michael hielt mitten im Satz inne. »Eine Bandage? Ist seine Brust verletzt, Milady?«

»Die Wunde wird wieder heilen«, beeilte sich Isabelle zu versichern und zog behutsam eine frische Cotte über ihre Patientin.

»Was geht hier vor?« Lady Ann stemmte die Hände in die Hüften und betrachtete misstrauisch das erhitzte Gesicht ihrer jungen Freundin.

Isabelle zuckte die Schultern. »Unsere Ärzte sind mit den Verwundeten aus dem Stechen beschäftigt. Ich hielt es für angebracht, mich selbst um die Verletzung des Ritters zu kümmern.«

Ruth trat neben ihre Herrin. »Lord Brian hat nach Euch gefragt und um Euer umgehendes Erscheinen gebeten, Milady.«

»Ich komme.«

Als Isabelle sich erhob, wurde sie prompt von Lady Ann zur Seite gezogen. »Ihr schickt den Knappen des Ritters zu mir, wo doch klar ist, dass ich mich mit Heilkräutern nicht im Mindesten auskenne?«, raunte sie.

»Ich wusste nicht, ob Ruth abkömmlich war«, antwortete Isabelle ruhig, aber ihre Augen warnten die Hofdame, jetzt keine Szene zu machen.

Lady Ann trat einen Schritt zurück. »Ist der Ritter schwer verletzt?«

»Er hat viel Blut verloren.« Isabelle sah prüfend auf die Kräuter in Michaels Hand. »Leider sind das noch nicht alle Kräuter. Ich brauche noch Ampfer und Johanniskraut.«

»Ampfer?« Ruth sah sie verständnislos an. »Wieso denn Ampfer?«

»Gegen die Vereiterung der Wunden. Ich habe erst kürzlich von seiner erstaunlichen Wirkung erfahren.« Isabelle nahm dem Knappen die Kräuter ab. »Michael, begleite meine Dienerin und bring mir die fehlenden Kräuter. So braucht Ruth nicht wieder hierher zurückzukehren. Es ist viel zu tun am Hofe. Lady Ann kann jetzt übrigens auch gehen«, ergänzte sie mit einem Seitenblick auf die Hofdame.

Lady Ann hob an, etwas zu sagen, aber Isabelles Miene brachte sie zum Schweigen. »Lasst uns gehen. Lady Isabelle weiß, was sie tut«, sagte sie lediglich und schob Ruth und Michael aus dem Zelt.

Rose lachte leise, als sie allein waren. »Ihr erteilt Befehle wie ein Feldherr.«

»Nur wenn es unbedingt nötig ist.« Isabelle lächelte. »Und Ampfer ist wirklich sehr gut für die Wundheilung.«

»Warum habt Ihr sie weggeschickt? Sind wir noch nicht fertig?«

»Nein, wir sind noch nicht fertig. Ich will wissen, warum Ihr hier seid. Ihr seid doch nicht wegen des Turniers gekommen.«

»Ich kam Euretwegen, Lady Isabelle.«

»Meinetwegen? Falls Ihr meine Vermählung verhindern wolltet, kommt Ihr reichlich spät.« Isabelle setzte sich wieder zu Rose auf die Strohmatte.

»Nein, das ist es nicht. Ich wollte Euch warnen.«

»Warnen? Wovor?«

Rose verzog schmerzhaft das Gesicht, als sie den Kopf zu Isabelle drehte. »Jemand möchte etwas haben, das in Eurem Besitz ist.«

»Meint Ihr das Amulett?« Isabelle runzelte die Stirn. »Wieso wisst Ihr von dem Amulett? Ich habe erst heute von seiner Existenz erfahren. Warum habt Ihr mir nicht schon gestern davon erzählt?«

»Verzeiht, Milady, aber die Situation ist schwieriger, als Ihr denkt. Wo ist das Amulett jetzt?«

»Es wurde aus Lady Anns Schlafgemach entwendet.«

»Sie hat es nicht mehr?«

»Was ist mit dem Amulett? Was wisst Ihr darüber? Aus Lady Ann ist nichts herauszubekommen.«

»Das Amulett war für Euch bestimmt. An Eurem zwanzigsten Geburtstag solltet Ihr es bekommen. Ihr müsst es unbedingt wieder in Euren Besitz bringen.«

»Aber wieso? Warum weiß ich davon nichts?«

»Es tut mir leid, Milady. Die Sache ist zu verworren, um sie Euch jetzt zu erklären ...« Rose rang erschöpft nach Luft. »Aber morgen ... werde ich Euch alles erzählen, was ich weiß ... Vorausgesetzt ...«

Isabelle griff erneut nach ihrer Hand und drückte sie sanft. »Untersteht Euch, auch nur einen Gedanken ans Aufgeben zu verschwenden. Ihr müsst leben, hört Ihr?«

Nur ganz schwach wurde ihr Händedruck erwidert, aber es war ein Versprechen. Isabelle widerstand dem plötzlichen Impuls, die Hand in ihrem Schoß an ihre Lippen zu führen und legte sie zurück auf die Strohmatte. Sie griff nach einer Decke und breitete sie über Rose. »Euer Fieber wird noch ansteigen. Haltet Euch warm und schlaft jetzt.«

»Werde ich Euch morgen sehen?«

»Ja, Milady«, wiederholte sie Roses Worte vom Vortage. »Ihr werdet mich morgen sehen.«

Rose schloss die Augen, und langsam wich die Spannung aus ihrem Körper. Isabelle blieb an ihrer Seite und wartete geduldig, bis im Zelt nur noch die regelmäßigen Atemzüge der Ritterin zu vernehmen waren.

Lord Brian war schon wieder auf den Beinen, als Isabelle die Gastgemächer der Caddingtons betrat. Er saß mit einer Gruppe von Rittern am Tisch und berichtete in einer Überheblichkeit von seinem Kampf mit Sir Ross, dass Isabelle ihm am liebsten ins

Gesicht gespien hätte. Wie sicher er sich war, dass niemand seinen hinterhältigen Dolchstoß gesehen hatte! Isabelle wusste, dass sie nicht die Einzige gewesen war, die die verbotene Waffe in seiner Hand bemerkt hatte, aber niemand sagte etwas. Die einen schwiegen, weil sie die Verlobung zwischen den Häusern York und Chester nicht gefährden wollten, die anderen, weil sie um ihr Leben fürchteten. Der Sohn des Earls war allzu leicht reizbar, das war allgemein bekannt.

Die Männer verneigten sich, als sie Isabelle kommen sahen. Sie gesellte sich nur einen Moment zu ihnen, um sich nach Lord Brians Befinden zu erkundigen, und überließ sie dann wieder ihrem Gespräch. Am liebsten hätte sie noch einmal Lady Ann aufgesucht, um mit ihr nach Spuren zu suchen, die auf die Diebe hinwiesen, aber sie wusste, dass das noch warten musste. Niemand sollte Verdacht schöpfen, dass etwas nicht in Ordnung sei, und so begab sich Isabelle in den Nebenraum zu Lady Divora und Lady Caddington. Die beiden Damen sprachen gerade über die anstehende Hochzeit, als sie eintrat.

»Setzt Euch zu uns, meine Liebe.« Lady Caddington wies auf den Stuhl neben Lady Divora. »Wir sind dabei, uns ein prächtiges Brautgewand für Euch auszumalen.«

»Ich hoffe, Ihr könnt Euch einigen, Miladies.« Isabelle setzte sich zu ihnen. *Sie hat ihre blauen Augen.* »Was näht Ihr da, wenn ich fragen darf?«

»Es soll ein Gewand für Eure Tochter werden.« Lady Caddington hielt ein Stück weißes Leinen hoch. »Bestimmt werden Eure Kinder nicht lange auf sich warten lassen.« Sie zwinkerte Isabelle zu.

»Vielleicht solltet Ihr lieber ein Gewand für den ersten Sohn fertigen. Bei der Tochter eines Caddingtons weiß man nie, ob es eine Dame wird«, bemerkte Lady Divora spitz und neigte sich zu Isabelle hinüber. »Wie man hört, hat Lady Caddingtons Tochter in mehr Schlachten gekämpft als ihr eigener Vater«, flüsterte sie.

»Wie viele Menschenleben sie wohl auf dem Gewissen hat?«

Lady Caddington ließ das Nähzeug in den Schoß sinken. »Ihr habt kein Recht, so etwas zu sagen, Lady Divora.«

»Mit Verlaub, Milady, ich spreche nur aus, was hier ohnehin jeder denkt ...«

»Bitte verzeiht die Taktlosigkeit Lady Divoras, Milady«, entschuldigte sich Isabelle. »Offensichtlich ist sie übermüdet und sollte sich besser für eine Weile zurückziehen, bevor das Fest beginnt.« Sie warf besagter Lady einen finsteren Blick zu.

»Ja, ich bin wohl übermüdet«, stimmte Lady Divora zu, zerknirscht über Isabelles Zurechtweisung. »Nur noch den letzten Schluck Wein will ich austrinken, dann werde ich gehen und ein wenig ruhen.«

»Ich hoffe, dass Eure Tochter wohlauf ist«, wandte sich Isabelle wieder an ihre zukünftige Schwiegermutter. »Wo auch immer sie sich jetzt befinden mag.«

»Ich weiß nicht einmal, ob sie noch lebt«, seufzte Lady Caddington. »Ihr seid noch zu jung, um Euch vorzustellen, was das für eine Mutter bedeutet.«

»Vielleicht werdet Ihr sie eines Tages wiedersehen, Milady. Gebt die Hoffnung nicht auf.«

Lady Caddington warf ihr einen dankbaren Blick zu. »Von Anfang an war sie anders. Sie war nicht unbegabt, im Gegenteil. Sie lernte schneller als alle anderen bei Hofe, aber die Lektionen haben sie nie interessiert. Immer wollte sie zur Jagd gehen mit ihrem Vater. Er lehrte sie den Umgang mit Waffen und die Kriegsführung. Schon mit zwölf wusste sie mehr über Politik als über Sticken und Nähen, und an ihrem vierzehnten Geburtstag hat Walter sie mitgenommen zu ihrer ersten Schlacht.« Die Lady schüttelte den Kopf. »Ich hätte wissen müssen, dass das nicht gutgehen konnte.«

»Ist sie freiwillig vom Hofe fortgegangen oder hat Euer werter Gatte sie verbannt?«, fragte Lady Divora neugierig.

In diesem Moment ertönte draußen der Schall von Fanfaren, begleitet von jubelnden Rufen. Das Fest für das Volk hatte begonnen. »Ich denke, es ist Zeit, dass wir uns für den Abend bereit machen.« Sichtlich erleichtert legte Lady Caddington ihr Nähzeug zur Seite. »Im Festsaal erwartet man uns.«

Das abendliche Fest verlief ohne weitere Zwischenfälle. Wie bei jeder Feier wurde viel gegessen und getrunken, und nach dem Mahl spielte die Musik auf. Isabelle war froh über jeden Tanz, denn er ersparte ihr die Unterhaltung mit Lord Brian. Zum Glück entschuldigte dieser sich recht früh, da ihm seine Kopfwunde zu schaffen machte. Isabelles Vater kümmerte sich mit großer Umsicht um die Gästeschar, und so sah auch Isabelle keinen Hinderungsgrund mehr, sich zur Nachtruhe zurückzuziehen.

Als sie endlich in ihrem Bett lag, fühlte sie sich erschöpft und ausgelaugt, aber wieder einmal wollte der Schlaf nicht kommen. Ihre Gedanken kreisten um die verletzte Ritterin, die unten in einem der Zelte lag, und um das mysteriöse Amulett, das aus Lady Anns Schatulle entwendet worden war. Nie hatte sie die Hofdame derart aufgebracht gesehen. Wieso wusste Rose von dem Amulett, und warum sagte sie, das Schmuckstück sei für Isabelle bestimmt? Lady Ann hatte nichts dergleichen erwähnt. Hatte das Amulett etwas mit den Caddingtons zu tun?

Isabelle schlug ihre Decke zur Seite und begab sich barfuß zu ihrem Fenster. Von hier aus konnte man den gesamten Hof überblicken, und hinter den Türmen der Burg erhob sich der Wald von Chester. Der Turnierplatz, auf dem am Nachmittag noch so heftig gekämpft worden war, lag jetzt ruhig und friedlich da. Ein paar Tauben hatten sich an den Ständen der Händler versammelt und pickten nach den Überresten, die von den Menschen achtlos fortgeworfen worden waren.

Nicht weit vom Innenhof entfernt standen die Zelte der Ritter. Zwei Fackeln brannten vor jedem, und Isabelle wusste, dass in dem Zelt ganz am Rande der Burgmauer Rose um ihr Leben kämpfte. Was war es nur, das sie mit Lord Caddingtons Tochter verband? In ihrer Gegenwart verspürte sie eine Lebendigkeit, die sie nie zuvor empfunden hatte. Und wenn sie wieder allein war, sehnte sie sich nach nichts anderem, als wieder bei ihr zu sein. Wenn Roses dunkle Stimme ihren Namen sagte, regte sich etwas tief in ihr, und wenn ihre Augen auf ihr ruhten, war es, als berührten sie ihre Seele.

Isabelle musste daran denken, wie sie Rose den Oberkörper verbunden hatte. Nur aus Versehen hatten ihre Fingerspitzen die weichen Brüste berührt, aber es hatte ein Prickeln in all ihren Gliedern ausgelöst. Warum reagierte sie auf diese Frau so anders als auf jeden anderen Menschen auf der Welt?

Unten im Hof plagten jemanden ganz ähnliche Gedanken. Rose lag auf dem Rücken und starrte an die Decke des Zeltes. Neben ihr schnarchte Michael, doch weder er noch das brennende Fieber in ihrem Körper war es, das sie vom Schlafen abhielt. Dieser Tag hatte eine Fülle von Überraschungen bereitgehalten. Den Dolch in Brians Ärmel hatte sie erst bemerkt, als er sich schon in ihre Lende bohrte. Brian war noch nie ein ehrlicher Kämpfer gewesen, aber mit einer verborgenen Waffe hatte Rose nicht gerechnet. Und doch musste sie sich eingestehen, dass sie auf seinen Angriff viel zu spät reagiert hatte. Nur einen winzigen Augenblick war sie abgelenkt gewesen, als Isabelle sich zu ihrem Vater hinübergebeugt hatte. Der Moment hatte gereicht, um sich eine lebensgefährliche Verletzung zuzuziehen.

Die Teilnahme an dem Turnier war lediglich ein Vorwand gewesen, um sich Gelegenheit zu verschaffen, die Tochter von Lord Trascott zu warnen, denn auf anderem Wege hätte die Familie sie niemals empfangen. Aber seit die Lady von Chester sie unerwartet in den Stallungen überrascht hatte, erschien Rose plötzlich nichts begehrenswerter als der Preis des Turniers.

Die dritte Überraschung war gewesen, dass das Amulett der Hofdame bereits entwendet worden war, noch bevor Rose Isabelle hatte warnen können.

Lord Trascotts Tochter hatte etwas an sich, dem Rose sich nicht entziehen konnte. In ihren Augen lag so viel Wärme, Klugheit und Feuer, dass sie Rose schon bei der ersten Begegnung in ihren Bann gezogen hatte. Wie hatte sie glauben können, dieser Frau etwas vormachen zu können? Am Nachmittag, als Isabelle ihre Wunden versorgt hatte, da hatte Rose sich zum ersten Mal seit langer Zeit nicht mehr auf der Flucht gefühlt.

Jahrelang war ihre Maskerade perfekt gewesen, niemand hatte je etwas geahnt. Was war anders mit Isabelle? Zugegeben, es hatte sich alles als wahr erwiesen, was über die Lady gesagt wurde. Sie war nicht nur eine kluge Frau, sondern auch eine außergewöhnlich schöne Erscheinung. Ihre Bewegungen waren anmutig und elegant, aber die ihnen innewohnende Leidenschaft war leicht erkennbar. Isabelle wusste, was sie wollte, und sie verfolgte ihre Ziele mit Passion. Ihr Wissen über Kräuter und deren Anwendung stellten das der Mönche und Leibärzte in den Schatten, und Rose war sich sicher, dass ihre außerordentliche Heilkunst nicht zuletzt der Feinfühligkeit und Wärme zu verdanken war, die sie ihren Patienten entgegenbrachte.

Der schnarchende Knappe neben ihr war hoffnungslos verliebt in Lord Trascotts Tochter, und zu seinem Unglück schien er zu glauben, dass sie seine Gefühle insgeheim erwiderte. Rose hingegen war aufgefallen, dass Isabelle jeden Menschen mit Liebe und Aufmerksamkeit bedachte. Es entsprach offenbar ihrem Wesen.

Wie aber stand es um sie selbst? Rose zog die Decke höher über ihre Schultern. Ihr waren die Anzeichen nur zu gut bekannt. Trotz der Schmerzen und des einsetzenden Wundfiebers hatte ihr Körper noch auf Isabelle reagiert. Wie ein Feuer war es durch ihre Glieder gefahren, als die Lady sie berührt hatte.

Es war lange her, dass Rose derlei Regungen empfunden hatte, und mitnichten hatte es sie früher derart erschüttert. In der Zeit, als sie mit ihrem Vater unzählige Schlachten geschlagen hatte, um den Besitz von Yorkshire zu vergrößern, war mehr als einmal des Nachts jemand bei ihr gewesen. Meist waren Männer ihrer Truppen, aber auch Frauen aus den umliegenden Dörfern zu ihr gekommen. Mit niemandem hatte sie mehr als eine Nacht verbracht, aber es genügte, um die nagende Unruhe in ihr vorübergehend zu stillen.

Mit Isabelle war es anders. Rose verspürte nicht das Bedürfnis, sie zu erobern wie ein Stück Land. Sie wollte ihr nahe sein. Sie fühlte sich wohl in ihrer Gegenwart. Es war, als fiele ein heller Lichtstrahl in ihre dunkle Seele, wann immer Isabelle sich ihr näherte.

Doch war es nicht müßig, über die Lady von Chester nachzusinnen? Spätestens wenn sie erfuhr, was Rose in ihrer Vergangenheit auf sich geladen hatte, die vielen Seelen, die sie auf dem Gewissen hatte, spätestens dann würde sie sich von ihr abwenden – angewidert, wie sie selbst sich vor vielen Jahren von sich abgewandt hatte. Niemand konnte jemanden wie sie lieben.

Von klein auf hatte ihr Vater sie Machtgier und Habsucht gelehrt, und sie erwies sich als hervorragende Schülerin. Brutal und schonungslos war sie gegen die Bevölkerung vorgegangen, und jeden, der sich ihr in den Weg stellte, hatte sie das Fürchten gelehrt. Gemeinsam mit ihrem Vater und ihrem Bruder hatte sie den Besitz der Caddingtons um das Vierfache vergrößert, aber nie schien es genug. Immer mehr Land musste erobert werden.

Eines Tages hatte Papst Innozenz III. sie zu einer Audienz nach Rom geladen. Auf ihrem Weg dorthin hatte sie in Umbrien einen jungen Mönch kennengelernt, der im Gewand eines Bettlers Aussätzige pflegte. Der Mann war adeliger Herkunft, hatte aber sein Erbe ausgeschlagen und lebte freiwillig in Armut, um seinen Mitmenschen besser dienen zu können. Eigentlich hatte Rose nur eine kurze Rast in der Nähe von Perugia beabsichtigt, aber die Begegnung mit dem Mönch bewog sie, ihren Aufenthalt zu verlängern. Er wirkte so zufrieden und ausgeglichen, wie Rose es noch bei keinem Menschen je zuvor erlebt hatte. Dabei verfügte er über keinerlei Besitz und wusste nicht einmal, wovon er am folgenden Tag leben sollte. Ihr wurde bewusst, wie unglücklich sie selbst war und wie wenig Mitgefühl sie anderen Menschen entgegenbrachte. »Es ist niemals zu spät, einen neuen Weg einzuschlagen«, hatte der Mönch gesagt. »Auch Ihr könnt Eurem Leben eine Wende zum Besseren geben. Jeder Mensch verdient es, glücklich zu sein.«

Von diesem Moment an hatten sie die Gedanken über ihr eigenes Leben nicht mehr losgelassen, und als sie sich von dem Mönch verabschiedete, stand ihr Entschluss fest: Sie würde die Gier ihres Vaters nicht mehr bedienen. Sie würde sich von ihrer Familie lossagen und sich für den Frieden Englands einsetzen. Sie ließ sich bei Innonzenz III. entschuldigen und kehrte zurück nach York. Auf der Burg angekommen, packte sie ihre wichtigsten Habseligkeiten, nahm sich ihren Anteil des Familienschmucks aus der Schatzkammer und verließ das Castle von York für immer. Bald darauf nahm sie eine neue Identität an und baute sich eine eigene Armee auf, mit der sie die Aufstände des machthungrigen Adels niederschlug.

Seitdem brachte ihr jeder neue Tag die Bestätigung, das Richtige zu tun. Es war ihr gelungen, den Frieden in England ein großes Stück voranzubringen – zahlreiche erfolgreich geführte Kämpfe und drei gewonnene Schlachten allein in diesem Jahr sprachen für sich. Dennoch war ihr das Gefühl von Glück fremd geblieben. Oft empfand sie sich wie eine leblose Puppe, die nur dazu diente, wiedergutzumachen, was Rose Caddington einst an der Menschheit verbrochen hatte. Immer nur waren es Momente des Zorns und der Kampfeslust, in denen sie Leben in sich spürte.

Und doch hatten sich Isabelles behutsame Berührungen angefühlt, als würden sie etwas tief in ihrem Inneren heilen. Rose runzelte die Stirn. Vielleicht ging das jedem ihrer Patienten so. Wer wollte nicht gern von einer schönen Lady gesund gepflegt werden. Viel wichtiger war es jetzt, dass sie sich auf ihre Aufgabe besann. Das Leben vieler Menschen hing von ihr ab, und es war mehr als unangemessen, ihr eigenes Wohl in den Vordergrund zu stellen. Mit diesem Gedanken schloss Rose endlich die Augen und fiel in einen fiebrigen, heilsamen Schlaf.

KAPITEL V

Als Michael am Morgen erwachte, saß sein Herr bereits auf seinem Lager und rührte den Ampfer an. Der Knappe blinzelte ungläubig. Zwar hatte er schon gehört, wie ungewöhnlich schnell der wappenlose Ritter von Verwundungen zu genesen pflegte, aber dass er nun schon selbständig seine Heilsalbe anrührte, das ging wirklich zu weit. Schließlich hatte man für so etwas einen Knappen.

»Guten Morgen, Sir. Ihr solltet Euch wirklich wieder hinlegen. Ich kann das Auftragen der Heilpaste übernehmen. Ich weiß gar nicht, wie ich Lady Isabelle erklären soll, dass ihr Patient schon frühmorgens auf den Beinen ist und seine Arznei selbst anrührt.«

»Lady Isabelle werden wir heute Morgen wohl kaum zu Gesicht bekommen.« Sein Herr entfernte vorsichtig den Verband an seiner Hüfte. »Hast du nicht gehört, was der Herold verkündet hat? Heute Morgen findet die Ehrung der Sieger statt, und anschließend wird die Verlobung der Lady mit Lord Brian öffentlich bekanntgegeben. Danach folgen die Wagenfahrt nach Northwich, die Jagd in den Wäldern von Chester und das Verlobungsfest. Wann hattest du gedacht, sollte Lady Isabelle die Zeit finden, nach einem Patienten zu sehen, der zudem noch der erklärte Erzfeind ihres Verlobten ist?«

Michael ließ enttäuscht den Kopf hängen. Er hatte gehofft, der Lady noch einmal zu begegnen, bevor diese Lord Brian nicht mehr von der Seite weichen würde. Für einen Moment bedauerte er, nicht mehr der Bote der Caddingtons zu sein, aber dann besann er sich wieder auf die vielen Abenteuer, die er mit seinem neuen Herrn noch erleben würde. Der Begleiter des wappenlosen Ritters zu sein war um so vieles reizvoller, als sich von einem selbstgerechten Edelmann Befehle erteilen zu lassen.

Ritter Ross hatte inzwischen die Wunde an seiner Lende neu verbunden und erhob sich langsam. Er schwankte leicht, als er sich aufgerichtet hatte und musste sich an einer Zeltstange festhalten. »Reich mir meine Stiefel, Michael. Ich will nach Aymon sehen.«

Michael wollte ihn zu den Stallungen begleiten, aber sein Herr wies ihn an, vor dem Zelt auf ihn zu warten. Also beobachtete er das emsige Treiben der Bediensteten, die mit den Vorbereitungen für die Siegerehrung beschäftigt waren. An der Burgmauer wurden die beiden Tribünen der Gastgeber abgebaut und stattdessen eine größere gemeinsame errichtet. Vom Haupttor her kam ein großer geschmückter Wagen angefahren, ein Vierspänner, der gewiss für das Verlobungspaar gedacht war und auf der Fahrt nach Northwich eingesetzt werden würde.

Am Rande der Zelte erschien Lady Isabelle mit einer Gruppe Bediensteter. Als sie Michael erblickte, winkte sie ihn zu sich. »Guten Morgen, Michael. Wie geht es unserem Patienten?«

»Guten Morgen, Milady. Ich bedaure, Euch mitteilen zu müssen, dass Euer Patient gerade einen kleinen Ausflug macht.«

»Er macht was?! Einen *Ausflug?*«

»Er ist zu den Ställen gegangen, um nach Aymon zu sehen.«

»Und du hast das zugelassen? Ein schöner Knappe bist du!« Lady Isabelle schlug die Öffnung des Zeltes zurück. »Was ist das hier?« fragte sie unwirsch und deutete auf die alte Bandage.

»Sir Ross hat seine Wunde bereits selbst versorgt, Milady.«

Lady Isabelle rang nach Luft. »Er hat zu viel Blut verloren, um schon am frühen Morgen zu den Ställen zu spazieren.«

Michael sah verlegen auf den zusammengerollten Verband. »Seine Wunden heilen ungewöhnlich schnell, Milady. Schon so mancher meinte, er stünde mit dem Teufel im Bunde.«

»Er mag ja rasch genesen, aber richte ihm dennoch aus, er solle sich die nächsten Tage schonen. Mit einer derartigen Verwundung ist nicht leichtfertig umzugehen.«

»Sehr wohl, Milady.«

»Hör zu, Michael, ich muss wieder gehen, aber dein Herr und ich haben noch etwas Wichtiges zu besprechen. Sag ihm, dass ich ihn heute nach der Wagenfahrt zu treffen gedenke. Er möge sich bitte bereithalten.«

»Ich werde es ausrichten, Milady.«

Lady Isabelle legte eine Hand auf seine Schulter. »Ich bin froh, dass es unserem Patienten besser geht, und ich erwarte, dass du auf ihn Acht gibst.«

Isabelle hatte Mühe, eine freundlich zurückhaltende Miene aufzusetzen, als sie am Arm ihres Vaters durch die Menge zum Turnierplatz schritt. Rose lebte und war offenbar wohlauf! Ihre Gebete waren also erhört worden. Am liebsten hätte sie ihre Erleichterung auf der Stelle kundgetan, aber da das nicht möglich war, hatte sie stattdessen Roses Knappen angefahren. Der arme Michael war sichtlich geknickt über ihre Rüge gewesen. Sie würde es bei Gelegenheit wiedergutmachen.

Überall wurden Fähnchen geschwenkt und Isabelles Name gerufen, als die Familien Trascott und Caddington gemeinsam die Treppe zur Tribüne hinaufschritten. Unten an ihrem Fuß hatten sich bereits die Ritter versammelt, die, anders als am Tag zuvor, keine Rüstung trugen, sondern in eleganten Surcots in den Farben ihrer Wappen erschienen waren. Nicht wenige wiesen Verbände an Kopf, Armen oder Beinen auf, aber alle Ritter konnten der Zeremonie beiwohnen.

Sobald die Familien auf der Tribüne Platz genommen hatten, verlas der Herold das Ergebnis des Hauptturniers. Zunächst bekam Ritter McForce für den dritten Platz von Lady Isabelle eine rote Schärpe umgelegt, dann wurde Lord Brian aufgerufen. Offenbar hatte sein Vater ihm ins Gewissen geredet, denn er riss sich zusammen und schritt erhobenen Hauptes auf Isabelle zu.

»Ich freue mich, Euch hiermit den zweiten Preis überreichen zu dürfen, Lord Brian«, verkündete Isabelle und meinte es sogar ernst. Unter den jubelnden Rufen der Menge legte sie ihm die silberne Schärpe um.

Lord Brian verbeugte sich. »Und ich bekomme dennoch meinen Kuss«, sagte er mit einem süffisanten Lächeln. »Eurem Gatten werdet Ihr ihn kaum verwehren.«

Isabelle lächelte zurück. »Das wäre in der Tat sehr ungehörig.«

Als der Herold Ritter Ross aufrief, trat Rose vor die Tribüne. Dass sie noch in der Nacht um ihr Leben gerungen hatte, war ihr nicht anzumerken. Kaum hatte der Herold den wappenlosen Ritter zum Sieger des Turniers erklärt, ging der Rest seiner Rede im Jubel des Volkes unter.

»Der Kuss! Der Kuss!«, rief die Menge.

Für einen Moment vergaß Isabelle, was sie zu tun hatte, bis der Diener ihr die goldene Schärpe reichte. Erst als Rose sich zu ihr neigte, damit sie ihr das Band des Siegers umlegen konnte, löste sich Isabelle aus ihrer Erstarrung. Mit zittrigen Händen legte sie ihr die Auszeichnung um den Oberkörper, sehr darauf bedacht, die verletzte Schulter nicht zu streifen.

»Gott schütze den Sieger!«, jubelte die Menge.

»Gott schütze den Sieger«, wiederholte Isabelle und strich noch einmal über die Schärpe.

»Den Kuss! Den Kuss!«, forderten die Zuschauer.

»Bietet ihm Eure roten Lippen, Milady!«, rief jemand keck aus der hinteren Reihe.

»Die Kopfbedeckungen ab!«, forderte ein anderer.

Isabelle schaute unsicher in das bleiche Gesicht vor ihr. Sie las die Schmerzen in den Zügen, aber Roses Haltung war die eines stolzen Ritters, der seinen Lohn empfing. Sie verneigte sich vor Isabelle, während sie in einer eleganten Bewegung ihre Hand ergriff. Nur ein klein wenig zog Rose den hinderlichen Handschuh zurück, als sie ihre Lippen auf den zitternden Handrücken drückte.

So weich.

»Heute Nachmittag am See.«

Isabelle trat einen Schritt zurück und nickte dem Ritter zu. Nur ihren Augen war zu entnehmen, dass sie Roses Bemerkung gehört hatte. »Hoch lebe der Sieger des Turniers!«, rief sie ihrem Volk zu.

»Hoch lebe der Sieger!«, antwortete das Publikum. Männer wie Frauen warfen ihre Hauben in die Luft und riefen den Namen des wappenlosen Ritters.

Isabelle sah zu Lord Brian hinüber, der erstaunlich ruhig auf seinem Platz saß und das Geschehen beobachtete. Von einem plötzlichen Schwindel erfasst, lehnte sie sich gegen die Tribüne. Lord Brian und das Publikum verschwammen vor ihren Augen, und auf einmal sah sie sich selbst in einer Höhle stehen. Lanzen, Schwerter und Bögen lehnten an den Wänden, und in der Mitte der Höhle lagen schlafende Menschen. Sie wurden aufgeschreckt von einem ohrenbetäubenden Lärm, als eine Horde bis an die Zähne bewaffneter Krieger den Schlafplatz stürmte, angeführt von Lord Brians Feldherrn Ritter Wallenby. Blut spritzte überall, und Menschen sanken zu Boden. Wallenby stürzte an ihr vorbei in den hinteren Teil der Höhle, und als sie sich umdrehte, sah sie das Ziel seines Angriffs: den wappenlosen Ritter.

»Isabelle?«

Mit einem Ruck kehrte sie in die Gegenwart zurück. »Isabelle?«, drang die besorgte Stimme ihres Vaters an ihr Ohr. »Geht es dir gut?«

»Alles bestens, Vater«, beeilte sie sich zu versichern. »Wir können fortfahren.«

Was um Himmels Willen hatte das zu bedeuten? Bereitete Lord Brian einen Anschlag auf Rose vor? Auf keinen Fall durfte sie heute Nachmittag das Treffen am See verpassen. Sie musste Rose warnen – koste es, was es wolle.

Im Publikum war es still geworden. Gerade noch rechtzeitig bemerkte Isabelle, dass alle den Worten des Herolds lauschten. »Lord Brian, Sohn des Earls von York, und Lady Isabelle, Tochter des Earls von Chester, werden gebeten, sich zu erheben.«

Als dies geschehen war, fuhr er fort: »Hiermit verkünden Brian Gilbert Caddington und Isabelle Mary-Ann Eleanor Trascott ihre Verlobung. Die Hochzeit wird am fünften Kalendertage des Augusts in York stattfinden und die Einladung hierfür noch gesondert bekanntgegeben. Die heute geladenen Gäste werden nun gebeten, sich umgehend zum Haupttor zu begeben, wo die Wagen für den Ausflug nach Northwich bereitstehen. Dort werden die Gäste die Gelegenheit haben, eine der vier großen Salinen von Cheshire zu besichtigen.«

Fanfarenklänge leiteten die Festlichkeiten ein, und alsbald löste sich die Menge in kleine Grüppchen auf. Isabelle und Lord Brian führten den langen Zug der Wagen an, der sich wenig später in Richtung Northwich bewegte. Es war das erste Mal, dass Isabelle mit Lord Brian allein war, und obwohl er sich ihr gegenüber tadellos benahm, schien der Ausflug kein Ende zu nehmen. Seit dem Zwischenfall bei der Siegerehrung fürchtete sie, dass er etwas im Schilde führte. Sowohl er als auch sein Vater machten einen derart aufgeräumten Eindruck, dass sich am Morgen irgendetwas ereignet haben musste, von dem sie nichts wusste. Sie fürchtete, dass es mit Rose zu tun hatte, und die Zeit, bis sie die Ritterin warnen konnte, wurde ihr lang.

Es war früher Nachmittag, als die Ausflugsgäste wieder in der Burg eintrafen. Die Frauen suchten eilig ihre Gemächer auf, um sich für die Nachmittagstafel frischzumachen, und für die Männer stand nun die Jagd auf dem Programm – ein Ereignis, das viele Gäste schon mit Spannung erwarteten. So waren Isabelles Gastgeberpflichten für eine Weile nicht gefragt. Es war die einzige Gelegenheit für ein Treffen mit Rose.

Am See angekommen, band Isabelle Felicias Zügel an einen Baum und machte sich zu Fuß auf zum gegenüberliegenden Ufer. Man konnte es nur über den Wasserweg oder durch dichtes Gestrüpp erreichen, wodurch sichergestellt war, dass niemand sie dort überraschte. Sie selbst jedoch würde von der anderen Seite aus die gesamte Gegend überblicken können.

Sie hatte sich bereits eine Weile durch das Unterholz gekämpft, als eine sanfte Frauenstimme an ihr Ohr drang. Ohne Zweifel war es Rose, die eine alte Weise aus längst vergangenen Kindertagen summte. Isabelle bedauerte, nicht mehr Zeit zur Verfügung zu haben. Wie gern wäre sie stehengeblieben und hätte noch länger der schönen Melodie gelauscht.

Rose saß mit dem Rücken zu ihr auf einem Baumstamm und schnitzte etwas aus Holz. An ihrem plötzlichen Verstummen erkannte Isabelle, dass die Ritterin sie bemerkt haben musste.

»Euer Gesang ist wunderschön.«

Rose sah verlegen auf den Gegenstand in ihrem Schoß. »Er war nicht für Eure Ohren bestimmt, Milady. Ich hatte Euch nicht so früh erwartet.«

Die Bemerkung versetzte Isabelle einen kleinen Stich. Sie wünschte, Rose hätte für sie gesungen. »Wie geht es Euren Verletzungen?«, wechselte sie das Thema. »Ich hätte nicht vermutet, dass Ihr heute schon wieder auf Eurem Pferd sitzen würdet.«

»Es geht ihnen gut, dank Eurer ausgezeichneten Versorgung.«

»Darf ich sie mir noch einmal ansehen?«

»Ich denke, das ist nicht nötig. Ist es nicht Beweis genug, dass ich jetzt vor Euch sitze?«

»Nein, das ist es nicht. Aber wenn Ihr mir versprecht, auf Euch Acht zu geben, dann will ich es auf sich beruhen lassen.«

»Ich verspreche es«, versicherte Rose. »Ich würde es mir nie verzeihen, wenn ich Euch jetzt nicht helfen könnte.«

»Ich muss Euch warnen, Rose«, entfuhr es Isabelle, kaum dass sie neben ihr Platz genommen hatte.

»Warnen? Ihr mich? Ich dachte, die Situation wäre umgekehrt.«

Isabelle stützte ihr Kinn in die Hand und beobachtete die feinen Blasen, die aus dem See aufstiegen. Sie war gleich zum Kern der Sache gekommen, und nun verließ sie der Mut.

»Ihr müsst wissen, Rose ...«, begann sie zögernd. »Ab und zu sehe ich Dinge, die noch gar nicht geschehen sind ...« Sie blickte kurz auf in Erwartung einer abweisenden Bemerkung, aber Rose schien ihr aufmerksam zuzuhören. »Heute Vormittag«, fuhr sie fort, »nachdem Ihr mich ... ich meine, nachdem Ihr meine ... nach der ... also ... Haltet Ihr Euch mit Euren Kriegern vielleicht in einer Höhle versteckt?«

»Das ist richtig, Milady«, bestätigte Rose. »Meine Männer leben immer in einer Höhle, wenn wir auf einer Mission sind. Höhlen sind der einzige Ort, wo eine Armee nicht entdeckt wird.«

»Lord Brians Feldherr Ritter Wallenby wird Euch dort überraschen. Ich kann es nicht genau sagen, aber irgendetwas ist heute geschehen. Ich glaube, Lord Brian kennt Euer Versteck.«

Rose sah nachdenklich auf den See. »Heute Morgen hat mir ein Bote ausgerichtet, dass einer meiner Männer gestern von einem Erkundungsritt nicht zurückgekehrt ist. Das würde zu Eurer Vorahnung passen, Isabelle. Vielleicht hat Brian ihn in seiner

Gewalt und ihn genötigt, ihm unseren Aufenthaltsort zu verraten.«

»Soll ich versuchen, etwas herauszubekommen?«

Rose schüttelte den Kopf. »Ich möchte Euch da nicht hineinziehen. Ihr könntet die größten Schwierigkeiten bekommen.«

»Das schreckt mich nicht.«

»Setzt nicht das Wohl Eures Volkes aufs Spiel, Lady Isabelle. Wenn Ihr mit mir in Verbindung gebracht werdet, wäre das das Ende Eurer Verlobung mit Brian.«

Isabelle seufzte. Sie wusste, dass Rose recht hatte. Sie durfte ihre Vermählung nicht gefährden, schließlich boten die Caddingtons die einzige Rettung für das hungernde Cheshire. »Wenn ich mir vorstelle, dass bald meine eigenen Leute gegen Euch kämpfen werden …«

»So dürft Ihr nicht denken, Milady. Ihr habt die Pflicht, für Euer Volk zu sorgen.«

»Und Ihr? Welcher Verpflichtung gehorcht Ihr?«

»Nur meiner eigenen, Milady.«

»Und die wäre?«

»Ich möchte nicht, dass Ihr mich hasst, Milady«, antwortete Rose ausweichend.

»Wie könnte ich Euch hassen?«

»Ihr wisst nicht, wer ich gewesen bin.« Rose stand auf und trat an die Uferböschung. Ihre Hände zitterten, als sie einen Stein vom Boden aufhob und ihn ins Wasser warf. Sein Untergang verursachte kleine kreisförmige Wellen auf der Wasseroberfläche, die sich langsam ausbreiteten.

Isabelle wartete stumm, dass Rose sich ihr wieder zuwandte. Als das nicht geschah, stand sie auf und trat neben sie. »Ich weiß, wer Ihr jetzt seid, und ich bin sehr froh, Euch zu kennen. Für mich ist das alles, was zählt.«

»Ich habe getötet, Lady Isabelle. Sinnlos getötet. Ich habe den Weg meines Vaters fortgesetzt – ich habe Menschen abgeschlachtet, um an ihr Land zu kommen. Ich habe meine eigenen Krieger getötet, wenn sie mir nicht gehorchten. Ich habe Kindern ihre Väter genommen und Frauen ihre Männer. Ich habe Dörfer angezündet aus reiner Habgier und den Armen ihr Brot aus den Händen gerissen. Ihr solltet nicht froh sein, mich zu kennen, Milady. Ihr solltet Euch abwenden und für Euer Volk Sorge tragen.«

Isabelle schüttelte den Kopf. »Glaubt Ihr, ich hätte von Euren Taten nicht gehört? Aber Ihr seid nicht mehr die, die Ihr einst wart. Ihr habt Fehler begangen und aus ihnen gelernt ...«

»Fehler!«, unterbrach Rose sie heftig. »Wie könnt Ihr von Fehlern sprechen! Ich habe nicht aus Versehen eine Kanne Milch verschüttet.«

»Manchmal gerät man auf den falschen Weg und es dauert eine Weile, bis man es merkt«, beharrte Isabelle. »Wenn Ihr Euch hinter einer Mauer von Schuld versteckt, wie wollt Ihr da noch offen für die Freuden des Lebens sein?«

»Die Freuden des Lebens«, wiederholte Rose bitter. »Das Recht darauf habe ich vor langer Zeit verwirkt.«

»Nein, das habt Ihr nicht. Jeder Mensch hat das Recht auf Leben, egal, was er getan hat. Ich sage Euch, wozu Ihr kein Recht habt, Sir Ross.« Isabelle zog das Wort *Sir* bewusst in die Länge. »Ihr habt kein Recht, Euch in Eurem Selbstmitleid zu suhlen. Es ist leicht, sich selbst zu verurteilen. Aber sich zu verzeihen, sich als fehlbaren Menschen zu begreifen und anzunehmen, das ist viel schwerer.«

Rose starrte sie an, als hätte sie den Verstand verloren. Dann wandte sie sich ab und blickte mit verschränkten Armen auf den See. Erst nach einer Ewigkeit drehte sie sich wieder um und trat auf sie zu.

Isabelle kämpfte mit den Tränen. Sie fühlte sich hilflos gegenüber dem undurchdringlichen Wall, den Rose um sich herum errichtet hatte.

Da legte die Ritterin unvermutet die Arme um sie. »Ihr dürft nicht weinen, Isabelle. Nicht um mich.« Sie zog Isabelle an sich. »Nicht um mich«, wiederholte sie.

Isabelle presste ihr Gesicht an Roses Brust, und eine Weile sprach keine von ihnen ein Wort.

»Ich muss zugeben, dass so noch niemand mit mir gesprochen hat«, sagte Rose schließlich.

»Wahrscheinlich gebt Ihr niemandem die Gelegenheit dazu«, schniefte Isabelle und suchte nach einem Taschentuch. »Wollt Ihr meine Freundschaft nicht?«

»Doch, natürlich.« Rose beeilte sich, ihr ein Taschentuch zu reichen. Dabei verrieten ihre Augen so viel liebevolle Sorge, dass Isabelles Knie nachzugeben drohten. Beschämt sah sie zu Boden. »Nichts könnte mir wertvoller sein als Eure Freundschaft«, sagte Rose mit Nachdruck.

Isabelle schob das Taschentuch unter den Ärmel ihres Gewandes in der Hoffnung, Rose würde es nicht zurückfordern. »Dann könnt Ihr mir vielleicht jetzt erzählen, was Ihr über das Amulett wisst? Ich weiß überhaupt nicht, worum es geht, aber es scheint von großer Wichtigkeit zu sein.«

»Ich weiß leider nicht sehr viel, aber vielleicht reicht es, um ein wenig Licht in die Sache zu bringen.« Rose hob das Stück Holz, an dem sie gearbeitet hatte, vom Boden auf. Es war eine Figur, in deren Rumpf sie verschiedene Symbole geschnitzt hatte. »Ich werde etwas ausholen müssen, um es zu erklären«, begann sie. »Wie Ihr wisst, kenne ich mich im Castle von York gut aus. Es bereitet mir wenig Mühe, in der Burg Erkundigungen einzuholen, und es hilft mir, die nächsten Schritte meines Vaters einzuschätzen.«

»Und die Eures Bruders«, ergänzte Isabelle.

»Die beiden dürfen Lancashire nicht erobern«, nickte Rose und hockte sich wieder auf den Baumstamm. »Nach außen hin sieht es nicht so aus, aber den Menschen in Yorkshire geht es schlecht. Mein Vater versorgt nur diejenigen, die ihm nützen, um seine Macht zu vergrößern. Das einfache Volk muss darben. Die Menschen in Lancashire werden nichts mehr zu lachen haben, wenn sie der Herrschaft meiner Familie unterstehen. Auf Euer Volk wird das auch noch zukommen.«

Isabelle schüttelte den Kopf. »Es ist die einzige Wahl, die ich habe. Außerdem hoffe ich, am Hofe Einfluss auf die Politik nehmen zu können. Glaubt Ihr, das wäre möglich?«

»Mit Verlaub, Lady Isabelle, am Hof von York gehen Dinge vor sich, die Ihr Euch nicht vorstellen könnt. Viel gefährlicher als die Schlachten in Lancashire ist die Situation für den König. Mein Vater und Brian haben sich mit anderen Adeligen verbündet und wollen King John stürzen.«

»Sie wollen den König stürzen?« Isabelle verschlug es den Atem. »Herrgott im Himmel!«

»So wahr ich hier sitze. Es gibt bereits ein Komplott gegen ihn, und in wenigen Wochen wird sich entscheiden, ob es gelingt. England darf nicht in die Hände der Adeligen fallen, schon gar nicht in die meines Vaters. Unser Land wird nie wieder Frieden finden, wenn ich das nicht verhindere.«

»Kann ich Euch bei Eurem Vorhaben unterstützen?«

»Heiratet meinen Bruder und versucht Euer Volk zu retten. Das ist das, was Ihr tun könnt.«

»Es muss doch noch etwas anderes geben, was ich tun kann.«

»Ich mag Euch nicht in Gefahr bringen. Ich habe genug Leben auf dem Gewissen, und Eures möchte ich am allerwenigsten gefährden.«

»Es ist *mein* Leben.« Isabelle gefiel es gar nicht, dass Rose offensichtlich der Überzeugung war, das Schicksal Englands läge allein auf ihren Schultern. »Hat das Amulett etwas mit dem König zu tun?«

»Vermutlich nicht. Mein Vater hat meinen Bruder schon seit vielen Jahren gedrängt, Euch zu ehelichen. Brian war zunächst unentschlossen, weil die Grafschaft von Lincolnshire größer ist und er sich von der Vermählung mit der Tochter von Lord Willsforth größere Vorteile erhoffte. Doch vor einigen Monaten hörte ich zufällig ein Gespräch zwischen meinem Vater und Brian mit. Mein Vater drängte darauf, dass Brian sich entscheiden sollte, und in diesem Zusammenhang erzählte er von einem Amulett, das Lady Ann am Hofe von Chester für Euch aufbewahrt. Es ist anzunehmen, dass Brians Sinneswandel damit zu tun hatte. Schließlich hat er wenig später um Eure Hand angehalten.«

»Meint Ihr, dass Brian den Diebstahl des Amuletts veranlasst hat?«

»Ich bin mir dessen sicher. Er wollte das Amulett an sich bringen, und er braucht Euch, um damit etwas anfangen zu können.«

Isabelle schüttelte den Kopf. »Wieso mich? Ich weiß nicht einmal, wie das Amulett aussieht. Wenn ich es richtig verstanden habe, hat meine Mutter es Lady Ann zum Verwahren gegeben.«

»Ich bezweifle, dass es von großem materiellen Wert ist. Wahrscheinlich ist seine Bedeutung spiritueller Natur.«

»Woher mochte meine Mutter es wohl haben, und was habe ich damit zu tun?«

»Vielleicht kann Lady Ann darauf eine Antwort geben? In jedem Falle scheint es gefährlich zu sein, wenn das Amulett in falsche Hände gerät. Und genau das ist jetzt geschehen.« Rose wies auf den Bauch der Holzfigur in ihrer Hand. »Seht Ihr dieses Zeichen? Das ist das Symbol, das mein Vater Brian aufgemalt hat, als er ihm von dem Amulett erzählte.« Sie reichte Isabelle die Figur. »Kommt es Euch bekannt vor?«

Isabelle betrachtete das Zeichen eingehend. Es sah aus wie ein Bogen mit drei Pfeilen. Darunter waren fremd anmutende Schriftzeichen, die möglicherweise auf das Symbol Bezug nahmen. »Ich habe das noch nie gesehen. Was hat es wohl zu bedeuten?«

»Ich weiß es nicht, aber vielleicht könnt Ihr es herausfinden.«

»Ihr könnt sicher sein, dass ich mein Bestes versuchen werde«, versprach Isabelle. Sie zögerte einen Moment, bevor sie sich ein Herz fasste und näher an Rose heranrückte. »Darf ich Euch daran erinnern, dass Ihr noch ein Versprechen einzulösen habt?«

»Ich habe es nicht vergessen, Milady.«

»Dann darf ich es jetzt einfordern?« Als kein Protest kam, legte Isabelle vorsichtig ihre Hände an die Bundhaube der Ritterin. Ihre Augen verfolgten jede Regung von Rose, bereit, sofort innezuhalten, wenn diese ein Zeichen des Unwohlseins erkennen ließ.

Rose schloss die Augen, als Isabelle langsam die Schleife der Bundhaube löste. Isabelles Finger fassten das weiße Leinen und zogen die Haube zur Seite. Zum Vorschein kam volles, ebenholzfarbenes Haar, das zu einem Knoten zusammengefasst war. Isabelle hielt den Atem an. »Darf ich?«

Als Rose nickte, löste sie den Knoten. Wie aus einem Gefängnis befreit, quoll das Haar über ihre Hände und umfloss die Schultern der Ritterin.

»Mein Gott!«, flüsterte Isabelle, als sie in das Antlitz ihres Gegenübers sah. Das wallende Haar veränderte Roses gesamte Erscheinung. Die männliche Härte war gänzlich von ihr gewichen. Vor Isabelle saß eine stolze, athletische Frau von atemberaubender Schönheit.

Rose ergriff Isabelles Hände und führte sie an ihre Lippen. »Ich habe meine Schärpe längst bekommen, aber dieser Preis hier ist umso vieles wertvoller.«

»Ihr hattet mehr gewonnen, als Ihr eingelöst habt«, sagte Isabelle leise. »Warum habt Ihr der Menge nicht ihren Wunsch erfüllt?« Ihr Blick forschte ängstlich in den blauen Augen. »Weil ich eine Frau bin?«

Rose sah zu Boden. »Ich hätte Euch nicht so küssen können, wie die Etikette es verlangt, Milady.«

»Oh.« Isabelle rückte etwas von Rose ab. Sie wollte der dumpfen Leere nicht nachgeben, die sich plötzlich in ihr ausbreitete. »Ich verstehe.« Wie hatte sie nur denken können, dass …

Es dauerte eine Weile, bis sie begriff, was Rose wirklich andeutete. »Oh! Ihr meint ... Ihr würdet ... Ihr meint ...«

Rose wich ihrem Blick aus. »Milady, es würde mir viel bedeuten ...«

Ein entferntes Geräusch ließ sie hochschrecken.

»Was war das?«

Sofort war Rose auf den Beinen. »Es kommt jemand. Bleibt, wo Ihr seid.«

Isabelle rührte sich nicht, als Rose einige Schritte zurücktrat. Einen Augenblick später war sie allein. Lediglich die kleine Holzfigur in ihren Händen verriet, dass Rose hier gewesen war. Isabelle hatte gerade noch Zeit, sie in den Falten ihres Gewandes verschwinden zu lassen, als sie Stanley auf sich zukommen sah. Stanley war erst vor einigen Wochen in Lohn und Brot genommen worden, und Isabelle mochte ihn nicht besonders. Seine Art bereitete ihr Unbehagen, doch seine Arbeit gab keinen Grund zur Beanstandung.

»Milady, hier seid Ihr.« Stanley verbeugte sich. »Wir haben überall nach Euch gesucht. Die Männer sind von der Jagd zurück.«

»Ich brauchte ein wenig Ruhe nach der anstrengenden Wagenfahrt. Doch nun ist es in der Tat Zeit, zu unseren Gästen zurückzukehren.« Isabelle erhob sich und folgte Stanley durch das Gebüsch. Sie fand es seltsam, dass der Diener sie hier gefunden hatte, denn in den letzten Jahren war sie an diesem Ort stets ungestört gewesen. Sie würde ihn später danach befragen. Jetzt galt es, die Gästeschar bei Laune zu halten.

Rose lenkte ihren Hengst hinter eine alte Eiche, als sie aus dem Haupttor der Burg einen Trupp schwerbewaffneter Krieger mit dem Banner der Caddingtons kommen sah. Vorn an der Spitze ritt Brians gefürchteter Feldherr Ritter Wallenby. Er drehte sich mehrmals um und brüllte Befehle gegen den Wind. Von ihrem

Versteck aus konnte Rose gut beobachten, wie der Zug einige hundert Yard außerhalb der Burg unvermittelt die Richtung wechselte und nun nach Norden ritt. Sie brauchte nicht lange zu überlegen, was die Richtungsänderung zu bedeuten hatte. Es war mehr als augenscheinlich, dass Brians Krieger einer anderen Anweisung folgten, als dieser am Hofe bekanntgegeben hatte. Offenbar wollte er die Abwesenheit des wappenlosen Ritters nutzen, um Roses Männer in ihrer Höhle zu überfallen.

Sobald der Tross außer Sicht war, verließ sie ihr Versteck und galoppierte zur Burg zurück.

»Wir verlassen Chester.«

»Wir müssen fort?« Michael sah seinen Herrn entgeistert an. »Sir, mit Verlaub, Ihr werdet Euch schwerlich längere Zeit auf einem Pferd halten können. Ihr braucht Ruhe.«

»Dazu ist jetzt keine Gelegenheit.« Sir Ross verstaute seine Sachen in der Satteltasche. »Mach dich nützlich, Michael. Die Zeit drängt.«

Nur widerstrebend gehorchte Michael. Er hatte sich wie alle anderen auf das abendliche Fest gefreut, doch es stand ihm nicht zu, seinem Ritter zu widersprechen. »Ich hole mein Pferd«, informierte er seinen Herrn und machte sich auf zu den Stallungen. Als er zurückkam, hatte Sir Ross bereits alle Habseligkeiten verstaut und war dabei, sich eine Mönchskutte über den Kopf zu ziehen.

»Lady Isabelle wird sich Sorgen machen, wenn wir auf einmal nicht mehr hier sind«, murmelte Michael.

»Zieh das über.« Sir Ross warf ihm eine zweite Mönchskutte zu. »Es ist unmöglich, die Lady zu benachrichtigen, da wir nicht wissen, wem wir hier vertrauen können.«

Michael betrachtete die Kutte skeptisch. »Sie ist zu groß, und sie kratzt.«

»Wen kümmert das.« Sein Herr zog ihm ungeduldig die Kutte über den Kopf. »Niemand darf wissen, dass wir die Burg verlassen. Lord Brian soll denken, dass ich noch verletzt im Zelt liege.«

»Was hat das alles zu bedeuten?«, fragte Michael, während er aus dem Zelt geschoben wurde.

»Das erkläre ich dir später.«

Die Leute grüßten höflich, als die vermeintlichen Geistlichen über den Hof auf das Tor zuritten. Michael war es unangenehm, sich als jemand auszugeben, der er nicht war, aber Knappe des wappenlosen Ritters zu sein war nun einmal keine gewöhnliche Aufgabe. Im Schritt ritten sie durch das Tor, grüßten die Wachleute und verfielen erst in einen schnellen Galopp, als sie die Türme der Burg weit hinter sich gelassen hatten.

»Würdet Ihr bitte stillhalten, damit Danielle ihre Arbeit tun kann?« Lady Ann rügte Isabelle jetzt bereits zum zweiten Mal. Entschuldigend blickte sie zu der Schneiderin, die vor Isabelle kniend einige Nadeln in den zerrissenen Saum ihres Gewandes zu stecken versuchte. Die nickte dankbar.

»Wenn Ihr jetzt bitte in Eure Stiefel steigen würdet, Milady.«

Isabelle erfüllte die Bitte ihrer Schneiderin, aber in Gedanken war sie weit weg. Als sie mit Stanley vom See zurückgekehrt war, hatte sie sich an der Tafel eingefunden und zu den geladenen Damen gesellt. Alle Gäste waren gut aufgelegt gewesen, und so manches Mal schallte lautes Gelächter durch die Räume des Ostflügels. Die Ausgelassenheit der Runde stand in krassem Gegensatz zu der inneren Aufgewühltheit Isabelles, aber sie wäre keine gute Gastgeberin gewesen, hätte sie ihre Befindlichkeit nicht überspielen können.

Bei Anbruch der Dämmerung hatten sich alle zurückgezogen, um sich umzukleiden. Nachdem Isabelle ihr Gewand für den Abend angezogen hatte, war sie im Schutz der Dunkelheit zu dem Zelt am Rande der Burgmauer geschlichen, um zu sehen, ob

Rose den Ausflug gut überstanden hatte. Es war ein Schock gewesen, als sie nichts als ein leeres Zelt vorfand. Sowohl Rose als auch ihr Knappe waren spurlos verschwunden. Die beiden leeren Boxen in den Stallungen bewiesen, dass sie nicht nur ihr Zelt geräumt, sondern offenbar die Burg verlassen hatten.

Was konnte Rose zu diesem überstürzten Aufbruch bewogen haben, und vor allem, warum hatte sie ihr keine Nachricht zukommen lassen? War Isabelle am See vielleicht zu weit gegangen? Hatte sie Rose zu sehr bedrängt? Isabelle zermarterte sich den Kopf, was sie falsch gemacht haben könnte, und je mehr sie darüber nachdachte, desto mehr fiel ihr ein. Wäre sie bloß nicht so offen gewesen! Und dann ihr Gerede von ihren Vorsehungen! Wie hatte sie annehmen können, dass Rose ihr Glauben schenken würde?

Und dennoch: Die Tatsache, dass Rose ohne ein Wort aufgebrochen war, passte ganz und gar nicht zu dem sonst so makellosen Benehmen der Ritterin. Entweder war sie gewaltsam entführt worden oder sie war geflohen. Vor ihr?

»Lady Isabelle«, drang die warnende Stimme der Hofdame an ihr Ohr. »Nur noch einen kurzen Moment, bis Danielle ihre Arbeit beendet hat.«

Isabelle verschränkte die Hände hinter dem Rücken und nahm sich vor, ihre Schneiderin endlich ihre Arbeit tun zu lassen. Es war beileibe nicht deren Schuld, dass sie mit dem Saum ihres Abendgewandes unten im Stall an einem Nagel hängengeblieben war.

»Milady, Ihr habt etwas unter Eurem Gewand.« Danielle wies auf die Wölbung über der Kordel. »Hättet Ihr wohl die Güte, es herauszunehmen, damit ich sehe, ob der Saum gerade fällt?«

Isabelle zog die Holzfigur unter ihrem Gewand hervor und ließ sie schnell hinter ihrem Rücken verschwinden.

»Was habt Ihr da, Milady?« Lady Ann versuchte, hinter ihren Rücken zu spähen. »Eine Figur aus Holz? Gestattet Ihr, dass ich sie mir ansehe?«

Mit einem warnenden Blick holte Isabelle das Schnitzwerk hinter ihrem Rücken hervor. »Ihr dürft niemandem davon erzählen«, raunte sie, als sie der Hofdame die Figur reichte.

Lady Ann erbleichte, als sie das Symbol auf dem Bauch der Figur erkannte. »Gott im Himmel! Wo habt Ihr das her?«, flüsterte sie.

»Das erzähle ich Euch später.« Isabelle nahm ihr die Figur aus der Hand und ließ sie wieder hinter ihrem Rücken verschwinden. »Ich habe versprochen, dass ich Euch helfe, und ich halte, was ich verspreche.«

Danielle hatte ihre Arbeit vollendet und knickste vor Isabelle. »Habt Ihr noch einen Wunsch, Milady?«

»Nein, das wäre dann alles, Danielle.«

Lady Ann ließ sich auf einen Stuhl sinken, sobald Danielle das Gemach verlassen hatte. »Das sind dieselben Zeichen wie auf dem Amulett! Wie seid Ihr in den Besitz dieser Figur gekommen?«

»Ich habe meine Mittel und Wege ...«

»Das hat Eure Mutter auch immer gesagt«, lächelte Lady Ann. »Wie gut, dass Eure Suche Fortschritte macht. Lady Eleanor, Gott hab sie selig, wäre sehr stolz auf Euch.«

KAPITEL VI

Die Gäste hatten die Burg längst verlassen, die Menschen waren wieder zu ihren Alltagsverrichtungen übergegangen, da hoffte Isabelle immer noch auf eine Nachricht von Rose. Dass sie sich nicht bei ihr meldete, verletzte Isabelle mehr, als sie gedacht hätte. Hatte sie die Verbindung zwischen ihnen derart missdeutet?

Isabelle konnte sich nicht vorstellen, sich die Zuneigung der Ritterin nur eingebildet zu haben. Hatte Rose sie lediglich für ihre Zwecke benutzt, um selbst an das Amulett zu kommen? Das war das Letzte, was sie von der Ritterin erwartet hätte.

Und doch musste sie sich eingestehen, dass sie Rose eigentlich kaum kannte. Bei den wenigen Begegnungen hatte Isabelle auf nichts anderes als auf ihr Herz gehört. Doch war das, was sie empfand, nicht ganz und gar unmöglich? Für das, was sie fühlte, gab es keinen Namen. Wie konnte sie da erwarten, dass es Rose ähnlich ging? Wie konnte sie erwarten, dass eine Frau ... Und trotzdem klangen Roses Worte in ihren Ohren nach. *Ich hätte Euch nicht so küssen können, wie die Etikette es verlangt, Milady.* In ihrem ganzen Leben hatte sich noch nie etwas so verrückt und gleichzeitig so richtig angefühlt. Was wäre geschehen, wenn Stanley sie nicht unterbrochen hätte? Und wo war Rose jetzt? Warum ließ sie nichts von sich hören? Warum in Gottes Namen meldete sie sich nicht?

Am 17. Juni brachten Lord Trascotts Boten die Nachricht von einer heftigen Schlacht in der Nähe von Oxford. Lord Caddington und andere Adelige hatten sich einen schweren Kampf mit den Soldaten des Königs geliefert, dessen Ausgang in Zugeständnissen des Königs an die Adeligen mündete. Zu wenige Gefolgsleute waren ihm geblieben, um die Aufständischen zu bezwingen. Gedemütigt und hängenden Hauptes hatte King John in Runnymede sein Siegel unter eine Carta gesetzt, die den Edelleuten Englands mehr Rechte einräumte.

Die Boten berichteten, dass sich auch der wappenlose Ritter in Runnymede befände und noch am Tag vor der Unterzeichnung der Carta einen Anschlag auf den König verhindert habe. So sehr es Isabelle beruhigte, dass Rose offensichtlich am Leben und in Freiheit war, umso mehr kränkte es sie, dass die Ritterin es augenscheinlich nicht für nötig befunden hatte, sich mit ihr in

Verbindung zu setzen. Auch wenn sie Rose gleichgültig war, so hätte es sich zumindest geziemt, ihr eine kurze Nachricht über ihren Gesundheitszustand zu übermitteln. Schließlich wäre Rose damals ohne Isabelles Hilfe womöglich ihren Verletzungen erlegen.

Es kam der Juli und bald darauf der August und damit Isabelles Vermählung mit Lord Brian. Dessen Vater ließ keine Gelegenheit aus, jedem im Land vor Augen zu führen, dass er über die größte Grafschaft und den reichsten Hof Englands verfügte, und so wurde die Hochzeit zu einem der pompösesten Feste, die York je gesehen hatte.

Isabelle jedoch hatte die drei Tage wie durch einen dichten Schleier wahrgenommen. Im Nachhinein hätte sie nicht einmal die Hälfte des opulenten Programms wiedergeben können. Es hatte ein weiteres Turnier gegeben, größer und aggressiver als das in Chester. Zwei Ritter hatten beim Stechen ihr Leben gelassen, und Isabelle nahm es als schlechtes Omen. Sie kümmerte sich um die beiden Witwen, deren Unglück ihr näher war als das Jubeln des Volkes draußen auf dem Platz.

Und selbst zur Hochzeit und zu ihrem Umzug in das Castle von York hatte Rose sich nicht gemeldet. Weder kamen Glückwünsche noch irgendein anderes Lebenszeichen. Es war, als hätten sich ihre Wege nie gekreuzt. Und doch war Isabelles Leben nicht mehr dasselbe. Seit ihrer ersten Begegnung mit Lord Caddingtons Tochter fühlte Isabelle sich unruhig und aufgewühlt. Sie konnte Rose einfach nicht vergessen.

»Hast du den Brief auch ganz bestimmt abgegeben?«

»Jawohl, Sir. Eine Dienerin hat ihn entgegengenommen.«

»Sehr gut.« Rose nickte beruhigt. »Dann geh jetzt zu den anderen. Die Bogenschützen brauchen noch Unterstützung.«

Der Mann verbeugte sich und verließ, Köcher und Bogen in der Hand, die Höhle. Vor dem Eingang war schon das Surren fliegender Pfeile zu hören, zuweilen übertönt vom Gelächter der Männer. Es war ein warmer, sonniger Tag, und Roses Leute waren froh, dass sie bei schönem Wetter üben konnten. Alle waren guten Mutes, obwohl die Anzahl der Krieger in den letzten Monaten deutlich dezimiert worden war. Auch in der Schlacht gegen Ritter Wallenbys Trupp waren Männer gefallen. Rose war damals gerade noch rechtzeitig gekommen, um ihre Leute zu warnen. Sie hatte sie umgehend in zwei Gruppen eingeteilt – eine Gruppe stellte sich schlafend, mit Schwertern und Messern unter den Decken, die andere postierte sich mit Armbrüsten im hinteren Teil der Höhle. Wallenbys Krieger hatten keine Chance gegen Roses Männer, aber dennoch war viel Blut geflossen, bevor Wallenby endlich den Befehl zum Rückzug gegeben hatte. Noch vor dem Morgengrauen hatten Rose und ihre Leute die Höhle geräumt und sich auf den Weg zu einer neuen Bleibe gemacht.

Seit ein paar Monaten hatten sie ihr Lager nun in der neuen Höhle aufgeschlagen. Sie war größer und geräumiger als die alte und bot sogar einen kleinen See, in dem man seine Kleidung waschen konnte. Und da es Sommer war, nutzten die Krieger den See ebenfalls, um hin und wieder ein Bad zu nehmen. Dass Ritter Ross sich an dem Badespaß nicht beteiligte, wunderte längst niemanden mehr. Er war ein zurückhaltender Führer, der wenig sprach und häufig die Einsamkeit suchte. Doch obwohl er schwer zugänglich wirkte, dienten sie ihm gern, denn er war stets gerecht zu ihnen, und seine Erfahrung und Weisheit in der Kriegsführung waren unangefochten.

Rose wusste, dass Brians Wut auf den wappenlosen Ritter seit dem verlorenen Turnier in Chester und dem missglückten Überfall in der Höhle noch maßloser geworden war. Vermutlich würde er seinen Erzfeind mit bloßen Händen erwürgen, wenn er die Gelegenheit dazu bekäme. Das Castle von York stand unter dichterer Bewachung denn je, und Rose hatte beschlossen, nicht mehr zu riskieren, als unbedingt nötig war. Sie hielt sich von der

Burg fern und ließ sich von ihren Kundschaftern auf dem Laufenden halten.

Von ihnen hatte sie auch erfahren, dass Isabelle offensichtlich unter strenger Bewachung stand, ohne es zu wissen. Rose konnte nur ahnen, warum ihr Bruder zu derartigen Mitteln griff. Vermutlich wartete Brian auf Isabelles nächsten Schritt, um Hinweise auf die Bedeutung des Amuletts zu bekommen. Vielleicht spekulierte er darauf, auf diese Art mehr über dessen Ursprung und seine Macht zu erfahren. Wie viel Brian und ihr Vater tatsächlich über das Amulett wussten, war Rose noch unklar. Zumindest aber war ihnen bekannt, wo es sich zur Zeit befand, denn es stand außer Frage, dass ihre Familie hinter dem Einbruch in Isabelles Gemächer stand. Doch schien Brian der Zugang zu fehlen, um mit dem Amulett etwas anfangen zu können, sonst hätte er längst gehandelt. Und diesen Zugang erhoffte er sich offenbar durch Isabelle.

Ob sie ihren Brief dieses Mal beantwortete? Rose ließ sich schwer auf einen Stein fallen. Seit ihrem überhasteten Aufbruch in Chester hatte sie nichts mehr von Isabelle gehört. Auf keinen einzigen ihrer Briefe hatte sie geantwortet, nicht einmal auf die Hochzeitsglückwünsche. Die Konventionen hätten zumindest ein kurzes Dankesschreiben verlangt.

Hatte sie Isabelle so verschreckt, dass diese es nicht einmal für nötig hielt, sich bei ihr für die guten Wünsche zu bedanken? Selbst mit der Bitte, sie nicht mehr zu belästigen, hätte Rose besser umgehen können als mit diesem beharrlichen Schweigen. Sie fragte sich, was sie falsch gemacht hatte, und jedes Mal gab sie sich dieselbe Antwort: Sie war Isabelles nicht wert. Die Lady hatte vielleicht eine Weile gebraucht, bis ihr klar geworden war, mit was für einem Menschen sie es zu tun hatte, aber nun wollte sie Roses Freundschaft nicht mehr.

So sehr Rose diesen Sinneswandel verstand, so rätselhaft war ihr das Ausbleiben jeglicher Nachricht. Vielleicht hatte sie sich in Isabelle getäuscht? Rose schüttelte den Kopf. Sie tat der Lady Unrecht. Noch nie war sie einem derart aufrichtigen Menschen begegnet, und wenn Isabelle nichts von sich hören ließ, dann musste das einen anderen Grund haben. Welcher auch immer es war – Rose war entschlossen, ihn herausfinden.

»Und sag bitte den Tänzern, sie sollen sich morgen Nachmittag im Hof einfinden. Ich möchte der Probe beiwohnen.«

»Jawohl, Milady.« Stanley verbeugte sich, während er sich rückwärts zur Tür bewegte. »Sollen die Harlekine auch erscheinen?«

»Nein, ich möchte nur die Tänzer sehen. Wenn der Duke von Sussex nächste Woche zu Besuch kommt, müssen die Tänze gelingen.«

Isabelle atmete auf, als der Diener die Tür hinter sich schloss. Ihr Simon war seit über einer Woche krank, und nun schlich ständig der unangenehme Stanley um sie herum. Ihr Gemahl und ihr Schwiegervater hielten sich seit zwei Wochen zu Verhandlungen in Irland auf, und natürlich war es ein feiner Zug von Brian gewesen, Stanley aufzutragen, seiner Gemahlin unterdessen jeden Wunsch von den Lippen abzulesen. Doch Isabelle fühlte sich durch die ständige Aufmerksamkeit des Dieners eher belästigt.

Hoffentlich würde Simon recht bald wieder gesund sein. Den Armen musste es böse erwischt haben, denn normalerweise stand er ihr noch mit hohem Fieber zu Diensten, und früher in Chester hatte sie ihm mehr als einmal befehlen müssen, sich ins Bett zu begeben und sich auszukurieren.

Isabelle dachte voller Wehmut an ihre Heimat. Trotz der jahrelangen Vorbereitung auf ihre Aufgabe als Gattin eines Edelmannes hatte sie die harte Wirklichkeit wie aus heiterem Himmel getroffen. Zwar war es ihr wie erhofft möglich, sich um Tanz und Theater am Hofe zu kümmern – Brian ließ ihr diesbezüglich vollkommen freie Hand –, aber ihre Ehe war eine Katastrophe. In der Hochzeitsnacht hatte Brian sich wortlos auf sie geworfen, und anschließend musste sie ihn auf die andere Seite des Bettes rollen, um das blutige Laken auszutauschen. Niemand hatte ihr gesagt, dass die erste Nacht solche Schmerzen bereiten würde.

Seitdem war Isabelle froh über jeden Abend, an dem Brian sich ihr nicht näherte, und sie wurde sehr einfallsreich im Erfinden von glaubwürdigen Ausreden, um ihn sich vom Leib zu halten. Wenn er mit seinem Vater fort war, atmete sie auf und genoss ihre kurze Freiheit. Lady Ann, die sich bereiterklärt hatte, die erste Zeit am Hofe von York zu verbringen, bis Isabelle sich eingewöhnt hatte, war in den letzten Wochen mehrfach auf sie zugekommen, um sich nach ihrem Befinden zu erkundigen. Natürlich merkte die Freundin ihr an, dass es ihr nicht gutging, doch was hätte Isabelle ihr antworten sollen? Die Menschen in Cheshire hatten wieder zu essen – das war alles, was zählte. Jeden Tag sagte Isabelle sich, dass sie dieses Opfer für ihr geliebtes Volk erbrachte. Und abends im Bett dachte sie an Rose.

Isabelle zog eine Pergamentrolle aus dem Regal, auf der ein unvollendetes Gedicht geschrieben stand. Wie lange schon hatte sie die Dichtung vernachlässigt. Das musste ein Ende haben. Es würde ihr guttun, wieder mehr zu lesen und zu schreiben. Sobald sie den aufdringlichen Stanley losgeworden war, würde sie ihre Bibliothek aufsuchen. Und dort konnte sie auch nach weiteren Hinweisen bezüglich des Amuletts forschen.

Isabelle brannte darauf, mehr darüber zu erfahren, hatte sich jedoch bisher um zu viele andere Dinge kümmern müssen. Seit Tagen quälten sie schlimme Alpträume, von denen sie annahm, dass sie auf irgendeine Weise mit dem Amulett zusammenhingen. Sie alle glichen demjenigen, den sie damals nach dem Gespräch mit ihrem Vater über die bevorstehende Verlobung gehabt hatte. Fast jede Nacht träumte sie von Amazonen, mit denen sie durch unbekannte Gegenden ritt, bis sie schließlich durch einen Nebel von ihnen getrennt wurde. Hilflos musste sie mitansehen, wie die Amazonen nach ihr riefen, sie aber nicht zu ihnen gelangen konnte. Schon bald hatte sie sich verirrt und ritt ziellos umher. Das war in der Regel der Moment, in dem sie schweißgebadet aus ihrem Traum erwachte.

Isabelle nahm einige Geldstücke aus ihrer Schatulle und rief nach Stanley. Der Diener erschien umgehend in ihrem Gemach.

»Ich brauche neues Pergament, Stanley. Geh in die Stadt und besorg mir zwanzig Rollen.«

»Milady?« Dem Diener stand der Schreck ins Gesicht geschrieben. »Mit Verlaub, ich habe Befehl von Lord Brian ... äh ... den Westflügel für den Besuch des Dukes herzurichten.«

»Das kann Henry übernehmen«, sagte Isabelle ungeduldig. »Ich betraue dich mit dieser Aufgabe, und ich erwarte, dass du sie unverzüglich erledigst.« Wieso war dieser Diener immer so umständlich? Als Stanley immer noch zögerte, riss Isabelle der Geduldsfaden. »Ich verlange, dass du auf der Stelle in die Stadt reitest. Ich brauche das Pergament dringend. Zudem benötige ich Siegelwachs.«

Der Diener ließ die Schultern hängen. »Jawohl, Milady.«

»Und nimm Ruth mit.«

»Ruth? Mit Verlaub, ist sie nicht dabei, die Gemächer für den Duke herzurichten, Milady?«

»Sie wird später damit fortfahren. Ich sage es nicht noch einmal: Du nimmst sie mit!«

»Sehr wohl, Milady.«

Erleichtert, den Disput beendet zu haben, überreichte sie ihm die Silbermünzen. Ruth würde dafür sorgen, dass Stanley auch wirklich tat, was Isabelle ihm aufgetragen hatte.

Kaum war der Diener verschwunden, machte Isabelle sich auf zum gegenüberliegenden Flügel der Burg. Viel Zeit würde ihr nicht bleiben, bis Stanley wieder zurück war. Zum Glück hatte sie bereits wenige Tage nach ihrer Vermählung eigenhändig die Bücher und Schriften einsortiert, weshalb es ihr jetzt nicht schwerfiel, sich in ihrer Bibliothek zurechtzufinden. Ihre Schriftensammlung war von einem Umfang, wie man ihn sonst nur in Klöstern fand, und in der Tat waren fast alle Werke Geschenke von Mönchen und Nonnen.

Zunächst suchte Isabelle in den Schriften, die ihre Mutter ihr hinterlassen hatte, nach Anhaltspunkten. Die meisten beschäftigten sich mit Kräuterkunde oder Heilkunst im Allgemeinen, doch es gab auch andere, die fremde Sprachen und Kulturen zum Inhalt hatten. Unter ihnen fand Isabelle auch einige Beschreibungen vom Volk der Amazonen. Die Berichte zweifelten allesamt an, dass dieses Volk je existiert hatte. Vielmehr sei es die Erfindung irischer Märchenerzählerinnen gewesen, die diese Geschichten seit vielen hundert Jahren weitertrugen.

Isabelle stapelte alle Schriften, die das Amazonenvolk erwähnten, neben sich auf einen Haufen. Die Träume, die sie des Nachts quälten, legten nahe, dass es eine Verbindung zwischen den Amazonen und dem Amulett gab. Die Schriften mochten sagen, was sie wollten, Isabelle war schon als Kind überzeugt gewesen, dass das Volk der Amazonen wirklich existierte. Ihre Mutter hatte ihr in einer so ernsthaften Weise von ihnen erzählt, dass Isabelle jeden Moment damit gerechnet hatte, sie um die Ecke herbeireiten zu sehen.

In einem der Bücher fand sie ein loses Schriftstück, das eine Beschreibung der magischen Künste vom Zauberer Balthazar enthielt. Sie kannte die Legende aus ihrer Kindheit und war überrascht, Informationen über seine Kunst in einem Buch über Amazonen zu finden. Gab es eine Verbindung zwischen dem legendären Zauberer und den Amazonen, oder hatte ihre Mutter den Text zufällig in dieses Buch gelegt?

Isabelle konnte sich gut vorstellen, dass ein Magier sich aufs Beste mit Amazonen verstand. Schließlich hieß es immer, sie besäßen ein großes schamanisches Wissen, und vielleicht waren ihre Lehren nicht unähnlich. Isabelle nahm einige Schriften über die Heilkunst aus dem Regal und vertiefte sich in die Berichte zweier Nonnen. Eine der beiden berichtete von dem Wissen, das weise Frauen in den Dörfern von Generation zu Generation weitergaben. Sie erzählte von medizinischen Praktiken im Heiligen Römischen Reich, in England, Irland und in Frankreich. In Irland, so die mündliche Überlieferung, habe es eine Frau gegeben, die das Leben ihrer todkranken Tochter rettete, indem sie ein schamanisches Ritual durchführte. Das Ritual selbst wurde allerdings nicht beschrieben.

Isabelle holte zwei weitere Werke derselben Nonne aus dem Regal und suchte nach einer ähnlichen Überlieferung. Tatsächlich fand sie denselben Vorfall noch einmal beschrieben, wenn auch in leicht geänderter Fassung. Wieder wurde das Ritual selbst nicht erläutert, aber es hieß, dass ein schamanisches Symbol draußen über der Tür hängen musste, während man die Heilungsprozedur durchführte. Das Symbol war ein Bogen mit drei Pfeilen. Ein Pfeil stand für die Seele, ein zweiter für den Körper und ein dritter für das Blut, das beide verband.

Das war es! Die Schnitzerei auf dem Amulett musste ein schamanisches Symbol sein. Und glaubte man diesem Bericht, so war es eine Schamanin der Amazonen gewesen, die jener Tochter vor mehr als vierhundert Jahren mit dem Ritual das Leben gerettet hatte. Lady Anns Amulett war vielleicht mehrere hundert Jahre alt! Aber was hatten die fremden Schriftzeichen zu erzählen, die Rose ihr gezeigt hatte? Selbst wenn es Isabelle gelänge, das Amulett zurückzubekommen – wie sollte sie die Zeichen darauf jemals entziffern?

Mehrfach hatte Isabelle versucht, mit Lady Ann zu reden, doch von der Hofdame war nichts zu erfahren. Immer wieder hatte sie betont, wie ungemein wichtig es sei, das Amulett zurückzubekommen, aber über den Grund schwieg sie sich aus.

Offensichtlich fühlte die Freundin sich an ein großes Versprechen gebunden, und so hatte Isabelle schließlich aufgegeben, weiter in sie zu dringen.

Doch jetzt hatte es den Anschein, als käme die Wahrheit auch ohne Lady Anns Mithilfe ans Licht. Die mysteriöse Macht des Amuletts hatte etwas mit den Amazonen zu tun, und zwar mit dem Stamm, der sich vor mehreren Jahrhunderten in Irland aufgehalten hatte, dem Geburtsland ihrer Mutter.

Eilig sammelte Isabelle die Schriften zusammen und legte sie zurück ins Regal. Sie war gerade dabei, den Stapel über die Heilkunst zu ordnen, da wurde die Tür aufgerissen.

»Henry!« Isabelle ließ vor Schreck zwei Bücher fallen. »Wieso klopfst du nicht an?«

»Verzeihung, Milady.« Der Diener verbeugte sich unterwürfig. »Ich hatte ein Geräusch vernommen und vermutete eine Ratte.«

Isabelle kniff misstrauisch die Augen zusammen. Konnte sie denn in dieser Burg niemals auch nur einen Augenblick allein sein? Ständig waren Brians Bedienstete in ihrer Nähe, obwohl sie genügend eigenes Gesinde aus Chester mitgebracht hatte. Isabelle zwang sich zur Ruhe. »Gut, dass du hier bist, Henry. Ich möchte, dass du der Küche meine Anweisungen für den Besuch des Dukes von Sussex bringst. Sie liegen auf meinem Schreibpult.«

»Sehr wohl, Milady.«

Sie beobachtete, wie Henry mit einem kurzen Blick zu erfassen suchte, was sie in der Bibliothek getan haben mochte. Man könnte den Eindruck bekommen, sie stünde unter Bewachung – von ihrem eigenen Personal! Traute Brian ihr nicht?

Der Diener war noch nicht aus der Tür, da drängte Isabelle sich an ihm vorbei und lief die Treppe zum Erdgeschoss hinunter und noch ein Stockwerk tiefer zu den Räumen des Gesindes. Vor Simons Kammer machte sie Halt und klopfte an eine alte Tür, die deutlich bessere Tage gesehen hatte. Einen Moment später stand ein erstaunter, aber kerngesunder Simon vor ihr.

»Milady! Ihr hier?«

»Simon! Wieso bist du in deiner Kammer?«

Der Diener stieß die Tür weit auf. »Bitte tretet doch ein, Milady. Es ist nicht sehr komfortabel, aber sauber.«

»Ich erhielt die Nachricht, du seist krank.«

»Krank?« Simon lachte bitter. »Mir wurde mitgeteilt, meine Dienste würden nicht länger benötigt.«

»Wie bitte? Wer hat dir das gesagt?«

»Lord Brian, Milady.«

»Mein Gemahl?«

»So wahr mir Gott helfe.« Simon beeilte sich, Isabelle einen Stuhl hinzuschieben. »Nehmt doch bitte Platz, Milady.«

»Was hat das zu bedeuten?«, fragte sie, als ihr die Kisten neben der Tür ins Auge fielen.

»Ich werde fortgehen, Milady. Es tut mir leid.«

»Aber warum? Du bist mir immer ein guter Bediensteter gewesen.«

Simon wich ihrem Blick aus. »Ich habe Euch gern gedient, aber ich bekomme hier so wenig Lohn, dass ich meine Frau und meine beiden Kinder nicht ernähren kann.«

»Wieso? Bekommst du denn weniger als in Chester? Das werde ich sofort ändern.«

»Es ist nicht nur der Lohn, Milady ...« Simon wurde immer verlegener. »Euer Gemahl ...«

»Was ist mit meinem Gemahl? Ist er mit deinen Diensten nicht zufrieden?«

Simon trat von einem Fuß auf den anderen. »Ich darf es Euch nicht sagen, Milady. Ich muss an meine Frau und meine Kinder denken.«

»Du hast Geheimnisse vor mir?« Isabelle sah ungläubig in das blasse Gesicht ihres Dieners. Was geschah hier, dass ihr eigenes Gesinde sich nicht mehr traute, offen mit ihr zu reden? »Simon, irgendetwas Seltsames geht hier vor, und du musst mir sagen, was du weißt. Ich werde Sorge tragen, dass du mit deiner Familie ungehindert zurück an den Hof meines Vaters gehen kannst. Niemand wird etwas von unserer Unterredung erfahren.«

Simon seufzte. »Lord Brian lässt Euch beobachten, Milady.«

»Beobachten? Von wem? Wer ist dafür abgestellt?«

»Stanley, Muriel und Henry. Und natürlich die Wachposten.«

»Noch jemand?«

»Auch William und Sarah, Milady. Es tut mir leid.«

Isabelle stützte den Kopf in die Hände. »Was hat Sarah damit zu tun?«, fragte sie tonlos. »Sie ist doch nur eine Küchenhilfe.«

»Sie fängt Eure Post ab, Milady.«

»Sie tut was?«

»Sie fängt Eure Post ab und bringt sie Lord Brian.«

»Aber ich erhalte Post«, widersprach Isabelle. »Du musst dich täuschen. Alles, was ich bekomme, ist versiegelt und unbeschadet.«

»Das ist richtig, Milady. Aber der Herr sieht die Briefe vorher durch. Was ihm verdächtig erscheint, öffnet er und behält es für sich.«

»Und du hast ihn dabei gesehen?«

»Nein, aber ich habe Sarah dabei ertappt, wie sie einen der an Euch adressierten Briefe vernichten wollte. Ich habe sie zur Rede gestellt, und sie hat mir gestanden, was unser Herr ihr aufgetragen hat.« Simon sah beschämt zu Boden. »Ich wollte Euch warnen, Milady, aber Sarah hat ihre Zwillinge zu versorgen. Sie hat mich angefleht, sie nicht in Gefahr zu bringen. Eines Tages haben wir uns gestritten, und dann stand plötzlich Euer Gemahl im Raum und sagte, ich solle York für immer verlassen.« Er sah Isabelle entschuldigend an. »Meine Familie und ich werden so schnell wie möglich fortgehen, aber wir können den Hof nicht verlassen, solange mir Lord Brian nicht meinen letzten Lohn gibt. Wovon sollen wir die Reise bezahlen?«

Der Diener ging zu seinem Regal hinüber. »Ich weiß nicht warum, aber ich habe den Brief für Euch aufbewahrt. Vielleicht habe ich gehofft, ihn Euch eines Tages doch noch überreichen zu können.« Er zog ein zerknittertes Schriftstück aus dem Regal hervor. »Ich weiß nicht, was es bedeutet«, sagte er achselzuckend. »Aber der Herr fand es wohl merkwürdig, dass der Brief keinen Absender hat. Also öffnete er ihn und konnte ihn Euch später schwerlich unversiegelt überreichen.« Simon gab Isabelle das Schriftstück. »Vielleicht fand er auch das Pergament verdächtig. Ich habe so etwas noch nie gesehen.«

»Das ist kein Pergament, das ist Papier«, staunte Isabelle. »Eine Erfindung aus China. Ich habe es bei einem Aufenthalt in Venedig kennengelernt. Es ist leichter als Pergament, lässt sich besser falten und einfacher verstauen. Ein ideales Material für Reisende, wenngleich es recht anfällig gegenüber Feuchtigkeit ist.« Isabelle entfaltete gespannt das Schriftstück und strich es auf dem Tisch glatt. Die energische Handschrift war ihr gänzlich fremd. »Bring mir eine Kerze, Simon.«

Der Diener stellte die Kerze auf den Tisch, noch ehe sie die Bitte zu Ende gesprochen hatte. Eifrig entzündete er den Docht. Isabelle beugte sich über das Papier und versuchte die Zeilen zu entziffern.

Über Wipfeln schwingt sich Nebel empor,
schwarze Nacht weicht flackerndem Tag.
Aus dichtem Gehölz treten Krieger hervor
auf Wiesen und Felder, rau und karg.
Verzeiht mir meine Unhöflichkeit.
R.

Isabelle starrte auf das Schriftstück. *Verzeiht mir meine Unhöflichkeit.* Immer wieder flogen ihre Augen über die wenigen Zeilen, um schließlich auf dem *R.* zu verharren. Rose hatte sie nicht vergessen. *Wiesen und Felder, rau und karg.* Das konnte nichts anderes sein als eine Wegbeschreibung zu ihrem Versteck. Es musste weiter oben in den Bergen sein. Vielleicht an der Baumgrenze? *Schwarze Nacht weicht flackerndem Tag.* Flackernder Tag? Das konnte vielleicht eine Kerze sein. Aber wieso eine Kerze am Tage? Etwa in einer Höhle? Oder meinte Rose die Yorkshire Dales? Dort gab es ein hohes Sandsteingebirge, in dessen Tälern eine Fülle von Weidenröschen wuchs, die zur Gattung der Nachtkerzengewächse zählten. Isabelle wandte die Pflanze zuweilen bei Blasenbeschwerden an. Meinte Rose diese Gegend? *Rau und karg.* Ja, es sprach einiges dafür. In dieser Gegend gab es unzählige Höhlen, zum Teil mehr als mannshoch. Ein ideales Versteck für die Krieger des wappenlosen Ritters.

Isabelle steckte den Brief hastig in ihren Ärmel. Was mochte Rose von ihr denken? Bestimmt glaubte sie, Isabelle habe sich einwickeln lassen von den Genüssen des Hoflebens. Das Castle von York galt als eines der luxuriösesten Englands, und mehr als ein Edelmann hatte sein Leben aufs Spiel gesetzt, um die Gunst des mächtigen Earls von York zu gewinnen. Wie sollte Rose wissen, dass Isabelle das alles nichts bedeutete? Sie musste Rose sehen. So schnell wie möglich.

»Simon, ich bin dir zu großem Dank verpflichtet. Deine Treue ist von unschätzbarem Wert für mich.« Isabelle fasste den Diener an den Händen. »Lass dir von Ruth deinen Lohn geben. Ich werde dafür sorgen, dass du mehr als genug hast, um mit deiner Familie sicher nach Chester zurückkehren zu können. Und mach dir keine Sorgen – niemand wird erfahren, dass ich heute bei dir war.«

Dem Diener stand die Erleichterung ins Gesicht geschrieben. »Vielen Dank, Milady. Gott sei mit Euch.«

»Und mit dir, Simon. Alles Gute für dich und deine Familie.«

So schnell ihre Füße sie trugen, lief Isabelle zu ihren Gemächern hinauf. Die Vorbereitungen für die Tanzaufführungen würden ohne sie stattfinden müssen. Nachdem sie das Notwendigste gepackt hatte, ließ sie nach Lady Ann rufen. Die Hofdame blieb wie angewurzelt stehen, als sie Isabelle abreisebereit auf dem Bett sitzen sah.

»Was habt Ihr vor, Milady?«, rief sie ängstlich. »Seid Ihr von allen guten Geistern verlassen? Der Besuch des Dukes steht unmittelbar bevor!«

Isabelle zog ihre Freundin neben sich aufs Bett. »Ich werde einige Tage verreisen. Es ist von großer Bedeutung und hat mit dem Amulett zu tun. Ich muss sofort aufbrechen.«

»Mit dem Amulett? Wieso müsst Ihr deswegen verreisen?«

»Weil ich etwas zu erledigen habe. Ich werde nicht länger als drei Tage fort sein, und bis ich zurück bin, vertraue ich Euch die Oberaufsicht über die Festivitäten an. Für morgen Nachmittag habe ich eine Probe mit den Tänzern anberaumt. Ich möchte, dass Ihr die für mich wahrnehmt.«

»Aber … was soll ich Lady Caddington erzählen?«

»Erzählt allen, die Fragen stellen, ich sei nach Leeds gefahren, um Stoffe für die Festtafel auszusuchen.«

»Also gut«, seufzte Lady Ann. »Geht mit Gott, mein Kind. Gebt gut auf Euch Acht.«

Isabelle zog die Freundin in ihre Arme. »Habt keine Angst um mich. Ich werde vorsichtig sein.« Noch ehe Lady Ann etwas erwidern konnte, war Isabelle aus der Tür.

KAPITEL VII

»Lanzen abtreten! Ich will die Schwerter sehen!« Die Stimme des wappenlosen Ritters schallte über die Wiese. »Stellt euch paarweise auf. Wir beginnen mit dem Einhänder, danach folgt der Zweihänder.«

Kurz darauf hörte man nur noch das Klirren der Schwerter, während Rose die Reihen Mann für Mann abschritt. Hier und da gab sie Hinweise, verbesserte Schrittfolgen oder Armbewegungen, doch alles in allem hielt sie sich mit ihren Anmerkungen zurück. Die Männer spürten, dass ihr Anführer mit ihnen zufrieden war, und das gab ihnen Zuversicht für den bevorstehenden Kampf.

Roses Kundschafter hatten ihr zugetragen, dass ihr Vater und Brian einen erneuten Aufstand gegen den König planten, und sie war entschlossen, ihnen zuvorzukommen. Selbst King Johns Zugeständnisse in der kürzlich verabschiedeten Carta schienen ihrem Vater nicht zu genügen. Würde er nicht eher ruhen, als bis er die Krone Englands in den Händen hielt?

Rose hatte bereits einen Boten geschickt, um King John zu warnen und bereitete sich darauf vor, mit ihren Kriegern in zwei Tagen aufzubrechen. Es freute sie, dass ihre Männer so zuversichtlich in den Kampf gingen. Sie verfügte über eine Truppe äußerst fähiger, treuer Krieger und konnte sich auf jeden Einzelnen verlassen. Jeder von ihnen würde sein Leben geben für seinen Anführer und für ihre gemeinsame Mission.

Bevor ein Krieger in die Truppe des wappenlosen Ritters aufgenommen wurde, musste er sich einer harten Prüfung unterziehen, und wenige genügten den strengen Anforderungen. Bewerber hingegen gab es viele. Die Machtansprüche verschiedener Adelshäuser gegenüber dem schwachen König zerrissen das Land und kosteten Menschen jeden Tag das Leben. Man mochte über King John denken, was man wollte, aber wenn man ihn nicht stärkte, würde er gezwungen sein, das Land den Adeligen zu überlassen, und das bedeutete den Untergang Englands. Die Bevölkerung würde zum Spielball konkurrierender Adelshäuser werden, und die Kosten, welche die Kriege mit sich brächten, wüchsen ins Unermessliche. Jeder Penny würde in den Kampf um die Macht fließen, und für das gemeine Volk bliebe nichts mehr übrig. Viele

Menschen in England spürten das, und in ihren Augen war der wappenlose Ritter längst ein Held. Um seine Stärke und Unbesiegbarkeit im Kampf rankten sich zahllose Legenden, und so manch einer glaubte gar an seine Unsterblichkeit.

Rose unternahm nicht das Geringste, um diesen Legenden Einhalt zu gebieten. Je mysteriöser ihre Identität war, desto besser konnte sie ihre Mission verfolgen. Je mehr ihre Feinde den wappenlosen Ritter fürchteten, umso mehr Fehler machten sie.

»Jetzt noch die Reiter in zehn Reihen!«, rief sie ihren Männern zu. »Ohne Schild«, ergänzte sie. »Und das Fußvolk stellt sich hinten bei den Bäumen auf. Wenn die Sonne hinter den Wipfeln verschwunden ist, machen wir Schluss. Michael, du sammelst Holz für heute Abend.«

Nachdem die Reiter sich formiert hatten, gab Rose letzte Anweisungen zur Schlachtaufstellung. Auch hier gab es wenig zu beanstanden, und sie beschloss, die Übenden eine Weile sich selbst zu überlassen, um in dem kleinen See in ihrer Höhle ein kühlendes Bad zu nehmen. Da sie Tag und Nacht mit ihren Leuten zusammen war, hatte sie nur selten Gelegenheit dazu. »Ich will nicht gestört werden«, informierte sie die Wachen vor der Höhle und trat ein.

Augenblicklich wurde sie von kühlerer Luft empfangen. Der See befand sich im hinteren Teil der Grotte, wo sie sich unbeobachtet die Kleider abstreifen konnte. Rasch glitt sie in das klare Wasser und seufzte genüsslich, als die Anspannung langsam von ihr abfiel. In der Nacht hatte sie von Isabelle geträumt. Ihre strahlend grünen Augen hatten auf ihr geruht, als wollten sie ihr sagen, dass sie sich vor nichts zu fürchten bräuchte. Sie hatte in der Höhle gestanden, genau so, wie sie sie jetzt im Geiste vor sich sah, und hatte ihr gesagt, dass sie sie nicht vergessen habe. Und dann war sie ... Rose stutzte, als die Gestalt vor ihren Augen sich plötzlich bewegte. »Isabelle?«

»Rose?«

Vor Schreck schluckte Rose Wasser und rang hustend nach Luft.

»Ist alles in Ordnung?« Isabelle trat näher. »Ich habe Euch erschreckt. Es tut mir leid.«

Rose prustete Wasser aus der Nase. »Wie um Himmels Willen seid Ihr hier hereingekommen, Milady?«

Isabelle setzte sich auf einen Stein neben Roses Kleidung. »Ich habe die Wachposten bestochen«, sagte sie verschmitzt.

»Meine Wachposten sind nicht bestechlich«, widersprach Rose entrüstet. »Was habt Ihr ihnen gesagt?«

Isabelle hielt einen alten löchrigen Umhang hoch. »Dass Eure Leute für Euch eine Überraschung geplant haben und ich diese Überraschung sei.«

»Und das haben sie Euch geglaubt?« Rose errötete bis zu den Haarwurzeln. »Die da draußen denken jetzt, dass wir …«

»Zumindest werden sie bis auf Weiteres niemanden hereinlassen, und wir können in Ruhe miteinander sprechen. Das ist doch gut, oder nicht?«

»Ich dachte, ich hätte Euch nur geträumt.« Rose musste über sich selbst lachen.

»Das Wasser ist wunderbar klar.« Isabelle sah sehnsüchtig auf den See. »Seit heute Morgen bin ich fast ohne Unterlass geritten.«

»Dann wird Euch eine Erfrischung guttun.«

»Darf ich hereinkommen?«

»Natürlich, Milady.« Rose zeigte auf die andere Seite des Ufers. »Hier ist es sehr tief, aber dort drüben kann man ohne Mühe stehen.«

»Nicht nötig. Mein Bruder Matthew hat mir das Schwimmen beigebracht«, beruhigte Isabelle sie. »Ich mag ein wenig aus der Übung sein, aber es sollte gehen.«

»Dann kommt herein.« Rose wandte sich ab, um Isabelle Gelegenheit zu geben, ihre Kleider abzulegen. »Ich kann nicht glauben, dass Ihr meine Wachposten mit solch einem billigen Schwindel hereinlegen konntet«, murmelte sie kopfschüttelnd.

In Wahrheit interessierte sie gerade nichts weniger als die Wachposten vor der Höhle. Doch eher würde sie sich die Zunge abbeißen, als das zuzugeben.

Erst als sie Isabelle hinter sich in den See gleiten hörte, drehte Rose sich wieder um und schwamm auf sie zu. Die plötzliche Nähe der Frau, die ihr Nacht für Nacht den Schlaf geraubt hatte, nahm ihr prompt den Atem. Isabelle war so viel anmutiger, so viel schöner, als sie es sich je in ihren Träumen hätte ausmalen können. »Milady ...«

»Ich dachte, Ihr hättet mich vergessen.« Isabelles Stimme zitterte ein wenig.

»Niemals.« Rose griff unter Wasser nach ihrer Hand. »Niemals, Isabelle.«

»Brian hat meine Post abgefangen«, sagte Isabelle hastig. »Was müsst Ihr nur von mir denken, Rose. Ich schwöre, ich hatte keine Ahnung ... Ich dachte ...«

»Schhhh«, sagte Rose sanft. »Ich habe so etwas vermutet. Es wird alles gut, Isabelle. Ihr werdet sehen.«

Bei den liebevoll gesprochenen Worten entspannte Isabelle sich zusehends. »Ich habe Neuigkeiten, was das Amulett anbetrifft.«

Rose antwortete nicht, und Isabelle verspürte nicht die geringste Neigung, die Stille des Augenblicks zu zerstören. Ein leiser Seufzer entfuhr ihr, als Rose eine Ewigkeit später ihre Hand losließ.

»Neuigkeiten?«

»Ja. Das Amulett ist schamanischen Ursprungs und muss eine besondere Heilkraft haben. Es ist von einem Amazonenstamm.«

»Von den Amazonen?« Rose hob eine Augenbraue. »Das erklärt, warum Eure Mutter es Lady Ann gegeben hat und nicht ihrem Gatten. Das Amulett muss in weiblicher Hand bleiben.«

Dieser Gedanke war Isabelle auch schon gekommen. »Der Bogen mit den drei Pfeilen – ich weiß jetzt, was er bedeutet: Ein

Pfeil steht für die Seele, einer für den Körper und der dritte für das Blut, das beides verbindet. Ich habe es in einem von Mutters Büchern gelesen.«

»Habt Ihr herausgefunden, was Eure Mutter mit den Amazonen verband? Und warum sie nicht Euch das Amulett gegeben hat, sondern Lady Ann?«

Isabelle schüttelte den Kopf. »Ich habe keine Antwort auf diese Fragen. Aber ich erinnere mich, dass Lady Ann einmal erwähnte, sie würde mir etwas Wertvolles geben, wenn ich älter sei. Ich kann damals höchstens elf oder zwölf Jahre alt gewesen sein und wollte natürlich unbedingt wissen, was es war. Aber Lady Ann hat es mir nicht verraten und später nie wieder davon gesprochen. Ich habe noch eine Zeitlang versucht, sie mit Walnüssen zu bestechen, aber schließlich habe ich die Sache vergessen. Auf dem Weg zu Euch ist es mir wieder eingefallen, und ich frage mich, ob Lady Ann damals von dem Amulett gesprochen hat.«

»Wenn das wahr ist, müsst Ihr mehr mit dem Amulett zu tun haben, als Ihr glaubt, Isabelle.«

»Was meint Ihr?«

»Wenn es lediglich um den Besitz des Amuletts ginge, gäbe es überhaupt keinen Grund, warum Lady Ann so hartnäckig über die Hintergründe schweigt.«

»Vielleicht hat sie meiner Mutter bloß versprochen, es mir an einem bestimmten Tag auszuhändigen?«

»Dann hätte sie Euch spätestens davon erzählt, nachdem das Amulett entwendet worden ist. Sie bräuchte darum nicht so ein Geheimnis zu machen. Ich vermute vielmehr, dass es ein Gesetz gibt, wie das Amulett weiterzugeben ist. Und dass Lady Ann an dieses Gesetz gebunden ist.« Rose durchquerte mit kräftigen Schwimmzügen den kleinen See. Sie konnte sich am besten konzentrieren, wenn sie in Bewegung war.

Auch Isabelle stieß sich vom Boden ab und machte ein paar Züge. Beide Frauen achteten sorgsam darauf, dass nicht mehr als ihre Schulterpartie aus dem Wasser ragte. »Wenn es ein Gesetz gibt, dann bin ich, genau wie Mutter, Teil einer langen Tradition«, überlegte Isabelle. »In dem Buch, das ich gefunden habe, hieß es, dass die Amazonen aus Irland stammten, wie meine Mutter.«

Roses Kopf verschwand im Wasser, um wenige Augenblicke später am anderen Ende des Sees wieder aufzutauchen. »Ihr habt mir einmal von Euren Vorsehungen erzählt. Hatte Eure Mutter diese Vorahnungen auch?«

Isabelle musste lachen. »Natürlich. Alle Frauen in meiner Familie hatten sie. Meine Mutter, meine Großmutter, meine …« Sie hielt inne. »Wollt Ihr etwa sagen …«

Rose nickte. »Wenn Ihr mich fragt, sind das schamanische Visionen.«

»Und da es nur die Frauen in meiner Familie betrifft …«

»… ist es mehr als wahrscheinlich, dass Eure Familie etwas mit einem Amazonenstamm zu tun hat.«

»Grundgütiger!« Isabelles Füße tasteten nach festem Grund. »Ihr meint, ich bin die Nachfahrin einer schamanischen Amazone?«

»Es deutet vieles darauf hin, findet Ihr nicht?« Rose schwamm zu ihr hinüber. »Lasst uns die Unterhaltung an Land fortsetzen. Das Wasser ist kühl.«

Erneut wandte sie sich ab, als Isabelle aus dem See stieg und in ihre Kleider schlüpfte. Auch Isabelle drehte sich um, als Rose gleich darauf aus dem Wasser kam.

»Meine Leute werden denken, ich hätte mich mit Euch im See vergnügt«, sagte Rose lächelnd, als Isabelle sich zu ihr umwandte. Sie bereute ihre Worte, als die Lady scheu den Umhang fester um sich schlang.

»Eine bessere Tarnung ist mir nicht eingefallen«, murmelte Isabelle.

»Sie ist sehr gelungen«, versicherte Rose. »Niemand wird Euch erkennen und misstrauisch werden.«

»Wie geht es jetzt weiter?« Isabelle setzte sich neben sie auf einen Felsvorsprung.

»Zwei Dinge sind jetzt vorrangig: Wir müssen das Amulett finden, und wir sollten die Amazonen aufsuchen. Vielleicht erfahren wir von ihnen, was es mit dem Amulett auf sich hat und wie wir mögliches Unheil verhindern können.«

»Die Amazonen aufsuchen? Wie stellt Ihr Euch das vor? Wir wissen doch nicht einmal, wo wir nach ihnen suchen sollen.«

»Erstens gibt es da diese irische Sage«, erklärte Rose, »und zweitens verraten uns vielleicht die Schriftzeichen auf dem Amulett, wo wir suchen müssen.«

»Wenn man den irischen Mythen Glauben schenkt, leben die Amazonen auf einer Insel namens Cyane, irgendwo in der Irischen See. Das ist keine sehr genauen Angabe.«

Rose lächelte. »Ihr seid eine Amazone, Isabelle. Ihr werdet den Weg schon finden.«

»Die Nachfahrin einer Amazone«, verbesserte Isabelle sie. »Mir wäre schon wesentlich wohler, wenn ich wenigstens das Amulett finden würde.«

Rose hob einen Stein vom Boden auf und ließ ihn von einer Hand in die andere gleiten. »Ich bedaure, mich darum jetzt nicht kümmern zu können. Mein Vater und Brian planen einen neuerlichen Angriff auf die Truppen des Königs. Außerdem habe ich heute Morgen von einem weiteren Anschlag auf ihn erfahren, der in Winchester verübt werden soll.«

»Aber Brian und sein Vater halten sich derzeit in Irland auf!«

»Dann werden sie entweder in Kürze wieder in England sein, oder sie haben ihren Feldherrn, Ritter Murcher, mit dem Anschlag beauftragt.« Rose warf den Stein flach über den See, wo er zweimal kurz auftippte, bevor er im Wasser verschwand. »Meine Männer und ich brechen in zwei Tagen auf.«

»Seid vorsichtig, Rose. Bitte. Ich … ich schaffe es nicht ohne Euch.«

»Ihr könnt Euch auf mich verlassen, Isabelle. Ich lasse Euch nicht im Stich.«

»Ich danke Euch.« Isabelle strich Rose eine schwarze Strähne aus dem Gesicht. »Warum seid Ihr mir so vertraut und gleichzeitig so fremd? Wenn ich Euch ansehe, ist es jedes Mal, als sähe ich Euch zum ersten Mal. Und doch fühlt es sich an, als kennte ich Euch schon seit Hunderten von Jahren.«

»Ich weiß, was Ihr meint, Isabelle.«

»Wie seltsam, nicht?« Isabelle lächelte. »Ich bedaure es unendlich, aber ich muss wieder zurück nach York. Am Hofe denkt man, ich sei in Leeds, um Stoffe auszuwählen.«

»Wenn ich vom König zurückkomme, werden wir zusammen nach dem Amulett suchen«, versprach Rose. »Ich kann einem meiner Männer die Befehlsgewalt übertragen.«

Isabelle seufzte. »Lasst mich nicht noch einmal so lange im Ungewissen«, sagte sie leise. »Ich ... ich hatte gedacht, dass Ihr mich vielleicht verabscheut. Dass ich Euch zu sehr bedrängt habe mit ... mit meinen ... mit ... mit dem, was ...«

»Mir ging es ganz genauso.« Rose legte eine Hand unter Isabelles Kinn und zwang sie, sie anzusehen. »War meine Sorge unbegründet?«

Isabelle nickte. Errötend schlug sie die Augen nieder.

»Was habt Ihr, Isabelle?«

»Rose ...«

»Ja, Milady?«

»Würdet Ihr mich küssen?«

»Ihr seid eine verheiratete Frau, Isabelle.«

»Niemand weiß besser als Ihr, wie wenig mir das bedeutet.«

»Ich ... ich bin nicht gut für Euch.«

»Bin ich es allein, die so empfindet?«

»Darum geht es nicht ... Es ... wir ...«

»Ich weiß nicht, was es ist. Ich habe nicht die leiseste Ahnung, was mit mir geschieht. Aber der Gedanke, wieder so lange ohne

Euch zu sein, raubt mir den Verstand.« Isabelles Augen suchten die der Ritterin. »Bitte, Rose. Bitte küsst mich.«

Und dann waren Roses Lippen auf ihren.

Und noch einmal.

Und noch einmal.

»Herrgott im Himmel«, stammelte Isabelle. »Was ist bloß los mit mir?«

Rose löste sich aus ihrer Umarmung und wandte sich ab, den Blick auf den See gerichtet. »Ihr dürft mich so etwas nie wieder bitten, Milady«, sagte sie schließlich. »Würdet Ihr mir Euer Wort geben?«

Isabelle sah sie verwirrt an. »Was ...?«

»Gebt Ihr mir Euer Wort?«, drängte Rose.

»Warum?« Isabelles Stimme zitterte. »Weil Ihr meint, Ihr wärt nicht gut genug für mich? Weil Ihr mich nicht in Gefahr bringen wollt? Ich bin nicht so hilflos wie Ihr denkt, Rose. Ich bin sehr gut in der Lage, auf mich Acht zu geben!«

»Isabelle ... Ihr müsst doch sehen, dass eine solche Verbindung zwischen uns nur Unheil bringen kann. Wir können beide nicht aus unserer Haut.«

»Eben.« Isabelle zog die Ritterin auf den Felsvorsprung zurück und kniete vor ihr nieder. »Ich kann nicht aus meiner Haut, und ich werde nicht so tun, als lebte ich in einer anderen.«

»Ich schon.« Rose entzog sich ihr. »Das gehört zu meinem Leben.«

»Fein.« Isabelle erhob sich abrupt. »Dann tut, was Ihr nicht lassen könnt. Ich wünsche Euch viel Erfolg bei Eurer nächsten Schlacht. Mein Herz wird immer mit Euch sein, das wisst Ihr.« Sie machte sich auf zum Ausgang der Höhle.

»Isabelle!« Rose schoss von dem Stein hoch und lief hinter ihr her. »So wartet doch!« Mit wenigen Schritten hatte sie Isabelle eingeholt. »Isabelle, ich bitte Euch. Geht nicht so.«

»Wie soll ich Eurer Meinung nach sonst gehen?«

»Entzieht mir nicht Eure Freundschaft!«

»Die habt Ihr. Bei Gott. Die habt Ihr. Viel Glück bei Eurer Mission.«

»Isabelle …«

»Lebt wohl, Sir Ross. Gott möge Euch stets beschützen.« Mit diesen Worten trat Isabelle in den Höhlenausgang, wohl wissend, dass Rose ihr nicht folgen konnte, ohne Verdacht zu erwecken.

Auf dem Rückweg hatte Isabelle sich in Skipton eine Unterkunft suchen müssen und war am folgenden Morgen in aller Frühe nach York aufgebrochen. Die Sonne stand noch hoch am Himmel, als sie endlich die Tore der Burg erreichte. Sie führte Felicia in den Stall, rieb sie selbst ab und brachte ihr Hafer, Heu und Wasser. Schließlich ließ es sich nicht mehr länger hinauszögern, sich unter Menschen zu begeben, und sie rief ihr Gesinde zusammen, um sich nach dem Stand der Vorbereitungen für den Duke von Sussex zu erkundigen. Mit Erleichterung nahm sie die Nachricht entgegen, dass Lady Ann nach Werreby gefahren war, um einen Mantel für sich schneidern zu lassen, und erst am Abend zurückerwartet wurde. So blieb ihr noch etwas Zeit, sich zurückzuziehen. Nachdem das Nötigste besprochen und veranlasst war, verkündete sie, dass sie nicht gestört werden wolle. Dann schloss sie die Tür hinter sich und ließ sich auf ihr Bett fallen.

Ihre Glieder schmerzten, ihre Augen brannten, und ihr Kopf hämmerte. Warum hatte Rose sie von sich gestoßen? Erst hatte sie Isabelle voller Leidenschaft geküsst, und im nächsten Moment hatte sie sie zurückgestoßen. Wie konnte Rose die Ehe mit einem Barbaren wichtiger nehmen als das, was sie miteinander erfahren hatten? Anders als Isabelle konnte Rose offensichtlich so tun, als wäre nichts geschehen. Sie hatte sich nicht einmal die Mühe gemacht, Isabelle anzuhören.

War sie die Einzige, die es gefühlt hatte? In dem Moment, als sie sich geküsst hatten, da hatte etwas tief in ihrer Seele eine Antwort gefunden. Nie in ihrem Leben würde sie diesen Augenblick vergessen. Und Rose? Bedeutete ihr das alles so wenig? Isabelle konnte und wollte das nicht glauben. Zugegeben, in der Liebe kannte sie sich nicht gut aus, aber ihr Herz würde sie nicht so täuschen.

In der Liebe? Isabelle rang nach Luft. Ja, sie liebte Rose. Nicht wie eine Freundin, sondern so, wie sie eigentlich ihren Ehemann lieben sollte. Allein bei dem Gedanken an ihn lief Isabelle ein Schauer über den Rücken. Wie sollte sie die nächsten Tage überstehen? Was sollte nun werden?

Rose würde am nächsten Tag mit ihren Kriegern zum König aufbrechen, und womöglich waren Brian und sein Vater längst in Winchester. Vielleicht würde Isabelle in wenigen Tagen Brians Wunden versorgen, weil er verletzt aus der Schlacht zurückkehrte, oder sie würde seinen gekränkten Stolz aufpäppeln müssen, weil sein Aufstand niedergeschlagen worden war. Oder sie musste ihn beglückwünschen, weil ihm der Sieg gegen den wappenlosen Ritter gelungen war.

Isabelle war sich nicht sicher, wie lange sie das Bild der treusorgenden Gattin noch aufrechterhalten konnte. Aber es musste sein. Sie tat es für ihr Volk. Und darüber hinaus tat sie es auch für ein Volk, dessen Angehörige sie noch nie im Leben gesehen hatte, das sie aber bis in ihre Träume verfolgte. In der Nähe Brians zu sein war die einzige Möglichkeit, das Amulett zu finden. Vielleicht würde sie schon in naher Zukunft den Menschen begegnen, die ihr aus ihren Träumen bereits so vertraut waren.

Rose beobachtete die Schatten, die das Feuer gegen die Grottenwand warf und deren schnelle, zuckende Bewegungen sie an den Tanz wilder Derwische erinnerte. Draußen war es längst dunkel geworden, und in der Höhle hörte man nur noch die Schritte der auf und ab gehenden Wachposten und das Schnarchen der Männer. Wenigstens ihre Krieger fanden in dieser Nacht Schlaf und würden ausgeruht sein, wenn sie nach Winchester aufbrachen.

Sie selbst fand keinen Schlaf. Der Streit mit Isabelle ging ihr nicht aus dem Sinn und noch viel weniger das, was ihm vorangegangen war. Rose wünschte, sie hätte im letzten Frühjahr zu Lord Trascott gehen, die Trophäen vergangener Turniere im Gepäck, und um die Hand seiner Tochter anhalten können. Der Gedanke, dass ihr Bruder Isabelle einfach hatte heiraten und auf seine Burg mitnehmen können, nur weil er mächtig und ein Mann war, machte sie rasend.

Es war leichter gewesen, als sie noch geglaubt hatte, sie sei die Einzige, die derart empfand. Sie war es gewohnt, für sich zu bleiben und Menschen nicht zu nah an sich heranzulassen. Sie war geübt darin, um das Wort »Glück« einen weiten Bogen zu machen und sich auf ihre Mission zu konzentrieren. Doch Isabelle konnte all das mit einem einzigen Lächeln außer Kraft setzen, und Rose fragte sich, ob Isabelle bewusst war, wie viel Macht sie über sie hatte.

Das Beste wäre, wenn sie sich in Zukunft aus dem Weg gingen. Doch ihr Versprechen ließ das nicht zu. Rose hatte ihr Wort gegeben, Isabelle dabei zu helfen, das Amulett zu finden und zu verhindern, dass Unbefugte seine magischen Kräfte freisetzten. Das Wohl Englands war in Gefahr.

Isabelle würde immer die Gattin ihres Bruders und die Schwiegertochter ihres verhassten Vaters sein. Sie hingegen würde immer eine Abtrünnige bleiben, eine Kämpferin im Verborgenen, um dieses Land nicht in tyrannische Hände fallen zu lassen. Die Zeit von Rose Caddington war endgültig vorbei. Sie war Sir Ross, der wappenlose Ritter, der sein Schicksal seinem Land widmete, nachdem er in einem anderen Leben alles dafür getan hatte, um es zu zerstören. Ein anderer Mensch hatte in diesem

Leben keinen Platz, eine verheiratete Lady noch viel weniger und schon gar nicht die Gemahlin ihres Feindes. Sie durfte Isabelles Leben nicht zerstören. Vielleicht würde diese eines Tages verstehen, dass sie sie nicht aus Kaltherzigkeit zurückgewiesen hatte, sondern aus Liebe.

KAPITEL VIII

»Herein.«

Isabelle hob erstaunt den Kopf, als ihre Schwiegermutter höchstpersönlich in ihr Schlafgemach trat. »Ist etwas nicht in Ordnung, Milady?«

»Entschuldige die Störung, Isabelle, aber soeben kam die Nachricht, dass unsere Männer aus Irland zurück sind.« Lady Caddington hielt einen Brief hoch, während sie die Tür hinter sich schloss. »Sie werden noch heute hier eintreffen.«

Isabelle schwang sich aus dem Bett. »Das freut mich zu hören. Ich dachte schon, ich muss den Duke allein unterhalten. Brian kann unserem Gast die römische Sonnenuhr zeigen, die sein Großvater einst aus Florenz mitgebracht hat.« Nicht dass sie ernsthaft damit rechnete, ihr Gatte würde dafür zur Verfügung stehen. Schließlich war er nach England zurückgekehrt, um einen König zu stürzen.

»So unangenehm mir das ist, meine Liebe, aber dem Duke werden wir absagen müssen. Walter und Brian kommen nach York zurück, um dich auf eine Reise mitzunehmen. Sie möchten, dass du dich umgehend bereit machst.«

»Aber wir haben uns Monate auf diesen Besuch vorbereitet! Außerdem wäre es genauso impertinent wie unklug, dem Duke von Sussex abzusagen.« Brian wollte sie mitnehmen? Wohin? Wozu? Isabelle blickte sorgenvoll in den Hof, wo die Tänzer für die Vorführung übten. Sie mochte sich die Mißstimmung gar nicht ausmalen, die zwischen Yorkshire und Sussex aufkommen würde. Der Duke konnte die Absage nur als Affront verstehen. »In diesen Zeiten muss man sich Verbündete schaffen, keine Feinde«, sagte sie kopfschüttelnd.

Lady Caddington gesellte sich zu ihr ans Fenster. »Mir ist das genauso unangenehm wie dir, glaub mir. Aber Walter hat es angeordnet. Die Reise scheint von großer Wichtigkeit zu sein.«

»Wohin soll sie denn gehen?«

»Das schreibt er nicht.« Isabelles Schwiegermutter überflog nochmals das Schriftstück. »Sie wollen umgehend zurück nach Irland, aber wohin, steht hier nicht.«

»Nach Irland?« Also waren Brian und sein Vater gar nicht selbst in Winchester gewesen, wie Rose vermutet hatte. »Steht in dem Brief, warum sie mich dabeihaben wollen?«

»Vermutlich sollst du übersetzen. Sie bringen eine Frau mit, die nicht unsere Sprache spricht. Sie versteht weder Angelsächsisch, noch Normannisch oder Französisch. Was soll man da machen?«

»Eine Frau? Woher kommt sie?«

»Vielleicht fragst du das Brian besser selbst.« Lady Caddington war bereits auf dem Weg zur Tür. »Ich schicke dir Muriel, damit sie deine Sachen packt.« Mit einem Kopfnicken verkündete sie, dass die Unterhaltung beendet war.

»Eine Frage noch, Milady.« Isabelle hatte eine dunkle Ahnung, was den Grund der geplanten Reise anbetraf. »Habt Ihr Euren Gatten jemals über ein wertvolles Amulett sprechen hören?«

»Ein Amulett?« Die Lady lachte auf. »Ach, das ist so ein Ammenmärchen, das die Menschen hier seit Generationen beschäftigt. Mich hat es nie interessiert, aber die Männer in dieser Familie scheinen wie besessen von der Geschichte.«

»Was ist das für eine Geschichte?«, bohrte Isabelle nach. »Erzählt Ihr sie mir?«

Lady Caddington ließ sich seufzend auf ihrem Bett nieder. »Ich kann es dir gar nicht genau sagen, Isabelle. Als ich Walter heiratete, gab es in dieser Familie schon seit Generationen das Gerücht von einem Amulett, das unendliche Macht verleiht. Allerdings nur im Zusammenhang mit einem bestimmten Buch, das irgendwo vergraben ist.«

»Worüber verleiht es Macht?«

»Über Gut und Böse. Natürlich ist das reiner Aberglaube. Die Existenz des Buches ist genauso zweifelhaft wie die des Amuletts. Als Rose geboren wurde, habe ich angeordnet, dass das Amulett in diesen Mauern nicht mehr erwähnt wird. Ich wollte nicht, dass Walter mein kleines Mädchen ansteckt mit seinen fixen Ideen.« Lady Caddingtons Augen wurden feucht bei der Erwähnung ihrer Tochter, und sie erhob sich rasch von Isabelles Bett. »Nimm es mir nicht übel, meine Liebe. Aber wir haben jetzt wirklich keine Zeit, über Märchen zu plaudern. Ich veranlasse, dass man dir dein Morgenmahl bringt, bevor du mit den Reisevorbereitungen beginnst. Und keine Sorge«, sie tätschelte Isabelle die Wange. »Wenn du es für so wichtig hältst, dass wir den Duke empfangen, dann lasse ich mir für ihn etwas einfallen.«

»Ich danke Euch, Milady. Das ist mir eine große Erleichterung.«

Sobald ihre Schwiegermutter den Raum verlassen hatte, öffnete Isabelle ihren Schrank und zog ein Blatt Pergament heraus. Es musste triftige Gründe geben, wenn ihr Schwiegervater und Brian aus Irland zurückkamen, nur um sie abzuholen. Rose musste davon in Kenntnis gesetzt werden.

Für große Ausführungen fehlte die Zeit, so schrieb Isabelle lediglich ein paar Zeilen. Als sie die Nachricht zusammenrollte, wurde ihr bewusst, dass es hier niemanden gab, dem sie den Brief anvertrauen konnte. Ob sie Ruth fragen sollte? Die Dienerin war zwar nicht gut zu Fuß, aber sie war eine hervorragende Reiterin, und für Isabelle würde sie ihr Leben geben. Seit mehr als vier Jahren war sie nun ihre ergebene Dienerin. Damals hatte Isabelle sie buchstäblich von der Straße aufgelesen und sie gesundgepflegt, nachdem die Bewohner ihres Dorfes sie fast zu Tode geprügelt hatten. Ihr eigener Ehemann teilte die Überzeugung der Dorfnachbarn, dass sein Weib eine Hexe sei und hatte sich der Hetzjagd nicht in den Weg gestellt. Als Ruth Monate später von ihren Verletzungen genesen war, zeugte nur noch ein schmerzendes Bein von diesem Überfall.

Sie hatte sich damals geweigert, zu ihrem Mann zurückzukehren, und so wurde sie nicht nur Isabelles treueste Dienerin, sondern auch ihre eifrigste Schülerin in Sachen Kräuterkunde. Eines Tages hatte sie Isabelle gefragt, ob sie auch ab und zu kleinere Botenaufgaben übernehmen könnte, denn auf dem Rücken eines Pferdes schmerze ihr Bein weniger und sie werde nicht ständig an den Überfall erinnert. Isabelle hatte sofort zugestimmt, auch wenn sie ihr nur selten einen solchen Auftrag übertrug, da die Dienerin am Hofe unentbehrlich war. Doch in diesem Falle war Ruth die beste Wahl, um Isabelles Nachricht zuverlässig an Rose zu übermitteln. Zwar bedurfte es noch eines glaubwürdigen Vorwandes für den Botengang, aber das war das geringste Problem.

Isabelle hoffte inständig, dass dem Aufstand in Winchester bereits ein Ende gesetzt worden war, wenn Rose ihre Nachricht erhielt. Und dass die Botschaft noch rechtzeitig zu ihr gelangte, so dass es der Ritterin möglich war, ihren Reisetrupp nach Irland noch einzuholen. Deshalb durften die Caddingtons nicht wie beabsichtigt noch an diesem Tag aufbrechen. Sie musste einen Weg finden, das zu verhindern.

Isabelle strich sich über ihr erhitztes Gesicht. So düster die Nachrichten auch waren – die Vorstellung, Rose so bald wiederzusehen, ließ ihr das Herz in der Brust höher schlagen.

»King John lässt bitten.«

»Es war mir eine Ehre, Eure Majestät.« Rose löste sich aus dem Gespräch mit Queen Isabella und folgte dem Diener in den Audienzsaal. Schon beim Eintreten fiel ihr auf, wie abgemagert King John in den letzten Monaten war. Sein Umhang hing schlaff um seine Schultern, und in sein blondes Haar mischten sich zunehmend graue Strähnen. Der König stand neben einem riesigen Eichenstuhl am Ende des Saals und sah Rose ungeduldig entgegen.

»Sir Ross, mein Freund. Ich befürchtete schon, Euch sei etwas zugestoßen auf Eurer Reise.«

Rose kniete vor ihm nieder. »Verzeiht, mein König, ich wurde aufgehalten.«

King John nickte nachsichtig. »So wurde mir berichtet. Ihr habt einen Anschlag auf mich vereitelt und einen Aufstand im Keim erstickt.«

»Wir hatten einen Hinweis erhalten und konnten die Aufständischen unschädlich machen, bevor sie in Winchester eintrafen.«

»Ihr seid Englands ergebenster Diener.« Der König legte ihr die Hand auf die Schulter. »Ich werde Euch reich dafür belohnen.«

»Ihr wisst, dass ich keinen Lohn verlange, Majestät. Das Wohl Englands ist mir Lohn genug.« Auf King Johns Geste hin erhob sie sich. »Ihr habt mich rufen lassen?«

»Setzen wir uns doch.« King John führte sie zu dem langen Tisch, an dem er gewöhnlich seine Verhandlungen führte. Sein Bruder Richard hatte diesen Saal seinerzeit einrichten lassen, und nach dessen Tod hatte John keinen Anlass gesehen, den Raum zu verändern. Lediglich ein Gemälde war hinzugekommen, das den König mit Krone und Zepter zeigte und sich in die Ahnengalerie einreihte.

»Es ist allzu deutlich, dass jemand meinen Tod wünscht«, seufzte er, während er am Kopfende des Tisches Platz nahm.

»Letzte Woche wurde bereits mein Mundschenk vergiftet, und nun ein neuer Anschlag. Aber das ist nicht der Grund, warum ich Euch rufen ließ.«

»Gibt es einen weiteren Aufstand, Majestät? Mir ist nichts bekannt.«

»Nein, derzeit nicht. Aber in Kürze wird es einen geben. Und dann zähle ich auf Eure Unterstützung, mein Freund.«

»Wie kann ich Euch dienen?«

»Ich werde die Carta zurücknehmen.«

Rose wich zurück. »Ihr wollt die Carta wieder außer Kraft setzen? Mit Verlaub, mein König, haltet Ihr das für klug?«

»Ich halte das sogar für außerordentlich klug. Es war ein Fehler, den Adeligen so viele Rechte einzuräumen.«

»Majestät, verzeiht meine offenen Worte, aber Ihr könnt doch nicht etwas für null und nichtig erklären, was Ihr bereits unterzeichnet habt. Der Adel wird sich das nicht gefallen lassen.«

King John sah sie erstaunt an. »Habt Ihr wirklich geglaubt, dass ich das ernst gemeint habe? Ihr wisst so gut wie ich, dass ich die Carta nur unterschrieben habe, um die Aufständischen zu beruhigen. Und dieser Plan ist aufgegangen.«

»Und das wird er auch weiterhin, wenn Ihr Euer Wort haltet.«

»Zu spät, mein Freund. Ich habe bereits letzte Woche eine Nachricht an Innozenz III. geschickt und ihn um Unterstützung gebeten.«

»Es ist noch nicht lange her, dass er Euch exkommuniziert hat, und jetzt erwartet Ihr seine Unterstützung in dieser Sache?«

»Ach, das ist längst vergessen. Inzwischen haben wir uns wieder versöhnt. Übrigens hat sich der Papst bereits wohlwollend zu meiner Idee geäußert.«

»King John, Ihr gefährdet damit Euer Leben und den Frieden Englands«, warnte Rose. »Die Adeligen sind nach wie vor nicht bereit, Euch Soldaten und Geld für Euren Krieg mit Frankreich zur Verfügung zu stellen. Sie werden es auch in Zukunft nicht tun.«

»Frankreich steht mir zu!« King John schlug mit der Faust auf den Tisch. »Ich werde nicht als ›König ohne Land‹ in die Geschichte eingehen!«

»Bedenkt doch, King John. Man wird Eure Rücknahme der Carta als Kriegserklärung verstehen. Ihr stürzt England damit in einen erneuten Bürgerkrieg. Ist das Euer Ansinnen?«

»Ihr werdet die Aufstände mit Euren Männern niederschlagen.«

»Ich werde keinen Bürgerkrieg unterstützen.« Rose schüttelte den Kopf. »Meine Männer und ich haben Euch zur Seite gestanden, um den inneren Frieden Englands wiederherzustellen. Ich werde mich nicht dafür einsetzen, dass Ihr den aussichtslosen Krieg gegen Philipp II. fortführt. Die Ernte der letzten Jahre war schlecht, viele Menschen müssen hungern. Wir brauchen unsere ganze Kraft für unser Volk.«

»Ihr versagt mir Eure Dienste?« King John sah sie irritiert an.

»So ist es, Majestät.«

»Aber ich bin Eurer König! Ihr habt die Pflicht, mir zu gehorchen!«

»Ich bin England verpflichtet, nicht seinem König.«

»Ich bin England!«

»Meine Männer sind frei, Euch in Eurem Vorhaben zu unterstützen. Auf meine Hilfe könnt Ihr jedoch nicht zählen.« Rose trat einen Schritt zurück und verneigte sich.

»Dafür kann ich Euch hängen lassen!«

»Das würde beim Volk nicht besonders gut ankommen.« Rose lächelte. »Gott sei mit Euch, King John.« Sie verbeugte sich abermals, und ihre Stiefel hallten durch den Saal, als sie zum Ausgang schritt. Zurück blieb ein sprachloser König.

»Gemach, gemach, du erdrückst mich!« Isabelle wand sich aus Brians grober Umarmung. »War eure Reise erfolgreich?«

»Sehr erfolgreich.« Brian klopfte sich den Staub aus dem Mantel. »Hat man dir ausgerichtet, dass wir zusammen auf eine Reise gehen werden?«

»Jawohl. Und mir wurde auch berichtet, dass du es eilig hast«, nickte Isabelle. »Dennoch bitte ich dich, mir noch einen Tag zu gewähren. Wir müssen noch für den Besuch des Dukes umdisponieren.«

»Das kann doch Emily übernehmen«, tönte es von der Tür. »Es gibt keinen Grund, die Reise hinauszuzögern.«

»Milord«, widersprach Isabelle ihrem Schwiegervater. »Ich kann Eurer Gemahlin beim besten Willen nicht die ganze Arbeit überlassen.«

»Habt ihr Barbaren denn überhaupt kein Gefühl für Anstand?«, mischte Lady Caddington sich ein. »In fünf Tagen ist Isabelles zwanzigster Geburtstag. Soll sie den etwa auf hoher See begehen? Bleibt doch noch eine Woche hier! Dann können wir auch den Duke wie geplant empfangen.«

»Und euren Pferden wird die Rast guttun«, stimme Isabelle ihr zu.

»Also schön«, brummte der alte Earl. »Vielleicht ist es keine schlechte Idee, wenn wir uns alle ein wenig ausruhen. Die Pferde sind in der Tat müde. Aber auf den Duke können wir nicht warten. Wir brechen übermorgen auf. Das ist mein letztes Wort.«

»Das ist eine weise Entscheidung, Milord.« Isabelle nahm ihrem Schwiegervater den Umhang ab und reichte ihn Stanley. Mit einem Anflug von Mitleid registrierte sie die Nervosität des Dieners, der nun auch Brian den Mantel abnahm. Er würde seinem Herrn zu beichten haben, dass Isabelle ihm für mehrere Tage entwischt war, weil sie ihm befohlen hatte, für sie in der Stadt Schriftrollen und Wachs zu besorgen. Es war allgemein bekannt, dass der Sohn des Earls keine Pflichtverletzungen duldete, und so war Stanley eine körperliche Züchtigung sicher.

Brian entließ den Diener mit einem Wink. Gutgelaunt legte er den Arm um Isabelle. »Wir werden eine feine Reise unternehmen, und du wirst uns helfen, unser Ziel zu erreichen.«

»Womit kann ich dir dienen?«

»Da fällt mir vieles ein …« Er drückte ihr einen Kuss auf die Lippen. »Hast du jemals von der Insel Cyane gehört?«

»Die Insel in Irland, von der niemand weiß, ob es sie gibt?«

»Nun, es gibt sie. Wir haben Erkundigungen eingezogen, und wir wissen jetzt, wie wir dorthin gelangen.«

»Aber was willst du auf dieser Insel? Bestimmt gibt es interessantere Orte …«

»Hat deine Hofdame eigentlich jemals ihr Amulett zurückbekommen?«, unterbrach er sie.

»Nicht dass ich wüsste. Wie kommst du jetzt darauf?«

»Ach, nur so«, winkte er ab. »Weißt du etwas über das Amulett?«

»Es war Lady Ann sehr wichtig.«

»Das denke ich mir.« Brian hakte sie unter. »Wie auch immer, ich werde dir morgen jemanden vorstellen.« Schnellen Schrittes führte er sie die Stufen zu ihrem Schlafgemach hinauf. »Wir haben einen Gast mitgebracht. Sie kommt von Cyane und könnte uns viel über die Insel erzählen. Aber sie spricht unsere Sprache nicht und gibt sich auch nicht die geringste Mühe, uns zu verstehen.« Er stieß die Tür auf und schob Isabelle in ihr Schlafgemach. »Dieses Mädchen ist mehr als widerspenstig, aber du wirst uns helfen, die nötigen Informationen von ihr zu bekommen. Doch zunächst einmal …« Er ließ sich auf ihr Bett fallen und bedeutete Isabelle, ihm die Stiefel auszuziehen. »Zunächst einmal wirst du für meine gute Laune sorgen.«

»Ihr habt also die freie Wahl.« Rose blickte auf die Schar ihrer Krieger herab, die mit hängenden Köpfen ihren Worten lauschten. »Und für welche Seite ihr auch kämpft – Gott sei mit euch.«

»Auf welcher Seite werdet Ihr kämpfen, Sir?«, rief ein Krieger.

»Wir lassen Euch nicht allein, Ritter Ross!«, rief ein anderer.

»Ich werde auf keiner Seite sein«, erklärte Rose. »Wir sind angetreten, um England zu retten. Und wir waren erfolgreich! Wir haben standgehalten! Mehr als das – wir haben die Aufständischen in die Knie gezwungen!« Ihre letzten Worte gingen unter im Jubel der Männer, so dass Rose mit einem Handzeichen für Ruhe sorgen musste. »Doch jetzt bricht der König seine eigenen Gesetze. So schwierig diese Entscheidung auch war, letztlich war die Carta ein notwendiger Kompromiss zur Beendigung des Bürgerkrieges. Wenn King John sie jetzt widerruft, wird das ganz England erschüttern.«

Die Bemerkung löste ein lautstarkes Gemurmel unter den Kriegern aus. »Die Mission dieser Armee ist vorerst beendet, und ich löse sie hiermit auf«, fuhr Rose fort. »Ihr seid frei zu gehen, wohin ihr wollt. Mein Knappe«, sie wies auf Michael, »wird euch euren Sold geben und euch mit Lebensmitteln ausstatten.«

»Was ist mit Lord Caddington und Lancashire?«, protestierte ein Bogenschütze.

»Wollen wir ihn einfach gewähren lassen?«, schloss sich sein Nebenmann an.

»Niemals!« Rose hob ihr Schwert in die Höhe. »Ich werde nicht aufhören, den Earl von York und seinen Sohn zu bekämpfen. Sie werden keine weiteren Grafschaften erobern und die Bevölkerung für ihre Zwecke ausbeuten! Falls es eine weitere Schlacht geben sollte, können sich die Freiwilligen in unserer Höhle in den Yorkshire Dales einfinden.«

»Hoch lebe unser Ritter!«, riefen die Männer. »Es lebe England!«

Im hinteren Teil der Menge fingen einige Krieger an zu singen, und nach und nach stimmten alle in den Chor mit ein. Diese Melodie hatten die Männer oft auf dem Weg zur nächsten Schlacht gesungen, jetzt aber sangen sie für ihren Anführer. Sie sangen für ihn, für ihr Land, für ihre Mitstreiter und für sich selbst. Es war ein bewegender Moment, der Rose noch in ihren Träumen verfolgen sollte. Nun war sie auf sich gestellt.

Noch am Abend zahlte Michael die Männer aus, und Rose verabschiedete sich von jedem Einzelnen. Ohne dass sie sich dessen bewusst gewesen war, waren ihr diese Menschen ans Herz gewachsen.

Zu später Stunde, Michael hatte sich schon zum Schlafen zurückgezogen, traf unerwartet ein Bote ein. Rose stockte der Atem, als er sich als Isabelles Dienerin Ruth entpuppte. »Gibt es Schwierigkeiten?«

Ruth reichte ihr eine Nachricht. »Ich weiß es nicht, Sir. Aber meine Herrin wirkte beunruhigt.«

»Setz dich ans Feuer und stärke dich erst einmal. Es ist noch Hasenbraten übrig.« Rose brach hastig das Siegel auf und überflog die eilig geschriebenen Zeilen:

Rose!
B. und W. wissen, wo Cyane liegt. Sie nehmen mich mit. Ich werde alles versuchen, um unseren Aufbruch hinauszuzögern. Gott sei mit Euch.
Isabelle

»Michael!«

Der Knappe schaute schlaftrunken unter seiner Decke hervor. »Ist nicht mehr genug Holz da?«

»Wir werden kein Holz mehr brauchen. Wir brechen auf.«

»Aber wohin denn?«

»Nach Irland.«

»Warum bist du so aufgebracht?« Brian versuchte mit seiner voranstürmenden Gattin Schritt zu halten. »Wo hätten wir sie sonst unterbringen sollen?«

»Sie ist ein Mensch und kein Tier!«, herrschte Isabelle ihn an und riss das Tor zu den Stallungen auf. »Wie konntest du sie im Stall übernachten lassen?«

»Sie ist unsere Gefangene«, stellte Brian klar, »falls dir das noch nicht aufgefallen sein sollte! Und befiel mir nicht, was ich zu tun habe!« Diese Frau brachte ihn noch um den Verstand. Erst klagte sie den ganzen Abend über Kopfschmerzen und verdarb ihm damit die Nacht, und nun legte sie sich auch noch vor dem Morgenmahl mit ihm an. »Hätte ich den roten Teppich für sie ausrollen sollen?«

Unbeeindruckt von seinem Zornesausbruch schritt Isabelle zur hintersten Box des Stalles, wo eine Frau in zerrissener Kleidung im Stroh kauerte. Die gefesselten Hände reglos im Schoß, hielt sie den Blick starr auf den Boden gerichtet. Sie sah nicht einmal auf, als Isabelle direkt vor ihr stehen blieb. Ihr Gesicht wurde von langen braunen Haaren verdeckt, aber es war zu erkennen, dass sie einige Jahre jünger sein musste als Isabelle.

»Wo hast du sie gefunden, Brian?« Isabelle füllte Wasser in einen Krug und stellte ihn vor die Frau hin. Große braune Augen blickten sie misstrauisch an.

»Das geht dich nichts an!«, zischte Brian. »Du sollst sie nur zum Reden bringen.«

»Ich weiß ja nicht einmal, was du von ihr wissen willst.« Isabelle hockte sich neben die Gefangene und bedeutete ihr zu trinken. Die junge Frau rührte sich nicht. »Lass ihr etwas zu essen bringen.«

Ihr Gatte verdrehte die Augen und fischte ein paar Äpfel aus dem Futtertrog. »Sie kann die hier essen.« Er warf sie der Gefangenen vor die Füße. »Ihre Mutter hat uns schon den Weg nach Cyane erklärt. Aber leider Gottes war sie nicht mehr in der Lage, uns noch mehr zu verraten. Deswegen halten wir uns jetzt an ihre Tochter.«

»Die Äpfel sind faul. Ich lasse ihr frische bringen.« Isabelle sammelte die Äpfel wieder ein und legte sie hinter sich. »Wenn du ihr Vertrauen gewinnen willst, musst du gut zu ihr sein.«

»Na, das ist dann ja wohl jetzt deine Aufgabe.«

»Richtig.« Isabelle führte den Krug behutsam an die Lippen der Gefangenen. Endlich begann diese zögernd zu trinken. »Was soll sie dir denn erzählen?«

»Auf der Insel gibt es einen Schatz, und sie soll mir sagen, wo er ist.«

»Was denn für einen Schatz?«

»Das geht dich nichts an. Frag sie einfach nur, wo er ist. Mehr brauchst du nicht zu wissen.«

»Ich bin einverstanden, unter der Bedingung, dass ich bestimme, wie sie behandelt wird. Wenn du es wünschst, werde ich herausfinden, was du wissen willst.«

»Aber sie bleibt gefesselt.«

Isabelle nickte. »Jetzt bekommt sie jedenfalls erst einmal etwas Vernünftiges zu essen.« Sie lächelte der Gefangenen aufmunternd zu, doch ihre Freundlichkeit wurde nicht erwidert. Aus dem Gesicht der jungen Frau sprach Verwirrung und Furcht.

Brian lehnte sich zufrieden an die Stallwand. »Halt dich hier nicht zu lange auf, Isabelle. Mutter wünscht dich noch wegen des Dukes zu sprechen.«

»Wir sollten uns sputen.« Rose klopfte ihrem Knappen auf die Schulter. »Sonst kommen wir zu spät.«

»Warum müssen wir ausgerechnet nach Irland reiten?« Michael packte seine restlichen Essensvorräte wieder zurück in die Satteltasche. Ihre Rast war zu kurz für ein richtiges Mahl gewesen, und er war nicht der Einzige, dem das missfiel. Sein Pferd schnaubte unwillig, als es Michaels Gewicht schon so bald wieder auf seinem Rücken spürte. »Was ist, wenn Lord Caddington erneut in Lancashire einzieht und wir sind hier?«

»Das kann er nicht.« Auch Rose schwang sich wieder auf ihren Rappen. »Weil er nämlich auf dem Weg nach Irland ist.«

Michael dämmerte es. »Also folgen wir Lord Caddington?«

»Wir folgen den Caddingtons und Lord Brians Gattin.«

»Wir reiten zu Lady Isabelle? Großartig! Dann nichts wie los!«, rief Michael. »Wir sollten die Lady nicht zu lange warten lassen!«

Rose galoppierte dem davonpreschenden Knappen lachend hinterher. Wenn er wüsste, dass sie seine Aufregung teilte ...

Mit Sorge beobachtete Isabelle den Tross der hinter ihr reitenden Männer. Walter und Brian hatten an die zweihundert schwerbewaffnete Krieger aufgeboten, die sie nach Irland begleiteten. Sie ließen keinen Zweifel an ihrer Absicht, Cyane einzunehmen und das Amazonenvolk zu unterwerfen. Wie sollte Isabelle das verhindern? Wie konnte sie eine ganze Armee aufhalten? Und wo war Rose, um ihr zu helfen?

Isabelle musste zugeben, dass die Ritterin sie noch gar nicht eingeholt haben konnte. Selbst wenn sie Winchester umgehend verlassen hatte, würde sie mindestens zwei Tage benötigen, bis sie auf ihre Spur käme. Und bemerkbar machen würde sie sich schon gar nicht. Doch entgegen aller Vernunft hoffte Isabelle sie hinter jedem Strauch zu entdecken.

Schon seit den frühen Morgenstunden waren sie nun auf dem Weg nach Westen. Es ging dem Abend entgegen, und Mensch wie Tier brauchten dringend eine Wasserstelle, wo sie rasten konnten. Felicia war merklich müde, und die anderen Pferde im Trupp bewegten sich ähnlich träge, besonders der alte Gaul, auf dem die Gefangene saß. Isabelle ritt zu ihr hinüber, goss ein wenig Wasser aus ihrem Trinkbeutel in einen Becher und hielt ihn der Frau hin. Sie hob erstaunt den Kopf und warf Isabelle einen dankbaren Blick zu. Es war das erste Mal, dass sie so auf ein Angebot Isabelles reagierte.

Gleich nach dem Morgenmahl hatte Isabelle sie gebadet und sich anschließend um die Wunden auf ihrem Rücken gekümmert, die bei dem Bad zum Vorschein gekommen waren. Dabei hatte sie sich unweigerlich gefragt, ob es wohl Brian gewesen war, der ihr die Verletzungen zugefügt hatte. Die Anspannung, die sie zeigte, sobald er in ihre Nähe kam, ließ darauf schließen.

Die Gefangene machte nach wie vor nicht den geringsten Versuch, sich zu verständigen. Sie äußerte weder Hunger noch Durst noch sonst irgendetwas. Die meiste Zeit starrte sie vor sich hin und erweckte den Eindruck, sich tief in eine andere Welt zurückgezogen zu haben. Von Zeit zu Zeit stöhnte sie leise, und je länger sie unterwegs waren, desto mehr grübelte Isabelle darüber nach, was ihr wohl angetan worden war.

Wenn sie von Cyane stammte, wie Brian behauptete, dann war sie zweifellos eine Amazone. Doch wieso hielt sie sich auf dem Festland auf? Und wo hatte Brian sie gefunden? Ihr Gatte schwieg sich darüber ebenso aus wie über den wahren Anlass seiner Reise. Isabelle hatte mindestens so viele Fragen an die Amazone wie Brian, wenn auch aus anderen Beweggründen. Aber wie konnte sie ihr Vertrauen gewinnen angesichts der zweihundert bewaffneten Männer, die sie permanent umgaben?

Isabelle sah zu der jungen Frau hinüber, und wieder fing diese ihren Blick auf. Es waren keine freundlichen Augen, die Isabelle da begegneten, aber es schien, als sei die Leere in ihrem Blick einer Spur Neugier gewichen. Vielleicht war das ein Anfang.

Isabelle wies mit dem Finger auf sich. »Isabelle«, sagte sie und sah die junge Frau fragend an. »Isabelle«, wiederholte sie.

»Miara«, antwortete die Amazone und imitierte Isabelles Geste.

Das ging besser als gedacht! Isabelle verneigte sich leicht. »Miara«, wiederholte sie.

»Isabelle.« Die junge Frau verbeugte sich ebenfalls, und erstmals huschte ein leises Lächeln über ihr Gesicht.

Isabelle lächelte zurück. »Isabelle – Freundin«, erklärte sie und legte die Hand auf ihr Herz. Als die Gefangene sie verständnislos ansah, wiederholte sie ihre Geste noch einmal. »Isabelle – Freundin.«

»Mestishu?« Miara zuckte die Achseln. »Ani matu?«

»Sputet euch, ihr beiden!«, rief Brian von vorn. »Wir wollen in Burnley ankommen, bevor es dunkel wird!«

»Wir beeilen uns!«, rief Isabelle zurück. »Von wo aus werden wir in See stechen?«

»In Lytham. Aber wenn ihr weiterhin so trödelt, werden wir dort erst in zwei Monaten ankommen!« Brian ließ seinen Apfelschimmel zurückfallen, bis Isabelle und Miara aufgeschlossen hatten.

»Bestechende Idee, durch Lancashire zu reiten«, bemerkte Isabelle zynisch. »Eine gastfreundlichere Gegend hättest du dir kaum aussuchen können.« Doch was sie wirklich beunruhigte, war weder die feindlich gesinnte Umgebung, noch ihr finster dreinblickender Gatte, sondern die Frage, wie sie Rose die Information über den Ort ihrer Abfahrt zukommen lassen konnte.

»Du brauchst nichts zu befürchten, meine Liebe. Keiner unserer Männer trägt unser Wappen, also halten uns die Leute für Einheimische. Wir werden keine Probleme bekommen.« Brian wies mit dem Daumen auf die Amazone. »Hast du schon etwas aus ihr herausbekommen?«

Rose warf einen mitleidigen Blick auf ihren Knappen. Obwohl er einst Bote der Caddingtons gewesen war, schien er es nicht gewohnt zu sein, solch gewaltige Streckenabschnitte zu reiten. Er biss zwar die Zähne zusammen, aber es war offensichtlich, dass er vor Erschöpfung fast vom Pferd fiel.

»Wir machen bald Rast«, versprach sie. »Es tut mir leid, dass wir so wenig Pausen machen können. Aber wir müssen die Caddingtons einholen, bevor sie in Burnley sind. Sonst wissen wir nicht, wo sie ablegen.«

»Ihr wollt in zwei Tagen in Burnley sein, Sir? Wie sollen wir das schaffen?«

»Wir meiden die Städte und reiten querfeldein.«

»Aber woher sollen wir wissen, ob sie schon dort gewesen sind, wenn wir in Burnley ankommen?«

»Isabelle wird es uns wissen lassen.«

Ihre Worte waren mehr Wunsch als Überzeugung, aber Rose sollte recht behalten. Sie wusste, dass Brians Truppe am See von Burnley Rast machen musste, um die Pferde zu tränken, und als Michael und sie dort ankamen, fanden sie am Ufer das Zeichen, auf das Rose gehofft hatte. Unter einer Weide, etwas abseits von der Stelle, an der Reisende üblicherweise ihre Pferde tränkten, war das Taschentuch versteckt, das Isabelle einst von Rose bekommen hatte. Als Rose es unter einem Stein hervorzog, entdeckte sie, dass ein Wort auf den Stoff geschrieben war: *Lytham.*

»Wir haben Glück«, atmete sie auf. »Wenn wir heute Abend noch weiterreiten, könnten wir Lytham vor Tagesanbruch erreichen.«

»Also werden wir den Earl einholen?«

»Ich bin zuversichtlich – ja.«

»Dann sehen wir morgen Lady Isabelle?« Michael ließ sich ins Gras fallen.

»Hast du immer nur die Lady im Kopf? Ich hoffe, du vergisst nicht, dass wir eine Mission haben.«

»Das weiß ich wohl«, verteidigte Michael sich. »Aber manchmal lässt sich das Angenehme mit dem Nützlichen verbinden, nicht wahr?«

»In diesem Falle ist das Angenehme allerdings vermählt mit deinem ehemaligen Herrn.« Rose beneidete Michael um seine Unbekümmertheit. Sie selbst machte der Gedanke an die Begegnung mit Isabelle zunehmend nervöser. Je weiter sie gen Westen ritten, desto unruhiger wurde sie. Es wäre sehr viel klüger, Isabelle nie wiederzusehen, aber ihre Mission ließ das nicht zu. Sobald ihre Aufgabe vollendet war, würde sie dafür Sorge tragen, dass sich ihre Wege für immer trennten. Isabelle hatte sich von Anfang an geweigert zu begreifen, dass Rose nichts als Unglück brachte. Doch hatte ihre letzte Begegnung nicht gezeigt, dass Rose bereits dabei war, auch Isabelle unglücklich zu machen? Gerade sie wollte Rose am wenigsten verletzen, und doch hatte sie es getan. Und würde es wieder tun.

Rose wandte Michael den Rücken zu und barg ihr Gesicht in dem Taschentuch. Es roch nach Minze und Moos, und nach Isabelle.

Isabelle lockerte ihre verspannten Schultern, als sie Felicia zum Grasen auf die Wiese führte.

Am frühen Nachmittag waren sie endlich in Lytham angekommen, und Lord Caddington hatte sich sofort zum Hafen begeben, um sich um die benötigten Schiffe zu kümmern. Dort hatte er allerdings erfahren müssen, dass die letzte der drei Galeeren, die groß genug waren, um seinem Bedarf zu genügen, erst am Nachmittag des folgenden Tages einlaufen würde. Bis die Besatzung die Schiffe dann beladen hatte, würde es Nacht sein, und somit war klar, dass sie erst in zwei Tagen die Segel setzen konnten. Isabelle begrüßte diesen Aufschub sehr, denn er würde Rose mehr Zeit geben, sie aufzuspüren.

Von der Ritterin war immer noch keine Spur zu sehen. Hoffentlich hatte sie ihre Nachricht am See gefunden. Hoffentlich hatte Rose Winchester überhaupt verlassen können. Hoffentlich hatte Ruth sie überhaupt in Winchester angetroffen! Wie sicher war es, dass Rose ihnen wirklich auf den Fersen war?

Mit einem Kopfschütteln vertrieb Isabelle die ungebetenen Gedanken. Auf dem großen Platz neben der Wiese schlugen die Soldaten schon ihr Lager auf, und an einigen Stellen brannten bereits kleine Feuer. Der Lagerplatz war umgeben von Tannen und Kiefern, und nur wenige hundert Yard hinter dem Wald lag das offene Meer. Wenn Isabelle die Augen schloss, konnte sie das Rauschen der Brandung hören und die fernen Schreie der Seemöwen.

Unter einer alten Kastanie am Rande des Platzes hatten Brian und sein Vater ihr Lager aufgeschlagen. Brian stand etwas abseits mit einigen Männern und übte mit dem Schwert, während sein Vater am Lagerfeuer saß und eine Karte studierte – vermutlich die Seekarte, die er am Hafen erworben hatte.

Isabelle war aufgefallen, dass ihr Schwiegervater stets einen schwarzen Lederbeutel bei sich trug. Sein Geldbeutel konnte es nicht sein, denn diesen trug er grundsätzlich unter seinem Umhang. Was war es also, das Lord Caddington nicht aus den Augen ließ? Das Amulett?

Es gab nur eine Möglichkeit, das herauszufinden: Isabelle musste irgendwie an diesen Lederbeutel gelangen. Die Stirn nachdenklich in Falten gelegt, sah sie Felicia dabei zu, wie sie sich grasend über die Wiese bewegte. Die Gegend war ein wahres Paradies für Kräuterliebhaberinnen wie sie. Auf Anhieb erkannte Isabelle mehr als zehn Heilpflanzen. War das dort blühender *Papaver somniferum?* Noch um diese Jahreszeit? Das grenzte an Hexerei!

Rasch pflückte sie einen Stängel ab und zerrieb den Kopf zwischen den Fingern. Ja, es war Schlafmohn! Als hätte eine höhere Macht ihn für sie dort gepflanzt! Isabelle konnte ein schadenfrohes Lächeln nicht unterdrücken. Lord Caddington und sein Sohn würden eine sehr ruhige Nacht haben …

Brian schaute etwas überrascht drein, als er seine Gemahlin wenig später mit einem Kelch Wein auf sich zusteuern sah. »Gibt es etwas zu feiern?«

»Wir haben es bis nach Lytham geschafft, und jetzt bleibt uns ein voller Tag zur Erholung. Findest du nicht, dass das ein Anlass für einen edlen Tropfen ist?«

»In der Tat.« Brian nickte erfreut. »Für einen guten Wein findet sich immer ein Anlass. Möchtest du auch probieren?«

Isabelle hob ihren halbvollen Becher. »Ich habe mir erlaubt, den Wein vorher zu kosten, ob er dir genehm sein wird.«

Brian nahm einen kräftigen Schluck. »Du hast ihn gut gewählt. Sag Vater, er soll sich zu uns gesellen. Er studiert diese Karte nun schon seit einer Ewigkeit.«

Nichts tat Isabelle lieber als das. Schon bald waren Brian und sein Vater bester Laune und konnten gar nicht genug bekommen von dem köstlichen Getränk. Während sie gemeinsam um das Lagerfeuer herum saßen, erzählten die beiden Männer Isabelle von ihrer letzten Schlacht in Lancaster. Isabelle ließ die Prahlereien über sich ergehen und entgrätete derweil einen Fisch für Miara. Die Amazone war wieder in ihre ursprüngliche Lethargie zurückgefallen und hatte sich widerstandslos an einen Baum fesseln lassen.

Isabelle machte sich ernsthafte Sorgen um Miaras Gesundheit. Sie aß so gut wie nichts, schien ihre Umgebung kaum wahrzunehmen und reagierte nur, wenn Isabelle sie direkt ansprach. In der Nacht wurde sie regelmäßig von heftigen Alpträumen heimgesucht, aber Isabelle verstand nicht, was sie im Schlaf rief. Würde sie irgendwann erfahren, was die Amazone so quälte?

Es dauerte nicht lange, bis bei den beiden Männern die Wirkung der Droge einsetzte und sie sich lallend unter ihre Schlafdecken begaben. Isabelle half Miara noch, wenigstens ein paar Bissen von dem Dorsch zu essen, und legte sich dann ebenfalls unter ihre Decke. Dort harrte sie aus, bis sich auch die anderen Krieger niederlegten und es ruhiger im Lager wurde. Inzwischen war es vollständig dunkel geworden, und bald war außer dem Knistern der Feuer und der Brandung des Meeres nichts mehr zu hören.

Es war Zeit. Leise schlug Isabelle ihre Decke zur Seite und schlich an ihrem Gatten vorbei zum Schlafplatz ihres Schwiegervaters. Das noch glühende Feuer gab ihr genug Licht, um den schwarzen Beutel unter Lord Caddingtons Kopf zu erspähen. In der Hoffnung, das Rauschmittel würde zuverlässig seine Wirkung tun, hob Isabelle vorsichtig den Kopf des Earls an und zog den Beutel unter ihm hervor. Walter Caddington zuckte nicht einmal.

Isabelle setzte sich neben ihn auf den Boden und legte den Beutel in ihren Schoß. Mit beiden Händen entfernte sie die Schnüre und öffnete ihn. Zunächst stieß sie auf verschiedene Tücher, aber dann, ganz unten im Beutel, berührten ihre Finger etwas Hölzernes. Vorsichtig zog sie den Gegenstand heraus.

Es war ein Amulett, so groß wie ihre Hand, in der Form einer Blüte. Das rötliche Holz, aus dem es geschnitzt war, konnte nicht aus England stammen, aber das Schmuckstück schmiegte sich so perfekt in ihre Hand, als hätte es jemand speziell für sie angefertigt. Wie oft ihre Mutter es wohl in den Händen gehalten hatte? Was mochte es ihr bedeutet haben?

Isabelle hockte sich an die Feuerstelle, um das Amulett näher in Augenschein zu nehmen. Das geschnitzte Symbol auf seiner Oberfläche sah genau so aus, wie Rose es ihr gezeigt hatte. Und aus ihren Büchern wusste Isabelle, was die drei Pfeile bedeuteten: einer stand für die Seele, einer für den Körper und der dritte für das Blut, das beide verband.

Doch wofür stand der Bogen? Und hatte Rose nicht etwas von einer Inschrift erzählt? Isabelle drehte das Amulett um und fand auf der Rückseite die seltsamen Zeichen, von denen die Ritterin gesprochen hatte. Isabelle versuchte sie zu entziffern, doch als ihr Blick auf die Schrift fiel, wurde sie von einem heftigen Schwindel erfasst. Ihre Umgebung begann sich zu drehen, immer schneller und schneller, Schweiß brach ihr aus, und sie bekam keine Luft mehr. Vergeblich rang sie nach Atem, aber ihre Kehle war wie zugeschnürt. Dann verlor sie das Bewusstsein.

Als Isabelle erwachte, war sie wie Miara an einen Baum gefesselt. Neben ihr stand Brian, dessen Miene nichts Gutes verhieß. »Du mieses Weibsstück!«, schimpfte er und spie ihr ins Gesicht. »Eine feine Gemahlin bist du! Spielst hier die Unschuldige und hintergehst deine eigene Familie! Was hast du uns in den Wein getan?«

Als Isabelle schwieg, stieß er einen Fluch aus und fuchtelte mit seinem Schwert vor ihrem Gesicht herum. »Meinetwegen spar dir deine Worte! Wir wissen ja jetzt, auf welcher Seite du stehst!« Er zog das Amulett aus der Tasche und ließ es vor ihrem Gesicht baumeln. »Kommt dir das hier bekannt vor? Sieh genau hin, liebe Gattin.«

Seine Aufforderung war überflüssig, denn Isabelle verfolgte das vor ihren Augen hin und her schwingende Amulett wie magisch angezogen. Es sah aus wie ein gewöhnliches Schmuckstück, und doch ging eine geheimnisvolle Kraft von ihm aus, die Isabelle eine Gänsehaut über den Rücken laufen ließ.

Brian schien diese Erfahrung nicht zu teilen. Unbeeindruckt drehte er das Amulett um. »Was sind das für Zeichen hier hinten drauf?«, fragte er ungeduldig.

Als Isabelles Blick auf die fremde Schrift fiel, wurde ihr erneut schwindelig.

»Was steht hier geschrieben? Antworte mir!«, herrschte er sie an.

»Ich weiß es nicht.« Isabelle schloss verwirrt die Augen. Sofort ließ der Schwindel nach.

»Nutzloses Ding. Irgendwann wirst du es mir schon sagen.« Brian warf einen verächtlichen Blick auf die Amazone neben ihr. »Ihre Mutter hat uns am Ende auch gesagt, was wir wissen wollten. Bedauerlicherweise hat sie es nicht überlebt.«

»Du hast ihre Mutter getötet?« Isabelle gefror das Blut in den Adern. Was für eine niedere Kreatur hatte sie geheiratet! »Was bist du nur für ein Mensch?! Du hast keinen Funken Mitgefühl in dir!«

»Du bist ein Weib. Davon verstehst du nichts«, höhnte Brian. »Lass die Politik mal meine Sorge sein.«

Isabelle ließ ihn reden und sah hinüber zu Miara, die wie so häufig geistesabwesend auf den Boden starrte. Das war es also, was die Amazone so quälte. Sie hatte den Tod ihrer eigenen Mutter mitansehen müssen. Kein Wunder, dass sie jedem hier misstraute.

»Wo wir gerade von deiner Freundin sprechen ...« Brian trat zu Miara und hielt ihr das Amulett vors Gesicht. »Was sagst du denn dazu, kleine Barbarin?«

Isabelle registrierte erstaunt, dass Miara genau wie sie die Augen schloss, als Brian das Amulett umdrehte und die Zeichen für sie sichtbar wurden. Auch Isabelles Gatten entging das nicht. »Interessant«, murmelte er. »Wir drei werden noch einiges zu besprechen haben.«

Endlich tauchten die Türme von Lytham vor ihnen auf. Michael stieß einen übermütigen Schrei aus, als er den hohen Kirchturm der Stadt entdeckte. Gott sei's getrommelt und gepfiffen, er würde bald von diesem Pferd herunterkommen! Dem Knappen war das Segeln fast so vertraut wie das Reiten, denn bevor sein Vater den Caddingtons seine Dienste angeboten hatte, war er zur See gefahren und hatte seinen Sohn zuweilen mitgenommen. Nun konnte Michael es gar nicht abwarten, wieder einmal auf dem Wasser zu sein und seinen müden Gliedern eine Pause zu gönnen.

»Wir haben es geschafft, Sir!«, jubelte er. »Meint Ihr, wir können irgendwo einkehren für eine kurze Rast? Ich vergehe vor Durst.«

»Das lässt sich einrichten.« Auch Rose war froh, dass sie ihr Ziel erreicht hatten. »Warte in der Taverne neben dem Hafen, während ich mich um ein Schiff für uns kümmere.«

Gesagt, getan. Die Sonne stand bereits tief am Himmel, als Rose die Anlegestelle der Boote erreichte. Es herrschte noch reger Betrieb im Hafen, aber die See war still geworden, und die Abendsonne glitzerte golden auf der Wasseroberfläche. Überall roch es nach modrigem Holz und Tang, und der rote Sonnenuntergang bot ein schönes Naturschauspiel. Doch Rose hatte nicht die Zeit, sich daran zu ergötzen. Stattdessen steuerte sie auf einen Fischer zu, der vor seinem Kutter Krabben pulte. »Was ist dort drüben los?«, erkundigte sie sich und wies auf das Menschengewühl am hinteren Anlegesteg.

Der Fischer sah mürrisch auf und legte die Krabben in seiner Hand zur Seite. »Ihr seid wohl nicht vor hier, was? Im Hafen spricht man schon den ganzen Tag von nichts anderem. Das dort drüben sind die Gefolgsleute eines edlen Herrn, der morgen in See sticht. Sie beladen die drei größten Galeeren, die wir hier haben.« Er wischte sich die Hände an seinem schmutzigen Hemd ab und bekreuzigte sich. »Der Herrgott weiß, was die vorhaben. Nach einer Hochzeitsgesellschaft sieht das nicht aus.« Nachdem er sich ein zweites Mal bekreuzigt hatte, hielt er Rose eine von Kopf und Schwanz befreite Krabbe unter die Nase. »Wollt Ihr welche, Sir? Nur einen Farthing das Pfund.«

Rose zog einen Penny aus ihrem Geldbeutel. »Den Namen des edlen Herrn weißt du nicht?«

»Warum? Wollt Ihr mitsegeln? Die Schiffe legen nicht vor morgen ab.« Die Augen des Mannes hafteten gierig auf dem Geldstück.

»Nein, ich habe mich nur gefragt, ob ich ihn vielleicht kenne.« Rose gab ihm die Silbermünze und kaufte ihm zwei Pfund Krabben ab. In der Menschenmenge erkannte sie einige von Brians Kriegern. Ihr Bruder hatte also einen Teil seiner Armee mitgenommen. Hoffentlich waren die Amazonen so gute Kämpferinnen, wie die Sagen behaupteten.

Michael war bereits bei seinem zweiten Bier, als Rose die Taverne betrat. »Hier reden die Leute von nichts anderem als von einem reichen Edelmann, der für morgen Mannschaften für drei Galeeren angeheuert hat«, informierte er seinen Herrn.

»Am Hafen ebenfalls«, nickte Rose. »Wie ist das Bier?«

»Besser als in York. Ihr solltet es probieren.«

»Vielen Dank, aber ich bevorzuge Wein.« Rose winkte dem Wirt, einem älteren Mann mit schütterem Haar und irischem Akzent, dessen rote Gesichtsfarbe seine Trinkfestigkeit bezeugte. Von der den Iren nachgesagten Freundlichkeit schien er allerdings noch nie etwas gehört zu haben. Sämtliche Fragen nach einem guten Stall in der Gegend wurden ignoriert. Der Mann antwortete ausschließlich auf Fragen, die das Essen oder die Getränke in seiner Taverne betrafen. Immerhin brachte er Rose einen passablen Rotwein.

»Wir werden also die Verfolgung der drei Galeeren aufnehmen?«, fragte Michael, als sich der Wirt wieder entfernt hatte. »Aber wie wollt Ihr das anstellen, ohne selbst entdeckt zu werden? Müssen wir so weit hinter ihnen zurückbleiben, dass sie uns nicht sehen können?«

»Dann würden wir sie verlieren. Uns bleibt nichts anderes übrig, als die Gefahr einzugehen, entdeckt zu werden. Ich habe nur einen kleinen Kutter für uns besorgt, also besteht die Möglichkeit, dass wir ihrer Aufmerksamkeit entgehen.«

»Sehr überzeugt klingt Ihr nicht, Sir.«

»Das ist richtig.« Rose trank einen Schluck von ihrem Rotwein. »Aber wir haben keine Wahl. Um eine andere Route zu wählen, müsste ich wissen, wohin sie segeln, und das ist nicht der Fall.«

»Was geschieht, wenn sie uns entdecken?«

»Sie werden versuchen, uns zu töten.«

»Auf hoher See? Welche Überlebenschance haben wir da?«

Rose schob ihr Glas zur Seite. »Du bist mir ein treuer, zuverlässiger Gefährte gewesen, Michael. Ich rechne dir das hoch an, und ich verlange nicht von dir, dass du dich mir morgen anschließt. Ich weiß, dass es Angenehmeres gibt, als an meiner Seite zu sein. Bleib in England. Such dir eine Frau. Genieß das Leben.«

Michael schüttelte den Kopf. »Ich lasse Euch nicht allein, Sir.«

Isabelle blinzelte, als die Abendsonne ihr ins Gesicht schien. Sie hatte sich selten so elend gefühlt. Ihr dröhnte der Kopf, und ihre Lippen waren trocken vom Durst und von der Sonne. Die Stricke scheuerten an ihren Handgelenken, ihre Glieder schmerzten, und sie sehnte sich nach einer anderen Körperhaltung. Den ganzen Tag schon hatte Isabelle sich an andere Orte geträumt, überall wollte sie sein, nur nicht hier, in der sengenden Sonne an einen Baum gefesselt – von ihrem eigenen Ehemann. Wie schon so oft an diesem Tag wanderten ihre Gedanken zu der Grotte in den Yorkshire Dales. Zu dem klaren See, in dem sie sich nach dem langen Ritt aus York erfrischt hatte, und zu Rose, die am Ufer ihre Hand gehalten hatte. Und sie geküsst hatte.

Noch nie hatte Isabelle sich zu einem Menschen so hingezogen gefühlt. Ständig musste sie an Rose denken. Sie erinnerte sich an jede Einzelheit ihrer Begegnungen, an jedes Wort, jeden Blick, jede Geste. Warum musste sie ihr Herz ausgerechnet an einen Menschen verlieren, der unter falschem Namen lebte, der ein Erzfeind ihres Gatten und dazu noch eine Frau war? Ganz zu schweigen davon, dass Rose eine dunkle Mauer um sich herum errichtet hatte und nicht gewillt war, jemanden hinüberzulassen. Jedermann in England wusste um die Schandtaten, die man Rose Caddington nachsagte, jeder wusste um die vielen unschuldigen Menschen, die sie bei ihren Eroberungen getötet hatte. Aber dies alles gehörte der Vergangenheit an. Hatte nicht jeder Mensch das Recht, einen neuen Weg einzuschlagen?

»Fiagunda mina, Isabelle«, hörte sie Miaras helle Stimme neben sich. »Haltawitu.«

Als Isabelle den Kopf hob, schaute sie in Miaras besorgtes Gesicht. »Es ist nichts«, sagte sie besänftigend. »Nur ein bisschen Wehmut.«

Miara schüttelte heftig den Kopf. »Haltawitu«, wiederholte sie.

»Alles wird gut werden, Miara. Wir müssen Vertrauen haben.«

Isabelle war froh, dass die junge Frau nicht verstehen konnte, wie hohl ihre Worte klangen.

War der Tag auch eine Marter gewesen, er war nichts gegen die Nacht, die folgte. Als Isabelle endlich der Schlaf übermannte, wurde sie von wirren Träumen gequält. Sie träumte von ihren Eltern, von Lady Ann und von den Amazonen auf Cyane. Sie träumte von dem Amulett und von Rose und von einem großen schweren Buch, in dem geheime Botschaften geschrieben standen. Es handelte von Weißer und Schwarzer Magie und davon, dass die Beherrschung beider unendliche Macht verlieh.

Isabelle träumte, dass ein bärtiger alter Mann das Buch in eine Truhe einschloss, die mit seltsamen Zeichen verziert war. Die Zeichen leuchteten durch die Dunkelheit, während er die Truhe in der Erde vergrub. Dann wechselte die Szene, und sie sah einen Mann, der gekleidet war wie ein holländischer Seemann, mit einer Schaufel durch einen Wald wandern. Sobald er an einer von zwölf Birken umsäumten Lichtung angekommen war, begann er fieberhaft zu graben. Als seine Schaufel auf einen Widerstand traf, stieß er einen triumphierenden Schrei aus und hob die Truhe aus der Erde. Doch sobald er sie öffnete, verzerrten sich seine Gesichtszüge. Noch ehe er hineingreifen konnte, begannen die Symbole auf der Truhe zu glühen. Die Hände des Mannes fingen Feuer, und auch seine Ärmel begannen zu brennen. Innerhalb kürzester Zeit stand der ganze Mensch in Flammen.

Isabelle hörte die gellenden Schreie des Mannes, zunächst ganz in ihrer Nähe, dann immer entfernter, bis sie sich plötzlich auf einer Wiese wiederfand. Über ihr hing ein riesiger Bogen aus Holz. Er sah aus wie ein überdimensionaler Schießbogen und spannte sich über den gesamten Himmel. Auf der einen Seite tauchte er in weißen Nebel, auf der anderen Seite in schwarzen Rauch. Aus dem weißen Nebel erschienen Reiterinnen und riefen Isabelle etwas zu. Und dann wiederholte sich der Traum, den sie schon so viele Male geträumt hatte: Sie ritt auf die Amazonen zu, konnte aber den Nebel nicht durchdringen. Die Frauen riefen nach ihr, doch Isabelle konnte nicht zu ihnen gelangen und irrte schließlich allein durch den Wald.

Da plötzlich fiel ihr Auge auf ein Amulett, das in den Zweigen eines Baumes hing. Als sie es herunternahm, erkannte sie, dass es das Erbstück ihrer Mutter war. Sie befreite es vom Laub, und der Bogen mit den Pfeilen wurde sichtbar. Als sie das Amulett umdrehte, erblickte sie die Schriftzeichen. Diesmal wurde ihr nicht schwindelig. Dafür geschah etwas anderes – auf einmal konnte sie lesen, was dort geschrieben stand: »Haltet den Zauber stets verschlossen, auf dass das Unheil von der Welt fern bleibe.«

Wie von einer fremden Kraft gesteuert, strich Isabelle mit den Fingern über die Buchstaben. Erstaunt bemerkte sie, dass nun Punkte und Striche unter den Schriftzeichen sichtbar wurden, so als würde das Amulett von innen leuchten. Das anfängliche Glimmen wurde stärker und kräftiger und veränderte allmählich seine Farbe. Schließlich leuchtete es in einem strahlenden Blau durch die Buchstaben hindurch wie pulverisierter Lapislazuli. Es war eine Portolankarte. Sie zeigte die Lage von Cyane!

»Isabelle!« Noch ehe sie sich von ihrer Überraschung erholen konnte, wurde sie von einem heftigen Sturm fortgerissen. »Isabelle!« Jemand rief ihren Namen, doch sie konnte die Person nicht erkennen. Regen klatschte ihr ins Gesicht und durchnässte ihre Kleider.

»Isabelle!« Brian stellte den leeren Eimer neben sich ab und schlug seiner Gemahlin mit der flachen Hand ins Gesicht.

»Was ist?« Sie schreckte aus ihrem Traum hoch.

»Herzlichen Glückwunsch zum Geburtstag, liebe Gattin«, lachte Brian und legte ihr zwei gebratene Hühnerbeine in den nassen Schoß. »Wohl bekomm's! Du hast dir ein prächtiges Mahl verdient. Aber labe dich nicht zu lange daran, wir brechen bald auf.«

»Mögest du in der Hölle verrotten.« Isabelle konnte sich nur mit Mühe davon abhalten, ihm vor die Füße zu speien. »Deine Habgier wird dir irgendwann zum Verhängnis werden.«

»Nein«, widersprach er lächelnd. »Sie wird mich zum mächtigsten Mann der Welt machen.«

»Höre nicht auf ihn. Er ist ein armer Tor.«

Isabelles Kopf fuhr herum, als sie die helle Stimme neben sich vernahm. »Was sagst du?«, fragte sie verwirrt.

Miara starrte sie mit großen Augen an. »Ich sagte, er ist nur ein armer Tor.«

Brian sprang zu Isabelle und rüttelte an ihren Schultern. »Was hast du eben zur ihr gesagt? Was hast du eben zu ihr gesagt?! Wieso sprichst du plötzlich ihre Sprache?«

»Ich weiß nicht.« Isabelle wich Brians Blick aus. *Träume ich noch?*

»Miststück!« Brian ließ von ihr ab. »Iss! Du wirst so schnell nichts mehr bekommen. Ich kriege euch noch klein. Alle beide!« Wütend stampfte er davon.

»Herzlichen Glückwunsch zu deinem zwanzigsten Geburtstag«, lächelte Miara.

»Ich bekomme Pickel am Kinn.« Michael rückte seinen falschen Bart zurecht. Wie lange mussten sie noch diese lächerliche Verkleidung tragen? »Seid Ihr sicher, dass der Earl heute ablegt?«

»Ganz sicher.« Rose stellte eine Kiste zappelnder Fische vor ihm ab, woraufhin seine Miene noch grimmiger wurde. »Tut mir leid, Knappe, wir werden noch eine Weile Fischer bleiben müssen. Hier wartet Arbeit auf dich.« Sie ließ Michael fluchen und stellte sich an den Bug ihres Kutters. Inzwischen sahen sie nicht nur aus wie Fischer, sondern sie rochen auch so. Aber es war nun einmal die beste Verkleidung, um sich ohne Aufsehen zu erregen zu bewegen und auf den Trupp aus York zu warten.

Noch war es relativ ruhig im Hafen. Eine kleinere Reisegesellschaft war schon vor Sonnenaufgang in See gestochen, und so waren es jetzt vorwiegend Seeleute und Hafenarbeiter, die hier geschäftig umherliefen. Im Gegensatz zu den mächtigen Galeeren der Caddingtons fielen Rose und Michael mit ihrem kleinen Kutter gar nicht auf. Die drei Schiffe waren bereits fertig beladen, und es konnte nicht mehr lange dauern, bis Walter und Brian im Hafen auftauchten.

In der Tat war jetzt sich näherndes Hufgetrappel zu vernehmen. Als die ersten Reiter um die Ecke bogen, gesellte sich Rose wieder zu Michael. »Vergiss nicht, dich unauffällig zu verhalten.«

»O mein Gott. Da sind sie!« Michael warf beglückt den halb ausgenommenen Fisch zurück in die Kiste und sprang auf. Er war zehnmal lieber der Knappe eines edlen Ritters als ein Fischer im Hafen von Lytham!

»Sitzen bleiben! Kümmere dich weiter um den Fisch«, raunte Rose ihm zu. »Dreh ihnen den Rücken zu.«

Michael brummte eine Entschuldigung und setzte sich wieder. »Herr im Himmel, es sind Hunderte«, flüsterte er. »Soll das heißen, wir sind zwei gegen zweihundert?« Seine Abenteuerlust ließ rapide nach.

»Drei. Isabelle ist auf unserer Seite.«

»Na, das hört sich ja schon ganz anders an.«

»Alles, was wir brauchen, ist ein guter Plan«, erklärte Rose. »Mit einem guten Plan halten wir alle Fäden in der Hand.«

»Und der wäre?«

»Der wird sich noch finden.«

»Es sind nicht genügend Ställe vorhanden, Sir.« Der Stallmeister schüttelte bedauernd den Kopf.

»Dann führe die Pferde eben auf die Weide!«, befahl Lord Caddington ungeduldig. »Dein Gelände ist ja groß genug.«

»Jawohl, Sir.« Der Stallmeister winkte seine Stalljungen herbei und verteilte die Arbeit. »Wünscht Ihr auch neue Beschläge, Sir? Ich bin auch Hufschmied.«

»Bring die Pferde auf die Koppeln und kümmere dich um sie. Das ist alles, was ich verlange.« Der Earl reichte dem Mann sieben Silberpennys. »Ich möchte alle Tiere gesund und munter vorfinden, wenn ich zurückkomme. Habe ich mich deutlich ausgedrückt?«

»Selbstverständlich, Sir.«

»Und du, Isabelle, bringst dein Pferd selbst auf die Weide.« Lord Caddington riss dem Stalljungen die Zügel der bockenden Felicia aus der Hand. »Sei froh, dass wir diesen Gaul nicht schlachten lassen. Er ist ungehorsam und widerborstig.«

Isabelle griff nach den Zügeln ihrer Stute. Sofort stand Felicia stockstill. »Das ist eine Frage des Umgangs«, sagte Isabelle ruhig. Auf ein leichtes Schnalzen hin setzte Felicia sich in Bewegung.

»Ihr zwei begleitet sie!«, befahl Lord Caddington zwei jungen Kriegern. »Gebt Acht, dass sie keine Dummheiten macht.«

Isabelle reihte sich ein in die Schlange der Stalljungen, die den Auftrag hatten, die Pferde auf die Weide zu führen. Weiter vorn waren zwei Hengste aufeinander losgegangen und mussten erst wieder auseinandergebracht werden, bevor sie zu den Koppeln geführt werden konnten. Isabelle warf einen Seitenblick auf den Soldaten rechts neben ihr. Er konnte kaum mehr als sechzehn Lenze zählen und schmachtete sie an wie ein liebeskranker Minnesänger. Wenn sie jetzt auf ihr Pferd stieg und davonritt, würde der Junge sie nicht aufhalten. Und der andere Soldat wäre viel zu überrascht, um schnell zu reagieren. Vorbei wäre es mit den Strapazen, dem Durst, dem Hunger und Brians Erniedrigungen. Vorbei wäre es mit all der Heuchelei, zu der ihre Rolle sie täglich zwang, vorbei mit der ständigen Überwachung im Castle von York.

Doch was wäre mit dem Amazonenvolk? Was wäre mit England? Würde sie all die Menschen im Stich lassen können? Nein, sie konnte sich nicht einfach aus der Pflicht stehlen. Das würde sie sich nie verzeihen.

Der junge Krieger neben ihr spürte ihren Blick und errötete bis zu den Haarwurzeln. »K-k-kann ich etwas für Euch tun, Milady?«, stotterte er.

»Nein danke, es geht schon. Wie ist dein Name, Soldat?«

»Luke, Milady.«

»Wie lange bist du schon in den Diensten des Earls?«

»Seit ich fünf bin«, antwortete er stolz. »Aber in der Armee bin ich erst seit zwei Jahren.«

Auf einen Pfiff des Stallmeisters hin kam Bewegung in die Reihen. Luke wich nicht von Isabelles Seite, während sich der Trupp zügig zu den Koppeln aufmachte. »Überleg dir gut, wofür du deine Kraft einsetzt«, nahm Isabelle ihre Unterhaltung wieder auf. »Du bist noch jung und kannst wählen, was du tust.«

Luke schüttelte den Kopf. »Ich muss meine Eltern ernähren, Milady. Mein Vater ist alt und meine Mutter schwer krank. Der Herr gibt mir nicht viel Sold, aber für meine Eltern und mich reicht es.«

»Das tut mir leid zu hören«, sagte Isabelle mitfühlend. »Aber du darfst trotzdem nie aufgeben. Auch für dich wird sich irgendwann eine Wahl ergeben. Dann verpass die Gelegenheit nicht und hör auf dein Herz.« Ihre wohlmeinenden Worte ließen Isabelle an ihr eigenes Herz denken. Vielleicht sollte sie aufhören, anderen Leuten Ratschläge zu erteilen, die sie selbst nicht befolgte.

Als sie schließlich ihr Ziel erreicht hatten, öffneten die Stalljungen das Gatter und begannen die Hengste auf die Koppel zu treiben. Isabelle und Luke befanden sich im hinteren Teil des Trupps und mussten warten, bis die zweite Koppel geöffnet wurde, auf der sich die Stuten befanden. Felicia wieherte ungeduldig und scharrte mit den Hufen.

»Was ist los, meine Gute?« Isabelle strich ihr über die Mähne. Für gewöhnlich war Felicia nicht so aufgeregt, wenn sie sich von ihrer Besitzerin trennen sollte. Doch als Isabelle dem Blick ihres Pferdes auf die Koppel der Hengste folgte, erkannte sie den

Grund: Oben am Hang trabte Aymon auf sie zu. Rose war in Lytham!

Isabelle führte Felicia auf die Weide und verabschiedete sich liebevoll von ihrer Stute. Ihr Herz klopfte wild, ihre Knie zitterten, und ihr Magen schlug Purzelbäume. Rose war hier. Ganz in der Nähe. Sie hatte ihre Nachricht am See erhalten. Sie war hier! In Isabelles Kopf ging alles wild durcheinander. Was war jetzt zu tun? Wie konnte sie Rose erreichen? Wann konnte sie sie sehen?

»Mit Verlaub, Sir, ich werde die nächsten zwei Jahre keinen Fisch mehr essen.« Michael rümpfte die Nase.

»Wir werden die nächsten Tage wohl kaum etwas anderes bekommen«, dämpfte Rose seine Hoffnung. Das angeekelte Gesicht ihres Knappen sprach Bände. »Du wirst dich schon damit abfinden. Alles, was du brauchst, ist richtiger Hunger. Wir haben übrigens noch Krabben.«

»Nur über meine Leiche«, stöhnte Michael. »Was dauert da hinten eigentlich so lange?«, wechselte er das Thema. Ihre eigentliche Mission war schließlich der Sieg über den Erzfeind seines Herrn und nicht das Ausnehmen von Seetieren. »Es kann doch nicht so schwer sein, eine Armee auf drei Schiffe zu verteilen. Und wo ist überhaupt Lady Isabelle?«

Rose schaute auf die drei langen Schlangen, die sich vor den Galeeren gebildet hatten. Bisher war noch niemand an Bord gegangen. Alles wartete auf den Befehl des Earls, der, genau wie Brian und Isabelle, noch nirgends zu sehen war. »Sie wird mit den Caddingtons die Pferde wegbringen«, mutmaßte Rose. »Sie werden sicher gleich kommen.«

Michael reckte plötzlich den Hals. »Wer ist die Frau dort drüben?« Er deutete auf die mittlere Schlange. »Seht nur, sie ist gefesselt.«

Rose war die Gefangene nicht entgangen, doch jetzt war nicht der richtige Zeitpunkt, um Michael von ihrer Vermutung zu erzählen. Auf der Überfahrt würde genug Gelegenheit sein, dem Knappen die Situation zu erklären und ihm ihren Verdacht zu erläutern, dass die junge Frau vermutlich der Grund dafür war, warum die Caddingtons auf einmal die Lage von Cyane kannten.

»Da kommen sie!«, flüsterte Michael aufgeregt. »Der alte und der junge Caddington und Lady Isabelle …« Er hielt inne. »Sie ist auch gefesselt! Was geht da vor?«

Rose spähte an dem Mast eines Bootes vorbei. In der Tat trug Isabelle einen Strick um ihre Handgelenke. Sie sah erschöpft und mitgenommen aus, der Saum ihres Gewandes war verschmutzt und zerrissen. Ihre linke Wange war geschwollen, so als sei sie brutal geschlagen worden. Was war geschehen? Wieso hielt ihr Bruder seine eigene Gemahlin gefangen?

»Wir müssen sie befreien!«, raunte Michael.

»Später.« Rose hielt den Blick fest auf Isabelle gerichtet. »Siehst du, was die Lady dort unten macht?«

»Sie unterhält sich mit Lord Brian.«

»Das auch. Aber was tut sie noch?«

Michael runzelte die Stirn. »Sie regt sich über irgendetwas auf. Sie beschimpft ihren Gatten. Sie geht auf und ab und scharrt mit den Füßen.«

»Sie scharrt nicht, sie zeichnet.«

»Sie zeichnet?«

»Sieh genau hin. Ihre Aufgebrachtheit dient nur zur Ablenkung. Sie malt mit den Füßen etwas in den Sand.«

»Aber was denn? Ich kann nichts erkennen.«

»Sie lässt uns eine Nachricht zukommen. Sie weiß, dass wir hier sind.«

Michael schüttelte ungläubig den Kopf. »Falls es eine Nachricht war, ist sie jetzt jedenfalls dahin«, seufzte er. Gespannt beobachtete er, wie Isabelle unvermutet einige Schritte nach links ging, als Lord Brian neben sie trat, so als wolle sie ihn fortlocken.

Dabei trat sie in ihre eigenen Fußstapfen. Tatsächlich folgte ihr Lord Brian, der offensichtlich wütende Beschimpfungen ausstieß.

»Glaubst du mir jetzt?« Rose gab ihrem Knappen einen Knuff in die Rippen.

Michael nickte sprachlos. Blieb nur zu hoffen, dass sie die Nachricht später noch entziffern konnten!

Die Sonne hatte den Zenit schon überschritten, als endlich die gesamte Besatzung an Bord war und Lord Caddington das Signal zum Auslaufen gab. Kaum hatten die Galeeren abgelegt, sprang Rose auf den Steg. »Bereite alles vor, um die Segel zu setzen!«, rief sie Michael zu. Der war froh, endlich eine Aufgabe zu bekommen, die nichts mit Fischen zu tun hatte und machte sich sofort an die Arbeit.

Rose durchquerte mit einer Kiste Schollen unter dem Arm den Hafen und blieb wie zufällig dort stehen, wo Isabelle auf und ab gegangen war. Während sie die Stelle unauffällig umkreiste, versuchte sie, Brians Fußabdrücke im Sand zu vernachlässigen und nur Isabelles Zeichen zu betrachten. Auf den ersten Blick war nicht das Geringste zu erkennen, doch als sie einige Schritte zurück trat, fielen ihr Linien auf, die sich strahlenförmig von einem Ende zum anderen zogen. Und dann erkannte sie auch Zahlen und Punkte. Isabelle hatte ihr eine Portolankarte aufgezeichnet. Den Weg nach Cyane!

Rose stellte ihre Kiste auf den Boden und holte ein Stück Papier unter ihrem Hemd hervor. Dieses neue Material war wirklich Gold wert. Es ließ sich zusammenfalten und überall verstauen. Mit einem Stück Kreide, das sie stets bei sich trug, machte sie eine Skizze von der Karte. Die Angaben waren nicht besonders genau, da Isabelle weder die Zeit noch die Mittel gehabt hatte, eine ausführliche Karte zu zeichnen. Aber für die Überfahrt würde es hoffentlich reichen.

Den Angaben war zu entnehmen, dass es zwei verschiedene

Wege gab, um nach Cyane zu gelangen. Dies entsprach den Erkundigungen, die Rose am Vorabend eingeholt hatte. Man hatte ihr gesagt, dass es von Lytham aus zwei Routen nach Irland gäbe, jedoch nur die nördliche Strecke tatsächlich benutzt würde, da die Südroute aufgrund von unberechenbaren Riffen ein zu hohes Risiko darstellte.

Dennoch würde es in ihrem Falle das Beste sein, die südliche Route einzuschlagen. Ihr kleiner Kutter hatte so wenig Tiefgang, dass es im Bereich des Möglichen schien, die Riffe unbeschadet zu überwinden. Rose konnte es sich nicht leisten, von Brian und seinen Männern entdeckt zu werden, und außerdem schien die Südroute deutlich kürzer. Wenn alles gutging, könnten sie sich vielleicht einen Zeitvorteil verschaffen und die Amazonen warnen, bevor Brian und ihr Vater mit ihrer Armee auf Cyane eintrafen.

Roses Miene verfinsterte sich, als sie die Position von Cyane auf ihr Papier zeichnete. Isabelle hatte mit Schlangenlinien um die Insel herum angedeutet, dass dort mit einer starken Strömung zu rechnen war. Vielleicht war das der Grund dafür, dass Cyane bisher noch von niemandem entdeckt worden war. Möglicherweise waren alle Schiffe gekentert, bevor sie Cyane erreichten. Ob Brian auf die gefährliche Strömung vorbereitet war?

Rose faltete das Papier und schob es zurück unter ihr Hemd. Als sie aufblickte, waren die drei Galeeren schon mehr als achtzig Yard vom Ufer entfernt. Am Heck des mittleren Schiffes standen die Caddingtons und in ihrer Mitte Isabelle. Die Distanz war bereits zu groß, um ihre Gesichtszüge zu erkennen, aber für einen kurzen Moment hatte Rose das Gefühl, dass die Lady den zerlumpten Fischer an Land erkannte und dass in ihren Augen Wärme und Dankbarkeit lagen.

KAPITEL IX

Obgleich es noch früh am Morgen war, hatte sich an der Reling bereits ein Dutzend Männer versammelt, die sich lebhaft über das beste Manöver unterhielten, um dem aufziehenden Gewitter zu begegnen. Auch Isabelle schaute besorgt zum Himmel hinauf. Abgesehen von ein paar kleineren Zwischenfällen war ihre Überfahrt bisher recht ruhig verlaufen, doch was dort drüben dunkel aufzog, sah nicht gut aus. Dabei stand der schwierigste Abschnitt ihrer Reise noch bevor. Die Irische See war berüchtigt für ihre Tücken, und die Strömungen in der Nähe von Cyane waren so unberechenbar, dass jeder erfahrene Kapitän schnellstmöglich abdrehte, um Schiff und Mannschaft nicht zu gefährden.

Wenn sie in ihrer großen Galeere schon Probleme mit dem Gewitter bekommen würden, wie sollte es da erst Rose mit einem viel kleineren Boot ergehen? Als Isabelle in Lytham von ihrem Schiff aus beobachtet hatte, wie am Ufer eine Gestalt auf ihre Fußstapfen zugesteuert war, da wusste sie, dass es sich nur um Rose handeln konnte. Nie im Leben war sie so glücklich gewesen, einen Menschen zu sehen. Brian hatte sie misstrauisch gemustert, als ihre Laune sich so plötzlich hob. Aber dann hatte er es wohl auf die frische Seeluft zurückgeführt und sie in Ruhe gelassen.

Als sie in Lytham an Bord gegangen waren, hatte Brian versucht, den Kapitän zu überreden, die südliche Route in Richtung Irland einzuschlagen. Schließlich würde diese sie schneller nach Cyane bringen, und außerdem könnten sie auf diesem Wege die starken Strömungen der Nordroute meiden. Doch der Kapitän hatte sich nicht darauf eingelassen. Es sei nicht nur töricht, sondern lebensgefährlich, die Südroute zu nehmen, hatte er erklärt. Auf jener Strecke gebe es so viele tückische Riffe, die mit bloßem Auge nicht zu erkennen seien, dass alle drei Galeeren mit Sicherheit an ihnen zerschellen würden. Isabelle hatte seinen Worten sorgenvoll gelauscht. Dass ihr Plan aufgegangen war und Rose nun den Weg nach Cyane wusste, war eine Sache. Ob sie die Reise auch überlebte, eine ganz andere.

Isabelle lehnte sich an die Reling und beobachtete, wie der Möwenschwarm, der sie seit Tagen begleitet hatte, abdrehte und in Richtung Osten flog. Das war kein gutes Zeichen. Vielleicht war es aber auch nicht die schlechteste Lösung, wenn ihre Galeere ihr Ziel niemals erreichte. Es würde England von zwei tyrannischen Herrschern befreien und die Amazonen vor einer blutigen Schlacht bewahren. Doch trotz all der widrigen Umstände hatte Isabelle das Gefühl, dass diese Situation nicht eintreten würde. Aus welchem Grund auch immer schien es ihr Schicksal zu sein, auf diese Insel zu gelangen.

Wie würde es wohl sein, den Bewohnerinnen zu begegnen? Schon jetzt fühlte sich Isabelle auf eine Weise mit ihnen verbunden, die sie nicht erklären konnte. Sie hatte so viele Fragen an Miara, aber bisher hatte sich noch keine Gelegenheit ergeben, sie zu stellen. Brian hatte den beiden Gefangenen jeglichen Kontakt untersagt, seitdem er Isabelle und Miara bei einer Unterhaltung ertappt hatte, und ließ sie streng beobachten. Dabei hatte Isabelle Miara lediglich ihr Beileid zum Tod ihrer Mutter ausgesprochen.

Im Gegensatz zu Miara, die von Brian gleich zu Beginn an den Fockmast gefesselt worden war, durfte Isabelle sich auf dem Schiff frei bewegen. Doch Lord Caddington und sein Sohn wussten sehr wohl, dass ein Gespräch zwischen den beiden Frauen diese nur stärken konnte. Seit dem Vorfall mit dem Amulett behandelte Brian Isabelle wie eine Verbrecherin, aber es war ihm anzumerken, dass hinter seinen Beschimpfungen simple Furcht stand. Isabelle war ihm schlicht unheimlich, seitdem sie über Nacht plötzlich eine fremde Sprache beherrschte. Kein Wunder, es war ihr selbst unheimlich. Was wohl Rose dazu sagen würde, wenn sie wüsste, dass sie sich plötzlich mit den Amazonen verständigen konnte?

Isabelles Gedanken wanderten zurück zu dem Moment, als sie Rose das letzte Mal gesprochen hatte, damals in den Yorkshire Dales. Seitdem hatte sie viel Zeit zum Nachdenken gehabt, und sie war zu dem Schluss gekommen, dass sie Roses Entscheidung nicht akzeptierte. Sie würde sich nicht noch einmal so wegstoßen lassen. Sofern sie beide die Überfahrt überlebten, würde sich Rose einiges anhören müssen.

»Lady Isabelle ist eine Schamanin? Und Cyane gibt es wirklich? Und Lord Brian hat ein Zauberamulett?« Michael pfiff durch die Zähne. So viele Neuigkeiten mussten erst einmal verdaut sein.

»Ich weiß nicht, ob man es Zauber nennen kann, aber es ist ein schamanisches Amulett«, nickte Rose. »Und unsere Aufgabe ist es, das Amulett zurückzuholen.«

»Und dafür segeln wir nach Cyane?«

»Richtig.«

»Was ist der Plan?«

»Zunächst einmal, vor dem Earl und Lord Brian auf Cyane anzukommen und die Amazonen zu warnen.«

»Und wo liegt Cyane?«

Rose zog das Papier hervor, auf dem sie die Portolankarte skizziert hatte, und zeigte auf einen größeren Punkt.

»Aha.« Michaels Augen folgten ihrem Finger. »Wo sind wir jetzt?«

»Etwa hier.« Rose zeigte auf eine Stelle weiter östlich.

»Soll das heißen, dass wir hier …«, Michael zog mit seinem Zeigefinger eine gekrümmte Linie, »entlangsegeln werden?«

»So ungefähr.«

»Durch diese Strömung?«

»Nein, das ist die Route, die Lord Caddington nimmt. Wir segeln hier entlang.« Rose zeigte auf eine Stelle weiter südlich.

»Sind das Riffe, die Ihr da gezeichnet habt? Dort wollen wir hindurch?« Michael sprang auf. »Ohne mich, Sir! Ich bin gern Euer Knappe, aber ich bin nicht lebensmüde!«

Rose hielt ihn am Arm zurück. »Es ist nicht so gefährlich, wie du denkst. Wir können es schaffen.«

»Wie?« Michael schaute skeptisch auf das Papier.

»Unser Kutter hat keinen großen Tiefgang. Und wenn wir hier entlangsegeln, können wir die gefährlichsten Riffe meiden.« Sie zeigte ihm den Weg auf der Karte.

»Also haben wir die Wahl, mit unserem Kutter an einem Riff zu zerschellen oder uns von Lord Caddington auf der Nordroute erschießen zu lassen?«

»Dies ist eine gute Gelegenheit, deinen Mut zu beweisen, Michael.« Rose faltete die Karte wieder zusammen. »Beide Strecken bedeuten ein Risiko. Nur ist die Wahrscheinlichkeit, von den Pfeilen der Caddingtonschen Armee auf hoher See getroffen zu werden, höher, als in diesen Riffen umzukommen.«

Michael hob die Augen gen Himmel. »Zur Umkehr ist es jetzt sowieso zu spät. Möge der Herrgott uns beschützen.«

»Wohlan denn!« Rose klopfte ihm auf die Schulter. »So gefällst du mir schon besser.«

Die aufmunternde Geste zeigte wenig Wirkung. »Habt Ihr die dunklen Wolken am Himmel schon bemerkt, Sir?«

»Ja, es sieht nach einem Unwetter aus. Leg dich für eine Weile hin, denn heute Nacht wirst du keinen Schlaf bekommen. Aber bleib an Deck, falls ich dich brauche.«

Michael machte es sich neben dem Ruder bequem und schloss die Augen. Doch schon nach kurzer Zeit öffnete er sie wieder. An Schlaf war nicht zu denken. Die Vorstellung, dass die bevorstehende Nacht vielleicht seine letzte sein mochte, war nicht eben beruhigend. Er beobachtete seinen Herrn, wie er das Achterstag straffer zog. »Sir?«

»Hm?«

»Wäre die Lady noch frei und wäre ich ein Edelmann, dann würde ich um ihre Hand anhalten.«

»Da hätte sie es gut getroffen.« Rose wechselte zum Großsegel. »Ich bin sicher, du wüsstest sie zu schätzen.«

»Da habt Ihr recht, Sir«, bestätigte Michael. »Und sie würde mich zu schätzen wissen. Ich glaube, dass die Lady eine Schwäche für mich hat.«

Rose schaute von ihrer Arbeit auf. »Wie kommst du darauf?«

Michaels Augen nahmen einen schwärmerischen Glanz an. »An dem Tag ihrer Verlobung ist sie doch tatsächlich drei Mal auf mich zugekommen. Drei Mal! Sagt mir nicht, dass das ein Zufall war.«

Michaels letzter Satz ging in grollendem Donner unter. Von einem Moment auf den anderen öffneten sich die Schleusen des Himmels und tauchten die Welt in ein undurchdringliches Grau.

»Nach Steuerbord!«, schrie Rose. »Verkleinere das Segel!«

Der Kutter gewann bereits erhebliche Schräglage, während Michael sich auf die andere Seite kämpfte. Er konnte sich nur mit Mühe auf den Beinen halten. Regenböen peitschen ihm ins Gesicht, als er versuchte, an der Leine zu ziehen.

»Das Segel reißt!« Wie aus dem Nichts war Rose an seiner Seite. »Wir müssen es ganz einholen!«

Gemeinsam versuchten sie, das Großsegel herunterzuziehen. Für das vordere Segel war es bereits zu spät, seine Fetzen schlugen haltlos gegen den Fockmast. »Mach weiter!«, rief Rose. »Nicht lockerlassen!«

Michael gab sein Bestes, aber die über Deck klatschenden Wellen rissen ihm immer wieder den Boden unter den Füßen weg. Plötzlich ging ein Ruck durch den Kutter, und er kam abrupt zum Stillstand.

»Was war das?« Michael sah ängstlich zu Rose hinüber.

»Ein Riff.«

KAPITEL X

»Land in Sicht!«

Der aufgeregte Ruf oben aus dem Krähennest riss auch den letzten Krieger aus dem Schlaf. In Windeseile kletterten alle aus ihren Kojen, liefen an Deck und begaben sich zur Reling. Auch Isabelle, die sich über Nacht an Deck aufgehalten hatte, blinzelte gespannt gegen die aufgehende Sonne an. Tatsächlich war am Horizont ein Landstrich zu erkennen, der sich, als sie näher kamen, als ein breiter Sandstrand herausstellte. Dahinter erhob sich ein Wald aus Laub- und Nadelbäumen, deren Stämme rötlicher und höher waren als die Bäume in England. Irgendwo hinter dem Wald stieg Rauch auf, ein sicheres Zeichen, dass die Insel bewohnt war. Isabelle spürte ihr Herz klopfen, als sie das Ufer eingehender betrachtete. War das der Strand, von dem ihre Mutter so oft erzählte hatte, ohne ihr zu verraten, dass er wirklich existierte?

»Werft die Anker und bereitet die Ruderboote vor«, schallte Lord Caddingtons Stimme vom Bug. »Holt eure Waffen und versammelt euch an Deck! Wir gehen von Bord!«

Sein Befehl löste ein heilloses Durcheinander aus. Nach den schrecklichen Ereignissen der letzten Tage hatte wohl niemand mehr damit gerechnet, die Überfahrt tatsächlich zu überstehen. Noch zwei Nächte zuvor waren die Galeeren in Gewitterstürmen und reißender Strömung herumgeworfen worden wie Spielzeugschiffe. Siebzehn Mann waren dabei über Bord gegangen und in den Fluten umgekommen. Mit mehr Glück als Verstand war es den Kapitänen schließlich gelungen, die Galeeren aus der Gefahrenzone herauszusteuern, und auch wenn alle drei Schiffe sichtbare Schäden erlitten hatten, waren doch alle noch mehr oder weniger seetüchtig.

Die letzte Nacht war wesentlich ruhiger verlaufen als die vorherige, aber die Angst um ihr Leben saß den Männern noch in den Knochen. Der Anblick von Land hauchte wieder Leben in ihre Glieder, und einer nach dem anderen verschwand eilig und tauchte mit seinen Waffen wieder auf. Ganz allmählich bildeten sich geordnete Reihen an Deck. Auch die Männer auf den anderen beiden Galeeren bekamen die Anweisung, Lord Caddingtons Befehl zu folgen.

Brian brachte Isabelle zu einem von sechs Ruderbooten, in dem sich bereits sein Vater, Miara und fünf Krieger befanden. Sobald Brian hinter Isabelle eingestiegen war, legte er ihr die Fesseln wieder an. Er setzte sie an das Heck, fern von Miara, die zum Bug des Bootes gebracht worden war. Bis alle Krieger an Land waren, dauerte es eine Weile, da die Boote etliche Male übersetzen mussten.

»In vier Reihen aufstellen!«, brüllte Brian. »Die Armbrüste zuerst, die Schwerter zuletzt!« Er stieß Miara zwischen sich und seinen Vater in die erste Reihe und schob Isabelle direkt hinter sich. Offenbar wollte er die Amazonen gleich zu Beginn mit seiner Geisel konfrontieren. Sein Vater hingegen hielt es für klüger, zunächst einmal das Vertrauen der Inselbewohnerinnen zu gewinnen. Gerade wollte er Miara weiter nach hinten schieben, da tauchte ein Trupp von etwa zwanzig Reiterinnen auf der Waldlichtung auf.

Die Gruppe kam in lockerem Trab auf sie zu. Alle Frauen waren in kurze hellbraune Ledergewänder gekleidet, die zum Teil mit Perlen und Federn verziert waren. In der Mähne der Pferde wiederholten sich Form und Farbe der Perlen einer jeden Reiterin. Die blondgelockte Frau an der Spitze des kleinen Trupps trug zusätzlich eine breite Halskette, die sie vermutlich als Anführerin kennzeichnete. Isabelle hielt den Atem an, als sie in ihr eine der Amazonen aus ihren Träumen erkannte.

Bis auf eine ältere Frau mit weißen Haaren, die gleich hinter der Anführerin ritt, trugen alle Reiterinnen Speere oder Bögen.

Doch keine hielt ihre Waffe zum Angriff bereit. Die Anführerin brachte ihr Pferd direkt vor Lord Caddington zum Stehen und hob die Hand zum Gruß. »Seid gegrüßt, edle Herren. Willkommen auf Cyane«, sagte sie in tadellosem, wenn auch nicht ganz akzentfreiem Angelsächsisch. »Was führt Euch auf unsere Insel?«

Isabelles Schwiegervater verbeugte sich. »Mein Name ist Walter Caddington. Wir sind durch die starke Strömung hierher getrieben worden und bitten darum, auf eurem Land Rast machen zu dürfen.« Er reichte ihr die Hand. »Unsere Absichten sind friedlich.«

Anstatt seine Hand zu ergreifen, ließ die Anführerin ihren Blick über die zweihundert schwerbewaffneten Krieger schweifen. Ihr Gesichtsausdruck ließ keinen Zweifel daran, dass sie ihm kein Wort glaubte. »Ich bin Armaria, Königin auf Cyane«, sagte sie schließlich. »Selbstverständlich dürft Ihr Euch als unsere Gäste betrachten.«

Lord Caddington nickte erfreut. »Wo können wir unser Lager aufschlagen?«

»Gemach. Ich habe zunächst noch eine Frage.« Armaria stieg von ihrem Pferd. »Wie kommt es, dass Ihr eine der Unseren gefangen haltet?«

»Dieses Mädchen ist eine Pferdediebin«, mischte Brian sich ein. »Wir haben sie auf frischer Tat ertappt und werden sie in England vor ein ordentliches Gericht stellen.«

»Ihr befindet euch auf dem Boden von Cyane«, stellte die Königin klar. »Wir haben hier unsere eigenen Gesetze und werden entsprechend mit ihr verfahren.«

»Aber das Verbrechen ist auf englischem Boden begangen worden! Ich verlange, dass sie vor ein englisches Gericht kommt!« Brian ging drohend auf sie zu.

Plötzlich kam Bewegung in die Amazonen. Die Reiterinnen scharten sich um die weißhaarige Alte, die offensichtlich einen Schwächeanfall erlitt.

»Lasst mich durch!« Armaria war sofort bei ihr. »Was ist los, Cilene?« Sie hob die Alte vorsichtig aus dem Sattel. Gemeinsam mit einer weiteren Amazone bettete sie die bleiche Frau in den Sand. »Hast du Schmerzen?«

Die Weißhaarige schüttelte den Kopf. Sie flüsterte etwas und zeigte mit dem Finger auf Isabelle. Wie auf Kommando stiegen alle Reiterinnen von ihren Pferden und fielen vor Isabelle auf die Knie. Die schaute errötend zu Boden. Was um Himmels Willen ging hier vor?

Armaria erhob sich als Erste. »Ihr seid die Tochter Eleanors«, sagte sie in ihrer Landessprache. Aus ihren Worten klangen Überraschung und Ehrfurcht. »Willkommen in unserer Heimat.«

Isabelle schüttelte warnend den Kopf, aber es war bereits zu spät. Brian und sein Vater hatten einen kurzen Blick gewechselt und sprachen leise miteinander. »Die Inselbewohnerinnen behandeln sie wie eine Heilige«, hörte sie Lord Caddington sagen. »Das werden wir uns zunutze machen.«

Brian schob sich zwischen Isabelle und die Königin. »Wie mein Vater schon sagte, kommen wir in friedlicher Absicht«, verkündete er. »Allerdings hängt unsere Friedfertigkeit davon ab, ob ihr uns einen Gefallen tut oder nicht.« Er deutete auf Isabelle. »Meine werte Gemahlin ist nicht nur meine Gattin, sondern auch unsere Gefangene.« Zum Beweis hob er Isabelles gefesselte Hände in die Höhe. »Wie ich sehe, scheint sie euch etwas zu bedeuten. Wenn euch also ihr Leben lieb ist, dann beantwortet uns einige Fragen.«

Armaria wich zurück. »Was wollt Ihr wissen, Sir?«

»Wo ist das Buch?«

»Was für ein Buch? Ich weiß nicht, wovon Ihr redet.«

»Dann eben nicht.« Brian wandte sich an seine Männer. »Bereitmachen zum Angriff!«

»Halt!« Lord Caddington hob die Hand und zog dann seinen Sohn zur Seite. »Was zum Teufel tust du da?«

»Wir sind zweihundert. Die sind zwanzig«, raunte Brian. »Die haben wir im Handumdrehen erledigt!«

»Wir brauchen ihr Wissen, du Dummkopf!« Sein Vater gab den Soldaten ein Zeichen, ihre Waffen wieder zu senken. »Wenn wir nicht vorsichtig sind, können sie uns ins Verderben stürzen.« Wieder an Armaria gewandt, sagte er: »Uns liegt an einer friedlichen Lösung. Im Grunde genommen ist die Sache ganz einfach: Ihr habt etwas, das wir wollen, und wir haben etwas, das ihr wollt.« Bei den letzten Worten zerrte er Isabelle und Miara nach vorn. »Warum gehen wir nicht einen Handel ein?«

Als Miara merkte, dass es um sie ging, riss sie sich von Lord Caddington los. »Was wollen die?«, rief sie Armaria zu. »Möchten sie uns gegen das magische Buch eintauschen? Lasst sie doch wissen, wo das Buch ist, meine Königin. Sie werden verbrennen, noch ehe sie es aufgeschlagen haben!«

»Nicht wenn sie das Amulett haben«, entgegnete Armaria und sah fragend zu Isabelle. Die nickte stumm.

»Was besprechen die da?« Mit einem Satz war Brian wieder bei Isabelle. »Du sagst mir jetzt sofort, was sie gesagt haben!«

»Das Buch wird euch nichts nützen, weil ihr euch daran verbrennen werdet«, übersetzte Isabelle. »Wenn ich du wäre, würde ich die Finger davon lassen.«

Brian lachte überheblich. »Es wird ja wohl eine Möglichkeit geben, das zu verhindern, sonst bräuchte das Buch nicht ein ganzes Volk zu seiner Überwachung!« Er zog einen Dolch und hielt ihn an Armarias Hals. »Ihr werdet uns das Geheimnis schon noch verraten. Es wäre ja schade, wenn Cyanes Bevölkerung ganz plötzlich ausgerottet würde.«

Seine Einschüchterungsversuche schienen auf Armaria keinen Eindruck zu machen. »Wir werden uns zur Beratung zurückziehen«, sagte sie ruhig.

»Eine sehr kluge Entscheidung.« Brian ließ den Dolch wieder sinken, doch nicht ohne eine kleine Wunde an ihrem Hals zu hinterlassen. »Wir erwarten eure Antwort in zwei Tagen.«

»Ihr werdet Eure Antwort bekommen, Sir.« Armaria schwang sich wieder auf ihr Pferd und wies ihre Stammesschwestern an, ihr zu folgen. In schnellem Galopp, die ältere Frau in ihrer Mitte, verschwanden die Amazonen im Wald.

»Das Amulett ist in einem schwarzen Beutel!«, rief Isabelle der Königin hinterher. Es war ihr letzter Gedanke, bevor sie einen Schlag auf den Hinterkopf verspürte und das Bewusstsein verlor.

Als Isabelle aufwachte, war sie erneut an einen Baum gefesselt. Miara war hinter ihr an die Rückseite des Stammes gebunden worden, so dass beide keinen Kontakt zueinander aufnehmen konnten. Ein Knebel in Isabelles Mund verhinderte jeden Austausch, und es war zu vermuten, dass es Miara ähnlich ging.

»Ah, die Gattin ist aufgewacht«, ertönte Brians Stimme hinter ihr. »Wie oft soll ich dir noch sagen, dass du nur redest, wenn ich dich dazu auffordere. Und schon gar nicht in einer anderen Sprache. Verstanden?« Er beugte sich zu ihr herab und zupfte ihr Gewand zurecht. »Ach, du kannst mir ja gar nicht antworten, Schatz«, scherzte er. Als sie seinem Blick auswich, zog er einen Handschuh aus und fuhr über ihre Brüste. »Vielleicht sollte ich dir dein Gewand ausziehen. Ohne Kleider gefällst du mir viel besser.« Er grinste, als Isabelle vergeblich versuchte, sich seinen Berührungen zu entziehen. »Wir haben so ein schönes Paar abgegeben – eigentlich schade. Aber zum Glück machst du dich als Geisel auch nicht schlecht. Ich wusste schon, was ich an dir habe, als ich dich ehelichte.«

»Lass sie in Ruhe, Brian!«, rief sein Vater. »Wir haben Wichtigeres zu tun.«

Nur widerwillig ließ Brian von ihr ab. »Ich komme wieder«, versprach er und fuhr sich mit der Zunge über die Lippen.

Isabelle atmete auf, als er zu seinem Vater zurückging. Das Lager konnte von ihrer ursprünglichen Landestelle nicht weit weg sein, denn in einiger Entfernung waren noch die vor Anker liegenden Galeeren zu erkennen. Der tiefe Sonnenstand verriet Isabelle, dass es später Nachmittag sein musste. Wo blieb Rose bloß? Die Amazonen waren von dem Besuch der Caddingtons eindeutig überrascht gewesen, also hatte Rose sie nicht warnen können. Aber wenn sie sich nicht auf der Insel aufhielt, wo war sie dann?

Hoffentlich war ihr nichts geschehen. Vielleicht war sie nur aufgehalten worden. Vielleicht war sie noch auf dem Weg nach Cyane, oder sie war inzwischen auf die Inselbewohnerinnen getroffen und arbeitete längst mit Armaria einen Schlachtplan aus. Rose war am Leben. Sie musste am Leben sein!

Wie seltsam, dass Isabelle die Königin der Amazonen schon aus ihren Träumen kannte. Fast war es, als habe sie eine alte Freundin wiedergetroffen. Auch die ältere Frau mit den weißen Haaren war ihr bekannt vorgekommen, aber in ihren Träumen hatte sie sie nie gesehen. Vielleicht waren sie sich schon einmal in England begegnet? Immerhin wusste die Frau, dass sie die Tochter Eleanors war. Aber warum hätte Cilene, wie Armaria sie genannt hatte, die Insel verlassen sollen? Irgendwie ergab das alles keinen Sinn. Auch das Verhalten der Amazonen war merkwürdig gewesen. Wieso waren sie vor ihr auf die Knie gefallen? Alle Reiterinnen schienen gewusst zu haben, wer sie war. Aber woher? Wen meinten die Amazonen in ihr zu sehen? Und was erwarteten sie von ihr?

Isabelle seufzte. Was immer sie erwarteten, sie würde sie bitter enttäuschen. Was konnte sie schon tun, geknebelt und an einen Baum gefesselt? Eine schöne Amazonennachfahrin war sie!

Immerhin wusste sie nun, dass man das Amulett benötigte, um bei der Berührung des Buches nicht in Flammen aufzugehen. Wenn es ihr gelang, das Amulett zurückzubekommen, dann könnten Brian und sein Vater mit dem Buch vielleicht kein großes

Unheil anrichten. Allerdings würden sie nach wie vor danach trachten, die Amazonen zu unterwerfen, um die Insel zu erobern. Ob die Amazonen sich verteidigen konnten? Wenn es stimmte, dass bisher niemand bis nach Cyane vorgedrungen war, dann waren die Inselbewohnerinnen noch nie genötigt gewesen, sich verteidigen zu müssen. Doch jetzt mussten sie es, und vermutlich hatten sie Brians Armee wenig entgegenzusetzen.

Isabelle erwachte von einem schneidenden Schmerz an ihrem Handgelenk. Etwas zog an ihren Fesseln. Ein Tier? Es war zu dunkel, um etwas zu erkennen. Instinktiv verhielt sie sich ruhig, als neben ihr ein Zweig knackte. Einmal. Noch einmal. Dann war Stille. Wieder spürte sie einen Ruck, dann fiel der Strick in ihren Schoß.

War sie frei? Isabelle bewegte vorsichtig ihre Arme. Nirgends ein Widerstand. Als Nächstes verschwand ihr Knebel. »Rose?«

Eine Hand fasste nach ihrem Arm und zog sie auf die Beine. Es musste Rose sein. Der Griff um ihren Arm wurde fester, und Isabelle ließ sich wortlos durch die Dunkelheit führen. Zunächst hasteten sie durch dichtes Gestrüpp, und Isabelle stolperte immer wieder über Baumwurzeln, aber dann wurde der Boden unter ihnen weicher, und das lauter werdende Rauschen des Meeres verriet, dass sie sich dem Strand näherten.

»Ich bin so froh, dass Ihr lebt«, flüsterte Isabelle atemlos. »Wo wart Ihr? Was ist geschehen? Ich hatte solche Angst um Euch!«

Rose antwortete nicht. »Wartet hier«, sagte sie wenig später und blieb stehen. Sie drückte Isabelle etwas in die Hand. »Ich fand diesen Beutel neben Eurem Baum. Ich nehme an, er gehört Euch?«

»Ich befürchtete schon, Brian hätte ihn weggeworfen.« Isabelle presste ihren Beutel dankbar an sich. »Wohin gehen wir?«

»Ihr bleibt hier und versteckt Euch im Gebüsch. Ich muss noch einmal zurück und das Mädchen holen. Die Männer haben sie mit in ihr Zelt genommen.«

»Heweni awa, ani matum.«

»Verzeihung, Milady?«

»Heweni awa, ani matum. In ihrer Sprache heißt das ›Verhalte dich ruhig, ich bin ein Freund‹.«

»Vielen Dank, das wird helfen.« Und schon war Rose wieder in der Dunkelheit verschwunden.

Isabelle blieb aufgewühlt zurück. Ihre Brust tat weh vom langen Laufen, und ihr war übel vor Erschöpfung. Mehr als einmal hatte ihr geschwächter Körper gedroht, seine Dienste zu versagen, aber Rose hatte sie immer weiter durch den Wald gezerrt. Jetzt war sie wieder ein freier Mensch! Und Rose war am Leben! Nun würde alles gut werden.

Es war kühl und windig in der Nähe des Ufers, und es fröstelte sie. Zitternd setzte sie sich auf den Waldboden und zog die Beine an den Körper. Wie Rose es wohl fertiggebracht hatte, eine ganze Armee zu überlisten? Noch am Abend zuvor hatte Isabelle gesehen, wie zehn Wachposten ihren Dienst antraten, und sie fragte sich, wie es Rose wohl gelungen war, sich unbemerkt zwischen ihnen hindurchzuschleichen.

Nach einer Ewigkeit hörte sie endlich Schritte, und sie schickte ein Stoßgebet gen Himmel, dass sie Rose und Miara gehörten.

»Isabelle?« Da waren auch schon Miaras Arme um sie. »Wir sind frei!«, jubelte sie.

Isabelle drückte sie an sich. »Haben sie dir etwas getan?«

»Nein, ich musste nur für sie tanzen.«

»Wo ist deine Begleitung?«

»Er holt die Pferde.« Miara zog Isabelle zurück ins Unterholz. »Ich habe nicht verstanden, was er gesagt hat, aber ich glaube, wir sollen hier warten.«

Also nahmen sie beide auf einer Baumwurzel Platz und warteten auf ihren Befreier. Zu Isabelles Erleichterung riss die Wolkendecke am Himmel auf, und dann ließ das Mondlicht eine schlanke Gestalt erkennen, die sich ihnen rasch näherte. Sie führte zwei

Rappen mit sich, die nur aus dem Besitz der Amazonen stammen konnten. Die Gewandung, ein weißes Leinenhemd unter einem blauen Surcot, Gugel und Beinlinge in derselben Farbe, sowie schwarze Stiefel und Handschuhe, ließ Rose nach wie vor aussehen wie einen englischen Edelmann.

»Leider musste ich zwei Pferde ausborgen«, erklärte sie, als sie vor Isabelle stehen blieb. »Ich hoffe, die Amazonen werden es mir nicht übelnehmen.«

»Macht Euch keine Sorgen, ich werde es ihnen erklären.«

»Ich fürchte, ohne Übersetzung wird das schwierig, Milady.« Rose stieg auf einen der Rappen und streckte die Hand nach ihr aus.

Isabelle ergriff sie und ließ sich von Rose auf das Pferd helfen. Sie schlang beide Arme um die Ritterin. »Ein Übersetzer ist nicht nötig. Fania balano, Miara!«

Die junge Amazone nickte, und zu Roses offenkundiger Verblüffung schwang sie sich auf den zweiten Rappen. »Ihr beherrscht ihre Sprache, Milady?«

Isabelle konnte ihren Stolz kaum verbergen. »Das ist eine lange Geschichte«, lächelte sie. »Ich erzähle sie Euch später.«

»Ich bitte darum.« Rose lenkte ihren Hengst aus dem Wald heraus und gab Miara ein Zeichen, ihr zu folgen. »Ihr solltet in Sicherheit sein, bevor Brian Euer Fehlen bemerkt.«

Ohne ein weiteres Wort zu wechseln, lenkten sie ihre Pferde in Richtung Ufer. Am Strand, wo das Mondlicht mehr Orientierung gab, verfielen sie in einen schnellen Galopp. Isabelle, die ihre Arme fest um Rose geschlungen hatte, presste ihre kühle Wange an den warmen Rücken der Ritterin. Sie hielt die Augen geschlossen und dachte, dass sie nirgendwo auf der ganzen Welt lieber sein wollte. Sie öffnete die Augen erst wieder, als sie einen schwachen Rauchgeruch wahrnahm. Das Dorf der Amazonen konnte nicht mehr weit sein. »Wir müssen miteinander reden«, murmelte sie in Roses Rücken.

»Später.«

Wieso war Rose so kurz angebunden? War sie ärgerlich auf sie? »Stimmt etwas nicht?«, fragte Isabelle vorsichtig. Sie erhielt keine Antwort. »Reiten wir in das Dorf?«, startete sie einen neuen Versuch.

»Nein, aber in der Nähe des Dorfes gibt es eine Anhöhe, wo wir unser Lager aufgeschlagen haben.«

»Wir?«

»Mein Knappe begleitet mich.«

»Oh.« Isabelle schluckte ihre Enttäuschung herunter. »Ich hatte gehofft, dass Ihr einen Teil Eurer Truppe mitgebracht habt.«

»Es wäre sinnlos gewesen, noch mehr Leben zu gefährden«, erklärte Rose. »Mit einem größeren Schiff hätten wir niemals die Südroute einschlagen können.«

Daran hatte Isabelle nicht gedacht. »Entschuldigt meine Nachfrage, Rose. Ich bin Euch sehr dankbar, dass Ihr mit Eurem Knappen gekommen seid.«

Als sie die Anhöhe erreichten, lief Michael ihnen schon entgegen. »Milady!«, rief er aufgeregt. »Ich bin so froh, dass mein Herr Euch befreien konnte!« Er blieb atemlos vor ihr stehen. »Ich hatte ein wenig Angst um Euch alle, Sir. Aber nur ein ganz klein wenig. Und ich habe schon alles vorbereitet. Vier Schlafplätze. Ich habe Felle für alle ausgebreitet, weil der Wind hier oben doch recht kühl …«

»Vielen Dank, Michael«, unterbrach Rose den Redeschwall ihres Knappen. »Ich glaube, wir sind jetzt alle reichlich müde. Leg ein paar Scheite Holz nach, damit wir es für den Rest der Nacht warm haben.« Sie wandte sich an Isabelle. »Lasst Euch von Michael noch einen Becher heißen Tee geben, bevor Ihr Euch schlafen legt. Ich werde noch einmal nach dem Rechten sehen und gleich zurück sein.«

Isabelle hätte gern noch erfahren, wo Rose am Vortag gewesen war und warum sie die Amazonen nicht hatte warnen können. Aber dafür würde am folgenden Morgen noch genug Zeit sein. Also wartete sie, bis Michael die Pferde versorgt hatte, trank mit Miara noch einen Tee und legte sich dann unter ihre Decke.

Der jungen Amazone schien es deutlich besser zu gehen, seit sie auf der Insel waren. Die Geistesabwesenheit, die Isabelle so oft an ihr beobachtet hatte, war einer ungeduldigen Vorfreude gewichen, endlich ihre Stammesschwestern wiederzusehen. Miara wäre gern noch in der Nacht hinunter ins Dorf gelaufen, aber Rose hatte angeordnet, dass sie am frühen Morgen alle gemeinsam zu den Inselbewohnerinnen aufbrachen. Isabelle hoffte, dass sich viele ihrer Fragen dann endlich klären würden. Und vielleicht ergab sich auch eine Gelegenheit zu erfahren, warum Rose sich ihr gegenüber so reserviert verhielt. Sie waren damals nicht im Reinen auseinandergegangen, aber war das ein Grund, sich so zu benehmen? Sie hatte das Wiedersehen mit Rose so herbeigesehnt, und nun tat diese, als würden sie sich kaum kennen. Isabelle musste unbedingt mit ihr sprechen. Allein. Und so bald wie möglich.

Etwas Weiches an ihrem Rücken riss Isabelle aus dem Schlaf. Sofort war sie hellwach. War Roses unterkühltes Gehabe doch nur Rücksichtnahme gewesen? Isabelle war bereit, ihr auf der Stelle zu verzeihen. Natürlich konnte Rose nicht vor allen anderen ihre Zuneigung zeigen, schließlich war Isabelle eine verheiratete Frau. Erleichtert schmiegte sie sich an den warmen Körper hinter sich und schloss die Augen. Es war nicht leicht, das wilde Klopfen ihres Herzens unter Kontrolle zu bringen, aber sie schaffte es, keinen Laut von sich zu geben und sich nicht zu regen. Jetzt war nicht der Moment für eine Aussprache.

»Bewegt Euch nicht, Milady«, hörte sie Roses Stimme.

Aber diese Stimme war nicht dicht bei ihr, sie kam von weiter weg. Was um Himmels Willen lag dann hinter ihr? Isabelle drehte sich vorsichtig um und schaute in gelb reflektierende Augen.

»Ein Wolf«, flüsterte Rose. »Haltet still! Ich kümmere mich darum.«

Mit einem blitzschnellen Satz war sie neben Isabelle und stach dem Tier ein Messer in die Brust. Es jaulte auf vor Schmerz.

»Seid Ihr von Sinnen? Der arme Wolf.« Isabelle sprang auf und beugte sich über das Tier. »Warum habt Ihr ihn angegriffen?«

»Ich ... ich dachte ... Er hätte ... Euch töten können.« Es war das erste Mal, dass sie die Ritterin stottern hörte. »Seid Ihr auch sicher nicht verletzt?«

»Mir fehlt nichts, aber dieses Tier verendet gleich, wenn wir ihm nicht helfen.« Isabelles Hände tasteten vorsichtig über das blutige Fell. Der Wolf wimmerte leise, bewegte sich aber nicht. »Bitte reicht mir meinen Beutel.«

Rose tat, wie geheißen und zog ein Holzscheit aus der Feuerstelle. Sie leuchtete Isabelle, während diese einen Behälter mit einer bläulichen Paste aus ihrem Beutel hervorholte. Als der Wolf den Kopf hob und die Fackel bemerkte, versuchte er aufzuspringen, wurde aber von Rose mit festem Griff unten gehalten. Als er nicht aufhörte, sich unter ihr zu winden, betäubte sie ihn schließlich mit einem Schlag auf die Schläfe.

Gemeinsam lagerten sie das Tier auf der Seite, damit Isabelle besser an die verletzte Stelle herankam. Zunächst reinigte sie die Wunde, um dann mit einem Messer das Fell ringsherum zu entfernen. Das würde einer späteren Entzündung vorbeugen. »Schaut nur, es ist eine Wölfin.«

»Was sie hier wohl zu suchen hatte?« Rose kniete sich neben Isabelle und sah ihr zu, wie sie die Wunde zusammennähte. »Was macht Euch so sicher, dass das Tier Euch nicht angegriffen hätte? Ein Wolfsbiss kann tödlich sein.«

Isabelle verknotete den Faden, bevor sie antwortete. »Ich kann Euch nicht sagen, was es war, aber normalerweise kann ich mich auf meinen Instinkt verlassen.«

»Euren Instinkt in Ehren, Milady, aber wenn Euer Leben in

Gefahr ist, solltet Ihr besser auf Eure Sicherheit achten«, sagte Rose scharf. »Wir ziehen in den Krieg. Ich kann nicht fortwährend auf Euch aufpassen, nur weil Euer Instinkt Euch sagt, dass keine Gefahr besteht.«

Isabelle sah überrascht auf. »Ihr müsst gar nichts, Rose. Ich bitte um ein wenig mehr Respekt. Ich bin kein kleines Mädchen mehr.«

»Dann benehmt Euch bitte auch so.«

»Wie bitte?« Jetzt reichte es aber! »Ich soll mich kindisch benehmen? Ich bin nicht diejenige, die hier so tut, als wäre eine gute Freundin plötzlich eine entfernte Bekannte!«

»Was wollt Ihr damit sagen? Keineswegs habe ich …«

»Ist etwas passiert, Sir?«, unterbrach Michael ihre Auseinandersetzung. Der Knappe wich zurück, als sein Blick auf die verletzte Wölfin fiel. »O Gott! Ist Euch etwas geschehen, Milady?«

»Bei mir ist alles in Ordnung«, beruhigte ihn Isabelle. »Ich scheine allerdings die Einzige zu sein«, fügte sie mit einem Seitenblick auf Rose hinzu.

»Leg dich wieder hin, Michael«, wies Rose ihren Knappen an. »Lady Isabelle braucht nur ein wenig Zeit, um ihr Gemüt wieder abzukühlen.«

»Lady Isabelle ist die Ruhe in Person«, widersprach diese. »Was man über Euren Ritter nicht sagen kann.«

Michael sah verwirrt von einer zur anderen, trollte sich dann aber. »Es ist nichts. Du kannst weiterschlafen«, sagte er zu Miara, als er an ihrem Schlafplatz vorbeimarschierte. Die sah ihn nur mit großen Augen an. »Hinlegen. Weiterschlafen«, gestikulierte er, bis die Amazone endlich nickte und wieder unter ihre Decke kroch.

»Sollen wir ihr einen Käfig bauen?« Isabelle nahm ein sauberes Tuch aus ihrem Beutel und legte es unter die Wölfin. »Mit der Verletzung wird sie im Wald nicht überleben. Trotzdem wird sie versuchen fortzulaufen, sobald sie in der Lage dazu ist.«

»In den nächsten Tagen werden wir kaum Zeit haben, eine Wölfin gesundzupflegen. Vielleicht können sich die Amazonen ihrer annehmen?« Rose schob sachte ihre Arme unter das Tuch und hob das bewusstlose Tier hoch. »Wir legen sie dichter ans Feuer. Es wird ihren Körper warm halten.«

»Wird das Feuer sie nicht erschrecken, wenn sie aufwacht?«

»Ich denke nicht, dass sie vor morgen Mittag das Bewusstsein wiedererlangt. Bis dahin sind wir längst im Dorf der Amazonen.«

KAPITEL XI

Am frühen Morgen wurde Isabelle von einem klappernden Geräusch geweckt. Erstaunt stellte sie fest, dass ihre Begleiter schon dabei waren, die Raststätte zu räumen. Michael, der neben ihr seinen Beutel packte, drehte sich zu ihr um. »Guten Morgen, Milady. Verzeiht bitte den ungebetenen Lärm, aber mein Herr möchte früh aufbrechen. Die Dorfbewohnerinnen dort unten sind schon lange auf den Beinen.« Er zeigte auf die Rauchschwaden, die aus dem Tal aufstiegen. »Sir Ross hat angeordnet, dass wir Euch schlafen lassen sollen. Ich hoffe, ich habe Euch nicht geweckt?«

»Ist nicht so schlimm. Ich muss sowieso aufstehen.« Isabelle räkelte sich. Ihre Glieder schmerzten immer noch von der unbequemen Haltung vom Vortag. Miara würde es sicher ähnlich gehen. »Wo ist denn die Amazone?«

»Sie sammelt Beeren für uns.« Jetzt trat auch Rose zu Isabelle. »Guten Morgen, Milady. Ich hoffe, der Rest Eurer Nacht verlief ruhig?«

»Ich habe mindestens so fest geschlafen wie unsere Freundin

hier.« Isabelle sah zu der schlummernden Wölfin hinüber. Der Atem des Tieres ging ruhig und regelmäßig. Das war ein gutes Zeichen.

»Sobald Miara zurück ist, brechen wir auf. Die Beeren werden wir unterwegs essen.« Rose reichte Isabelle einen Becher mit Wasser, den sie dankbar entgegennahm. »Brian wird Euer Fehlen längst bemerkt haben.«

»Die Amazonen haben bis morgen Zeit, ihr Wissen über das Buch preiszugeben. Erst wenn sie sich dagegen entscheiden, wird er angreifen.«

»Lord Caddington weiß, dass er auf das Wissen der Amazonen angewiesen ist. Aber ich traue seinem Sohn nicht. Er wird auf jeden Fall angreifen, und ich bezweifele, dass er die Entscheidung der Inselbewohnerinnen abwarten wird.«

Isabelle trank nachdenklich von ihrem Wasser. »Brian ist in der Tat unberechenbar. Wir sollten so schnell wie möglich mit den Amazonen zusammen einen Plan fassen.« Bei den letzten Worten erhob sie sich und faltete ihre Schlafdecke zusammen. »Wieso habt Ihr die Amazonen eigentlich nicht gestern schon gewarnt?«

»Wir wurden durch ein Unwetter aufgehalten.«

»Um genau zu sein: wir sind auf ein Riff aufgelaufen«, erklärte Michael. »Es hat unseren Schiffsrumpf durchbohrt.«

»Ihr seid gekentert? Aber wie seid Ihr dann hierhergekommen?«

Michael setzte eine wichtige Miene auf. »Das ist eine lange Geschichte ...«

»... die du jetzt nicht erzählen wirst, weil Miara zurückkommt«, unterbrach Rose ihn. »Lasst uns nicht unnötig Zeit vergeuden.«

Miara winkte schon von weitem mit einem Beutel voller Waldfrüchte. In der anderen Hand trug sie ein totes Tier, vermutlich ein Kaninchen. »Für Kira«, erklärte sie, als sie in Hörweite war.

»Wer ist Kira?«

»Cilenes Wölfin.« Miara legte das Kaninchen neben das bewusstlose Tier. »Was ist passiert? Hat sie euch angegriffen?«

»Oje, der Wolf gehört der alten Frau?« Isabelle sah entsetzt zu Rose. »Sir Ross, die Wölfin, die Ihr gestern attackiert habt, ist offensichtlich das Tier einer Amazone. Wir können nur hoffen, dass die Dorfbewohnerinnen uns wirklich wohlgesinnt sind.«

»Besonders wenn man bedenkt, dass ich ihnen auch noch zwei Pferde gestohlen habe«, seufzte Rose.

»Die bringt Ihr immerhin unversehrt wieder zurück.« Isabelle strich ihr besänftigend über den Arm, zog ihre Hand jedoch rasch zurück, als Rose unter ihrer Berührung zusammenzuckte. »Ihr werdet sehen, die Amazonen sind ein freundliches Volk und werden Euer Handeln verstehen.«

»Euer Wort in Gottes Ohr, Milady.«

Miara drängte zum Aufbruch. Anscheinend konnte sie es nicht erwarten, zu ihren Stammesschwestern zurückzukehren. Beim Abbrechen des Lagers erzählte sie Isabelle, dass sie nur deswegen auf dem Festland gewesen war, weil sie sich heimlich auf dem Schiff ihrer Mutter versteckt hatte, als diese nach einem Aufenthalt auf der Insel wieder zurück nach Irland gesegelt war. Wie Isabelles Mutter war auch Miaras Mutter eine Schamanin gewesen, aber wieso ihre Tochter auf Cyane lebte und nicht bei ihrer Mutter auf dem Festland, erläuterte Miara nicht. Doch Isabelle hoffte, über all diese Dinge bald Aufschluss zu erhalten.

Es lag noch Morgentau auf den Wiesen, als sie gemeinsam in das Tal aufbrachen. Die beiden Pferde machten es unmöglich, den steilen Pfad durch die Felsen zu nehmen, weswegen Roses Wahl auf einen breiteren Weg gefallen war, der durch Wiesen und Felder führte. Isabelle ging dicht neben dem robusteren der beiden Rappen, der die in Michaels Decke gehüllte Wölfin trug. Sie fühlte sich verantwortlich für die Verletzung des Tieres und überprüfte in regelmäßigen Abständen seine Wunde. Noch war es zu früh, um den Heilungsverlauf einschätzen zu können.

»Bist du schon Amazonen begegnet?«, wandte sich Isabelle an Michael.

»Ich habe noch keine zu Gesicht bekommen, Milady.«

»Wir sind gestern auf einen Trupp von Reiterinnen getroffen.«

»Wirklich?« fragte er aufgeregt. »Und haben sie nur eine Brust, wie die Leute sich erzählen?«

Isabelle sah ihn verblüfft an. »Hast du das wirklich geglaubt? Warum sollten sie sich eine Brust abnehmen?«

»Man sagt, dass sie sonst ihren Bogen nicht spannen können«, verteidigte er sich. »Ich dachte, dass Miara vielleicht noch zu jung dafür ist.«

»Männer können sich einfach nicht vorstellen, dass Frauen in der Lage sind, eine Waffe zu tragen«, sagte Isabelle ungewohnt heftig. »In ihrer Vorstellung kann eine Frau entweder überhaupt nicht kämpfen oder sie muss dafür ihren Körper verstümmeln.«

Rose schaute erstaunt zu ihnen herüber. »Stimmt etwas nicht, Milady? Hat mein Knappe Euch beleidigt?«

Michael schaute beschämt zu Boden. »Ich bitte um Entschuldigung, Sir. Meine Frage war unangemessen. Ich habe wohl angezweifelt, dass Frauen kämpfen können. Es tut mir leid, es war nicht meine Absicht, Lady Isabelle zu verärgern.«

»Entschuldige dich nicht bei mir, sondern bei der Lady.« Rose hob eine Augenbraue, als sie zu Isabelle hinüberschaute. Zum ersten Mal seit ihrem Zusammentreffen erkannte Isabelle hinter der Fassade die Rose, die sie in den Yorkshire Dales zurückgelassen hatte. Es war nur ein kurzer Moment, aber er wärmte Isabelle das Herz.

»Worum geht es denn?« Auch Miara war jetzt neugierig geworden. »Gibt es Streit?«

»Es ist mir unangenehm, dir das zu übersetzen, aber unser Knappe hier glaubte tatsächlich, dass deine Schwestern sich eine Brust abnehmen, um ihren Bogen anlegen zu können.« Isabelle musste auf einmal laut lachen.

»Oh.« Miara stimmte in ihr Lachen ein. Sie zwinkerte Michael zu, dessen Gesicht inzwischen feuerrot geworden war. »Diese Gerüchte kümmern unser Volk nicht im Geringsten. Für uns ist es nur gut, dass Frauen bei euch auf dem Festland als nicht waffen- und wehrfähig gelten. Es lässt die Existenz unserer Insel noch mehr wie eine Mär klingen.«

Als sie endlich ins Tal gelangten, bot sich ihnen ein überwältigender Anblick. Das Waldstück, das sie zum Schluss passiert hatten, mündete in eine bezaubernde Talsohle. Von hier aus erstreckte sich eine etwa fünfzig Yard breite Ebene, links und rechts eingerahmt von dicht bewachsenen Bergen, die sich nach etwa fünfhundert Yard erheblich verbreiterte. Zwei bunt geschmückte Pfähle wiesen darauf hin, dass sich hier der Eingang des Dorfes befand.

Schon von weitem ließen sich die Stimmen der Bewohnerinnen vernehmen, die emsig ihren Alltagsverrichtungen nachgingen. Sobald die vier Ankömmlinge in Sicht kamen, erstarrte der Betrieb im Dorf, und man sah ihnen neugierig entgegen. Eine grauhaarige Frau, die vor ihrer Hütte Teig knetete, riss beide Arme empor. Sie rief etwas und winkte ihnen.

»Goda!«, schrie Miara und rannte auf die Frau zu.

Als sie in Godas Armen landete, gab es kein Halten mehr. Miara lachte und weinte gleichzeitig. Von überall her kamen Bewohnerinnen angelaufen, um zu sehen, was die Aufregung zu bedeuten hatte. Kaum hatten sie Miara entdeckt, brachen sie in Jubelschreie aus und liefen zu ihr, um sie in die Arme zu schließen. Es herrschte ein Lärm im Dorf, der Tote hätte erwecken können.

Auch Armaria wurde von dem Tumult aus ihrer Hütte gelockt. Sofort überquerte sie den Platz und ging auf die Fremden zu. Als die Bewohnerinnen sahen, wie ihre Königin sich vor Isabelle verneigte, taten sie es ihr umgehend nach. Von einem Moment auf den anderen war es still im Dorf.

»Wie ich sehe, seid Ihr frei, Isabelle.« Armarias dunkle Augen strahlten. »Und unsere Miara auch.« Sie strich der jungen Amazone liebevoll über den Kopf. »Wem haben wir das zu verdanken?«

Isabelle antwortete in Angelsächsisch, damit ihre Begleiter ihrer Unterhaltung folgen konnten. »Sir Ross, ein edler Ritter und Feind von Lord Caddington, ist uns mit seinem Knappen auf die Insel gefolgt. Ihm haben wir unsere Freiheit zu verdanken.«

Armaria verbeugte sich vor Rose, und auch diese Geste wurde von ihren Stammesschwestern wiederholt. »Wie können wir Euch danken?«, fragte sie nun ebenfalls in Angelsächsisch und reichte Rose die Hand. »Wir stehen auf ewig in Eurer Schuld.«

»Ihr steht in niemandes Schuld.« Rose erwiderte den Händedruck der Königin. »Gestattet Ihr, dass ich mit Euch über den Earl von York und seinen Sohn spreche? Ich halte die Angelegenheit für sehr dringlich.«

»Selbstverständlich, Sir. Begeben wir uns in meine Hütte.« Armaria winkte Miara zu sich. »Warum lässt du dir nicht von Goda eine Suppe kochen, und ihr beide besucht mich später?«

Miara nickte eifrig und lief zurück zu der älteren Amazone. Die hakte sie unter und führte sie zu ihrer Feuerstelle, begleitet von einem Pulk Amazonen in Miaras Alter.

»Goda ist die Schwester von Miaras Mutter«, erklärte Armaria. »Ihre Mutter konnte Miara nach ihrer Geburt nicht auf das Festland mitnehmen. Deswegen hat Goda Miara wie ihre eigene Tochter großgezogen und ihr die Familie ersetzt.«

Isabelle fragte sich, was die Amazonen wohl unter dem Wort *Familie* verstanden, aber sie beschloss, sich diese Frage für später aufzuheben. »Sir Ross musste leider einige Unannehmlichkeiten auf sich nehmen, um uns zu befreien«, wechselte sie das Thema. »Unter anderem benötigte er zwei Pferde und sah sich gezwungen, sie aus Eurer Herde auszuleihen.«

»Ihr habt uns zwei Pferde entwendet, ohne dass wir es gemerkt haben?«, wandte sich Armaria an Rose. »Wie habt Ihr das bewerkstelligt?«

»Er ist sehr gut in dem, was er tut«, antwortete Isabelle für Rose.

»Das glaube ich gern.« Armaria war zwischen die beiden Rappen getreten. »Wieso bringt Ihr uns Kira? Warum ist sie verletzt?«

Rose hob an, etwas zu sagen, doch Isabelle kam ihr abermals zuvor. »Manchmal ist der Ritter etwas zu gut in dem, was er tut«, erklärte sie. »Die Wölfin hat sich nachts zu mir gelegt, und Sir Ross wollte mich vor ihrem Angriff schützen.«

»Ich verstehe. Die Absicht war also ehrenwert.« Armaria strich der Wölfin über das verklebte Fell. »Sie hat sich zu Euch gelegt, sagt Ihr?«

»Es ist ungewöhnlich, ich weiß. Ich habe keine Ahnung, warum sie das getan hat.«

»Ich habe noch nie einen Wolf gesehen, der sich neben einen Menschen gelegt hat«, erklärte Rose. »Und ich konnte in der Dunkelheit zu wenig erkennen. Ich musste handeln und habe Euer Tier verletzt. Das tut mir sehr leid. Aber hätte ich tatenlos zusehen sollen, wie …«

»Schon gut, Sir.« Armaria hob beschwichtigend die Hände. »Zerbrecht Euch darüber nicht den Kopf. Cilene wird Euch verzeihen.« Sie winkte zwei Amazonen zu sich. »Bringt die Pferde zurück auf die Weide und tragt Kira zu Cilene«, ordnete sie in ihrer Sprache an. »Und sagt ihr, sie soll so schnell wie möglich in meine Hütte kommen. Es gibt Wichtiges zu besprechen.«

Die Hütte Armarias befand sich in der Mitte des Dorfes, und so hatten sie eine Weile zu gehen, bevor sie ihr Ziel erreichten. Auf dem Weg dorthin spürte Isabelle die vielen Blicke, die auf sie gerichtet waren. Sicher bekamen die Amazonen nicht häufig Besuch vom Festland.

»Wofür ist das?« Rose blieb vor einem riesigen Rad stehen.

»Das ist eine wassergetriebene Getreidemühle«, erklärte Armaria. »Sie leistet uns gute Dienste.«

»Ihr mahlt Getreide mit der Kraft des Wassers? Was für eine großartige Erfindung!« Rose legte den Kopf schief, um die Mechanik nachzuvollziehen.

»Ich zeige Euch, wie sie funktioniert, wenn wir mehr Zeit haben«, versprach Armaria. »Anders als die Menschen auf dem Festland müssen wir hier nicht ständig um unser Überleben kämpfen. Wir haben Zeit, Dinge zu erfinden, die uns das Leben erleichtern. Einige Neuerungen, wie diese auch, bringen unsere Schamaninnen in England unter die Leute, damit auch andere Menschen etwas von unseren Ideen haben. Von diesen Mühlen gibt es inzwischen schon einige auf dem Festland.«

»Und niemand hat bisher herausbekommen, woher diese Erfindungen in Wirklichkeit stammen?«

»Unsere Schamaninnen gehen sehr geschickt vor. Aber allzu schwierig ist es nicht. Niemand würde auf die Idee kommen, dass eine Frau etwas Derartiges erfindet.«

»Es ist schade, dass ihr so wenig Würdigung erfahrt«, sagte Isabelle bedauernd. »So wissen die Leute gar nicht, was sie euch verdanken.«

»Wir erwarten keinen Dank. Wir haben hier alles, was wir brauchen, und das ist mehr, als viele Menschen von sich sagen können.«

Den Rest der Strecke gingen sie schweigend nebeneinander her. Alle waren in ihre Gedanken versunken, und nur Michael ließ ab und zu ein beunruhigtes Schnaufen hören. Offenbar behagte es ihm nicht, dass er von den Dorfbewohnerinnen angestarrt wurde, als sei er der Erzengel persönlich.

»Nimm ihnen das nicht übel«, nahm Armaria ihre Stammesschwestern in Schutz. »Sie kriegen nicht jeden Tag Männer zu sehen. Im Übrigen wäre es meinen Schwestern eine große Freude, wenn du mit ihnen Nachwuchs zeugen könntest. Wir haben nicht oft die Gelegenheit dazu.«

»W-w-was?« Michael sah sie schockiert an. »N-n-nachwuchs?«

»Wir haben hier keine Jungfrauengeburten«, lächelte Armaria. »Du würdest unserem Volk einen großen Dienst erweisen. Aber natürlich darfst du auch ablehnen – es besteht kein Zwang.« Zu Rose gewandt, sagte sie. »Das gilt natürlich auch für Euch, Sir. Es wäre uns eine Ehre.«

»Ich danke für das Angebot, aber mir wäre es lieber, wenn wir uns zunächst darüber unterhalten, wie wir mit der Armee verfahren, die sich auf Eurem Boden aufhält. Wenn wir nicht einen Plan fassen, könnte sich die Frage der Nachfahren sehr schnell erledigt haben.«

»Ihr habt recht. Wir werden umgehend damit beginnen.« Armaria blieb vor einer Hütte stehen, deren Dach mit bunten Perlen und mit Federn verschiedener Raubvögel verziert war. Neben der Tür stand eine lebensgroße Statue, die eine Amazone in stolzer Haltung zeigte. Ihr Bogen war straff gespannt, und sie zielte weit in die Ferne.

Armaria machte eine einladende Geste, als sie die Tür öffnete. »Tretet ein und seid meine Gäste. Meine Dienerin wird euch etwas zu trinken bringen.« Als Michael zögerte, schob sie ihn sanft durch den Türrahmen. »Du bist genauso willkommen wie dein Herr«, versicherte sie. »Geh nur hinein. Vielleicht kannst du uns bei unseren Überlegungen behilflich sein.«

Isabelle war erstaunt, dass die Holzhütte nur aus einem einzigen großen Raum bestand. Gekocht wurde offenbar an der Feuerstelle draußen neben der Statue, die Töpfe und Pfannen jedoch waren hier drinnen auf einem Regal gestapelt, das aus demselben rötlichen Holz wie das Amulett gefertigt war. Alles in der Hütte wirkte wohlgeordnet und ließ erkennen, dass der Besitzerin Übersicht und Klarheit wichtig waren.

Armaria führte ihre Gäste zu einer Sitzecke im hinteren Teil der Hütte und bedeutete ihnen, sich niederzulassen. Statt Stühlen standen dort breite Baumstumpfe, die kreisförmig um einen

Tisch herum angeordnet waren. Isabelle vermutete, dass der etwas höhere Stumpf für die Königin gedacht war und registrierte erstaunt, dass Armaria sich neben ihr auf einem gewöhnlichen Sitz niederließ. »Der höhere Platz ist für unsere Schamanin«, sagte sie, als sie Isabelles verwunderten Blick bemerkte. »Vieles ist hier anders als in Eurer Kultur.«

»Oh, ich begrüße das sehr«, lächelte Isabelle. »In England werden Frauen mit Heilwissen allzu oft als Hexen verfolgt, wenn sie nicht das Glück haben, von hohem Stand zu sein.«

»Das ist mir wohl bekannt.« Armaria nickte betrübt. »Wir haben so manche Schamanin auf dem Festland verloren.« Sie winkte ihre Dienerin heran und ließ die Becher ihrer Gäste füllen. Auf den ersten Blick sah das Getränk aus wie reines Wasser, schmecken tat es allerdings eher wie flüssiger Honig. Für den englischen Gaumen war dieser Saft eindeutig zu süß, doch im Gegensatz zu Michael, der bei jedem Schluck das Gesicht verzog, ließen sich Isabelle und Rose nichts anmerken.

»Sir Ross, wie ist es Euch gelungen, Isabelle und Miara zu befreien?«, fragte Armaria schließlich. »Sie standen immerhin unter strenger Bewachung.«

»Es herrschte Nachtruhe. Letztlich waren nur ein paar Wachposten zu überwinden.«

»Es waren mindestens zehn«, stellte Isabelle richtig.

»Ich habe meine Methoden«, sagte Rose knapp. »Wichtig ist, dass Ihr jetzt frei seid.«

Armaria umschloss Isabelles Finger mit beiden Händen. »Ich bin so froh, dass Ihr hier seid, Isabelle. Mein Volk hat lange auf Euch gewartet.« Sie deutete einen Handkuss an. »Und ich auch«, fügte sie lächelnd hinzu.

Rose räusperte sich. »Wir sollten so schnell wie möglich besprechen, wie wir Lord Caddingtons Armee begegnen.«

»Sehr wohl, Sir. Wir warten nur noch auf unsere Schamanin Cilene …«

»Ich glaube nicht, dass Eure Schamanin uns hier weiterhelfen kann«, unterbrach Rose die Königin. »Lord Brian und sein Vater werden das Verschwinden ihrer Geiseln bereits bemerkt haben. Sie werden früher oder später hier erscheinen, und wir sollten darauf vorbereitet sein.«

»Wir haben eine Vereinbarung mit ihnen, dass wir bis morgen früh Zeit für unsere Entscheidung haben.«

»Das war, bevor ich ihre Gefangenen befreit habe.« Rose hielt es nicht länger auf ihrem Sitz. Sie sprang auf und begann auf und ab zu schreiten. »Glaubt mir, Armaria, die Caddingtons sind unberechenbar. Wir müssen uns beeilen.«

Isabelle stand ebenfalls auf. »Würdet Ihr uns bitte einen Moment entschuldigen, Armaria?« Sie fasste Rose am Ärmel und zog sie zur Tür. Draußen angekommen, ließ sie die Ritterin wieder los. »Was ist in Euch gefahren?«, fragte sie aufgebracht. »Ihr seid unhöflich und respektlos. Wir mögen es eilig haben, aber wir sind immer noch Gäste dieses Volkes. Ich erwarte, dass Ihr Euch benehmt.«

Rose verschränkte die Arme. »Ihr solltet keine Erwartungen hegen, was mich anbelangt, Milady. Ich werde Euch nur enttäuschen.«

»Was soll das nun wieder heißen?« Isabelle forschte in den sonst so sanften Augen. Sie waren hart und unnahbar. »Ich bitte Euch, die Gepflogenheiten dieses Volkes zu respektieren«, sagte sie in ruhigerem Ton. »Wie sollen wir sonst mit ihnen zusammenarbeiten?«

»Eine Schamanin wird uns kaum bei der Kriegführung helfen können. Wir verlieren wertvolle Zeit.« Rose schüttelte den Kopf. »Ich möchte den Amazonen genauso helfen wie Ihr.«

»Dann achtet ihre Sitten, Rose. Ich bitte Euch. Niemand stellt Eure Fähigkeit zur Kriegsführung in Frage.«

»Ich weiß. Keiner kennt Lord Caddington so gut wie ich. Mein eigen Fleisch und Blut wird der Welt zum Verhängnis …«

»So solltet Ihr nicht denken. Ihr seid nicht wie Euer Vater.«

»Woher wollt Ihr das wissen? Ihr meint mich zu kennen, aber Ihr tut es nicht.«

»Rose, hört mir zu.« Isabelle zwang Rose, sie anzusehen. »Ihr müsst endlich aufhören, Euch und der Welt zu beweisen, dass Ihr nicht wie Euer Vater oder Euer Bruder seid.«

»Das ist mein Schicksal, Isabelle.«

»Es ist niemandes Schicksal zu beweisen, wer man *nicht* ist«, sagte Isabelle nachdrücklich. »Warum genügt es nicht, wer Ihr *seid?* Dann seid Ihr frei, Rose.«

Rose schaute ihr stumm in die Augen. Für einen kurzen Moment hatte Isabelle das Gefühl, dass die Mauer, die Rose um sich errichtet hatte, zu bröckeln begann. »Wollt Ihr nicht frei sein?«, fragte sie leise. Ihr Herz quoll über vor Liebe für diese gequälte Seele. Doch als sie Rose in die Arme schließen wollte, wich diese zurück und wandte sich ab.

»Lady Isabelle?«

Als Isabelle sich umdrehte, sah sie die weißhaarige Frau vom Strand auf sich zueilen. Die Alte rang keuchend nach Luft, als sie schließlich vor ihr stehen blieb. »Lady Isabelle«, sagte sie noch einmal und kniete vor ihr nieder. »So ist es also wahr. Die Göttin hat Euch geschickt.« Ihr Akzent war stärker als der Armarias, aber auch ihr Angelsächsisch war gut zu verstehen.

»Nicht ganz.« Isabelle half ihr beim Aufstehen. »Nicht Eure Göttin, sondern Sir Ross hat Miara und mich aus der Gefangenschaft befreit.« Sie winkte Rose heran, die sich nun verneigte und der Schamanin die Hand reichte.

»Mein Name ist Ross. Ich bin hier, um Eurem Volk gegen Lord Caddington und seinen Sohn beizustehen.«

Die Amazone musterte Rose von oben bis unten. »Ihr seid der Herr, der meine Wölfin verletzt hat.« Sie schüttelte die ihr angebotene Hand. »Ich bin Cilene. Seid herzlich willkommen auf Cyane!«

»Mir war nicht bewusst, dass das Tier gezähmt ist.«

»Meine Kira ist keineswegs zahm«, lachte Cilene, und die markanten Falten um ihre Augen bewiesen, dass sie dies oft und gern tat. »Aber sie weiß sich zu benehmen – wenn sie will. Übrigens geht es ihr schon wieder besser. Die richtigen Kräuter wirken Wunder.« An Isabelle gewandt, sagte sie in ihrer Landessprache: »Ein Mann? Die Prophezeiungen besagen, dass Ihr von einer Frau begleitet werdet …«

»Prophezeiungen?«

»Von der Frau Eures Herzens«, erläuterte Cilene. »Begleitet Euch sonst noch jemand?«

Isabelle errötete. »Manchmal sind die Dinge anders, als sie scheinen«, sagte sie ausweichend.

»Wie so häufig im Leben.« Diese Erklärung schien Cilene zu genügen. Sie nickte Rose freundlich zu. »Wollen wir hineingehen, Sir?«, fragte sie auf Angelsächsisch.

»Bitte nach Euch, Cilene.« Rose sah Isabelle fragend an, während sie der Amazone die Tür öffnete.

Doch die hütete sich, den Inhalt ihrer Unterhaltung preiszugeben. »Ich glaube, dann können wir anfangen«, rief sie Armaria und Michael zu. Die beiden unterbrachen sofort ihre Unterhaltung und kamen ihnen entgegen.

»Cilene.« Armaria führte ihre Stammesschwester zu ihrem Platz. »Heute ist ein wichtiger Tag, und wir brauchen deinen Rat.«

»So wurde mir berichtet. Entschuldigt die Verspätung, Armaria. Aber ich musste mich zunächst um Kira kümmern.« Cilene nahm neben der Königin Platz. »Dass ich das noch erleben darf«, sagte sie kopfschüttelnd. »Eleanors Tochter hier bei uns.«

»Kanntet Ihr meine Mutter?« Isabelle nahm ebenfalls wieder Platz.

»Nein, ich bin Eleanor nie begegnet, aber ich kannte Eure Großmutter.« Cilene nahm einen kräftigen Schluck von dem süßen Honiggetränk und wischte sich mit dem Handrücken über den Mund. »Ich erzähle Euch später davon, wenn Ihr möchtet.«

»Vielleicht sollten wir uns erst einmal anhören, was uns Sir Ross und Lady Isabelle zu sagen haben«, schlug Armaria vor.

»Bitte nennt mich Isabelle. Hier bin ich nicht Lord Brians Gemahlin.«

»Das ist nur recht. Du bist hier eine von uns.« Cilenes breites Lächeln ließ eine beachtliche Zahnlücke erkennen, als sie ihren Becher hob und mit Isabelle anstieß. »Dann sag du bitte auch Cilene zu mir.«

Nachdem dies geklärt war, reichte Armaria einen Teller mit Trauben herum. Ihre Gäste griffen dankbar zu. »Lasst uns zum Gegenstand unserer Versammlung kommen«, sagte sie. »Wie seid ihr beide nach Cyane gelangt?«

Isabelle und Rose berichteten abwechselnd von den Ereignissen, die dem Besuch der Insel vorangegangen waren. Sie erzählten von dem Diebstahl des Amuletts aus der Kammer von Lady Ann und von Isabelles Bemühungen, die Bedeutung des Amuletts zu ergründen. Und sie berichteten von Roses Kämpfen gegen die Caddingtons, denen jedes Mittel recht schien, um die Macht im Land an sich zu reißen.

»Mein Vater hat mich mit Lord Brian verheiratet, weil es keine andere Überlebensmöglichkeit für unser Cheshire gab«, erklärte Isabelle. »Lord Brian hat ihm eine ausreichende Versorgung unserer Bevölkerung versprochen, aber seit ich am Hofe von York lebe, weiß ich, dass dies alles Lug und Trug war. Die Caddingtons sorgen ausschließlich für die Männer, die für sie in den Krieg ziehen. Die Bauern jedoch bekommen so wenig, dass sie nicht einmal das Gesinde, ihre Knechte und Mägde, entlohnen können. Es sind unhaltbare Zustände.«

»Wenn es Lord Brian gelingt, noch mehr Macht an sich zu reißen, ist das der Untergang Englands«, ergänzte Rose. »Erst kürzlich hat er einen Anschlag auf den König veranlasst. Nur durch einen Zufall habe ich davon erfahren und ihn im letzten Moment verhindern können.«

Isabelle berichtete, wie ihr Gatte sie eines Tages mit der Nachricht überrascht hatte, dass er wisse, wo die Insel Cyane liege, und dass er eine Gefangene bei sich habe, von der er mehr über das Amulett und das zugehörige Buch zu erfahren hoffte. »Die arme Miara hat mit ansehen müssen, wie ihre eigene Mutter getötet wurde. Ihr müsst euch gut um sie kümmern – sie braucht jetzt eure Unterstützung.«

»Die hat sie«, versicherte Armaria. »Wir tun, was wir können, und bei Goda ist sie gut aufgehoben.«

Cilene runzelte die Stirn, als Isabelle wenig später schilderte, wie sie ihrem Schwiegervater das Amulett entwendet hatte. »Du hast das Amulett in den Händen gehalten?«

»Nicht sehr lange. Ich wurde ohnmächtig, und als ich wieder aufwachte, war ich an einen Baum gefesselt.«

»Das muss gewesen sein, als du die dritte Vision hattest«, sagte Armaria zu Cilene. »Ich erinnere mich an diesen Tag.«

»Ich habe ihren Schwindelanfall gespürt«, nickte die Schamanin. »Noch in derselben Nacht habe ich ihr einen Schutzspruch geschickt.«

Armaria legte Isabelle die Hand auf die Schulter. »Du hast großes Glück gehabt. Ohne Cilenes Schutzspruch hättest du sterben können.«

»Sterben? Aber mein Schwiegervater hat das Amulett die ganze Zeit mit sich herumgetragen, und ihm ist nichts geschehen.«

Auf einen Blick von Armaria hin zog Cilene einen schmalen Armreif aus der Tasche. Er war durchsetzt mit blaugrünen Edelsteinen, die Isabelle an die Farben der Irischen See erinnerten. »Der hier ist für dich, Isabelle. Du wirst den Armreif bis zum Ende deiner Tage tragen.«

»Für mich?« Isabelle starrte ungläubig auf das Schmuckstück.

Genau so einen Armreif hatte ihre Mutter Zeit ihres Lebens getragen. »Was hat es damit auf sich?«

»Du bist eine Auserwählte, Isabelle. Es wird noch eine Weile dauern, bis du wirklich verstehst, was das heißt. Du bist eine Schamanin, und der Armreif zeichnet dich als solche aus. Die Steine auf ihm nennen wir Amazoniten. Es sind Heilsteine, die wir oben in den Bergen finden. Sie halten das Böse fern.« Cilene überreichte Isabelle den Armreif. »Nur eine Schamanin ist in der Lage, die Zeichen auf dem Amulett zu lesen. Doch wenn sie jünger als zwanzig Jahre alt ist, wendet sich der Zauber gegen sie, weil sie innerlich noch nicht bereit ist.«

»Wofür bereit?«

»Bereit für die Magie.«

»Du meinst, ich könnte Zauber sprechen?« Isabelle sah unschlüssig auf den Armreif in ihrer Hand. Sollte sie ihn anlegen? War sie bereit? »Ich hatte eine schreckliche Nacht vor meinem Geburtstag«, lenkte sie die Unterhaltung zum ursprünglichen Thema zurück. »Und als ich aufwachte, wusste ich plötzlich, was die Schrift auf dem Amulett bedeutete. Und auf einmal konnte ich Miara verstehen.«

»Und dann hat sie meinem Herrn mit den Füßen eine Portolankarte in den Sand gezeichnet«, ergänzte Michael. »Lord Brian hat nicht einmal Verdacht geschöpft, als sie am Hafen auf und ab schritt.«

»Es ist sehr mutig, dass du dich mit deinem Herrn auf diese Reise begeben hast«, sagte Armaria anerkennend. »Nicht jeder Knappe würde sein Leben für seinen Herrn riskieren.«

»Ich folge meinem Herrn überall hin«, sagte Michael ernst. »Und wir hatten eine Mission. Wir mussten Lady Isabelle retten.«

»Dem Knappen liegt sehr viel an dir, Isabelle«, lächelte Armaria. »Kein Wunder. Du hast bestimmt eine ganze Reihe von Verehrern in deiner Heimat«, fügte sie in ihrer Sprache hinzu und zwinkerte Isabelle zu. Ehe diese etwas erwidern konnte, wechselte sie wieder ins Angelsächsische. »Und so seid auch Ihr auf die Insel gelangt?«, wandte sie sich wieder an Rose. »War Euch bekannt, dass der Earl und sein Sohn eine zweihundert Mann starke Armee mit sich führen?«

»Ich hatte es befürchtet. Mir war klar, dass sie versuchen würden, Eure Insel zu erobern.«

»Was ratet Ihr uns? Ihr seid uns an Erfahrung in der Kriegsführung weit überlegen.«

»Wie gut können Eure Stammesschwestern kämpfen? Sind sie es gewohnt, eine Waffe zu führen?«

Armaria schüttelte den Kopf. »Nur bei der Jagd. Einige unserer Schwestern sind hervorragende Bogenschützinnen, aber wir haben keine Erfahrung, wie man sich in einer Schlacht verhält. Zwar haben unsere Vorfahren uns ihr Wissen über die Kriegskunst vermittelt, doch wir leben seit Generationen friedlich auf Cyane. Bisher ist dieses Wissen nie zur Anwendung gekommen.«

»Das wird nicht genügen. Im Kampf gilt es, innere Hemmnisse zu überwinden, und es reicht nicht, sich nur in Gedanken darauf vorzubereiten. Ebenso erfordert es Erfahrung, die Schritte des Feindes im Voraus zu erahnen.«

»Was schlagt Ihr vor, Sir? Wie sollen wir es mit den Caddingtons aufnehmen?«

»Ihr kennt die Insel, ich kenne die Caddingtons. Das sollte uns zum Vorteil gereichen.« Rose bat um eine Wachstafel und skizzierte das Dorf der Amazonen. »Wir brauchen einen guten Plan, und eure Schwestern müssen sich im Kampf üben. Für Letzteres werde ich noch heute Vormittag sorgen. Gibt es hier irgendwo ein weites, flaches Gelände?«

»Oben in den Bergen gibt es ein breites Hochplateau, das wir den Bauch des Bären nennen. Es ist groß genug, um Kampftechniken zu üben, falls Ihr das meint.«

»Genau das meine ich.« Rose war bereits dabei, Brians mutmaßliche Schlachtaufstellung auf die Wachstafel zu zeichnen. »Sie werden nicht vor heute Abend angreifen. Lord Brian muss einen Schlachtplan ausarbeiten und seine Männer einweisen. Das wird uns Zeit geben, einen eigenen Plan zu fassen und Eure Schwestern darauf vorzubereiten. Gibt es eine Karte von der Insel?«

»Natürlich.« Armaria zog eine zusammengerollte Karte unter einem Stapel Schriftrollen hervor. Sorgsam breitete sie das Pergamentstück auf dem Tisch aus. »Wo befinden sich die Caddingtons jetzt?«

»Etwa zehn Meilen von Eurem Dorf entfernt.« Rose zeigte mit ihrem Finger auf das Waldstück nördlich von der Talsohle. »Wenn sie uns angreifen, müssen sie durch den Wald kommen. Lord Brian wird versuchen, das Dorf niederzubrennen. Deswegen müsst ihr es vollständig räumen.«

»Aber wo sollen wir hin?«

»Wir werden uns oben in den Bergen verschanzen. Von dort haben wir den besten Überblick.«

»Warum könnt Ihr Lord Caddington nicht einfach erklären, wo das Buch versteckt ist?«, fragte Michael. »Ihr habt doch gesagt, dass nur eine Schamanin die Zeichen auf dem Amulett lesen kann.«

»Das ist richtig«, bestätigte Cilene. »Aber man muss die Zeichen nicht lesen können, damit es einem nützlich ist. Um das Buch auszugraben, ohne daran zu verbrennen, muss man das Amulett mit der linken Hand umfassen und es auf sein Herz legen. Dazu sagt man eine bestimmte Formel und öffnet währenddessen die Truhe. Auch wenn man das Buch herausnimmt und aufschlägt, muss das Amulett noch auf dem Herzen ruhen. Wem es gelingt, es zu öffnen, den erkennt das Buch als seinen Besitzer an.«

»Wir wissen nicht, wie viel Brian weiß«, gab Isabelle zu bedenken. »Uns ist nicht bekannt, wie viele Informationen er von

Miaras Mutter bekommen hat. Allerdings habe ich noch nicht wirklich verstanden, warum es so gefährlich ist, wenn er das Buch in seinen Besitz bringt«, wandte sie sich an Cilene. »Selbst wenn er es öffnen könnte, ohne daran zu verbrennen – wie kann er dessen Macht nutzen, wenn er doch kein Schamane ist?«

»Vor vielen hundert Jahren segelte der großer Magier Balthazar nach Cyane. Als er unsere Insel erreichte, wusste er, dass er bald sterben würde und dass seine jahrelange Suche nach einem Nachfolger gescheitert war. Es kam nämlich nur jemand in Frage, der dem Guten wie dem Bösen in all seiner Macht ins Antlitz zu schauen vermochte, ohne daran zugrunde zu gehen. Doch solch einen Magier hatte Balthazar nicht finden können.«

»Dem Guten und dem Bösen in all seiner Macht ins Antlitz schauen?« Michael kratzte sich am Kopf. »Was soll das bedeuten?«

»Es geht nicht darum, was mir in anderen Menschen begegnet«, erklärte Cilene. »Jemand anderem standzuhalten, der vom Bösen geleitet ist, hilft nicht immer weiter. Es geht auch darum, was mir in mir selbst begegnet. In jedem Menschen ist sowohl Gutes als auch Böses angelegt. Wer mit magischen Kräften zu tun hat, muss sich mit beidem auseinandersetzen.«

»Was genau ist denn das Gute und das Böse?«

Michael fing sich einen rügenden Blick seines Herrn ein, aber Cilene lächelte nachsichtig. »Stelle nur deine Fragen, Michael«, sagte sie. »Wir haben nicht die Zeit, in aller Ausführlichkeit darüber zu sprechen, aber ich kann es dir kurz erläutern. Oder aber«, korrigierte sie sich lächelnd, »unsere junge Schamanin erklärt es dir.«

Isabelle hatte gedankenverloren mit dem Armreif in ihren Händen gespielt und sah erschrocken auf, als Cilene die Aufmerksamkeit auf sie lenkte. Schuldbewusst ließ sie das Schmuckstück in ihren Schoß sinken und versuchte sich zu konzentrieren. »Das größte Gut, das wir haben, ist die Liebe«, sagte sie nachdenklich. »Aus Liebe erwächst Mitgefühl für die Welt und für alles, was lebt. Daraus wiederum entsteht Demut. Alle drei Dinge braucht man, um sich mit heilenden Kräften zu verbinden. Diese heilenden Kräfte, die auch Weiße Magie genannt werden, unterstützen uns dabei, das Leid in der Welt zu lindern und anderen Menschen zu helfen. Die größte Wurzel des Bösen wiederum ist die Angst. Die Angst an sich ist weder gut noch böse, aber sie kann dazu führen, dass uns das Mitgefühl und damit auch die Liebe verlorengehen. Sie kann bewirken, dass wir Macht über andere ausüben wollen, damit sie keine Macht über uns erlangen. Wir beginnen uns selbst zu wichtig zu nehmen. Dann wollen wir andere beherrschen und besitzen und manchmal sogar zerstören. Wenn sich Angst mit Hass und Hochmut verbindet, dann entstehen zerstörerische Kräfte, die sich Schwarze Magier zunutze machen.«

»Magische Kräfte an sich sind weder gut noch böse«, ergänzte Cilene. »Aber man kann sie für die Heilung oder für die Zerstörung einsetzen. Es hängt von den Beweggründen desjenigen ab, der sie nutzt. Viele Menschen glauben, dass es ausreicht, das Gute in sich zu entwickeln, um dem Bösen zu begegnen. In den meisten Fällen stimmt das auch, aber das gilt nicht in der Magie. Hier ist alles mit allem verbunden, und dadurch sind starke und oft unberechenbare Kräfte am Werk. Wer nur die Weiße Magie kennt, kann die Schwarze nicht wirklich verstehen. Und was man nicht versteht, kann man nicht erfolgreich bekämpfen.«

»Ich glaube das nicht.« Isabelle schüttelte den Kopf. »Balthazar mag ein großer Magier gewesen sein, aber er hat zu wenig auf das Gute im Menschen vertraut. Wenn ich genug Liebe in mir habe, dann hat das Böse keine Chance. Die Liebe ist die größte Macht.«

Cilene lächelte. »Du wirst eine sehr gute Schamanin werden, Isabelle. Aber du musst lernen, deine Leidenschaft zu zügeln. Was sagt Ihr denn dazu, Sir Ross?«, fragte sie unvermittelt.

»Ich …« Rose räusperte sich. »Ich halte Balthazars Philosophie für richtig. Es ist wie bei einem Zweikampf. Man sagt mir nach, dass ich ein guter Krieger sei, aber es gibt viele, die mir in ihrem Können ebenbürtig sind. Was mir dann hilft, ist weder meine Geschicklichkeit noch mein Selbstvertrauen, sondern meine Fähigkeit, die Schritte meines Gegners vorauszuahnen. Dazu muss ich mich in ihn hineinversetzen können – seine dunkelsten Gedanken kennen.«

»Ein sehr treffendes Beispiel.« Cilene klatschte in die Hände. »Genau so hat es Balthazar gemeint. Das Gute ist sehr stark, aber wir dürfen das Böse nicht unterschätzen.«

Isabelle warf einen Seitenblick auf Rose, die sich wieder ihrer Wachstafel zuwandte. Wenn die Ritterin auch nur einen Funken magischer Begabung in sich hätte, wäre sie vielleicht die Antwort auf Balthazars Suche. »Aber Ihr fürchtet das Böse«, murmelte sie, mehr zu sich selbst als zu Rose. »Nicht in anderen, aber in Euch.«

Rose sah von ihrer Wachstafel auf. »Und Ihr nicht?«

»Weder in mir noch in anderen.«

»Weil Ihr das Böse nicht kennt.«

»Das ist nicht der Grund, und das wisst Ihr auch«, widersprach Isabelle heftig.

Rose hob an, etwas zu erwidern, besann sich dann aber eines Besseren. »Was hat der alte Meister auf Eurer Insel gewollt?«, wandte sie sich stattdessen an Cilene. »Hat er einen Handel mit Euch geschlossen?«

»Im Laufe seines Lebens hat Balthazar das gesamte über Jahrtausende entstandene Wissen über Magie gesammelt und in einem Buch niedergeschrieben. Es war gedacht für seinen Nachfolger, aber solange der nicht gefunden war, musste das Buch vor der Menschheit verborgen werden.«

»Deswegen hat Balthazar mit uns eine Abmachung getroffen«, fuhr Armaria anstelle von Cilene fort. »Er hat dafür gesorgt, dass unser Volk niemals Not leiden muss. Im Gegenzug gab er uns den

Auftrag, sein Buch vor den Menschen zu schützen, und zwar solange, bis eine Person gefunden wäre, die Balthazars Bedingungen erfüllt. Dafür war es auf der einen Seite notwendig, die Menschheit glauben zu machen, dass diese Insel nicht wirklich existiert. Und auf der anderen Seite brauchte unser Volk Beobachterinnen auf dem Festland, denen die Aufgabe zukam, herauszufinden, ob es irgendwo einen Menschen gab, der sowohl ausgezeichnete magische Fähigkeiten besaß als auch innerlich vollkommen im Gleichgewicht war. Da diese Beobachterinnen selbst gewisse magische Fähigkeiten besitzen mussten, lag es auf der Hand, unsere Schamaninnen mit dieser Aufgabe zu betrauen. Deswegen haben wir nur eine Schamanin hier auf der Insel. Die anderen halten sich unerkannt auf dem Festland auf, es sei denn, ihre Kräfte werden entdeckt und sie müssen fliehen. Dann kommen sie zurück nach Cyane. Doch das kommt selten vor, denn unsere Schwestern sind sehr vorsichtig.«

»Deine Mutter war eine dieser Schamaninnen«, sagte Cilene zu Isabelle. »Und auch Miaras Mutter.«

»Wieso wuchs Miara dann hier auf der Insel auf und ich in Cheshire?«

»Die meisten Schamaninnen, die auf dem irischen Festland leben, kommen von Zeit zu Zeit nach Cyane. Nicht nur um Bericht zu erstatten, sondern auch um ihre Stammesschwestern zu treffen. Deine Mutter konnte das nicht tun, weil sie deinen Vater geheiratet hat und ihm nach Chester gefolgt ist. Sie hat uns ihre Berichte über eine Freundin zukommen lassen, für die es leichter war, ihrem Gatten ihr langes Fortbleiben zu erklären.«

»Eine Freundin meiner Mutter?«

»Ihr Name war Maeve.«

»Maeve Wilson? Tante Maeve war auch eine Schamanin?« Isabelle schlug sich an die Stirn. Wieso war ihr nie etwas aufgefallen? Die quirlige alte Dame war eine enge Freundin ihrer Mutter gewesen und hatte Isabelle nach deren Tod sehr beigestanden.

Im Jahr zuvor hatte Isabelle mit großer Bestürzung erfahren, dass ihre Tante Maeve nach einer schweren Wundvergiftung verschieden war.

»Sie war eine unserer Besten«, sagte Cilene bekümmert. »Schon wenige Jahre nach deiner Geburt bist du ihr in ihren Träumen erschienen – lange bevor es mir selbst geschah.«

»Wie viele Schamaninnen gibt es insgesamt?« Rose legte die Wachstafel zur Seite. »Cilene lebt hier auf Cyane, aber was ist mit den anderen?«

»Insgesamt gibt es dreizehn«, erklärte Armaria. »Ab und zu stranden hier einzelne Seeleute, die dann, so will es Balthazars Gesetz, die Insel nicht mehr verlassen können. Viele von ihnen wurden die Väter unserer Kinder. Aber es gibt noch einen anderen Weg: In der Regel vermählen sich unsere Schamaninnen auf dem Festland und führen dort ein scheinbar normales Leben. Ihre erstgeborene Tochter erbt ihre schamanischen Fähigkeiten und wird ab ihrem einundzwanzigsten Lebensjahr von ihrer Mutter in ihre Aufgabe eingeführt. Falls noch weitere Töchter geboren werden, bringt unsere Schwester die Zweitgeborene zu uns auf die Insel. Wir geben ihr hier ein Zuhause und ziehen sie auf. Auf dem Festland werden diese Fälle meist als plötzlicher Kindstod behandelt.«

»Also ist Miara die zweitgeborene Tochter einer irischen Schamanin?«

»Genau so ist es. Auch die Zweitgeborenen haben die Anlage zu schamanischen Fähigkeiten, aber sie sind nur rudimentär entwickelt. Nur in Ausnahmefällen, wenn eine unserer Schamaninnen frühzeitig verstirbt, werden ihre Kräfte geschult.«

»Was geschieht, wenn eine eurer Schwestern auf der Insel einen Jungen gebiert?«, erkundigte sich Rose.

»Eine Schamanin bringt das Neugeborene auf das Festland und sorgt für eine Familie, in der es aufwachsen kann. Es gibt genug Frauen, die keine Kinder gebären können oder wollen. Viele

Ehemänner wünschen sich einen Stammhalter, aber wenn die Frauen bereits ein oder mehrere Mädchen haben, wollen sie die Gefahren einer Geburt oft nicht noch einmal eingehen.«

»Wissen die Ehemänner von diesem Handel?«

»In der Regel nicht. Selbstverständlich wird alles streng geheim gehalten. Vielen Männern ist nun einmal ein Sohn wichtiger als das Leben ihrer Gattin.«

»Es gibt also dreizehn Schamaninnen«, sagte Rose nachdenklich. »Aber nur ein Amulett? Wieso hatte dann ausgerechnet Lady Eleanor das Amulett?«

»Das Amulett wird seit vielen Generationen weitervererbt von Mutter zu Tochter. Wir wissen nicht, warum Balthazar damals ausgerechnet eine Ahnin Eleanors als Hüterin des Amuletts auswählte, aber er wird seine Gründe gehabt haben.«

»Wieso können die Schamaninnen so häufig zur Insel und wieder zurück segeln, wo wir diese Reise nur knapp überlebt haben?«, fragte Michael misstrauisch.

»Die gefährliche Strömung vor der Insel und auch die verborgenen Riffe, die ihr unterwegs angetroffen habt, sind Balthazars Werk«, erklärte Cilene. »Cyane ist nicht nur sehr schwierig zu erreichen, es ist darüber hinaus ausgeschlossen, die Insel wieder zu verlassen. Jeder Seemann, der es bisher versucht hat, ist in den Fluten der Irischen See ertrunken. Es braucht jedoch nur einen kurzen schamanischen Spruch, um das Meer lammfromm werden zu lassen.«

»Den Spruch hätte ich gern gekannt«, seufzte Michael. Auf einmal weiteten sich seine Augen. »Heißt das, dass auch wir diese Insel nie wieder verlassen werden?«

»Das wird sich in den nächsten Tagen entscheiden.« Armaria winkte ihre Dienerin heran. »Sorge dafür, dass sich alle Schwestern zum Dorfplatz begeben. Ich werde dort eine Ansprache halten. Diejenigen, die in der Lage sind zu kämpfen, finden sich anschließend auf dem Bauch des Bären ein.«

»Sehr wohl, meine Königin.«

Armaria faltete die Karte zusammen. »Falls ihr Cyane jemals verlassen solltet, werdet ihr einen Eid schwören, nichts von dem weiterzugeben, was ihr hier erfahren habt. Auf den Bruch des Eids steht der Tod, so hat es Balthazar verfügt.«

»Es ist von großer Wichtigkeit, dass du noch etwas weißt, meine Liebe.« Cilene stand auf und ging zu Isabelle hinüber. »Balthazar hat unseren Vorfahren aufgetragen, die Suche nach einem Nachfolger nach vierhundert Jahren einzustellen. Je länger das Buch unter der Erde liegt, desto mehr Kräfte bündeln sich in ihm, und es wird immer schwieriger, sie zu beherrschen. Diese Frist ist jetzt verstrichen, und unsere Aufgabe hat sich deswegen geändert. Es ist besser, das Buch zu vernichten, damit es keinen Schaden mehr anrichten kann. Doch das ist nicht einfach, denn dem Buch wohnt eine unermessliche Verführungskraft inne, die von Jahr zu Jahr steigt. Sobald man es in den Händen hält, heißt es, verspüre man einen unbändigen Drang, sich mit der Magie zu verbinden und dadurch gottgleiche Macht zu besitzen. Niemand könne dieser Versuchung widerstehen, nicht einmal eine Schamanin.« Sie nahm den Armreif aus Isabelles Schoß und streifte ihn über Isabelles Handgelenk. »Und doch erzählten uns unsere Schamaninnen vor vielen Jahrzehnten, dass unsere Schwester Eleanor eine Tochter gebären würde, die dazu in der Lage wäre.«

Am späten Vormittag versammelten sich alle Bewohnerinnen auf dem Dorfplatz. In einer kurzen Ansprache klärte Armaria sie über die Situation auf und ordnete an, dass alle das Dorf verlassen und sich in den Bergen verschanzen sollten. Sie forderte ihre Stammesschwestern auf, ihre wichtigsten Habseligkeiten mitzunehmen und nur die Tiere zurückzulassen. Um deren Sicherheit würde sich eine Gruppe älterer Mädchen kümmern.

Während die Kinder und Alten sich gleich in die Berge aufmachten, fanden sich die kampffähigen Amazonen auf dem Bauch des Bären ein. Rose hatte ausdrücklich verlangt, dass auch Isabelle sich den Übenden anschloss, doch Cilene hielt es für klüger, sie zuerst in die Gesetze des Schamanismus einzuweihen. So würde sie sich später zu den übenden Amazonen gesellen.

»Wir brauchen zunächst die Bogenschützinnen«, informierte Rose die Königin. »Nachher werden wir auch noch Übungen mit dem Speer durchführen, aber damit sollten wir uns nicht zu lange aufhalten, denn ich fürchte, dass Eure Kriegerinnen Caddingtons Männern im Zweikampf weit unterlegen sind. Lord Brians Leute haben Schwerter und Doppeläxte, viele von ihnen tragen Rüstungen. Dagegen können Eure Schwestern mit ihren Speeren wenig ausrichten. Unser Überleben wird von den Bogenschützinnen abhängen.«

»Wir werden Euch nicht enttäuschen, Sir«, versicherte Armaria. »Jede hier ist bereit, ihr Leben für ihre Schwestern zu geben.« Sie rief einen Befehl, der das Gemurmel auf dem Platz umgehend zum Verstummen brachte. »Sir Ross wird nun beginnen! Wer einen Bogen hat, begibt sich in die ersten Reihen. Die Speere stellen sich dahinter auf.«

Während die Amazonen sich formierten, malte Rose mit einem Stock parallele Linien in den Sand. »Übersetzt bitte jedes Wort, das ich sage«, bat sie Armaria, bevor sie sich an die Amazonen wandte: »Wir werden in Kürze mit den Schießübungen beginnen, doch zunächst gilt es, die Aufgaben jeder Einzelnen festzulegen. Lord Brian greift grundsätzlich über die Flügel an. Dort hat er seine stärksten Krieger. Lasst euch also nicht verführen, zu viele Pfeile auf die Mitte zu verschwenden, sondern richtet eure Aufmerksamkeit auf die Flanken. Hier und hier.« Sie zeigte mit ihrem Stock auf die äußeren Enden der Linien. »Wir benötigen außerdem etwa dreißig Schützinnen, die sich ausschließlich um die beiden Caddingtons, ihren Feldmarschall und ihren General kümmern. Die vier Männer werden sich in der Mitte der ersten beiden Reihen aufhalten, um ihre Befehle erteilen zu können.«

Auf ein Zeichen von Rose rief Armaria laut die Namen der Schützinnen auf, die mit dieser Aufgabe betraut werden sollten. Als dies geschehen war, zeichnete Rose mit ihrem Stock die verschiedenen Stellungen auf. »Lord Brians Position im Heer wird etwa hier sein. Sein Vater und sein Feldmarschall Sir Robert Murcher werden schräg hinter ihm sein. Ritter Murcher ist einer von Brians gefürchtetsten Kriegsführern und wird seine besten Soldaten nicht in den vorderen, sondern in den mittleren Reihen aufstellen. Zwar muss er auf Cyane ohne Pferde auskommen, doch ich bezweifle, dass er deswegen sein Vorgehen ändert. Er opfert die ersten Reihen, um dann in einem zweiten Zug den Gegner zu überwältigen. Zielt also vielfach in die mittleren, nicht nur in die vorderen Reihen. Das gilt nicht nur für alle Bogenschützinnen, sondern auch für unsere Speere.«

Gemeinsam mit Armaria legte Rose die Positionen und Aufgaben der einzelnen Kriegerinnen fest und beantwortete Fragen zu dem geplanten Vorgehen. Erst als sie beide den Eindruck hatten, dass jede Amazone ihren jeweiligen Auftrag verstanden hatte, forderte Armaria die Bogenschützinnen auf, sich in zehn Reihen aufzustellen. Schon vor Beginn des Treffens hatten Rose und Michael alte Kleidungsstücke an den Stämmen einiger Kastanien befestigt, so dass es von weitem aussah, als stünden Menschen vor den Bäumen.

Rose griff nach ihrem Bogen. »Wie ich höre, seid ihr ausgezeichnete Schützinnen. Das ist gut, denn eure Treffsicherheit wird über die Schlacht entscheiden. Keine Waffe kann ein Kettenhemd besser durchdringen als eine Armbrust oder ein Bogen. Allerdings hat ein Treffer nicht überall dieselbe Wirkung. Seht ihr die roten Flecken, die wir auf die Kleidung gemalt haben? Diese roten Kreise markieren die empfindlichen Bereiche in Rüstungen und Kettenhemden. Auf sie müsst ihr zielen. Mit allen anderen Schüssen vergeudet ihr eure Pfeile.«

Eine gespannte Aufmerksamkeit herrschte auf dem Gelände, als Rose sich mit einem Bein ins Gras kniete und dabei ihren Bogen ansetzte. Kein Laut war zu hören, als die Ritterin den Bogen spannte, ohne ihr Ziel auch nur einen Moment aus den Augen zu lassen. Bis plötzlich ein Surren die Stille durchbrach, und der Pfeil auf eines der Hemden an den Baumstämmen zuschoss. Er bohrte sich mitten in den roten Kreis auf der rechten Schulter.

Die Amazonen klatschten begeistert in die Hände und begaben sich sofort in ihre Positionen. Auch die hinteren Reihen begannen ihre Bögen anzusetzen.

»Befehlt Euren Schwestern, nichts zu tun, ohne dass ich sie dazu auffordere«, wandte sich Rose an Armaria. »Wenn sie später nicht genau auf die Anordnungen hören, gibt es ein gefährliches Durcheinander.«

Armaria ermahnte ihre Schwestern, die Schützinnen vorn als Erste schießen zu lassen. Zu Roses Zufriedenheit gehorchten sie sofort. »Wenn jede von euch zehn Schuss abgegeben hat, werden wir aus weiterer Entfernung üben«, verkündete sie. »Zum Schluss werden wir auf bewegliche Ziele schießen. Das dürfte euch nicht schwerfallen, da ihr es von der Jagd gewohnt seid.«

Bis zum frühen Nachmittag übte Rose mit den Amazonen das Bogenschießen. Deren anfängliche Begeisterung verflog schnell, als sie feststellten, dass die Sache längst nicht so einfach war, wie sie ausgesehen hatte. Aber alle behielten die Geduld und erwiesen sich als geschickt und lernbegierig. Am Ende ihrer Übung wanderten sie gemeinsam zu den Felsen, zwischen denen sich die Amazonen aufhalten würden, wenn die Armee das Dorf überfiel, und Rose gönnte den erschöpften Schützinnen eine Pause. Sie würden ihre Kraft für den Ernstfall brauchen, und sie selbst wollte die Gelegenheit nutzen, um weitere Vorkehrungen zu treffen.

Unterdessen grübelte Isabelle in Cilenes Hütte über schamanischen Formeln. »Von Pflanzen verstehst du eine ganze Menge«, sagte Cilene beeindruckt. »Tatsächlich habe ich noch nie jemanden kennengelernt, die in der Kräuterkunde so bewandert ist wie du.«

Isabelle freute sich über das Lob der Schamanin. »Mein Vater hat mir erlaubt, die Heilkunst verschiedener Kulturen zu studieren. Außerdem bin ich lange Zeit bei einem Mönch in die Lehre gegangen, den mein Vater an unseren Hof geholt hatte. Er kam aus dem Heiligen Römischen Reich und hat sein Wissen bei einer großen Meisterin erworben.«

»Hildegard von Bingen?«

»Du kanntest sie?«

»Unsere Schamaninnen haben immer wieder von ihr berichtet. Sie muss eine außerordentliche Heilerin gewesen sein.«

»Leider ist sie bereits vor meiner Geburt verstorben. Ich hätte viel darum gegeben, sie kennenzulernen.«

»Ihr hättet euch bestimmt blendend verstanden.« Cilene reichte Isabelle einen Becher Tee. »Du solltest mehr trinken, meine Liebe. Das ist wichtig für den Energiefluss.« Sie saßen beide auf dem Fußboden, umgeben von verschiedenen Schriftrollen und Büchern, die Cilene aus dem Regal geholt hatte. »Wir werden heute nur ein paar grundlegende Dinge besprechen können«, sagte sie, während sie das Material sichtete. Kira lag in gebührendem Abstand auf einem Schaffell und schaute den beiden Frauen bei den Vorbereitungen zu. Die Wölfin war bereits wieder in einem erstaunlich guten Zustand, gemessen an der Tatsache, dass Rose sie in der vorangegangenen Nacht fast getötet hatte.

»Wofür ist das?« Isabelle fischte nach einem Buch, auf dem der Titel *Bannsprüche* stand.

»Unsere Schamaninnen wenden nicht nur Heilkräuter an, sondern auch eine Menge anderer Methoden, um Menschen zu helfen«, erklärte Cilene. »Aber vergiss niemals, dass die Künste, die in unserem Volk hoch geachtet werden, in deiner Heimat als

Ketzerei und Hexenwerk gelten. Deshalb wende deine Kräfte nur im Geheimen an.« Sie sah Isabelle tief in die Augen, um sich zu vergewissern, dass diese sie verstanden hatte. »Und noch etwas solltest du wissen: Alles, was du aussendest, kehrt dreifach zu dir zurück. Also sei sorgsam mit dem, was du aussendest.«

»Was könnte ich denn aussenden?«

»Zunächst einmal kannst du Schutz- und Bannsprüche aussenden, wenn jemand gefährdet ist oder gar bedroht wird. Das kann eine materielle Bedrohung sein, zum Beispiel wenn eine Person einen Anschlag auf eine andere plant. Oder es kann eine immaterielle Bedrohung sein, wenn jemand einem anderen Menschen durch einen Fluch Schaden zufügen will. Die richtige Formel hängt von der Natur der Bedrohung und von der Situation ab. Ich zeige dir ein Beispiel.« Cilene nahm das Buch aus Isabelles Schoß und blätterte darin. »Vielleicht dieser hier. Das ist ein Bannspruch gegen einen Menschen, der einem anderen Schlechtes wünscht.«

Isabelle las die Zeilen aufmerksam durch. Der Spruch begann mit den Worten:

Wehe, wehe, Fluch vergehe!
Wehe, wehe, drehe dich und gehe!
Wehe, wehe, aus meiner Nähe!
Wehe, wehe, Fluch geh dahin!
Wehe, wehe, aus meinem Sinn!

Im Anschluss folgten weitere Beschwörungen, die sich allesamt reimten. Isabelle sprach den Bannspruch leise vor sich hin. »Warum muss ich so häufig *wehe* sagen?«

»Aus deinem Munde gesprochen wird das Wort zu einer Drohung mit magischer Wirkung. Sie hat die Kraft, Ungewolltes abzuwenden. Die Reimform ist notwendig, um die Energie zu verdichten.«

»Solch ein Spruch kann wirklich helfen, etwas Schlechtes abzuwenden?«

»Nicht so ungeduldig.« Cilene holte einen Beutel aus ihrem Regal und legte ihn vor Isabelle auf den Boden. »Dies hier ist meine kleine Apotheke. Ich habe gesehen, dass du einen ähnlichen Beutel bei dir trägst, aber du wirst ihn vermutlich noch um einige Dinge erweitern müssen. Du brauchst nicht nur Kräuter, sondern auch einige andere Utensilien, denn während man einen Bannspruch aufsagt, muss man ein bestimmtes Ritual durchführen. In diesem Falle musst du drei Kerzen anzünden, die du im Dreieck aufstellst. Sie stehen für die Seele, den Körper und für den Geist. Um jede Kerze legst du einen Kranz aus Wacholder. Dann beträufelst du alles mit Patschuliöl und setzt dich in das Dreieck hinein. Eine Schamanin hat immer Wacholder, Patschuli und Salbei bei sich. Die sind unverzichtbar, denn sie helfen gegen schlechte Energien. Und zum Aufbau positiver Energien solltest du stets Beifuß und Odermennig in deiner Apotheke haben.«

»Die habe ich sowieso immer bei mir.« Isabelle griff nun ebenfalls nach ihrem Beutel und breitete seinen Inhalt vor Cilene aus. »Das sind die Dinge, die ich immer bei mir trage.«

Cilene betrachtete eingehend die sorgfältig beschrifteten Säckchen. »Das sieht schon sehr gut aus, Isabelle. Du wirst nicht viel mehr brauchen. Für den Anfang kannst du die fehlenden Dinge meiner Apotheke entnehmen. Ich zeige sie dir später.« Sie wendete ihre Aufmerksamkeit wieder dem Buch zu. »Nachdem du dich also in das Dreieck gesetzt hast, baust du einen magischen Schutzwall auf. Es gibt viele Möglichkeiten, solch einen Wall zu errichten. Auf Cyane verwenden wir meist einen Bogen mit drei Pfeilen als Schutzsymbol, aber es gibt auch andere. Diesen Schutz brauchst du unbedingt, sonst trifft die böse Energie nicht die Person, der du helfen willst, sondern dich.«

»Ich wusste nicht, dass ich mich als Schamanin selbst in Gefahr begebe.«

»Das tust du immer, wenn du dich negativen Energien stellst. In diesem Fall ziehst du zusätzlich mit der Hand einen Kreis aus Salz um dich herum, während du den Spruch laut aufsagst. Jeder Spruch muss grundsätzlich dreimal gesagt werden, und es ist wichtig, dass du dabei vollkommen bei der Sache bist. Keinerlei Gedanken oder Gefühle dürfen dich ablenken. Sobald es irgendetwas anderes gibt, was dich innerlich beschäftigt, lass die Finger von der Magie und warte auf einen besseren Zeitpunkt.« Cilene hielt inne, als sie Isabelles Zögern bemerkte. »Gibt es etwas, das dich ablenken könnte? Dann sollten wir darüber reden, bevor wir mit den Bannsprüchen fortfahren.«

Isabelle biss sich auf die Lippe. »Vielleicht«, sagte sie vorsichtig.

»Der Ritter spukt dir im Kopf herum, habe ich recht?« Cilene lachte, als Isabelle sie erstaunt ansah. »Keine schamanische Technik, einfach nur Augen im Kopf.« Sie tätschelte Isabelles Hand. »Wieso gibt sich deine Freundin als Mann aus?«

Allein der Gedanke daran verursachte einen dicken Knoten in Isabelles Magen. »Sie ist Lord Caddingtons Tochter.«

»Das da draußen ist Rose Caddington?« Cilene pfiff durch ihre Zahnlücke. »Unsere Botinnen sagten, sie wäre verstorben, nachdem ihr Vater sie verstoßen hatte.«

»Ihr Vater hat sie nicht verstoßen – sie hat sich von ihm abgewendet, weil sie seine Machenschaften nicht mehr ertrug.«

»Unsere Botinnen hielten das für ein unbestätigtes Gerücht.« Cilene runzelte nachdenklich die Stirn. »Wieso lebt sie nicht unter ihrem richtigen Namen?«

»Sie benötigte Verbündete und Streitkräfte, um ihren Vater und andere Aufständische zu bekämpfen. Deswegen gibt sie sich als Ritter aus.« Isabelle kämpfte mit den Tränen. Allein über Rose zu sprechen, ließ ihr das Herz schwer werden. »Niemand würde eine Frau unter der Rüstung vermuten. Sie ist sehr gut in dem, was sie tut. Sie ist sogar besser als jeder andere.«

»Sir Ross ist der wappenlose Ritter? Die Legende Englands ist eine Frau?« Cilene lachte laut auf. »Das wird ja immer besser! Wir wussten nicht, dass der wappenlose Ritter unter dem Namen Ross umherzieht.«

»Wenn Rose nicht auf dem Schlachtfeld ist, verbirgt sie sich mit ihren Männern in einer Höhle. Es ist nicht verwunderlich, dass du den Namen nicht zuordnen konntest. Man spricht immer nur vom wappenlosen Ritter.«

»Heilige Artemis, lass das nicht im Dorf bekannt werden. Unsere Schwestern bewundern den wappenlosen Ritter über alle Maßen. Jedenfalls diejenigen, die Männer bevorzugen«, fügte Cilene schmunzelnd hinzu.

»Das tun nicht alle?«

»Durchaus nicht. Viele unserer Schwestern bevorzugen Frauen, wenn es um die Liebe geht. Aber für das Fortbestehen unseres Volkes brauchen wir nun einmal das männliche Geschlecht.«

»Und ich dachte, ich wäre die Einzige, die so empfindet«, seufzte Isabelle. »Ich wusste nicht, was es war, das ich fühlte. Ich meine, ich wusste, was es war, aber ich konnte mit niemandem darüber sprechen.«

»Weiß sie um deine Gefühle?«

»Für Rose gibt es immer nur ihre Mission.« Isabelle wischte sich eine Träne von der Wange. »Alles, was für sie zählt, ist die Schuld, die sie in der Vergangenheit auf sich geladen hat und deretwegen sie eines normalen Lebens nicht mehr würdig zu sein meint. Und dazu ist sie besessen davon, ihrem Vater und ihrem Bruder das Handwerk zu legen. Was sie fühlt oder was ich fühle, das kommt ganz am Ende ihrer Liste. Sie verhält sich, als ob wir Fremde seien.«

»Dafür ist sie aber ziemlich eifersüchtig.«

»Ha!« Isabelle lachte bitter. »Das wäre mir neu. Auf wen denn?«

»Ist dir nicht aufgefallen, dass Armaria dich umwirbt?«

»Nun ja … Sie ist sehr zuvorkommend …« Isabelle errötete.

»Hast du nicht bemerkt, wie unruhig deine Rose jedes Mal wird, wenn Armaria dich ansieht?«

»Sie ist lediglich besorgt wegen der Caddingtons.« Rose selbst hatte ihr gesagt, wie beunruhigt sie wegen der bevorstehenden Schlacht war. Mit Armaria hatte das nichts zu tun. »Würde mich aber freuen, wenn es so wäre«, sagte Isabelle trotzig. »Geschieht ihr recht, wo sie mich schließlich wie Luft behandelt.«

»Vielleicht will sie dir keine falschen Hoffnungen machen? Schließlich bist du die Gemahlin ihres Bruders.«

»Was interessiert mich ihr Bruder!« Isabelle stützte verzweifelt den Kopf in die Hände. Warum war bloß alles so schwierig? »Rose ist ... sie ... es ist, als ob ich mein ganzes Leben auf sie gewartet hätte. Darf ich nicht mit ihr zusammen sein, nur weil ich mit diesem Rohling vermählt bin, der mich wie seine Gefangene behandelt? Ist das mein Schicksal? So grausam kann kein Gott sein.«

»Du musst ihr schon zugestehen, erst ihre Mission zu beenden«, sagte Cilene sanft. »Genau wie du dich jetzt nicht von deinen Gefühlen ablenken lassen darfst, sollte sie das auch nicht tun. Redet später miteinander.«

Isabelle musste lachen, als Kira sich an sie schmiegte und ihre Hand zu lecken begann. Sie kraulte der Wölfin den Kopf. »Hast du nicht einen Spruch für so etwas?«

»Da muss ich dich enttäuschen. Diese Dinge sollte man nicht durch Sprüche beeinflussen. Dir bleibt nur dein charmantes Wesen.«

»Gegen das sie immun zu sein scheint.«

»Das möchte ich bezweifeln.« Cilene klopfte Isabelle aufmunternd auf den Schenkel. »Können wir fortfahren? Du hast noch viel zu lernen.«

Rose war mit ihren Schülerinnen bereits zum Zweikampf übergegangen, als Isabelle sich zu den Übenden gesellte. Sie hatte ihr Gewand gegen die bequeme Lederkleidung getauscht wie die

Amazonen sie trugen, und Rose fand, dass sie in dem kurzen Gewand umwerfend aussah. »Im ersten Teil habt ihr gelernt, wie ihr einem Schwert oder einem Dolch entgegentreten könnt«, fasste sie noch einmal zusammen. »Jetzt kommt der schwierigere Teil: die Axt und der Morgenstern.«

Armarias Übersetzung ging in Gelächter unter, als Michael Rose die beiden »Waffen« reichte: Die Axt hatte sie nachgebildet, indem sie ein Messer mit einem Seemannsknoten an einen Ast gebunden hatte, und der Morgenstern bestand aus einem Seil, an dessen Ende ein mit kleinen Pfeilen gespickter Kohlkopf befestigt war.

»Die Gefährlichkeit lässt zu wünschen übrig, aber ihr werdet ein Gefühl für die Bewegungen des Gegners bekommen.« In jeder Hand eine Waffe stellte sich Rose vor die Reihen. »Vergesst nie, dass es für euch in diesem Fall nur um Ausweichen gehen kann. Greift niemals selbst an, wenn jemand mit einer Axt oder einem Morgenstern auf euch losgeht.« Sie winkte eine Amazone zu sich nach vorn, drückte ihr das Seil mit dem Kohlkopf in die Hand und griff selbst nach einem Speer. »Diejenigen von euch, die mit dem Speer erfahren sind, können versuchen, den Gegner zu Fall zu bringen. Etwa so.«

Alles zuckte zusammen, als Rose blitzschnell agierte und ihre Gegnerin unsanft im Gras landete. »Das ist der Vorteil von langen Waffen«, erläuterte sie, während sie der Amazone wieder aufhalf. »Ihr könnt auch versuchen, euren Gegner am Kopf zu treffen, aber versucht niemals, mit dem Speer direkt einen Morgenstern oder eine Axt anzugreifen. Das überlebt euer Speer nicht und ihr auch nicht.« Sie forderte ihre Gegnerin auf, sie zu attackieren. »Wir üben jetzt zusammen das Ausweichen«, sagte sie und führte vor, wie man den Angriffen des Gegenübers auf verschiedene Weisen entgehen konnte. »Seht genau hin, wie ich es mache. Schaut nicht nur auf die Waffe. Achtet auf die Augen und auf die Schritte des Gegners.«

Anschließend bedankte sie sich bei der Amazone und schickte sie auf ihren Platz zurück. »Findet euch jetzt wieder zu zweit zusammen und übt genau das, was wir eben gezeigt haben. Mein Knappe hält für jede von euch eine Waffe bereit.«

Als auch Isabelle sich bei Michael einen Kohlkopf abholen wollte, winkte Rose sie zurück. »Ihr übt mit mir, Milady. Lasst Euch von Michael einen Speer geben.«

Mit der Waffe in der Hand schritt Isabelle zu Rose hinüber. »Was soll ich tun?«

»Wenn Ihr den Speer nicht halten würdet wie einen Besenstiel, könnte man Euch für eine Amazone halten«, lächelte Rose. »Das Lederkleid steht Euch gut.«

Isabelle lachte. »Leider bin ich weder mit dem Speer noch mit dem Besenstiel besonders gut, und das Gewand habe ich mir von Miara geliehen. Haltet Ihr es wirklich für eine gute Idee, mich in derartige Kampftechniken einzuführen?«

»Unbedingt. Ihr werdet so schnell keine Kriegerin werden, aber Ihr solltet einem Angriff nicht wehrlos ausgeliefert sein. Brian wird besonderen Wert darauf legen, Euch zurückzubekommen.« Rose trat neben Isabelle und zeigte ihr, wie sie den Speer halten sollte. »So umfasst Ihr den Schaft, wenn Ihr damit in einen Zweikampf geht. Seiner Natur nach ist der Speer eine Distanzwaffe, aber Ihr werdet ihn nicht zum Werfen verwenden.«

»Wofür denn dann?« Isabelle ahmte Roses Griff nach. »Und wieso nehme ich nicht gleich eine andere Waffe?«

»Ein Schwert wiegt zu viel für jemanden, der den Umgang damit nicht gewohnt ist, und ein Messer ist schwierig zu handhaben. Abgesehen davon kann der Gegner es blitzschnell gegen Euch selbst richten. Einen Speer aber könnt Ihr gut als Schlagstock verwenden. Das ist leichter zu lernen und weniger gefährlich für Euch selbst.« Rose ließ den Schaft los. »Schwenkt den Speer ein wenig hin und her, damit Ihr ein Gefühl für seine Länge und sein Gewicht bekommt. Ich bin sofort wieder bei Euch.«

Eigentlich war es noch zu früh, die Zweikämpfe der anderen zu begutachten, aber Rose brauchte die Zeit, um sich zu sammeln. Es war eine törichte Idee gewesen, sich selbst für Isabelles Einweisung in die Übung zur Verfügung zu stellen. Ihr hätte klar sein müssen, dass die Anwesenheit der Lady ihre Aufmerksamkeit empfindlich stören würde. Gerade jetzt konnte sie sich keine Schwäche leisten.

Was fiel Isabelle ein, hier halbnackt aufzutauchen? Zugegeben – sie hätte schlecht in ihrem langen Gewand üben können, aber Rose hatte nicht umhin gekonnt, einen Blick auf das zu werfen, was ihr bisher verborgen geblieben war. Was sie gesehen hatte, trieb ihr jetzt noch den Schweiß auf die Stirn. Ob Isabelle wusste, wie schön sie war? »Auf die Augen achten! Sieh ihr ins Gesicht!«, herrschte sie eine Amazone an. Die Kriegerin nickte schuldbewusst und beeilte sich, ihren Fehler zu korrigieren.

Rose mahnte sich innerlich zur Ruhe. Es half wenig, wenn sie ihren Unmut an ihren Schülerinnen ausließ. Zwischen Isabelle und ihr stand so viel Unausgesprochenes, und je mehr Zeit sie miteinander verbrachten, desto unerträglicher wurde es. Sie konnte unmöglich gegen Brian und ihren Vater in den Krieg ziehen, wenn ihr Isabelle ständig im Kopf herumspukte. Noch an diesem Abend, sobald sie die Übungen mit den Amazonen abgeschlossen hatte, würde sie mit Isabelle sprechen.

Festen Schrittes ging Rose die Reihen der Zweikämpferinnen entlang und korrigierte hier und da eine Bewegung. Abgesehen von einigen Stellungsschwierigkeiten war sie sehr zufrieden mit den Kriegerinnen. Die Amazonen besaßen ein gutes Gefühl für ihren Körper und verfügten über eine schnelle Auffassungsgabe. Vielleicht war es das Erbe ihrer Ahninnen, das sie zu so gelehrigen Schülerinnen im Umgang mit Waffen machte.

Als Rose zu Isabelle zurückkehrte, war diese bereits dabei, mit einem Bündel Stroh zu kämpfen. »Ich versuche Eure Bemerkung über den Schlagstock in die Tat umzusetzen!«, rief sie Rose entgegen, während sie weiter auf das Bündel eindrosch. »Ich habe schon mindestens fünf Gegner zu Fall gebracht.«

»Dann versuchen wir es jetzt mit einem etwas beweglicheren Gegenüber.« Rose zückte ihr Schwert. »Versucht meinen Hieben auszuweichen, aber lasst Eure Waffe dabei nicht fallen. Ihr werdet sehen, es ist nicht einfach, sich mit einem langen Speer zu bewegen.« Sie stellte sich in einiger Entfernung vor Isabelle auf. »Habt Ihr gesehen, was ich den anderen gezeigt habe? Wenn Ihr nur auf mein Schwert schaut, seid Ihr verloren. Achtet auf meine Augen und meine Bewegungen.«

Isabelle fasste den Speer genau so, wie Rose es ihr gezeigt hatte. »Worauf wartet Ihr, tapferer Ritter?«, rief sie, als Rose innehielt, um ein dickes Leinentuch um die Klinge ihres Schwertes zu binden.

»Seid vorsichtig, Milady. Eure Kleidung ist zwar bequem, aber sie macht Euch auch sehr anfällig für Verletzungen.« Rose machte einen festen Knoten um das Tuch.

»Ihr würdet mich niemals verletzen.« In Isabelles Stimme lag ein Hauch von Spott. »Also kommt schon und greift mich an.«

»Wie Ihr meint, Milady.« Mit einem kräftigen Hieb ließ Rose ihr Schwert neben Isabelles Hüfte niedersausen, so dass diese nur knapp zur Seite springen konnte. »Sehr gut, Isabelle. Ich ziele jetzt auf Eure Körpermitte. Vergesst nicht den Speer in Eurer Hand, wenn Ihr dem Schwert ausweicht.«

Ein ums andere Mal sauste Roses Schwert haarscharf neben Isabelles Kopf herab – stets im letzten Moment gelang es Isabelle, dem Angriff auszuweichen. Obwohl Rose sich für ihre Verhältnisse langsam bewegte, war sie beeindruckt von Isabelles Gewandtheit. »Ihr habt Talent, Milady. Mit ein wenig Übung könntet Ihr eine gute Kriegerin werden.«

»Das liegt nicht in meiner Absicht.« Isabelle machte einen Satz nach hinten, als Roses Schwertspitze ihren Oberschenkel zu durchbohren drohte. »Ich möchte mich nur verteidigen können.«

»Achtet auf Euren Oberkörper, wenn Ihr rückwärts ausweicht. Ihr bietet mir gerade eine willkommene Angriffsfläche.« Rose schwang ihr Schwert herum und zielte auf Isabelles Herz. »Seht Ihr? Das hätte tödlich enden können.«

Isabelle verzog ihr Gesicht, als sie erkannte, welchen Vorteil sie ihrer Gegnerin verschafft hatte. »Ich glaube, ich werde doch lieber Schamanin.«

»Wenn wir es tatsächlich schaffen, Brians Armee zu besiegen, solltet Ihr vielleicht bei den Amazonen bleiben.« Rose drehte sich einmal um die eigene Achse und ließ ihr Schwert neben Isabelles Schulter vorbeischnellen.

»Warum sollte ich hierbleiben? Mein Zuhause ist England.«

»Hier liegen Eure Wurzeln.«

»In England bin ich aufgewachsen.«

Isabelle versuchte, Roses Arm mit dem Speer zu blockieren, aber diese schlug ihr die Waffe mühelos aus der Hand. Mit ihrer Linken fing Rose den Speer auf und gab ihn Isabelle zurück. »Das war ein guter Versuch, aber wenn Ihr zu weit oben blockt, habe ich noch zu viel Kraft, um meinen Arm zu bewegen. Versucht es noch einmal.« Erneut hob sie zum Schlag aus und ließ ihren Arm so lange in der Luft, bis Isabelle den richtigen Ansatzpunkt für den Block gefunden hatte. »Zu Hause erwartet Euch die Ehe mit Brian. Hier aber verehren Euch die Menschen.«

»Ich habe Pflichten in England, denen ich mich nicht entziehen kann. Ihr werdet das besser verstehen als jeder andere.«

»Bedenkt doch, Isabelle, hier seid Ihr sicher. Ihr habt hier alles, was Ihr braucht.« Mit gezielten Hieben links und rechts trieb Rose Isabelle zurück. »Die Amazonen werden für Euch sorgen, und Armaria wird Euch wie ihren Augapfel hüten.« Mit einem Krachen brach der Speer in Isabelles Händen entzwei.

»Entschuldigt, Milady.« Rose beendete ihren Angriff auf der Stelle und hob die beiden Speerhälften vom Boden auf. »Es war nicht meine Absicht, Eure Waffe zu beschädigen.«

Isabelle war so außer Atem, dass sie nur kopfschüttelnd zusehen konnte, wie Rose die zu Bruch gegangene Waffe beiseite legte und einen neuen Speer ergriff. Diesmal trat sie hinter Isabelle und umfasste von dort aus den Speer. »Ich zeige Euch noch einmal, wie Ihr ihn halten müsst.«

»Wer sagt, dass ich Armarias Augapfel sein möchte?«

»Sie wäre gut für Euch.«

»Besser als Ihr, wollt Ihr damit sagen?« Isabelle drehte sich zu ihr um. »Wisst Ihr nicht, dass meine Seele ohne die Eure nicht zur Ruhe kommt? Wie könnte jemand besser für sie sein als Ihr?«

Ihre Gesichter waren keine Handbreit voneinander entfernt, als sie voreinander standen. Roses Augen wanderten zu Isabelles Lippen und wieder zurück zu ihren Augen. Sie suchte nach einem Zögern, einem Schwanken, einem Zweifel, aber sie fand nichts. Nur Liebe und Zuversicht. »Was macht Euch so sicher? Warum fürchtet Ihr mich nicht?«

Isabelle lehnte ihre Stirn an die der Ritterin. »Die Einzige, die sich fürchtet, seid Ihr, Rose.«

»Lady Isabelle!«

Der gellende Ruf ließ sie auseinanderfahren. »Luke? Mein Gott, Luke! Was ist passiert?«

Der junge Soldat warf sich keuchend vor Isabelle ins Gras. »Er greift an, Milady! Mein Herr greift an!«

»Kommen sie von Norden her?«

»Jawohl, Milady. Sie kommen durch den Wald!«

Isabelle half dem jungen Mann auf. »Du hast das Richtige getan, Luke. Ich werde dir auf ewig dankbar sein.«

Ein durchdringender Pfiff ließ alle Amazonen aufschauen. »Sie kommen!«, rief Rose. Augenblicklich ergriff jede ihre Sachen. »Lauft in die Berge!« Rose wandte sich an die Königin. »Ihr übernehmt jetzt das Kommando, Armaria. Führt Eure Schwestern sicher zu Eurem Versteck.«

»Wir machen alles wie besprochen.« Armaria schloss Rose

spontan in die Arme. »Mögen die Göttinnen Euch beistehen, Sir.«

»Und auch Euch.« Rose entfernte eilig das Leinentuch von ihrer Klinge und steckte ihr Schwert zurück in die Scheide. »Ich muss hinunter ins Tal. Michael, du gehst mit den Amazonen. Nimm den jungen Mann mit. Isabelle, du bleibst bei Armaria.«

»Ich werde Euch begleiten.« Isabelle stand schon aufbruchbereit neben ihr. »Ihr könnt sicher Hilfe gebrauchen.«

»Das ist zu gefährlich. Sucht Schutz in den Bergen wie die anderen. Beeilt Euch!«

»Nein, ich komme mit Euch.«

Für eine Auseinandersetzung blieb keine Zeit. Seufzend wies Rose auf einen schmalen, mit Büschen überwucherten Weg. »Nach Armarias Karte führt der Pfad dort drüben direkt zum Nordeingang des Dorfes. Es ist der steilste, aber auch der kürzeste Weg.«

Isabelle blieb dicht hinter ihr, als sie den Hang hinunterkletterten. Sie war froh, dass das Gestrüpp verwurzelt genug zum Festhalten war, wenn ihre Füße keinen sicheren Tritt fanden. An manchen Stellen war der Abgang weniger steil, dennoch blieb zum Verschnaufen keine Zeit. Niemand wusste, wann Brians Krieger im Tal auftauchen würden.

Als sie schließlich den Fuß des Berges erreichten, waren beide Frauen schweißgebadet. Wie Rose gesagt hatte, mündete der Pfad in die breite Straße, die zum Dorfeingang führte. Kurz vor seinem Ende verließ Rose den Weg und führte Isabelle zu einem Versteck weiter nördlich vom Dorfeingang. Von hier aus ließ sich die Ebene gut überblicken, ohne dass man selbst gesehen wurde. »Wartet hier.« Rose schlich zum Rand des Gebüsches und trat auf den Vorplatz des Dorfeingangs. Von Brians Männern war noch nichts zu sehen. Sie benetzte einen Finger und hielt ihn in die Luft.

Isabelle beobachtete beunruhigt, wie Rose die Windverhältnisse prüfte. »Was macht Ihr da? Es gefällt mir gar nicht, dass Ihr Euch freiwillig als Zielscheibe zur Verfügung stellt.«

»Schon erledigt.« Rose kämpfte sich durch die Büsche zurück zu ihrem Versteck. »Es sieht gut aus.«

»Wozu ist die hier?« Isabelle zeigte auf eine Tonne, die im Gebüsch verborgen lag.

»Das ist Petroleum.« Rose hockte sich neben sie. »Ihr könnt mir helfen, Isabelle. Wir wissen beide, dass Brians Armee uns alle im Handumdrehen erledigen kann. Uns bleibt nur eine einzige Möglichkeit. Brian wird das Dorf niederbrennen wollen – das macht er immer, wenn er Land erobert. Aber dieses Mal werden wir ihm zuvorkommen. Wir werden eine Ölspur über den Vorplatz von hier bis zur gegenüberliegenden Seite ziehen. Seht ihr den Haufen Strohbündel dort drüben? Eine Gruppe von Mädchen hat sie für uns gebunden.«

»Ihr wollt die Armee einkesseln?«

»Nicht ganz. Wir werden sie den Amazonen in die Arme treiben. Sie sind zu viele, um über die steilen Hänge auszuweichen, deswegen werden sie die Flucht über den südlichen Dorfausgang wählen.«

»In die Berge, wo sich die Bewohnerinnen verschanzt haben?«

»Und unsere Bogenschützinnen«, nickte Rose. »Sobald die Soldaten das Dorf gestürmt haben, werfen wir die Strohbündel auf die Ölspur und entzünden sie von beiden Seiten. Ich werde auf der gegenüberliegenden Seite sein und das Feuer von dort entfachen. Drüben lagern ebenfalls Strohbündel. Außerdem haben Armaria und ich zahlreiche Heuhaufen im Dorf verteilt.«

»Was ist, wenn der Wind sich dreht?«

»Dann sind wir verloren.« Rose begann das Fass aus ihrem Versteck zu rollen. »Ich ziehe jetzt die Spur. Ihr könnt mir helfen, indem Ihr Grasbüschel über und in der Nähe der Spur verteilt, damit Brians Männer sie nicht bemerken. Die Gräser werden gute Nahrung für das Feuer sein.«

Schweigend machten sie sich ans Werk. Da es vom westlichen bis zum östlichen Rand des Vorplatzes nur etwa fünfzig Yard waren und sie zügig arbeiteten, war es schnell vollbracht. »Müssten wir sie nicht längst hören?«, fragte Isabelle nervös.

»Sie haben keine Pferde. Außerdem werden sie sich hüten, einen Laut von sich zu geben.« Rose drückte den Korken wieder auf die Tonne und warf sie in das Dickicht. »Ich werde zunächst mit Euch auf Eurer Seite warten. Von dort aus habe ich einen besseren Überblick. Sobald wir die ersten Männer sichten, begebe ich mich auf die andere Seite.«

In geduckter Haltung schlichen sie zu ihrem Versteck zurück. Erst jetzt merkte Isabelle, dass im Amazonendorf, ungefähr in der Höhe des Dorfplatzes, eine dicke Rauchwolke aufstieg. »Wo kommt der Rauch her? Ist noch jemand im Dorf?«

»Genau das soll Brian denken. Die Stille darf ihn nicht misstrauisch machen.« Rose zog zwei Feuersteine hervor. »Lasst uns die Fackeln jetzt entzünden. Aber verdeckt die Flamme mit Eurem Körper, damit die Soldaten uns nicht aufspüren.«

Nachdem sie die Fackeln entfacht hatten, war endlich alles bereit, und sie spähten gemeinsam zur Waldlichtung. Lange Zeit geschah gar nichts. Es war totenstill, und Isabelle wurde zunehmend mulmiger zumute.

»Hört Ihr die Stimmen?«, flüsterte Rose plötzlich. »Das sind sie! Es geht los! Wenn ich das Zeichen gebe, werft Ihr die Strohbündel auf den Platz und entzündet die Spur. Passt auf, dass sie Euch nicht sehen.«

»Nun geht schon rüber!«, drängte Isabelle. »Viel Glück!«

»Noch ein Wort, Isabelle.« Rose kam noch einmal zurück. »Ich weiß nicht, ob wir das hier überleben, deswegen möchte ich, dass Ihr etwas wisst.« Sie zog das Taschentuch unter ihrem Surcot hervor, das sie Isabelle einst gegeben hatte. »Es gehört Euch. Bewahrt es gut.« Sie legte das Taschentuch in Isabelles Hände. »In Eurer Gegenwart habe ich mich zum ersten Mal lebendig gefühlt. Ich danke Euch dafür.« Dann beugte sie sich zu ihr und küsste sie auf die Lippen.

»Geht, Rose, geht!«, flehte Isabelle. »Sie kommen!«

Die ersten Soldaten traten aus der Waldlichtung, noch bevor Rose den Vorplatz ganz passiert hatte, und Isabelle betete, dass die Männer sie nicht entdeckten. Sobald sie den Wald verließen, bildeten die Krieger eine breite Front, die von den Soldaten mit Bögen und Armbrüsten angeführt wurde. Ihnen voran ritt Brian mit dem Banner der Caddingtons, gefolgt von Feldmarschall Ritter Murcher. Hinter den Bogenschützen formierten sich weit über hundert Schwert- und Lanzenkämpfer, von denen viele zusätzlich Äxte, Morgensterne oder Dolche an ihrer Hüfte trugen. Jeder Krieger hielt ein Schild vor seinem Körper, die meisten hatten Kettenhemden angelegt, einige auch Helme und Rüstungen.

Rose hockte zwischen den Büschen und beobachtete die schier unbezwingbar scheinende Armee. Nur mit einer List waren diese Krieger zu besiegen. Sollte ihr Plan fehlschlagen, war alles verloren. Warum konnte sie ihren Vater nirgends entdecken? War Brian eigenmächtig mit den Soldaten losgezogen? Das hätte sein Vater niemals zugelassen. Es war wahrscheinlicher, dass die beiden etwas im Schilde führen.

Doch was auch immer es war, Rose konnte sich jetzt nicht darum kümmern. Ihr Einsatz stand unmittelbar bevor. Die ersten Reihen waren bereits ins Dorf marschiert und hielten Ausschau nach den Bewohnerinnen.

»Hier ist niemand, Sir!«, rief der Feldmarschall.

»Seht doch! Dort hinten steigt Rauch auf!« Brian trieb sein Pferd voran. »Umso besser, wenn sie eine Versammlung haben. Marsch in Richtung Dorfplatz! Spießt alles auf, was Arme und Beine hat!« Er winkte den letzten Reihen, sich zu beeilen.

Sobald alle Krieger den Eingang passiert hatten, kroch Rose aus ihrem Versteck. Lautlos warf sie die Strohbündel auf den

Vorplatz und winkte Isabelle, es ihr nachzutun. Nur Augenblicke später gab Rose das Zeichen zum Entfachen der Ölspur.

Die umliegenden Strohbündel fingen so schnell Feuer, dass Rose Mühe hatte, zurück im Gebüsch zu sein, bevor sie von Brians Männern gesehen wurde. Mit einem Hechtsprung landete sie neben Isabelle. »Wir müssen hier weg! So schnell wie möglich!« Sie zerrte Isabelle auf den Gebirgspfad zurück. »Wir werden die Lage von weiter oben beobachten.«

»Feuer!«, schallte es von unten. »Der Dorfeingang brennt!«

»Der Rauch war eine Täuschung!«, rief jemand. »Hier ist niemand!«

»Verlasst das Dorf!«, schrie Brian. »Die Weiber haben sich irgendwo versteckt!«

Ritter Murcher verfolgte mit Schrecken, wie immer mehr Stroh Feuer fing. »Das ist eine Falle, Sir! Was sollen wir tun?«

»Ihr werdet doch wohl mit einer Horde wilder Weiber fertig!« Brian wendete plötzlich sein Pferd. »Alles hört auf Ritter Murchers Befehl!«

Der Feldmarschall sah ihm verdutzt hinterher, als Brian sein Pferd in die entgegengesetzte Richtung trieb. »Alles raus hier!«, rief er seinen Soldaten zu. »Seid wachsam, die Amazonen werden uns schon erwarten!«

Wie ein Schwarm Heuschrecken bewegten sich die Männer durch das Dorf, während die Flammen hinter ihnen durch das Stroh und die Holzhütten immer neue Nahrung fanden. Unterdessen trieb Brian sein Pferd unermüdlich durch die Flammen. Es bäumte sich panisch auf, als er direkt auf die brennenden Strohbündel zusteuerte, doch er peitschte es gnadenlos vorwärts. Schließlich schaffte er es, den Feuerwall zu passieren, und er preschte zurück in den Wald.

»Was hat er vor?« Isabelle sah ihrem Gatten beunruhigt hinterher. »Warum macht er das?«

»Irgendetwas stimmt nicht. Brian ist viel zu ehrgeizig, um

Ritter Murcher den Kampf zu überlassen. Kommt, wir laufen zum Bauch des Bären zurück.«

Wie verabredet hatte Armaria auf dem Hochplateau ein Pferd für sie zurückgelassen. Als Rose aufsitzen wollte, sah sie, dass am Sattel der Stute eine Nachricht befestigt war. »Könnt Ihr das lesen, Isabelle?«

»Ich will es versuchen.« Isabelle rollte die Botschaft auseinander. Ihre Augen weiteten sich, als sie die Zeilen überflog. »Armarias Dienerin Ophelia wird vermisst!«

»Grundgütiger! Dann weiß ich, wohin Brian reitet.« Rose schwang sich auf das Pferd und streckte Isabelle die Hand hin. »Lasst uns keine Zeit verlieren.«

In schnellem Galopp verließen sie die Anhöhe und ritten in den Wald hinein. Wie am Tag zuvor hatte Isabelle die Arme um Rose geschlungen, während sie durch den Wald galoppierten. Und wie am Tag zuvor schloss Isabelle die Augen und presste ihre Wange gegen den Rücken der Ritterin. Und doch war etwas anders. Um Isabelles Mund spielte ein glückliches Lächeln. Unten im Tal machten die Flammen das Amazonendorf dem Erdboden gleich, und oben in den Bergen kämpften die Bewohnerinnen um ihr Überleben. Der Fortbestand ihres Stammes stand auf dem Spiel, ja sogar der Frieden Englands und der ganzen Welt. Und alles, woran Isabelle denken konnte, war, dass Rose sie geküsst hatte. »Wir müssen miteinander reden«, murmelte sie in Roses Rücken.

»Später.«

»Wohin reiten wir?«

»Zu ihrem Lagerplatz. Ist Euch aufgefallen, dass mein Vater nicht dabei war? Ich bin mir sicher, dass Brian auf dem Weg zu ihm ist.«

»Ihr glaubt, dass Euer Vater die Amazone gefangen hält?«

»Es spricht vieles dafür. Schließlich ist er hinter dem Buch her. Nur wenige Amazonen werden wissen, wo es vergraben ist, aber Armarias Dienerin wird das Geheimnis kennen.«

»Und wenn Euer Vater sich schon ohne Brian auf den Weg gemacht hat? Dann verlieren wir wertvolle Zeit, wenn wir erst zum Lager reiten.«

»Von dort aus können wir ihre Spuren verfolgen. Es ist die einzige Möglichkeit, die wir haben.« Rose wandte sich zu Isabelle um. »Es sei denn, Ihr wisst, wo das Buch vergraben ist.«

»Bedaure.« Isabelle schüttelte den Kopf. Während sie weiter zum Lager der Caddingtons galoppierten, dachte sie angestrengt nach. Gab es nicht doch wenigstens einen Anhaltspunkt? »Mir ist etwas eingefallen«, sagte sie plötzlich.

Rose zügelte sofort das Pferd. »Was ist es?«

»In der Nacht zu meinem zwanzigsten Geburtstag hatte ich einen Traum. Ein Seemann grub das Buch aus. Er verbrannte bei lebendigem Leib, als er die Truhe öffnete.«

»Erinnert Ihr die Umgebung?«

»Es war eine Lichtung, ein Platz, der von zwölf Birken umgeben war.«

»Birken? In diesem Wald gibt es keine Birken. Aber auf Armarias Karte habe ich einen kleinen Birkenwald gesehen. Er müsste wenige Meilen östlich von hier sein.« Rose änderte die Richtung und lenkte die Stute unter dichten Zweigen hindurch.

Ihr Ritt gestaltete sich nun mühsamer, die Bäume standen so dicht, dass ihnen immer wieder Äste ins Gesicht zu schlagen drohten. Doch schließlich gelangten sie an einen Fluss, auf dessen gegenüberliegender Seite das Birkenwäldchen begann.

»Er sieht recht tief aus.« Isabelle blickte skeptisch auf das Wasser. »Und eine ordentliche Strömung hat er auch.«

»Wie ich bereits bemerken durfte, könnt Ihr schwimmen, Milady.« Rose war schon abgestiegen und zog sich ihren Gugel vom Kopf. »Ich werde mich um unsere Stute kümmern«, sagte sie und führte das Pferd zum Flussufer.

Isabelle folgte Rose und tauchte ihre Hand ins Wasser. Zumindest war es wärmer, als sie befürchtet hatte. Kurz entschlossen zog sie die Schuhe aus, nahm sie an sich und watete in den Fluss hinein. Schon nach wenigen Schritten verlor sie den Grund unter den Füßen und musste schwimmen. Rose folgte dicht hinter ihr, eine Hand fest am Zaumzeug des Pferdes. Die Strömung riss ihr den Gugel aus der Hand und trieb ihn den Fluss hinab, ehe sie reagieren konnte.

»Geschafft!« Isabelle kletterte ans Ufer. Sie musste lachen, als Rose nach ihr aus dem Wasser stieg. »Auf Cyane trägt man sowieso keinen Gugel. Das Gesicht zu verbergen ist hier so gut wie unmöglich.« Sie wies auf ihr nasses Lederkleid. »Wie gut, dass ich so leicht bekleidet bin. Ihr solltet etwas von Eurer Gewandung ablegen, damit Ihr Euch nicht den Tod holt.«

Rose zog sich seufzend ihren Surcot aus. »Wenn Ihr Euch bitte umdrehen würdet, Milady.« Als Isabelle sich kurz darauf wieder umwendete, trug Rose nur noch ihre Stiefel, die blauen Beinlinge und ein weißes Hemd, das ihr am Körper klebte. Ihre weiblichen Formen waren nun nicht mehr zu übersehen. Die Tropfen der Brustbandage in ihrer Hand bildeten einen kleinen See zu ihren Füßen. »Was sollte ich noch verbergen?«, erklärte sie verlegen.

Isabelle fuhr ihr zärtlich durch das feuchte Haar. »Es steht Euch gut.«

Eilig verstauten sie Bandage und Surcot in der Satteltasche und setzten ihren Weg fort. Wie auf Armarias Karte angezeigt, handelte es sich bei dem Birkenwald um ein kleineres Gehölz, so dass sie nicht lange nach der besagten Lichtung suchen mussten. In der Nähe des Platzes banden sie ihre Stute fest und pirschten sich durch das Unterholz.

An der Lichtung angekommen, bot sich ihnen ein grauenvolles Bild. Armarias Dienerin lag blutüberströmt auf dem Waldboden, und es war nicht zu erkennen, ob sie noch am Leben war. Offenbar waren ihr die Wunden mit ihrem eigenen Speer zugefügt worden, der zersplittert neben ihr lag. Nicht weit von ihr knieten Brian und sein Vater und gruben fieberhaft in der Erde.

»Kümmert Euch um Ophelia«, flüsterte Rose. »Ich übernehme Brian.«

Isabelle lief zurück zu ihrem Pferd und holte Roses feuchte Bandage aus der Satteltasche. Die beiden Caddingtons waren so beschäftigt, dass sie Isabelle nicht einmal bemerkten, als diese zu der Amazone hinüberschlich. Zu ihrer großen Erleichterung atmete die Dienerin noch. »Ganz ruhig«, flüsterte Isabelle. »Ich will dir helfen.« Die Bandage würde hoffentlich genügen, um die Wunden notdürftig zu verbinden.

Während sie die schwerverletzte Dienerin auf die Seite lagerte, stand Rose schon mit gezücktem Schwert vor den beiden Caddingtons. »Das würde ich nicht tun. Es ist Euer sicherer Tod, meine Herren.«

»Rose?« Brian sah überrascht auf. »Was in Teufels Namen tust du hier?«

Auch sein Vater hielt inne. »Wie kommst du hierher? Bist du uns gefolgt?«

»In der Tat bin ich das. Ich bin gekommen, um ein Unglück zu verhindern.«

»Du musstest dich schon immer allem in den Weg stellen«, fluchte ihr Vater. »Lass uns unsere Arbeit tun, dann wird dir nichts geschehen.«

»Keineswegs«, erwiderte Rose ruhig. »Ich werde nicht zulassen, dass Ihr das Buch in die Hände bekommt.«

»Du verblendete Närrin!« Brian sprang auf. »Du willst es nur für dich haben! Du bist eifersüchtig, weil du es zu nichts gebracht hast.« Er zog sein Schwert und stürmte auf Rose los. Ihre aufeinanderkrachenden Schwerter ließen Isabelle erschrocken aufschauen. »Warte nur, ich kriege dich!« Mit wütenden Hieben trieb Brian seine Schwester zu den Bäumen.

Während Isabelle die Wunden der Verletzten verband, warf sie hin und wieder einen besorgten Blick auf den hitzigen Zweikampf der Geschwister. Im Gegensatz zu Rose war Brian in voller Kampfmontur, und Isabelle wusste mittlerweile, wie schwierig es war, ein Kettenhemd zu durchdringen. Wiederholt prallte Roses Klinge an dem schützenden Eisen ab, während Brians Schwert den Stoff von Roses Ärmel mehrfach durchbohrte. Isabelle betete, dass es weiterhin Roses Hemdsärmel blieben, die bei Brians Angriffen zerfetzt wurden.

Immer wieder trafen die beiden Schwerter klirrend aufeinander, und Rose wurde mehr und mehr in die Defensive gedrängt. Sie parierte jeden von Brians zornigen Hieben, aber wie lange würde sie das durchhalten? Isabelles Augen fielen auf den zersplitterten Speer neben der Amazone. Sie würde ihn wohl doch als Distanzwaffe verwenden müssen. Lautlos hob sie den abgebrochenen Schaft vom Boden auf und schleuderte ihn Brian mit voller Kraft ins Kreuz.

»Was zum Teufel ...!«

Rose nutzte den Moment der Überraschung, um Brian nun ihrerseits in die Enge zu treiben. »Gib auf, Brian. Oder du wirst auf ewig bereuen, was du hier tust.«

Brian fluchte, als Roses Schwertspitze sich in seine Schulter bohrte. Blut quoll aus seinem Surcot. »Du hast dich mit meiner Gemahlin zusammengetan? Das ist typisch für dich. Du musstest immer haben, was ich habe.« Mit voller Wucht legte er sich in seinen nächsten Hieb, doch Rose wand ihr Schwert um seines und schlug es ihm aus der Hand. In hohem Bogen flog die Waffe durch die Luft und landete schließlich in Roses anderer Hand.

»Brian! Ich habe es! Das Buch!« Walter Caddington hob triumphierend die Truhe in die Höhe.

Mit einem Satz war Brian bei ihm. »Warte! Lass mich die Truhe öffnen!«

»Ich habe sie ausgegraben. Sie gehört mir!« Walter riss Brian die Truhe wieder aus den Händen. »Hast du keinen Respekt? Ich bin dein Vater!«

»Du bist zu alt, um zu herrschen. Gib mir sofort die Truhe!«

Als Rose sah, wie Brian mitten im Gerangel ein Messer zog, warf sie sich auf ihn. Doch es war bereits zu spät. Walter Caddington sank zu Boden.

»Vater!« Hilflos sah sie zu, wie ihr Vater sich ein letztes Mal aufbäumte und dann leblos zusammenbrach. »Brian! Was hast du getan?!«

Mit einem lauten Klirren sprengte Brians Messer das Schloss der Truhe. »Ihr werdet mir noch alle zu Füßen liegen«, murmelte er. »Ihr alle!«

»Öffne sie nicht, Brian! Bitte hör auf mich, nur ein einziges Mal!« Rose stand direkt vor ihm, ihr Schwert in beiden Händen, die Spitze nur zwei Inches von seiner Brust entfernt. »Noch hast du die Möglichkeit zur Umkehr. Du wirst alle unglücklich machen, am meisten dich selbst.«

Brian beachtete sie gar nicht. Gierig griff er nach dem Beutel seines Vaters, in dem sich das Amulett befand, und legte es an seine Brust. »Töte mich doch, du Närrin!« Als Rose sich nicht rührte, lachte er hämisch. »Du würdest mich niemals töten. Du bist viel zu weich dafür!« Er presste das Amulett stärker an seine Brust und rief: »Histu awi alea ama akti ura!«

Starr vor Entsetzen ließ Rose ihr Schwert sinken. Es war alles verloren.

»Gott im Himmel!« Isabelle eilte zu ihr. »Seht doch!«

Als Brian die Truhe öffnete, begannen die Zeichen auf dem Holz und auf dem Amulett gleichzeitig zu leuchten. Das Licht strahlte so hell, dass Isabelle die Augen abwenden musste, um nicht zu erblinden. Mit siegesgewisser Miene nahm Brian das Buch aus der Truhe.

Doch als er es aufschlug, fingen seine Ärmel Feuer. Vor Schmerz brüllend, ließ er das Buch wieder in die Truhe fallen. Die Flammen breiteten sich in so rasender Geschwindigkeit aus, dass sie im Nu seinen ganzen Körper erfasst hatten. Ein langgezogener markerschütternder Schrei ertönte aus dem Inneren der Flammen, bis das hochschlagende Feuer kleiner wurde und schließlich nur noch glimmende Asche übrig blieb.

Dann war alles still. Isabelle und Rose standen regungslos vor dem Erdloch und starrten schaudernd auf die verglühende Asche. »Es ist vorbei«, sagte Isabelle nach einer Ewigkeit. »Es ist vorbei.« Sie schloss die zitternde Rose in die Arme.

»Ich konnte ihn nicht töten«, flüsterte Rose fassungslos. »Der Frieden Englands stand auf dem Spiel, und ich konnte ihn nicht töten.«

»Das macht Euch zu einem guten Menschen, Rose. Ihr solltet froh sein, dass es Grenzen gibt, die Ihr nicht überschreiten könnt.« Ein Geräusch ließ sie beide herumfahren, und sie sahen gerade noch, wie die Truhe sich von selbst wieder schloss. »Warum hat Balthazars Fluch ihn getroffen? Hat Brian einen Fehler gemacht?«

Der dumpfe Aufschlag des Deckels holte Rose aus ihrer Erstarrung. »Es gibt nur eine Erklärung«, sagte sie und wies mit dem Kopf auf die bewusstlose Amazone.

»Sie hat ihn getäuscht?«

»Genau.« Rose beugte sich zu der Asche hinunter und zog das Amulett heraus. Es war unversehrt geblieben. »Auf welcher Seite der Brust soll man das Amulett auflegen?«

»Auf der Seite des Herzens.«

»Brian hat es auf seine rechte gelegt.«

»Was für ein Wahnsinn.« Isabelle sah besorgt zu der Dienerin, die so tapfer ihr Leben riskiert hatte. »Wenn Brian ihr nicht geglaubt hätte, wäre das ihr sofortiger Tod gewesen.«

»Wird sie überleben?«

»Sie hat viel Blut verloren, aber ich glaube, sie wird es schaffen.« Isabelle wünschte, sie hätte ihren Beutel bei sich, aber er war bei den Amazonen in den Bergen. »Wir müssen sie dringend zu Cilene bringen.«

»Erst müssen wir uns um das Buch kümmern. Wir können es kaum hier zurücklassen.«

»Was sollen wir tun? Schließlich können wir es nicht einfach mitnehmen.«

Rose lächelte. »Seid Ihr die Schamanin oder ich?«

»Ihr wollt Euch auf meinen reichen Erfahrungsschatz als Schamanin stützen?« Isabelle nahm Rose das Amulett aus der Hand. »Also gut, ich werde mein Bestes versuchen. Könntet Ihr mir einen Gefallen tun?«

»Jeden, Isabelle.«

»Würdet Ihr das Buch bewachen? Ich muss nachdenken, und dazu muss ich allein sein.«

»Geht nur, ich warte hier auf Euch.«

»Ich bin bald zurück.« Isabelle widerstand dem Impuls, Rose zum Abschied zu küssen. Im letzten Moment verließ sie der Mut. »Kommt nicht auf die Idee, Euch die Zeit mit Lesen zu vertreiben«, sagte sie stattdessen.

»Gott bewahre. Ich werde brav hier stehen bleiben.«

»Bravheit ist ein Zug, den ich an Euch bisher noch nicht kannte.«

»Es gibt so einige Züge, die Ihr an mir noch nicht kennt.«

»Hört, hört. Darauf werde ich zurückkommen.« Isabelle winkte Rose noch einmal zu und machte sich dann auf in den Wald. Auf dem Hinweg war ihr ein kleiner Teich aufgefallen, der sie an ihren geliebten See in Chester erinnerte. An seinem Ufer würde sie über eine Lösung nachdenken.

Rose nahm die Trinkflasche ihres Vaters an sich und zog ihm seinen Surcot aus. Sie war erschrocken darüber, wie wenig es sie berührte, dass ihr eigener Vater tot dalag. Dieser Mann war wie ein Fremder für sie. Alles, was sie spürte, war Erleichterung, dass er der Welt nicht mehr schaden konnte. Vorsichtig deckte sie den Surcot über die verletzte Dienerin. Die Amazone stöhnte leise, als Rose die Trinkflasche an ihre Lippen führte. »Warte, ich helfe dir.« Rose schob den Arm unter ihren Kopf und richtete ihren Oberkörper auf. »Nur einen Schluck«, sagte sie aufmunternd. »Du brauchst Flüssigkeit.« Die Amazone verstand zwar nicht, was sie sagte, aber sie begann gehorsam zu trinken. Das Schlucken kostete sie sichtlich Mühe.

Rose stellte die Flasche neben Ophelia und zog noch einmal den Surcot zurecht. Seit die Sonne hinter den Baumwipfeln verschwunden war, wurde es merklich kühler, und Rose machte sich daran, Holz für ein Feuer zu suchen, ohne jedoch den Platz aus den Augen zu lassen. Schließlich hatte sie genügend Holz zusammen und entfachte das Feuer in der Nähe von Ophelias Lager. Erst jetzt merkte Rose, dass auch sie selbst dankbar für die Wärme war. Die nasse Kleidung hatte sie mehr ausgekühlt, als sie gemerkt hatte.

Rose holte ihr Pferd, nahm den Rest ihrer Kleidung aus der Satteltasche und breitete sie neben dem Feuer zum Trocknen aus. Als sie sich anschließend auf einem Stein niederließ, fiel ihr Blick auf die Truhe. Wie seltsam, dass sie nicht einen Moment daran gedacht hatte, sie zu öffnen. Früher hätte sie alles darum gegeben, über andere zu herrschen. Nun saß sie hier, neben dem Schlüssel zur Macht, und wusste alles, was sie brauchte, um über die ganze Welt zu herrschen. Aber sie verspürte nicht das geringste Verlangen danach. Der Weg ihres Vaters brachte nichts als Unglück – sie war ihn einmal gegangen, und nichts konnte sie verleiten, wieder in diese Hölle hinabzusteigen.

Hatte Isabelle vielleicht recht, dass sie ein besserer Mensch war, als sie glaubte? Rose schob ein neues Holzscheit in das Feuer. Bisher hatte sie Isabelles Zuneigung als schwärmerische Verehrung abgetan. Wie sollte Isabelle auch ahnen, wozu Rose fähig war? In den alten Zeiten waren sich nicht begegnet. Doch je länger sie Isabelle kannte, desto mehr Zweifel kamen in ihr auf. Sah Isabelle vielleicht wirklich etwas in ihr, das sie selbst bisher nicht gesehen hatte?

Rose musste Isabelle zugestehen, über eine herausragende Menschenkenntnis zu verfügen. Und sie war eine Schamanin, sie erfasste Dinge anders. Sie spürte, was anderen verborgen blieb. Wieso sollte sich Isabelle ausgerechnet in ihr so täuschen? *Dann seid Ihr frei, Rose,* hallten Isabelles Worte in ihrem Kopf wider. *Wollt Ihr nicht frei sein?* Dort drüben lag ihr toter Vater, niedergestochen von seinem eigenen Sohn. Nein, sie war nicht wie Brian, und sie war auch nicht wie ihr Vater. Aber wer war sie dann?

All ihre Fragen endeten bei Isabelle. In ihrer Gegenwart war sie frei. Isabelle verlangte nichts, wollte sie nicht verändern, sie nicht verbiegen. In ihrer warmherzigen Art umarmte sie alles, was Rose war. Sie richtete nicht, sie liebte. Was für eine Kraft von dieser Frau ausging. Konnte es wahr sein, was Isabelle behauptete? War Roses einsame Seele dazu bestimmt, sich mit der ihren zu vereinen?

»Ah, Ihr habt ein Feuer gemacht.« Als Isabelle aus dem Gebüsch trat, trug sie das Amulett um den Hals wie ein Schmuckstück, und Rose sah zum ersten Mal, von welch bemerkenswerter Schönheit es war. Jede Lady in England würde damit Aufsehen erregen. »Wie geht es unserer Patientin?«, erkundigte sich Isabelle.

»Die Blutungen sind gestillt, dank Eures Verbandes. Schon in wenigen Tagen wird es ihr deutlich besser gehen«, beruhigte Rose sie. »Ist Euch eine Idee gekommen?«

Isabelle zögerte einen Moment, bevor sie antwortete. »Vertraut Ihr mir? Wärt Ihr bereit, Euer Leben zu riskieren?«

»Selbstverständlich.«

»Das hatte ich gehofft«, lächelte Isabelle. »Ich habe einen Plan, aber ich schaffe es nicht ohne Euch. Cilene sagte, die Menschheit sei noch nicht reif für dieses Buch, seine Vernichtung sei der einzige Weg. Aber wie Ihr wisst, muss man in vollkommener innerer Balance sein, um den ungeheuren Kräften standzuhalten, die von dem Buch ausgehen. Ich halte mein Gleichgewicht für recht gut, und Cilene meint, dass auch meine Begabung zur Magie außergewöhnlich sei. Doch ich kenne das Böse nicht gut genug.« Sie atmete tief durch. »Aber Ihr kennt es.«

»Wir sollen es gemeinsam vernichten?«

»Ich glaube, dass wir es schaffen können«, nickte Isabelle, während sie Rose zu der Truhe führte. Die Zeichen auf ihrem Holz hatten längst aufgehört zu glühen, und auch das Schloss war wieder unversehrt, als wäre es nie aufgebrochen worden. Isabelle nahm das Amulett von ihrem Hals und überreichte es Rose. »Ich habe es mit einem Zauber versehen und hoffe, dass er gelingen wird.« Sie hockte sich auf den Boden. »Setzt Euch wie ich vor die Truhe und nehmt meine Hand. Fasst sie so, dass Ihr meinen Armreif berührt.« Als Rose tat, wie ihr geheißen, schloss Isabelle die Augen und murmelte etwas, das Rose nicht verstand. Aber das Amulett in ihrer Hand wurde merklich wärmer. »Und jetzt legt das Amulett auf Euer Herz.«

Rose spürte, wie eine merkwürdige Welle durch ihren Körper ging, als sie das Amulett auf ihre Brust legte, während ihre andere Hand Isabelles umschloss. Sie konnte nicht beschreiben, was geschah – es fühlte sich an, als wären sie auf einmal eins. Zwei Körper und doch untrennbar verbunden. Nach einer Weile legte Isabelle die Hand auf die Truhe. »Histu awi alea ama akti ura!«

Wie durch Zauberhand sprang das Schloss auf, und die Truhe öffnete sich. Rose fühlte das Amulett heiß auf ihrer Brust glühen, während die Zeichen auf der Truhe immer heller wurden. Doch anders als bei Brian veränderte das Licht seine Farbe und nahm nach und nach ein strahlendes Lapislazuliblau an. Bald war es so gleißend hell, dass beide Frauen die Augen schließen mussten. Isabelle schob ihren Arm in die Truhe und tastete blind nach dem Buch. Es war so schwer, dass sie es kaum heben konnte. Zweimal glitt es ihr wieder aus der Hand, bevor sie es herausnehmen konnte.

Kaum hatte sie es aus der Truhe gehoben, wurde sie von einem so heftigen Schwindel erfasst, dass sie fast zu Boden gefallen wäre. Auch Rose hielt sich nur mühsam aufrecht. Isabelle meinte in diesem Moment den Verstand zu verlieren. Sie hatte plötzlich das Gefühl, dass sie alles, was auf der Welt geschah, das Gute wie das Böse, in einem einzigen Augenblick erfuhr. Alle Geschehnisse, alle Gedanken, alle Gefühle, Glück und Leid, Leben und Tod. Vergangenheit und Zukunft vermischten sich mit Gegenwart, und es war, als habe sie auf einmal den Schlüssel zu allem. Sie fühlte sich fortgerissen von einem mächtigen dunklen Strudel, der immer stärker anschwoll. Verzweifelt rief sie nach Rose.

Erst nach einer Ewigkeit drang Roses Stimme wie von weit her zu ihr. Isabelle spürte ihre feste Hand und merkte, wie Rose neben ihr aufstand und sie hochzog. Als sie die Augen wieder öffnete, standen sie beide neben der Truhe, Hand in Hand, Isabelle mit dem Buch vor der Brust und Rose mit dem Amulett auf ihrem Herzen. Sich gegenseitig stützend, taumelten sie zur Feuerstelle. Mit einem Schwung warf Isabelle das Buch hinein. Augenblicklich schoss eine blaue Stichflamme in die Höhe, so hoch, dass sie bis zu den Baumkronen reichte. Andächtig sahen sie zu, wie die Flamme sich allmählich durch die uralten Seiten fraß, so als gäbe Balthazar sie nur widerstrebend her.

Ein heißes Stechen in ihrer Hand zwang Rose, die Finger zu öffnen, und das Amulett glitt sachte auf den Waldboden. Sofort hörte es auf zu glühen. Als sie es wieder aufhob, war es fast vollständig abgekühlt. Rose wischte sorgfältig die Erde ab und legte es in Isabelles Hände. »Es mag keine Zauberkraft mehr haben, aber es ist immerhin ein Erbstück Eurer Mutter.«

»Ich danke Euch.« Isabelle lehnte den Kopf an Roses Schulter. Sie fühlte sich so erschöpft, als hätte sie ein Meer durchschwommen. »Ich habe gar kein Verlangen gespürt«, sagte sie verwundert.

»Wir müssen uns zusammen in vollkommenem Gleichgewicht befunden haben.«

»Ja, es hat tatsächlich funktioniert.« Isabelle sah zu ihr hoch. »Ohne Euch hätte ich es niemals geschafft. Ihr seid die beste Freundin, die man sich vorstellen kann.«

»Ich war noch niemals jemandes Freundin.«

»Das wird sich jetzt ändern.«

»Ach ja? Vielleicht will ich gar keine Freundin sein?«

»Dafür ist es zu spät. Ihr habt Euch bereits zu viele Freundinnen auf der Insel gemacht.«

Rose gab ihr einen Knuff mit der Schulter. »Ihr liebt es, recht zu behalten, nicht wahr?«

»Deswegen ist es so großartig, dass es ständig passiert.« Isabelle knuffte zurück. »Ihr werdet sehen, dass es Euch mit der Zeit sehr lästig wird.«

»Seht Ihr die Wolke dort drüben?« Rose zeigte in die Ferne. »In den Bergen steigt Rauch auf.«

»Hoffentlich ist das Armaria!«

Eilig bereiteten sie ihren Aufbruch vor. Während Isabelle das Feuer löschte, suchte Rose nach Brians Pferd. Sie fand es in der Nähe des Teiches, an den Isabelle sich zuvor zurückgezogen hatte. Die Flammen hatten Beine und Bauch des Tieres so übel zugerichtet, dass Rose sich ihm nur vorsichtig nähern konnte. Sie strich ihm beruhigend über den Rücken und versprach ihm so schnell wie möglich eine kühlende Salbe für seine Wunden.

»Den Leichnam meines Vaters werde ich morgen holen«, erklärte sie Isabelle, als sie mit Brians Pferd zurückkam. »Meine Mutter wird seine Gebeine in England haben wollen.« Gemeinsam hoben sie Ophelia in den Sattel ihrer Stute. Rose setzte sich so hinter die Amazone, dass sie sie gut halten und stützen konnte.

Dann schwang sich Isabelle unter gutem Zureden auf Brians Pferd. Sie schlang sich fröstelnd die Arme um den Leib. Diese knappe Kleidung war zwar sehr bequem, aber für den Abend ungeeignet. »Ich verspüre wenig Lust auf ein zweites Bad im Fluss.«

Rose warf ihr ihren Surcot zu. »Wir werden darauf verzichten können, wenn Ihr bereit seid, einen größeren Umweg zu reiten. Auf Armarias Karte war weiter nördlich eine leichter passierbare Stelle eingezeichnet.« Sie presste dem Pferd die Fersen in die Flanken. »Wir sollten uns beeilen.«

Schon von weitem waren die vielen kleinen Lagerfeuer oben auf dem Bauch des Bären zu erkennen. Sie leuchteten durch die Dunkelheit wie Sterne am Nachthimmel, und Isabelle hoffte inbrünstig, dass es nicht Ritter Murchers Armee war, die dort ihr Lager aufgeschlagen hatte.

Als Rose und Isabelle sich wenig später der Anhöhe näherten, fiel beiden ein Stein vom Herzen. Die Stimmen, die an ihr Ohr drangen, waren eindeutig Frauenstimmen. Isabelle steuerte auf das nächstgelegene Lagerfeuer zu und tippte einer Amazone auf die Schulter. Sofort verstummte das Gespräch. »Hima haya Armaria?«, fragte sie.

Die Amazone fiel vor ihr auf die Knie. »Hoh hana!«, rief sie. »Hoh hana! Armaria istu falie.«

Isabelle und Rose ließen sich von ihr zur Königin führen. Sie fanden sie in eine Unterhaltung mit einer jüngeren Amazone vertieft. Armaria stand mit dem Rücken zu ihnen, wandte sich jedoch um, als sie bemerkte, dass ihre Gesprächspartnerin über ihre Schulter starrte. »Isabelle!«, rief sie freudestrahlend und humpelte ihnen entgegen. »Nur eine leichte Verletzung«, erklärte sie, als sie vor ihr stehen blieb. »Den Göttinnen sein Dank, Ihr seid beide am Leben!«

»Und Ihr habt es tatsächlich geschafft!« Isabelle schloss Armaria in die Arme. »Wo ist Brians Armee?«

»Unten am Strand. Der Plan von Sir Ross war ausgezeichnet. Zunächst hielten wir nach den beiden Caddingtons Ausschau, aber wir konnten sie nirgends entdecken. Deshalb haben wir alles daran gesetzt, ihren Feldmarschall außer Gefecht zu setzen. Nachdem er von unseren Pfeilen getroffen niederstürzte, haben wir auch ihren General angeschossen. Unsere Schützinnen haben sehr gut getroffen, ein Soldat nach dem anderen ging zu Boden. Ohne Führung waren die Männer bald so verwirrt, dass wir sie zurücktreiben konnten.«

»Ich habe gesehen, dass sie Rüstungen und Schilde trugen. Wie habt ihr das geschafft?«, staunte Isabelle.

»Dein Freund hat uns gelehrt, dass jede Rüstung ihre Schwächen hat«, erklärte Armaria lächelnd. »Dadurch konnten unsere Pfeile sie verletzen – und schließlich in die Flucht schlagen.«

Rose nickte zufrieden. »Wie hoch sind die Verluste?«

Armaria wischte sich über die Augen. Sie hatte sichtlich Mühe, die Fassung zu bewahren und brauchte einen Moment, bis sie antwortete. »Achtunddreißig unserer Schwestern sind gefallen. Wir können es noch gar nicht fassen, dass sie nicht mehr unter uns sind. Trotzdem sollten wir uns glücklich schätzen, denn wir haben weit weniger Stammesschwestern verloren als befürchtet.«

»Wo sind die Verletzten?«

»Drüben am Hang. Cilene ist bei ihnen. Bei sieben von ihnen ist der Zustand sehr ernst.«

»Erwartet Ihr einen weiteren Angriff?«

»Nein.« Armaria schüttelte den Kopf. »Wir haben etliche Krieger gefangen genommen, unter anderem ihren Feldmarschall. Die Armee wird warten, bis wir Verhandlungen aufnehmen.«

»Gut gemacht«, lobte Rose. »Eure Ahninnen wären sehr stolz auf Euch und Eure Schwestern.«

»Habt Ihr Ophelia gefunden?«

»Wir haben sie neben unseren Pferden ins Gras gebettet. Sie ist schwer verwundet und muss in Euer Krankenlager gebracht werden.«

Umgehend wies Armaria drei Amazonen an, Ophelia zu Cilene zu tragen. »Was ist geschehen?«, fragte sie, als sie Isabelle und Rose näher ans Feuer führte. »Wo sind Lord Caddington und sein Sohn?«

Isabelle und Rose wechselten einen kurzen Blick, dann legte Isabelle das Amulett vor Armaria ins Gras. »Es ist vorbei«, sagte sie. »Balthazars Gesetz ist Vergangenheit.«

Armaria sah sie fassungslos an. »Was sagst du da? Was ist geschehen?«

Rose schilderte in knappen Worten, was sich ereignet hatte, seit sie sich am Bauch des Bären getrennt hatten, und Isabelle warf gelegentlich eine Ergänzung ein. Armaria saß bewegungslos da und lauschte mit ungläubigem Blick ihren Ausführungen. »Wieso habt ihr das Buch nicht an euch genommen?«, fragte sie skeptisch. »Die Schamanen sagen, dass niemand der Versuchung widerstehen kann …« Sie hielt inne und sah von einer zu anderen. »Es sei denn …«

»… man befindet sich in vollkommenem Gleichgewicht«, nickte Isabelle.

»Das ist unfassbar.« Armaria schüttelte den Kopf. »Ich hätte nie geglaubt, dass so etwas möglich ist. Wir müssen das sofort Cilene erzählen. Gleich morgen berufen wir den Ältestenrat ein.« Sie sprang auf und umarmte erst Isabelle und dann Rose. »Euer tapferes Handeln hat alles verändert. Ihr habt eine große Last von uns genommen. Wir können uns jetzt frei in der Welt bewegen und reisen, wohin es uns beliebt.«

»Zunächst einmal gilt es euer Dorf wiederaufzubauen«, gab Rose zu bedenken. »Werdet ihr hierbleiben, bis ihr wieder im Tal leben könnt?«

»Meint Ihr nicht, dass dieser Ort sich gut als vorübergehende Bleibe eignet, Milady? Ich darf doch Milady sagen?« Die Königin lächelte spitzbübisch, als Rose hilfesuchend zu Isabelle hinüberschaute. »Schon gut, Cilene hat mir alles erzählt. Außerdem …« Sie nahm sich ausnehmend Zeit, Rose von oben bis unten zu mustern. »Außerdem hat sich Eure äußere Erscheinung ein wenig verändert seit unserer letzten Zusammenkunft.«

»Vielleicht wird der wappenlose Ritter jetzt ja auch nicht mehr gebraucht?«, meinte Isabelle hoffnungsvoll.

»Über all diese Dinge werden wir morgen sprechen«, beschloss Armaria. »Wir alle brauchen Schlaf, und ihr vermutlich am meisten, Miladies. Lasst uns nach den Verletzten sehen und uns dann zur Nachtruhe begeben. Morgen wird es ein großes Fest geben, und ich erwarte, dass ihr dazu ausgeschlafen seid.«

KAPITEL XII

Der Ruf der Trommeln schallte weit über den Bauch des Bären hinaus, als die Amazonen am Nachmittag des folgenden Tages ihre Trauerzeremonie begannen. Die in der Schlacht gefallenen Schwestern waren in Tücher gehüllt und in einer langen Reihe auf Ästen und Zweigen aufgebahrt worden. Auf ein Zeichen Armarias hin wurde das Holz entfacht. Die Amazonen hatten sich, Isabelle in ihrer Mitte, schweigend vor ihren toten Schwestern versammelt und übergaben sie unter dem Schall der Trommeln dem Feuer. Sie hatten ihr Leben gegeben für ihr Volk und für den Frieden in der Welt.

Nach einer Weile stimmte eine ältere Amazone ein Klagelied an, und die anderen fielen in die traurige Melodie ein. Die engsten Angehörigen wurden vor eine Schale geführt, die auf einem erhöhten, mit roten Blüten geschmückten Podest stand, und dort von Cilene mit einer öligen Flüssigkeit beträufelt. Jeder wurde ein rotes Tuch um den Arm gebunden, das sie erst drei Monate später wieder ablegen würde.

Rose stand mit Michael und Luke etwas abseits von der Menge und verfolgte von dort aus den Abschied von den Verstorbenen. Sie hatte die Teilnahme an dem Ritual abgelehnt, obgleich die Amazonen sie freundlich eingeladen hatten. Es war ihre Kultur, ihr Verlust und ihre Trauer.

Als schließlich nur noch glühende Asche von der Zeremonie zeugte, begannen die Trommeln einen schnelleren Rhythmus vorzugeben. Die Menge löste sich auf, und die Amazonen gingen zu einem großen Platz hinüber, der für die Feierlichkeiten hergerichtet worden war. In seiner Mitte brannte ein hohes Lagerfeuer und darum herum waren Decken ausgebreitet, auf denen Krüge mit Wasser und dem süßen Honiggetränk verteilt waren sowie Teller mit Obst, Gemüse und Fleisch.

Armaria hielt eine kurze Ansprache, in der sie ihren Stammesschwestern dankte, dass sie so unerschrocken in den Kampf gezogen waren. Letzten Endes hatten sie ihre übermächtigen Feinde durch List und Klugheit in die Flucht geschlagen. Sie dankte besonders auch Isabelle und Rose für ihren Mut, den Caddingtons nach Cyane zu folgen und ihr Leben für die Inselbewohnerinnen zu riskieren. »Unser Volk wird euch auf ewig dankbar sein für die Last, die ihr von unseren Schultern genommen habt. Wir sind jetzt ein freies Volk, und jede kann gehen, wohin sie will. Ohne euren tapferen Einsatz wären wir auf ewig an Balthazars Aufgabe gebunden geblieben.«

Bei den letzten Worten schritt Armaria auf sie zu und überreichte jeder der beiden ein Geschenk.

Isabelle empfing ihre eigene Lederkleidung als Zeichen dafür, dass sie für immer zu diesem Volk gehören würde, sowie eine wunderschöne Halskette, die zu dem Armreif passte, den sie bereits um ihr Handgelenk trug. Rose erhielt ein über tausend Jahre altes Schwert, dessen griechische Inschrift davon zeugte, dass seine ursprüngliche Besitzerin einst in Makedonien für ihre Schwestern gekämpft hatte. »Ich danke Euch, aber dieses Geschenk ist zu wertvoll, um es anzunehmen«, protestierte Rose, konnte jedoch nicht widerstehen, das Schwert zu ergreifen. Es war leichter als die Schwerter, die in England üblich waren, doch es lag gut in der Hand und war wesentlich wendiger als ihr eigenes.

»Auf Cyane werden Geschenke angenommen«, sagte Armaria streng. »Wenn Ihr unsere Freundschaft wollt, solltet Ihr nicht widersprechen.«

»Dann danke ich Euch herzlich.« Rose warf das Schwert in die Luft, und alles staunte, als es dicht neben einem Habicht niederging, der sich gerade ein Stück Fleisch stehlen wollte. Die Umstehenden lachten, als der Vogel erschrocken davonflog.

»Es ist nun Zeit, unseren Sieg gebührend zu feiern«, sprach Armaria zu ihrem Volk. »Wir haben unsere Insel und Balthazars Buch tapfer verteidigt! Ich bin stolz auf jede Einzelne von euch!«

»Hoch lebe die Königin!«, jubelten die Stammesschwestern und klatschten in die Hände. Schon begannen die Trommeln einen kraftvollen Rhythmus zu schlagen, der einige Amazonen zum Tanzen animierte. Immer mehr gesellten sich hinzu, und schließlich war der Platz überfüllt mit singenden und tanzenden Amazonen. In einiger Entfernung saßen die verletzten und die älteren Amazonen, aßen und tranken und nickten zum Takt des Tanzes.

Michael und Luke wurden von zwei Amazonen in die Mitte geführt und nahmen mit wilden Sprüngen an dem Spektakel teil. Beide hatten sichtlich Spaß an den ungewohnten Bewegungen, und Rose beobachtete amüsiert, wie ihr Knappe mit Wonne sämtliche Hemmungen ablegte.

»Möchtet Ihr nicht mittanzen?« Isabelle setzte sich neben sie ins Gras. »Ihr würdet die Schwestern damit beglücken.«

»Ich schaue lieber zu.«

»Mir geht es ebenso. Nach dem gestrigen Tag ist mir nicht nach Tanzen zumute.«

»Darf ich Euch einen Pfirsich anbieten?«

»Später vielleicht.« Isabelle schüttelte den Kopf. »Wisst Ihr, was ich mir gern näher ansehen würde? Den Strand. Meine Mutter hat mir schon als Kind von dem weichen, weißen Sand auf der Insel erzählt, aber seit ich hier bin, gab es noch keine Gelegenheit, ihn zu genießen.«

»Möchtet Ihr hinreiten?«

»Gern, aber wäre das nicht unhöflich?«

»Alle sind so mit dem Feiern beschäftigt – niemand wird merken, dass wir nicht da sind.«

»Wohlan denn.« Isabelle sprang auf und zog Rose nach oben. »Ich besorge uns Decken und etwas Warmes zum Überziehen.«

»Dann treffen wir uns bei den Pferden.«

Kurze Zeit später fanden sich beide an dem verabredeten Treffpunkt ein. Sie beschlossen, zum Südstrand der Insel zu reiten, um jede Begegnung mit englischen Kriegern zu vermeiden. Der südliche Teil des Strandes war vom Bauch des Bären durch ein gebirgiges Waldstück getrennt, das sie möglichst hinter sich haben wollten, bevor es vollständig dunkel war.

Der würzige Duft des Waldes ließ Isabelle tief einatmen. »Mir fehlt meine Felicia«, seufzte sie. »Ihr würde es hier gefallen.«

»Ihr werdet sie bald zurückhaben«, tröstete sie Rose. »In wenigen Wochen sind wir wieder in England.« Auch sie vermisste ihren Aymon mehr, als sie sich eingestehen mochte.

Endlich lichteten sich die Bäume, und vor ihnen tauchte ein weißer Sandstrand auf. Selbst hier am Wasser wehte nur ein lauer Wind, der die Wellen sanft ans Ufer rollen ließ. Ringsum herrschte eine friedliche Stimmung, und Isabelle atmete ein weiteres Mal tief ein. »O Rose, das war eine wundervolle Idee von Euch!« Sie sprang von ihrem Pferd und lief den Wellen entgegen. »Kommt schon! Das Wasser ist sicher warm!« Eilig zog sie ihre Schuhe aus und watete ins Meer.

Rose sah ihr fasziniert zu. Manchmal hatte Isabelle etwas so Kindliches, dass man ihr nichts abschlagen konnte. Also entledigte auch sie sich ihrer Stiefel und lief ins Wasser, dass es aufspritzte und die jauchzende Isabelle traf.

»Na, wartet!«, rief diese und spritzte Wasser in Roses Richtung. Die wehrte sich nach Kräften, und in kürzester Zeit waren beide vollkommen durchnässt.

»Das werdet Ihr noch bereuen, Milady.«

Auf einmal war Rose verschwunden. »Rose?« Isabelle schaute sich verwirrt um. »Rose?« Plötzlich spürte sie etwas Kitzliges an ihren Waden. Noch ehe wusste, wie ihr geschah, zog es ihr die Beine weg, und sie landete mit einem lauten Klatschen im Wasser. »Das war nicht sehr ritterlich«, prustete sie, als sie wieder auftauchte. Doch niemand hörte ihre Beschwerde. »Rose?«

»Jawohl, Milady?« Rose tauchte wieder genau dort auf, wo sie vorher gestanden hatte.

»Ich kann Euch nur warnen – hier gibt es offensichtlich gefährliche Seetiere.« Isabelle verschränkte die Arme vor der Brust. »Ihr habt nicht zufällig welche gesehen?«

»Keineswegs, aber wenn Ihr Euch fürchtet, ist es wohl besser, ich trage Euch aus dem Gefahrengebiet.« Sie hob Isabelle hoch und schickte sich an, sie ans Ufer zu tragen. Doch Isabelle zappelte so widerspenstig, dass Rose schließlich das Gleichgewicht verlor und beide erneut im Wasser landeten.

»Ihr solltet nicht so tun, als ob Ihr Frauen auf Händen tragen könntet.« Isabelle stapfte triumphierend an den Strand. Sie holte die Decken aus den Satteltaschen und warf Rose ein Tuch zum Trocknen zu. Schnell zogen sie ihre nassen Kleider aus und hüllten sich in die warmen Decken. »Das Wasser ist herrlich«, schwärmte Isabelle. »Und wie gut, dass Ihr diesmal Eure Kopfbedeckung an Land gelassen habt, schließlich neigt Ihr dazu, sie im Wasser zu verlieren.«

»Ich verspreche, Euch Eure Bundhaube zurückzugeben, sobald wir in England sind«, lachte Rose. »In Lytham werde ich mir gleich einen neuen Gugel kaufen.«

Isabelle setzte sich neben Rose in den Sand. »Ehrlich gesagt verstehe ich sowieso nicht, wofür die Maskerade noch gut sein soll. Selbst Euer Knappe weiß inzwischen, wer Ihr wirklich seid.«

Rose malte mit dem Zeigefinger kleine Achten in den Sand. Sie wusste, dass Isabelle recht hatte. »Ich bin so daran gewöhnt, nicht die zu sein, die ich wirklich bin«, gestand sie. »Ich fühle mich entblößt ohne meine Verkleidung.«

»Ihr seid der mutigste Mensch, den ich kenne, Rose. Warum habt Ihr nicht den Mut, Ihr selbst zu sein? Der Mensch, der Ihr seid, ist es wert, von der Welt gesehen zu werden.«

»Wisst Ihr, was Ihr da von mir verlangt? Die Leute denken, dass Rose Caddington in der Verbannung gestorben ist. Vielleicht ist es besser, sie in diesem Glauben zu lassen.«

»Die Frage ist doch, was das Beste für Euch ist, Rose. Ich möchte Euch glücklich sehen.«

»Ich bin glücklich, wenn ich mit Euch zusammen bin.«

Isabelle lächelte. »Warum haltet Ihr dann immer so großen Abstand von mir?«

»Findet Ihr, dass ich gerade Abstand halte?«

»Ihr könntet schon ein wenig näher rücken.«

»Ist Euch kalt?«

Isabelle war alles andere als kalt, aber sie nickte nachdrücklich. »Ich hole mir den Tod.«

»Warum habt Ihr das nicht schon eher gesagt?« Rose rückte hinter sie und schlang ihre Arme um Isabelle. »So besser?«

»Viel besser.«

Auch wenn zwei Decken zwischen ihnen waren, konnte Isabelle nicht umhin, Roses Brüste an ihrem Rücken zu spüren. Das Gefühl verursachte ein leichtes Kribbeln in ihren Gliedern, das langsam zu ihrer Körpermitte zog. »Werden die Amazonen überleben?«, wechselte sie das Thema. »Viele von ihnen sind neugierig auf die Welt da draußen.«

»Da Balthazars Zauber nicht mehr gilt, werden sie zukünftig

weniger Nahrung haben. Es ist nur gut, wenn einige die Insel verlassen, um auf dem Festland ihr Glück zu finden.« Rose zog sie noch fester an sich und ließ ihr Kinn auf Isabelles Schulter ruhen.

Isabelle stockte der Atem, als ihre Wangen sich berührten, doch es fühlte sich viel zu schön an, um sich zu rühren. »Die Amazonen haben auch schon vor Balthazars Besuch auf Cyane gelebt«, sinnierte sie. »Vielleicht kann ein kleiner Stamm von ihnen hier friedlich weiterleben.«

»Die Welt wird sie nicht in Frieden lassen. Bald wird eine andere Armee kommen und versuchen, sich ihr Land zu eigen zu machen.«

»Vielleicht sollten die Schamaninnen die starke Strömung aufrechterhalten, die Balthazar vor der Insel erzeugt hat. Wäre es nicht gut, wenn Cyanes Existenz nach wie vor ein Geheimnis bliebe? Dann könnten die Inselbewohnerinnen hier ungestört weiterleben, und wenn einige von ihnen Cyane verlassen möchten, wird der Spruch vorübergehend außer Kraft gesetzt, so dass sie gefahrlos zum Festland segeln können. So wie es die Schamaninnen seit Jahrhunderten handhaben.«

»Das würde bedeuten, dass die Amazonen, die nach Irland oder England gehen, sich nicht als solche zu erkennen geben dürften.« Rose tippte Isabelle an die Nasenspitze. »Wo Ihr mir gerade gepredigt habt, wie wichtig es ist, man selbst zu sein.«

Isabelle musste lachen. »Da habt Ihr recht. Aber es wäre zum Schutze ihres Volkes. Vielleicht ist es das Opfer wert. Nur die Königin und die Schamaninnen sprechen unsere Sprache. Was haltet Ihr davon, wenn ich die Übersiedlerinnen zunächst mit an den Hof von York nehme und sie dort in unserer Sprache unterrichte? Niemand müsste erfahren, wer sie wirklich sind.«

»Das ist eine gute Idee, aber wollt Ihr wirklich zurück nach York?«

»Ich habe Pflichten dort. Der Bevölkerung von Yorkshire geht es sehr schlecht, ebenso den Menschen in meiner Heimat.«

Isabelle wandte den Kopf zu Rose. »Aber wenn Ihr mich bitten würdet, mit Euch zu ziehen, dann würde ich es sofort tun.«

Rose strich ihr eine nasse Strähne aus der Stirn. »Das ist das Entzückendste, was mir jemals jemand gesagt hat. Aber ich mag Euch dieses Nomadenleben nicht zumuten.«

»Ihr braucht Euch um mich nicht zu sorgen. Jeder Ort, an dem Ihr seid, ist ein guter Ort.«

»Ihr seid ein besonderer Mensch, Isabelle. Womit habe ich Euch nur verdient?« Behutsam, fast schüchtern, küsste Rose ihre Schläfe.

Isabelle schloss die Augen unter der zärtlichen Berührung. »Es geht nicht um Verdienen«, widersprach sie leise. »Könntet Ihr nicht rechtmäßig als die Tochter von Walter und Emily Caddington im Castle von York leben? Als solche könntet Ihr wichtige Schritte für den Frieden in England einleiten.« Sie verstummte, als sie Roses Lippen an ihrem Hals spürte. Die Schmetterlinge, die im selben Moment in ihrem Bauch aufflatterten, nahmen ihr prompt die Luft. »Und wir könnten ... für immer ... zusammensein«, fügte sie stockend hinzu.

»Bestimmt wollt Ihr noch einmal heiraten ...«

»Wen denn?«

»Ich will Euch nicht einengen, Euch nicht in Besitz nehmen ...«

Ehe Isabelle etwas erwidern konnte, waren Roses Lippen auf ihren. Es war noch berauschender, als sie es in Erinnerung hatte. »Ich wünschte, Ihr würdet das tun«, flüsterte sie. »Nehmt mich in Besitz, Rose.«

Rose drückte sie in den Sand und schlug ihre Decke über sie beide. Isabelle seufzte tief, als Roses weicher Körper sich auf sie legte. Zwei starke Arme schlangen sich um sie und hielten sie fest. »So recht, Milady?«

Isabelle konnte nichts sagen. Sie war zu sehr mit dem wunderbaren Gefühl beschäftigt, das Roses Lippen an ihrem Hals erzeugten. »Herrgott ... im Himmel«, wisperte sie. »Habt Ihr ...

vor … mich … in den … Wahnsinn … zu treiben?« Die Lippen wanderten unbeeindruckt tiefer, und Isabelle musste lachen, als sie eine kitzlige Stelle an ihrem Schlüsselbein fanden. »Ihr wollt mich ganz sicher in den Wahnsinn treiben«, gluckste sie.

»Wer hier wen in den Wahnsinn treibt, wird sich noch herausstellen«, murmelte Rose. »Ihr seid die schönste Frau, die mir je begegnet ist, Isabelle.«

»Ich will nur für Euch schön sein.« Isabelle nahm Roses Kopf in beide Hände und küsste sie zärtlich. Wieder spürte sie das Prickeln, das sie nach der ersten Begegnung mit dem wappenlosen Ritter verspürt hatte. Doch dieses Mal war es stärker und mächtiger, und es schwoll immer mehr an, je länger sie sich zärtlich berührten. Jede Faser ihres Körpers wurde davon erfasst, und Isabelle hatte das Gefühl, etwas in ihr würde jeden Moment explodieren. »Rose«, flüsterte sie. Irgendetwas stimmte nicht. »Rose«, flüsterte sie noch einmal.

»Was ist?« Rose hielt sofort inne. »Möchtet Ihr, dass ich aufhöre? Ich tue alles, was Ihr wollt.«

Isabelle schüttelte den Kopf. »Es ist nur … zu viel.«

»Natürlich.« Rose zog die verrutschte Decke wieder über sie. »Verzeihung, Isabelle, ich weiß nicht, was in mich gefahren ist.«

»Wahrscheinlich dasselbe wie in mich«, lächelte Isabelle und strich ihr zärtlich über die Wange. Wie samtig ihre Haut war. Plötzlich verfinsterte sich Isabelles Miene. »Rose?«

»Hm?«

»Glaubt Ihr, dass man daran sterben kann?«

»Nein.« Rose rollte sich lachend auf den Rücken und zog Isabelle mit sich. Auf einmal lag Isabelle oben, und sie fand es mindestens genauso wundervoll wie umgekehrt.

»Ich fühle mich aber so merkwürdig.«

»Vertraut mir, Isabelle. Ich werde gut auf Euch Acht geben. Ich verspreche es.«

»Versprecht mir lieber, dass Ihr mich nicht mehr loslasst.«

Isabelle bettete ihren Kopf zwischen Roses Brüsten. Mit einem glücklichen Lächeln lauschte sie dem schnellen Herzschlag. Sie war also nicht die Einzige. »Oder versprecht mir, mit nach York zu kommen.«

»Ich werde darüber nachdenken. Versprochen.«

»Gut.« Isabelle neigte den Kopf, um Roses Brüste zu liebkosen.

Rose stöhnte. »Aber jetzt seid Ihr an der Reihe, mir etwas zu versprechen.«

»Alles, was Ihr wollt, Milady. Ich verspreche Euch alles.« Isabelles Lippen fuhren sanft über die weichen Rundungen. Hatte sie jemals etwas Köstlicheres getan?

»Zunächst einmal ...« Rose schob Isabelles Mund sachte von ihren Brüsten weg. »... müsst Ihr mir versprechen, diesen Bereich von mir fürs Erste unbeachtet zu lassen. Sonst kann ich für nichts garantieren.«

»Wie bedauerlich«, seufzte Isabelle. »Also gut, der Handel steht. Euer Versprechen gegen meines.« Sie bedeckte Roses Augenlider mit kleinen Küssen. »Sind die Augen erlaubt?«, fragte sie und wanderte mit ihren Lippen über Roses Gesicht. »Die Nase? ... Die Stirn? ... Der Mund?«

»Ihr seid unmöglich, Isabelle.«

»Und Ihr seid die wundervollste, schönste, atemberaubendste Frau, die ich kenne. Ich will Euch nie wieder missen.« Isabelle war endlich bei Roses Mund angekommen und verweilte dort sehr, sehr lange. Schließlich schlang sie beide Arme um sie und barg ihr Gesicht an Roses Hals.

»Rose Caddington, ich liebe dich.«

Endlich war es gesagt, was sie schon am ersten Tag gespürt hatte. Endlich durfte sie es sagen. Isabelle verspürte eine körperliche Erleichterung, als sie ihr Gesicht tiefer in Roses Halsbeuge barg. Sie war zu Hause.

Etwas Feuchtes an ihrer Schläfe ließ sie den Kopf heben. Rose weinte.

Behutsam küsste Isabelle ihr die Tränen von der Wange. »Es wird alles gut.«

»Ich liebe dich auch, Isabelle Caddington.«

Die ganze Nacht nahmen sie sich Zeit, sich gegenseitig zu erforschen und zu liebkosen. Immer wieder mussten sie einander berühren, sich leise Worte sagen und spüren, dass sie einander nah waren. Jedes Mal, wenn sie wieder zueinanderfanden, entdeckten sie etwas Neues. Rose lernte, dass es etwas tief in ihr gab, das noch niemals zuvor berührt worden war. Und Isabelle lernte, dass es ein Glück gab, das größer war, als sie es sich je hätte ersehnen können.

»Selbstverständlich werden wir Euch beim Wiederaufbau des Dorfes helfen.« Rose schritt gemeinsam mit Armaria und Isabelle über den Dorfplatz, den das Flammenmeer in Schutt und Asche gelegt hatte. »Es wird Monate dauern, bis Ihr die Hütten wiedererrichtet habt. Und der Winter ist nicht mehr fern.«

»Wir haben genügend tatkräftige Hände und werden schneller damit fertig sein, als Ihr glaubt«, widersprach Armaria. »Bis zum Wintereinbruch werden wir hier wieder wohnen. Übrigens habe ich der Armee der Caddingtons heute Morgen einen Besuch abgestattet und den Kriegern einen Handel vorgeschlagen. Die Soldaten werden Cyane noch heute verlassen, nachdem jeder von ihnen einen Schwur abgelegt hat, niemals etwas über die Existenz unserer Insel verlauten zu lassen. Sie nehmen zwei der Galeeren mit, die dritte werden sie für euch hierlassen. Auch die dazugehörige Besatzung steht zu eurer Verfügung.«

»Das ist ein Grund mehr, unser Angebot anzunehmen«, stimmte Isabelle Rose zu. Sie bückte sich, um eine versengte Puppe unter einem Haufen Asche hervorzuziehen. Sorgsam säuberte sie das Gesicht mit dem Ärmel ihres Gewandes und reichte die Puppe Armaria. »Bedenke, dass es ohne Balthazars schützende Hand kühler werden wird, als ihr es gewohnt seid. Wie Rose halte auch ich es für das Beste, wenn wir noch einige Wochen bei euch bleiben. Nicht nur, dass wir euch beim Aufbau helfen können, es würde mir außerdem Gelegenheit geben, noch mehr von Cilene zu lernen.«

Armaria drückte das versengte Spielzeug an sich. »Macht euch um uns bitte keine Sorgen. England braucht eure Hilfe dringender als wir.«

»Was meint Ihr? Gibt es Neuigkeiten vom Festland?«

»Ich wollte es euch schon gestern Abend sagen, aber ich konnte euch nirgends finden.« Armaria blieb vor der Statue der Bogenschützin stehen, die einst das Zuhause der Königin repräsentiert hatte. Jetzt ragte sie als Einziges unversehrt aus einem Berg verkohlter Holzplanken. Liebevoll wischte Armaria der steinernen Amazone die Asche aus dem Gesicht. »Wir haben Kunde erhalten, dass King John mit seiner Armee die Burgen einzelner Barone angegriffen hat. Der Adel Englands hat daraufhin verkündet, dass der König sein Recht auf den Thron verwirkt habe.«

»Das ist der Bürgerkrieg, den ich befürchtet habe«, sagte Rose bitter. »King John tritt alles mit Füßen, wofür wir gekämpft haben.«

Armaria legte tröstend den Arm um sie. »Wir sind genügend Frauen, um unser Dorf wiederaufzubauen. Aber in England wird nach dem wappenlosen Ritter gerufen. Ihr solltet so schnell wie möglich aufbrechen, Rose.«

»Ich komme mit Euch«, sagte Isabelle. »England braucht Eure Unterstützung.«

Armaria hatte genug gesehen, um die Situation im Dorf einschätzen zu können, und so machten sie sich auf den Weg zu ihren Pferden. Auf dem Ritt zurück zum Bauch des Bären konnte Isabelle ihre Tränen nur mühsam zurückhalten. Sie wollte diesen Ort noch nicht verlassen. King Johns Zurücknahme der Carta verhieß weitere Aufstände und noch mehr Leid und Armut in England. Und es bedeutete, dass Rose ihr erneut entrissen würde.

Die letzte Nacht war die schönste, denkwürdigste ihres Lebens gewesen, und dieser Tag sollte nicht zum traurigsten werden. Sie hatte eine unvergessliche Zeit mit Rose gehabt. War das nicht genug? War das nicht mehr, als eine Frau ihres Standes sich je erhoffen konnte? *Nein, es ist nicht genug!*, schrie es in ihr. Wer wusste schon, wie viel Zeit ihnen zusammen blieb. Wollte sie jeden Tag ängstlich auf eine Nachricht hoffen, dass der wappenlose Ritter noch am Leben war? Wochen, Monate, Jahre? Sollte ihr Leben von nun an aus Warten bestehen?

Am Bauch des Bären angekommen, reichte Isabelle einer Amazone wortlos die Zügel und machte sich daran, ihre Sachen für die Abreise zu packen.

»Lady Isabelle!«

»Was gibt es denn, Michael?« Isabelle sah erstaunt auf, als sie den Knappen mit einer jungen Amazone im Schlepptau auf sich zusteuern sah.

Michael blickte verlegen zu Boden. »Es ist so ... Ihr werdet sicher verstehen, dass ich nicht der Knappe einer ... einer Frau sein kann ... Obwohl sie der tapferste Ritter ist, der mir je begegnet ist«, beeilte er sich hinzuzufügen.

»Aber?«

»Aber ich glaube, dass mir das Dasein als Knappe doch etwas zu anstrengend ist, besonders jetzt, da wieder Krieg ausbricht ...« Er machte eine Pause. »Ich will jetzt Müller werden«, platzte er heraus. »Hera wird mir zeigen, wie man eine wassergetriebene Getreidemühle baut.« Er legte den Arm um die Amazone. »Und später werde ich in England damit ein reicher Mann werden.«

»Du kommst nicht mit uns?«

Michael schüttelte den Kopf. »Ich helfe noch beim Wiederaufbau des Dorfes. Danach werde ich mit Hera die Mühle wieder funktionstüchtig machen und ...«

»Und viele Kinder zeugen, nehme ich an«, ergänzte Isabelle mit Blick auf die Amazone.

Michael errötete. »Vielleicht kann ich mich ja in York niederlassen und Euer Hoflieferant werden, Milady?«, fragte er hoffnungsvoll.

»Ich werde sehen, was ich tun kann. In York bist du immer willkommen. Ich begrüße es, dass du noch auf Cyane bleibst und den Amazonen beim Wiederaufbau ihrer Hütten helfen wirst. Wir würden es auch tun, wenn uns nicht eine dringende Angelegenheit zur Rückkehr nach England zwänge.«

»Ihr werdet von mir hören, Milady.« Michael verbeugte sich vor Isabelle. »Gott sei mit Euch auf all Euren Wegen, Milady.«

»Und mit dir.« Isabelle sah dem davoneilenden Müller in spe wehmütig nach. Vielleicht waren seine Aussichten in der Handwerkerzunft wirklich vielversprechender als im Rittertum. Die Zukunft würde es zeigen.

»Das Meer wird frommer sein als ein Mönch«, versicherte Cilene, als sie Isabelle ein letztes Mal umarmte. »Versprich mir, dass du deine Kräfte nur im Verborgenen anwenden wirst.«

Isabelle kraulte Kira zwischen den Ohren. »Das sagst du mir jetzt schon zum zehnten Mal, Cilene.« Sie lächelte. »Ja, ich verspreche es. Komm mich nur recht bald besuchen, dann kannst du dich von meiner Diskretion überzeugen.«

»Du hast eine wundervolle Gabe, die eine große Verantwortung mit sich bringt«, beharrte Cilene. »Manchmal wird es schwer sein zu entscheiden, in welcher Situation du sie einsetzt und in welcher nicht.«

»Ich bin sicher, Isabelle besitzt die Weisheit, sich jeweils richtig zu entscheiden, Cilene.« Nun zog Armaria Isabelle in die Arme. »Ich lasse dich nur ungern gehen. Falls du dich doch entschließen solltest, nach Cyane zurückzukehren, weißt du, dass ich immer für dich da bin.« Sie schaute hinüber zu Rose, die wartend neben dem Boot stand. »Aber wie es scheint, hast du schon jemanden an deiner Seite.«

Wieder lächelte Isabelle. »So ist es«, sagte sie und gab der Königin einen Kuss auf die Wange. »Ich hoffe, du wirst mir immer eine gute Freundin bleiben, Armaria.«

»Auf ewig.« Armaria nahm ihre Hand und führte sie zu ihrem Boot, gefolgt von Cilene und einem Pulk singender Amazonen. Kira leckte Isabelle ein letztes Mal die Hand, bevor sie schwanzwedelnd im Wald verschwand.

Als sich Isabelle zu Rose und Luke ins Boot setzte, winkte sie den Amazonen noch einmal zu. »Gehabt euch wohl, liebe Schwestern!«, rief sie in ihrer Landessprache. »Artemis möge euch stets beschützen!«

Die Amazonen winkten zurück und riefen ihr gute Wünsche zu.

»Nimm mich mit!«, tönte es plötzlich von irgendwo her. »Lass mich mit dir gehen!«

»Miara?«

»Nimm mich mit!« Miara schob sich durch die Menge. »Bitte!«, flehte sie steinerweichend, als sie vor Isabelle stand. »Ich würde so gern die Sprache und die Gebräuche deines Landes kennenlernen. Kann ich nicht mit dir kommen?«

Isabelle hatte den schweren Verdacht, dass es Miara mehr um den jungen Krieger in ihrem Boot ging als um die Kultur Englands, aber in Anbetracht dessen, was sie durchgemacht hatte, würde wohl jede Form der Ablenkung gut für sie sein. »Hast du denn schon mit Goda darüber gesprochen?«

»Sie hat gesagt, du kannst mich ja wieder mitbringen, wenn du nächstes Jahr wiederkommst.«

»Lass sie ruhig mit dir fahren«, sagte Cilene. »Es wird ihr guttun, auf andere Gedanken zu kommen.«

»Also gut.« Isabelle winkte Miara. »Aber spute dich.« Sie stöhnte auf, als Miara bei ihrem Sprung in das Boot auf ihren Zehen landete. »Das üben wir noch«, sagte sie grimmig, während sie Miara von ihrem Fuß schob.

Die umstehenden Amazonen lachten und machten Späße, während die Ruderinnen das Boot in Bewegung setzten. Mit schnellen Zügen brachten sie die Abreisenden zu ihrer Galeere. Als der Anker gelichtet wurde, überkam Isabelle eine solche Wehmut, dass sie am liebsten gleich wieder von Bord gesprungen wäre. Doch die Menschen in England zählten auf den wappenlosen Ritter, und ihr Platz war an seiner Seite.

Isabelle winkte ihren Schwestern noch zu, als sie die Gestalten am Ufer schon längst nicht mehr erkennen konnte. Sie war eine von ihnen, das hatte sie deutlich gespürt. Ihr Herz würde für immer bei diesem Volk sein.

Eine Hand legte sich auf ihre, als sie sinnend an der Reling stand.

»Du wirst zu ihnen zurückkehren, so oft es geht. Wenn du sie wiedersiehst, wird die Freude umso größer sein.«

Roses sanfte Stimme ließ den Kloß in Isabelles Kehle nur noch dicker werden. Sie nickte stumm, und gemeinsam schauten sie zu, wie die Insel in der Ferne kleiner und kleiner wurde.

Schließlich räusperte sich Rose. »Du bist heute so still. Bereust du, was wir getan haben?«

Bereuen? Isabelle schüttelte heftig den Kopf. »Dass du das überhaupt denken kannst!«

Sie spürte, wie Rose neben ihr aufatmete. »Das ist es also nicht.«

Eine Weile beobachteten sie schweigend die weißen Schaumkronen im Kielwasser des Schiffes. »Werde ich dich wieder verlieren?«, fragte Isabelle, den Blick auf die Gischt gerichtet.

»Verlieren? Ich hatte gehofft, wir hätten uns gerade gefunden.«

»Haben wir das? Deine Mission wird immer wichtiger für dich sein.«

Rose schüttelte den Kopf. »Das hat sich verändert. *Du* hast alles verändert, Isabelle. Seit ich dich kenne, weiß ich, dass es etwas gibt, das wichtiger ist als meine Mission. Du bist mir wichtiger als alles andere auf der Welt. Verzeih mir, dass ich dir das nicht schon früher sagen konnte. Es tut mir leid.«

Isabelle spürte, wie ihr die Tränen hochstiegen. »Was für ein Glück, dass ich immer dein Taschentuch dabei habe«, schniefte sie und schnäuzte sich. »In den letzten Monaten hat es mir gute Dienste geleistet.« Die Ritterin fiel fast über die Reling, als Isabelle unvermittelt beide Arme um sie schlang. »Ich glaube dir, dass es dir leid tut«, sprach Isabelle in Roses Surcot. »Und ich bin bereit, dir großzügig zu verzeihen, auch wenn ich finde, dass das voreilig ist.«

Erleichtert küsste Rose sie auf die Stirn. »Ich habe über deine Idee nachgedacht, wieder an den Hof von York zurückzukehren.«

»Als Rose Caddington?«

»Wir könnten beide ohne weiteres auf der Burg leben. Es wäre rechtmäßig.«

»Und der wappenlose Ritter?«

»Würde sich weiterhin für den Frieden in England einsetzen.«

»Du willst beides sein?«

»Ich *bin* beides. Ich werde immer beides sein. Aber der wappenlose Ritter wird nicht ständig benötigt. Ich kann ohne Probleme als Rose Caddington auf der Burg leben. Und bei Bedarf ist Rose eben in wichtigen Geschäften unterwegs ...« Rose verstummte, als Isabelles Fingerspitze sich in ihren Surcot bohrte. »Was ist?«

»Glaub ja nicht, dass ich das besorgt wartende Weib spiele, bis der Herr Ritter aus seinen Schlachten zurückkehrt.«

»Wieso nicht?«

»Ich willige nur unter einer Bedingung ein: Ich werde dich begleiten.«

»Isabelle, ich schätze deinen Mut, aber das wäre viel zu gefährlich. Du bist keine Kriegerin. Du weißt nicht einmal, wie man ein Schwert hält.«

»Dann bring es mir bei. Mir liegt genauso viel am Frieden Englands wie dir.«

»Es geht nicht.«

»Du hast selbst gesagt, dass ich begabt bin.«

»Aber doch nicht zum Töten«, sagte Roses harsch. »Glaub mir, Isabelle«, fügte sie gedämpfter hinzu. »Der Krieg verändert einen. Ich möchte, dass du bleibst, wie du bist.«

»Ich muss doch nicht gleich töten«, widersprach Isabelle. »Aber wenn du mich mitnimmst, kann ich dir bestimmt nützlich sein. Ich spreche verschiedene Sprachen, ich kann Dinge vorausahnen, ich verstehe mich auf die Heilkunst und habe ein breites Wissen ...«

»Schon gut, schon gut. Ich werde darüber nachdenken.«

Isabelle verschränkte die Arme vor der Brust. So hatten sie nicht gewettet. »Da gibt es nichts nachzudenken. Es ist meine Bedingung. Wenn du mich an deiner Seite willst, dann lass mich auch an deiner Seite sein. Und nicht nur wenn der wappenlose Ritter gerade nicht gebraucht wird.«

Rose zog ihren Umhang aus und legte ihn Isabelle um die Schultern. »Es wird kühl. Wollen wir uns nicht unter Deck begeben? Dort werden wir es warm und gemütlich haben.«

Die Schmetterlinge in Isabelles Bauch meldeten sich umgehend zurück. »Warum stehen wir dann hier draußen und streiten uns?« Sie nahm Roses Hand und zog sie von der Reling fort. Die Ritterin ließ sich widerstandslos unter Deck führen, erhob jedoch Protest, als Isabelle sich anschickte, Kerzen zu holen. Sie ergriff ihren Arm und zog sie zu sich. Die Koje knarrte bedenklich, als die beiden auf die Matratze sanken.

»Wir brauchen kein Licht«, flüsterte Rose.

»Glaub ja nicht, ich vergesse, dass du mir noch keine Antwort gegeben hast«, flüsterte Isabelle zurück.

»Wie könnte ich. Dafür bist du viel zu starrsinnig.«

Und dann knüpften sie dort an, wo sie in der Nacht zuvor aufgehört hatten. Und Isabelle fragte sich, wie die Zeit dazwischen überhaupt vergangen war.

KAPITEL XIII

18. November 1216

»Das ist der letzte.«

Michael hievte einen Mehlsack von seinem Wagen und reichte ihn George, der ihn zu den anderen am Eingang der Hofküche schleppte. Der behäbige Stallknecht strich sich den Schweiß von der Stirn, als er zu Michael zurückkehrte. »Wer hätte gedacht, dass aus dir einmal ein Müller wird«, keuchte er und klopfte Michael mit seinen Pranken das Mehl vom Kittel.

»Das Geschäft läuft sehr gut, dank Lady Isabelles großzügiger Unterstützung. Seit sie mich zum Hoflieferanten erklärt hat, kann ich mich vor Aufträgen kaum retten.«

»So was spricht sich schnell herum«, nickte George. »Falls du einmal Hilfe brauchst – hier kommen eine Menge Tagelöhner vorbei und fragen nach Arbeit. Ich könnte den ein oder anderen zu dir schicken.«

»Eine sehr gute Idee! Meine Hera hilft zwar kräftig mit, aber unser kleiner David hält sie ganz schön auf Trab.«

»Du hast einen Sohn?«

»Er ist jetzt vier Monate alt und nimmt alles in den Mund, was nicht niet- und nagelfest ist«, erzählte Michael stolz. »Wenn er älter ist, wird er mir im Betrieb helfen.«

»Na, wenn wir jetzt einen Neunjährigen als König haben, dann wird dein kleiner Fratz dir wohl bald ein wenig Last in der Mühle abnehmen können.« Und damit war George wieder bei seinem Lieblingsthema angelangt, der Politik: »Ist dem alten John nur recht geschehen, dass die Ruhr ihn dahingerafft hat. Wer so viel säuft und frisst, den holt die Natur irgendwann ein.« George hob den Zeigefinger, wie er es stets zu tun pflegte, wenn er ins Lamentieren geriet. »Ein König sollte für sein Volk da sein und nicht das Volk für den König, oder? Sein unsinniger Krieg gegen Frankreich hat unser Land so viel gekostet, dass es Jahrzehnte dauern wird, bis wir uns davon erholt haben. Und das alles nur, weil er der Welt beweisen wollte, dass er ein guter König ist. Aber durch mehr Land wird man kein besserer König, oder? Stärke beweist man nicht durch Kriege – Stärke beweist man durch einen klugen Kopf und ein Herz auf dem rechten Fleck. King Johns Thronfolger macht es schon jetzt besser als er.«

»Ich hoffe doch, der kleine Henry erledigt die Regierungsgeschäfte nicht selbst.« Michael verdrehte die Augen. »Dieses Land braucht einen Monarchen mit Übersicht und keine Kinderspiele. Wenn die Bauern weiterhin so wenig anbauen, geht mir bald das Getreide aus.«

»Derzeit hat der Bischof von Winchester die Geschäfte übernommen.« George lachte grimmig. »John würde sich im Grabe umdrehen, wenn er wüsste, dass sein Land von einem Kirchenmann regiert wird.« Der Stallknecht ließ keine Gelegenheit aus, seine hohe Meinung über Peter de Roches zu verkünden. Er hielt den Bischof für einen Mann mit dem nötigen Weitblick, um die Probleme des Landes zu lösen. Noch waren große Teile Südenglands einschließlich Londons in der Hand rebellierender Adeliger und der Franzosen, und es bedurfte dringend kluger Köpfe. »Wir können uns glücklich schätzen, dass wir den wappenlosen Ritter haben. Ohne seine Truppe hätten die aufständischen Edelmänner bei Lincoln nicht zurückgetrieben werden können. Seitdem haben endlich vernünftige Verhandlungen begonnen. Man erzählt sich, dass der wappenlose Ritter sich bereits mit dem Bischof von Winchester in Verbindung gesetzt hat und auch mit William Marshal Verhandlungen führt.«

»Dem Earl von Pembroke?«

»So ist es. Sie setzen sich dafür ein, dass die Carta wieder in Kraft tritt. Meiner Meinung nach ist das die klügste Idee seit langem. Erst wenn die Carta wieder Gültigkeit hat, wird England zur Ruhe kommen.« Der Stallknecht hätte zu gern noch weiter geplaudert, aber die Arbeit tat sich nicht von allein. Bedauernd schüttelte er Michael die Hand. »Ich muss nach der kranken Stute sehen. Sag mir wieder Bescheid, wenn du das nächste Mal am Hof bist.«

Michael bedankte sich nochmals für Georges tatkräftige Hilfe und begab sich dann in die Hofküche. Es gab dort jemanden, dem er endlich einen Besuch abstatten wollte.

Wie er gehofft hatte, stand die alte Mary am Küchentisch und summte ein Liedchen, während sie einen Teig knetete. Sie drehte sich um, als sie Schritte hinter sich hörte. »Michael!«, rief sie freudestrahlend, als sie ihren jungen Freund erkannte. Eine stürmische Umarmung folgte. »Wie geht es dir, mein Junge?«

Wie früher setzte Michael sich an den Küchentisch, und wie früher stellte ihm die beleibte Köchin einen Becher Milch hin. »Nun erzähl schon«, drängte sie. »Ich will hören, wie es dir in der weiten Welt ergangen ist. Man sagt, du warst der Knappe des wappenlosen Ritters?«

Also berichtete Michael, wie er auf seinem Ritt von Chester nach York vom wappenlosen Ritter gerettet worden war und von den Abenteuern, die daraufhin folgten. Wohlweislich ließ er sämtliche Episoden aus, die mit einem gewissen Amulett oder einer Insel in der Irischen See zu tun hatten, und Hera wurde zu einer hübschen Frau, die er in Irland kennengelernt und als seine Braut nach England mitgenommen hatte. Was nicht vollständig gelogen war.

Die alte Mary schlug während seines Berichts mehrmals die Hände über dem Kopf zusammen, insbesondere wenn Michael das eine oder andere Detail hinzudichtete, um seine ältere Freundin zu beeindrucken. Letzteres glückte vorzüglich. »Gut gemacht, mein Junge«, sagte sie voller Bewunderung. »Deine Mutter wäre stolz auf dich gewesen!«

»Und was gibt es Neues auf der Burg?« Er leerte seinen Becher in einem Zug. Marys Milch war und blieb einfach die Beste.

»Rose Caddington ist zurück.« Mary schwang bedeutungsvoll ihr Nudelholz. »Ihre Mutter wäre fast auf der Stelle tot umgefallen, als ihre verlorene Tochter eines Tages leibhaftig vor ihr stand. Wie durch ein Wunder ist sie hier zusammen mit Lady Isabelle aufgetaucht. Unser Herrgott hatte wohl Mitleid mit der armen Herrin und hat ihr wenigstens ihre Tochter zurückgegeben.«

»Du bist gewiss froh, dass du deine Lady Isabelle wieder am Hof hast, stimmt's? Sicher hatte sie sich nur deinetwegen mit Lord Brian verlobt«, lachte Michael. Die Köchin war seit ihrer letzten Begegnung deutlich gealtert, aber wenn sie von ihrer Lady Isabelle erzählte, dann strahlten ihre Augen noch genauso wie früher.

Mary stimmte in sein Lachen ein. »Hier herrscht ein Treiben – davon machst du dir keine Vorstellung.« Sie wischte sich die Hände an der Schürze ab und nahm sich wieder den Teig vor. »Seit die Lady verwitwet ist, spricht hier ein edler Herr nach dem anderen vor. Allein zwei Vasallen, ein Duke und zwei Earls haben im letzten Jahr um ihre Hand angehalten.«

»Ich würde auch um ihre Hand anhalten, wenn ich nicht ein armer Müller wäre.« Michael stibitzte einen Zipfel Teig. »Ich nehme an, die Trauer um den Tod der beiden Caddingtons hält sich in Grenzen?«

»In der Tat. Ausgenommen unsere Herrin natürlich. Die hat die Nachricht schwer getroffen.« Mary schlug Michael auf die Finger, als sich seine Hand wieder dem Teig näherte. Sie duldete keine schlechten Manieren in ihrer Küche. »Trink lieber deine Milch, mein Junge.« Sie schenkte ihm einen zweiten Becher ein. »Mit deinem Heiratsantrag kämst du jetzt übrigens zu spät.«

»Hat Lady Isabelle einen Antrag angenommen? Von wem?«

»Vom wappenlosen Ritter.«

»Was?« Michael verschluckte sich prompt an seiner Milch.

»Vom wappenlosen Ritter? Bist du dir sicher?«

»Im März findet ihre Vermählung statt. Im Kreise von Freunden, heißt es.«

»Hier am Hofe?«

»Das glaube ich kaum, der Mann meidet die Burg wie die Pest. Keiner hier hat ihn jemals zu Gesicht bekommen.« Die Köchin senkte die Stimme. »Er soll allerdings ein schmucker edler Herr sein, was man so hört. Aber das weißt du ja aus erster Hand.«

»Lady Isabelle verlässt York?« Michael schaute geknickt zu den Mehlsäcken am Kücheneingang. Er hatte sich doch nur ihretwegen in der Nähe der Burg niedergelassen.

»Das würde mich wundern. Wie immer gibt es jede Menge Gerüchte. Soweit ich gehört habe, muss der wappenlose Ritter seinen Aufenthaltsort geheimhalten, weil er immer noch Feinde hat. Nicht jeder will Frieden in England. Deswegen hat er sich mit unserer Lady darauf geeinigt, dass sie hierbleiben wird.«

Michaels Miene hellte sich augenblicklich auf. »Es müsste doch mit dem Teufel zugehen, wenn ich zu dieser Hochzeit nicht eingeladen werde. Schließlich war ich dem wappenlosen Ritter ein treuer Gefährte.«

»Selbstverständlich! Du hast so viele Abenteuer mit ihm erlebt und ihm mehrfach das Leben gerettet!« Mary klopfte ihm auf die Schulter und erzeugte eine weiße Staubwolke in der Küche.

Je länger Michael darüber nachdachte, desto besser gefiel ihm die Sache mit der Vermählung. Eine neuerliche Heirat bewahrte Isabelle vor weiteren Anträgen, und sie konnte am Hofe von York bleiben. »Ich werde ihr gleich meine Aufwartung machen«, beschloss er. »Sie hat mir versprochen, mich zu empfangen, wenn ich zurück in York bin.«

»In diesem Aufzug?« Mary lachte schallend. »Wohl kaum. Kleider machen Leute, mein Lieber. Außerdem hat sie im Moment Besuch von einer Lady aus Chester, ein anstrengender Gast mit einer ganzen Reihe von Sonderwünschen.« Sie zeigte auf den Ofen. »Dieses Gebäck ist nicht etwa für unseren Gast – es ist für ihr Hündchen. Kannst du dir das vorstellen?«

»Wahrscheinlich sieht das arme Tier auch schon aus wie eine Teigrolle«, grinste Michael.

»Und es kläfft die ganze Burg zusammen«, nickte Mary. »An Schlaf ist nachts nicht zu denken.«

»Ich sollte jetzt besser gehen.« Michael sprang vom Küchentisch. »Aber wir werden uns ja nun öfter sehen, wo mich die Lady zu ihrem Hoflieferanten erkoren hat.«

12. März 1217

»Weißt du eigentlich, dass du mir nie erzählt hast, wie ihr damals das Riff überwunden habt?«

Rose hob verschlafen den Kopf, um ihn sofort wieder in ihr Kissen sinken zu lassen. »Das fragst du mich jetzt? Am Morgen unserer Vermählung?«

»Ein hervorragender Tag für ungeklärte Fragen.« Isabelle kuschelte sich tiefer in Roses Arme. »Also, was ist damals geschehen?«

»Du hast kalte Füße, mein Lieb. Wie immer.«

»Wärm sie mir.«

»Sollten wir nicht besser aufstehen? Es wäre unhöflich, die Gäste warten zu lassen.«

»Ja zueinander zu sagen ist doch schnell getan. Dazu muss man nicht so früh aufstehen.« Isabelle küsste Rose auf die Nasenspitze. »Nur noch eine kleine Weile. Ich will dich noch nicht mit anderen Menschen teilen.«

»Du hast mich den ganzen Tag. Dieser Tag ist nur für uns.«

»Ist er nicht. Er ist für Lady Isabelle und den wappenlosen Ritter.« Inzwischen waren Isabelles Lippen an Roses Ohrläppchen angekommen. Von dort aus machten sie einen genüsslichen Schlenker über ihre Stirn auf dem Weg zu ihrem Mund. »Ich wünschte, ich könnte Rose Caddington heiraten«, flüsterte sie.

»Deine Lady Divora würde bei der Trauungszeremonie tot umfallen«, murmelte Rose. Nach einem langen zärtlichen Kuss lehnte sie sich zurück in ihr Kissen. »Ich habe dich vermisst.«

»Du warst viel zu lange in Pembroke. War dein Gespräch mit dem Earl denn erfolgreich?«

»Es scheint voranzugehen. Ich bin sehr zufrieden mit den Verhandlungen.« Rose fuhr mit der Fingerkuppe über Isabelles Arm und beobachtete, wie sich die kleinen Härchen unter der Berührung aufrichteten. »Ich bin zuversichtlich, dass wir den Bischof überzeugen können. Er wird unser Ansinnen unterstützen, dass die alte Carta wieder in Kraft tritt.«

»Das ist wundervoll.« Isabelle schloss träge die Augenlider und schmiegte ihren Kopf an Roses Wange. »Wie gut, dass wir einen neuen König haben. Und dass Walter und Brian keinen Schaden mehr anrichten können.«

»Und wie gut, dass es dir gelungen ist, Balthazars Buch zu verbrennen. Sonst läge der Frieden noch immer in weiter Ferne.«

»Wohl wahr«, seufzte Isabelle. »Und wie gut, dass du mir dabei geholfen hast, denn ohne dich hätte ich es niemals geschafft.« Isabelles Gedanken wanderten zurück zu dem Augenblick, als sie das magische Buch in den Händen gehalten hatte. Es war ein seltsamer, unbeschreiblicher Moment gewesen, der ihr Leben für immer verändert hatte. Sie wusste, dass es Rose ähnlich ging, obwohl sie nicht darüber redeten. Was sie erlebt hatten, war jenseits der Sprache, jenseits des Fassbaren oder Verstehbaren, und man wurde irre, wenn man zu viel darüber nachdachte. Doch seit jenem Ereignis spürte Isabelle, wie wertvoll jeder einzelne Augenblick angesichts der Vergänglichkeit der Welt war. Und was gab es Schöneres, als neben der Frau aufzuwachen, die sie liebte und die sie noch an diesem Tag ehelichen würde!

»War hier alles ruhig während meiner Abwesenheit?«, unterbrach Rose ihre Gedanken.

»Wir waren mit nichts anderem als den Hochzeitsvorbereitungen beschäftigt. Ach, und Baron Brackley hat nach Lady Rose gefragt und um eine Audienz gebeten.«

»Schon wieder einer?«, stöhnte Rose. »Das ist der vierte in diesem Jahr, der um Rose Caddingtons Hand anhält.«

»Und warum auch nicht?«, lächelte Isabelle. »Die Lady ist schön, klug, vermögend ...«

»... und meistens abwesend.« Rose legte ihre Hand unter Isabelles Kinn. »Vernehme ich da etwa Eifersucht?«

Isabelle errötete. »Ist es töricht, so zu empfinden? Vielleicht findet ja einer der Bewerber dein Gefallen?«

»Glaube mir, Rose Caddington wird als alte Jungfer in die Geschichte eingehen. Du bist das Beste, was mir je begegnet ist, und ich liebe dich mehr als mein Leben.« Rose besiegelte ihre Worte mit einem Kuss.

Isabelle seufzte glücklich und schloss sie fest in die Arme. »Ich werde immer über dich wachen, mein tapferer Ritter. Keinen Tag sollst du mehr ohne Liebe sein.«

Ein Klopfen ließ sie auseinanderfahren. »Runter!« Isabelle drückte Roses Kopf unter die Bettdecke. »Herein!«, rief sie, während sie hastig die Decke glättete.

»Guten Morgen, Milady.« Die Dienerin Muriel steckte den Kopf zur Tür herein. »Lady Caddington wünscht Euch zu sprechen.«

»Richte ihr aus, ich sei unpässlich. Die Aufregung ist mir auf den Magen geschlagen.«

»Lady Caddington sagt, es sei dringend.«

»Also gut«, seufzte Isabelle. »Bitte sie herein.«

Ihre Schwiegermutter war durch die Tür, noch ehe sie zu Ende gesprochen hatte. Im Gegensatz zu Isabelle war sie schon in Hut und Mantel und bereit für die Hochzeitszeremonie. »Ist dir nicht gut, mein Kind?« Sie trat an Isabelles Bett, um ihre Stirn zu prüfen. »Dem Himmel sei Dank, Fieber scheinst du keines zu haben. Dann ist es wohl nur die Aufregung. Ich weiß noch genau, wie aufgeregt ich war, als ich meinen Walter heiratete.« Sie lächelte wehmütig. »Aber es ist jetzt wirklich Zeit, dass du dich ankleidest. Die Pferde stehen schon bereit.«

Isabelle stockte der Atem, als ihre Schwiegermutter sich auf der Bettkante niederließ. »Ich verspreche, mich zu beeilen«, stotterte sie. »Wenn Ihr mich jetzt bitte allein lassen würdet ...«

»Und du meinst wirklich, dass deine Kleidung feierlich genug ist für diesen Anlass?« Emily Caddington beäugte missbilligend Isabelles rotgoldenes Gewand, das über dem Stuhl am Fenster hing. »Es ist schlimm genug, dass du irgendwo in der Wildnis heiratest«, seufzte sie. »Zum Glück hat das Volk dafür Verständnis. Jeder weiß, dass wir in gefährlichen Zeiten leben und es besser ist, wenn niemand den Ort der Vermählung kennt.«

Isabelle spähte unauffällig zu der Wölbung auf ihrer Bettdecke. »Wir werden uns für das Volk noch etwas einfallen lassen«, versicherte sie. »Wenn Ihr mich jetzt bitte entschuldigen ...«

»Du sollst wissen, dass ich mit deiner Wahl sehr zufrieden bin.« Lady Caddingtons Augen schimmerten feucht, als sie nach Isabelles Hand griff. »Du heiratest einen Mann mit großem Ansehen im Volk. Das wird uns Sympathien einbringen. Er hat viel für England getan, auch wenn er Walters Feind war. Derlei Fehden sind nun einmal unvermeidlich in diesen Zeiten. Letztlich haben beide auf ihre Art auf der Seite Englands gestanden.« Sie legte den Kopf schief und sah Isabelle prüfend an. »Du bist so bleich, mein Kind. Sarah soll dir einen Kamillentee bringen.«

»Es geht mir schon viel besser, wirklich ...« Der Rest des Satzes erstarb in Isabelles Kehle, als sie dem Blick ihrer Schwiegermutter auf die kleinen Erhebungen unter der Bettdecke folgte.

Lady Caddington runzelte die Stirn. »Was ist das?«

»Meine Beine?«

»Reichlich viele Beine, wenn ich recht sehe.«

»Ich … Also …«

Lady Caddington fuhr von der Bettkante hoch, als hätte sie sich verbrannt. »Isabelle, wenn es das ist, was ich glaube, dann gnade dir Gott.« Sie rang nach Luft. »Heute ist der Tag deiner Vermählung! Und du … du treibst hier Unzucht mit einem … mit einem …Würdest du mir bitte sagen, wer sich unter dieser Decke befindet!«

»Eure Tochter, Milady.«

»Meine …« Lady Caddingtons Augen weiteten sich. »Roseanne Emily Lucienne Caddington! Du kommst jetzt sofort unter der Bettdecke hervor!«

Als ein schwarzes Haarbüschel erschien, schlug Lady Caddington die Decke zur Seite. Sie gab den Blick frei auf zwei Frauenkörper – nackt, wie der liebe Gott sie erschaffen hatte. Lady Caddington schloss schnell die Augen und beeilte sich, die Decke wieder zurückzuschlagen. »Rose, was um alles in der Welt machst du in Isabelles Bett?«

»Sie hatte kalte Füße.«

»Aha.« Der Blick ihrer Mutter blieb an den beiden auf dem Boden liegenden Nachtgewändern hängen. »Und weil sie so fror, hast du dich ausgezogen und zu ihr gelegt?«

»Mutter …«

»Ihr sagt mir jetzt sofort, was hier los ist. Alle beide!«

Als keine Antwort kam, begann Lady Caddington in Isabelles Schlafgemach auf und ab zu wandern. »Ihr braucht nicht zu denken, dass mir nicht bekannt ist, was ihr da … da … treibt … Bei den Nonnen soll es so etwas auch geben … Habe ich gehört.« Sie fasste sich an die Stirn. »Aber bei Gott, wir sind hier doch nicht bei den Nonnen. Warum … Es gibt doch so viele tapfere Herren in England … Warum müsst ihr …«

»Ich liebe Eure Tochter, Milady«, unterbrach Isabelle ihre Gedankengänge.

»Du liebst … Bei Gott, das ist eine Katastrophe.« Lady Caddington ließ sich auf einen Stuhl sinken und stützte den Kopf in die Hände. »Wie kannst du so etwas sagen, Isabelle. Du bist mit dem wappenlosen Ritter so gut wie verheiratet!«

»Mutter …«, begann Rose noch einmal.

»Hat sie dich verführt?«

»Ich bin der wappenlose Ritter, Mutter.«

»Du … Du bist was?«

»Ich bin der wappenlose Ritter.«

Lady Caddington starrte sie mit offenem Mund an. »Wieso weiß ich nichts davon? Willst du damit sagen, dass du all die Jahre gegen deinen eigenen Vater Krieg geführt hast?«

»Deswegen konnte ich es Euch nicht sagen.« Rose warf sich rasch ihr Nachtgewand über und kniete sich vor ihre Mutter. »Es tut mir leid, aber ich konnte nicht anders handeln. Ich habe Vater gehasst für das, was er aus mir gemacht hat. Doch das war nicht der Grund für das Erscheinen des wappenlosen Ritters. Was Vater getan hat, war falsch. Er hat die Aufstände gegen King John genutzt, um seine eigene Macht zu vergrößern. Er hat unser Volk ausgebeutet, und er hätte noch viel mehr Menschen geknechtet und getötet, wenn ich ihn nicht daran gehindert hätte. Allein drei Anschläge auf den König wurden durch ihn veranlasst. Euer Gemahl war ein Verbrecher, Mutter.«

Rose zuckte zusammen, als die flache Hand ihrer Mutter auf ihrer Wange landete. »Sprich nicht so von deinem Vater!«

»Ihr wisst ja nicht, was er getan hat, weil er Euch immer aus seinen Geschäften heraushielt. Aber ich war mit ihm unterwegs, ich war sein Handlanger, genau wie Brian. Er hat uns alle benutzt.«

»Ich verstehe nichts von diesen Dingen«, seufzte Lady Caddington. »Ich habe getan, was man von mir erwartet. Ich habe versucht, ihm eine gute Gattin zu sein. Und er war mir immer ein guter Gemahl. Seine Geschäfte gingen mich nichts an.«

»Ihr habt getan, was Ihr tun musstet, und ich habe getan, was ich tun musste. So einfach ist es, Mutter. Manche Leute haben geglaubt, dass der wappenlose Ritter für den König gekämpft hat – King John selbst war fest davon überzeugt. Aber ich war nie auf der Seite des Königs, ich war immer nur auf der Seite Englands.«

Durch ihren Tränenschimmer schaute Lady Caddington in das bleiche Gesicht ihrer Tochter. Walter hatte sie ihr von klein auf entzogen, und sie hatte es ohne Widerspruch geschehen lassen. »Du warst schon immer so klug – warum sollte ich dir nicht glauben?«, sagte sie kopfschüttelnd. »Eine seltsame Tochter hat mir der Herrgott da gegeben. Kann keine Decke besticken, aber kämpft wie ein Löwe, schlägt jeden Ritter im Turnier und mischt sich in die Politik ein wie ein Edelmann.« Bei den letzten Worten huschte ein zaghaftes Lächeln über ihr Gesicht. »Es sollte mich mit Stolz erfüllen, die Mutter des wappenlosen Ritters zu sein.«

Jetzt kletterte auch Isabelle aus dem Bett und schlüpfte in ihr Nachtgewand. »Ihr dürft keiner Menschenseele etwas davon erzählen, Milady. Wenn bekannt wird, wer der wappenlose Ritter ist, wird sie all ihren Einfluss verlieren.«

»Weiß es überhaupt noch jemand?«

»Nur Lady Ann und meine Dienerin Ruth.«

»Und mein ehemaliger Knappe, der jetzt einer unser Hoflieferanten ist«, ergänzte Rose. »Er wird heute auch unter den Gästen sein.«

Lady Caddington nickte nachdenklich. »Du willst also meine Tochter ehelichen?«, fragte sie Isabelle. »Wozu soll das gut sein?«

»Ich bin es überdrüssig, dass jede Woche ein anderer Edelmann um meine Hand anhält. Außerdem möchte ich hier auf der Burg bleiben. Bei Rose.«

»Wir lieben uns.« Rose ergriff Isabelles Hand. »Da ist es doch nur recht, dass wir uns vermählen.«

Lady Caddington sah von einer zur anderen. »Ob es recht ist, will ich dahingestellt sein lassen. Wenn der Schwindel herauskommt, kostet es uns alle den Kopf.«

»Es ist mein Herzenswunsch, Mutter. Ich bitte Euch um Euren Segen.«

Lady Caddington wischte sich eine Träne aus dem Augenwinkel. »Der Herrgott möge es mir vergeben, aber ich habe meine Tochter schon einmal verloren, und ich werde nicht den Fehler begehen, sie ein zweites Mal zu verlieren. In den letzten Jahren hat so viel Traurigkeit an diesem Hof geherrscht. Es ist Zeit, dass hier wieder das Glück einkehrt.« Sie erhob sich energisch von ihrem Stuhl. »Ihr habt meinen Segen. Und jetzt sputet euch, damit wir die Gäste nicht länger warten lassen.«

Am späten Vormittag war es endlich soweit, dass das Brautpaar zu dem vereinbarten Treffpunkt aufbrechen konnte. Es war nur ein kleiner Trupp, der sich in Richtung Westen aufmachte, da die Festlichkeiten im engsten Kreise stattfinden würden. An einem geheimen Ort, tief in den Wäldern von Wetherby, war bereits alles für die Feier hergerichtet worden. Schon seit dem frühen Morgen befand sich die Dienerschaft auf dem Festplatz, um die angereisten Gäste zu beköstigen und ihnen jeden Wunsch von den Augen abzulesen. Auch der Hofgaukler von York war bestellt worden und verkürzte mit seinen Späßen die Zeit, bis das Brautpaar eintraf.

Isabelle freute sich besonders auf die Gäste aus Cheshire, unter denen sich auch ihr Vater befinden würde. Viel zu lange war sie schon nicht mehr in ihrer Heimat gewesen, und sie brannte darauf, Rose endlich ihrem Vater vorzustellen. In seiner Begleitung reiste auch Pater Daniel an, ein Freund der Familie Trascott, der sich sofort bereit erklärt hatte, die Trauungszeremonie durchzuführen, als er von der Vermählung Kunde bekam. Insgesamt waren etwa sechzig Gäste aus nah und fern geladen, von denen

Armaria und Cilene sicher den weitesten Weg auf sich genommen hatten. Die beiden hatten es sich nicht nehmen lassen, persönlich auf der Hochzeit zu erscheinen, und es war ausgemacht, dass sie Rose und Isabelle im Anschluss an die Zeremonie an den Hof von York begleiten würden, um die kleine Schule zu begutachten, die Isabelle für übersiedelnde Amazonen eingerichtet hatte. Leider hatte Isabelle in den letzten Monaten nur wenig Zeit gehabt, sich um den Unterricht zu kümmern, da die Aufstände in der Nähe von Lincoln immer wieder den Einsatz des wappenlosen Ritters gefordert hatten und Isabelle Rose bei ihren Missionen begleitete.

Rose führte den feierlichen Zug an und leitete ihn auf verschlungenen Nebenwegen nach Wetherby. Hinter ihr ritten Isabelle und Miara, dann folgten Lady Caddington in ihrer Kutsche sowie Freundinnen und Freunde aus Yorkshire und Umgebung. Aus gegebenem Anlass hatte Miara darauf bestanden, das erste Mal im Damensattel zu reiten, eine neue Erfindung, die sich in Adelskreisen geschwind verbreitete. Schon nach den ersten Meilen schwor sie sich allerdings, dass es auch ihr letztes Mal sein würde. Sich den Rücken reibend, sah sie bewundernd zu Isabelle, die mit einer Eleganz im Seitsitz saß, als würde sie den lieben langen Tag nichts anderes tun.

»Ich wünschte, Lady Caddington würde mich in ihre Kutsche lassen«, jammerte sie. »Dieser Sattel ist ein Folterinstrument.«

Isabelle warf einen Blick auf die festlich geschmückte Kutsche hinter sich. »Ich bin froh, dass die Lady überhaupt mitgekommen ist. Schließlich findet die Feier mitten in der Wildnis statt, um ihre Worte zu wiederholen. Und die Kutsche mit einer in ihren Augen dahergelaufenen Frau aus dem Heidenland zu teilen, wäre wohl doch etwas zu viel verlangt.«

»Ich weiß. So pflegt sie mich zu nennen«, seufzte Miara. »Denkt sie wirklich, ich komme aus Arabien?«

»Du und deine Schwestern, ihr kommt alle aus dem fernen

Orient«, nickte Isabelle. »Etwas Besseres ist uns nicht eingefallen.«

»Deine Schwiegermutter denkt bestimmt, du hast eine Schwäche für den Orient«, kicherte Miara. Am Hofe lebten inzwischen mehr als vierzig Amazonen, denen Isabelle die angelsächsische und die normannische Sprache beibrachte. »Eure arabische Freundin bittet um Erlaubnis, sich jetzt zu Luke gesellen zu dürfen.« Miara setzte wieder eine gequälte Miene auf. »Er findet sicher einen Weg, sie von dieser Marter abzulenken.«

»Nur zu. Es sind zwar nur noch wenige Meilen, aber es kann nur gut sein, wenn er dich auf andere Gedanken bringt.« Isabelle sah Miara mitfühlend nach.

»Ein trauriges Gesicht an diesem Tag?« Rose ließ ihren Rappen zurückfallen. »Worüber habt ihr euch unterhalten?«

»Niemand ist traurig«, versicherte Isabelle, und hätten nicht ihre Worte Rose schon überzeugt, so hätten es ihre strahlenden Augen getan.

Zur Feier des Tages trug Roses Aymon eine festliche schwarzweiße Kuvertüre, und auch Isabelles schneeweiße Felicia war für diesen besonderen Tag geschmückt. Ihr Schweif war geflochten, und in ihre Mähne waren bunte Perlen eingearbeitet, wie es bei den Pferden auf Cyane üblich war. Isabelle hatte die Perlen in einer Schmuckschachtel ihrer Mutter gefunden und sie für diesen Tag aufbewahrt. Die rotgoldenen Verzierungen an Felicias Sattel und Zaumzeug entsprachen den Gewandfarben ihrer Reiterin. Isabelles roter Umhang wurde vorn von einem aufwendig gearbeiteten Tasselband verschlossen, das durch zwei goldene Fibeln zusammengehalten wurde. Unter dem Mantel trug sie ein rotes Gewand mit goldenem Saum, darunter eine weiße Cotte und dazu eine elegante weiße Haube und braune Schuhe. Eine goldene Brosche aus dem Nachlass ihrer Mutter prangte auf ihrem Busen, und um den Hals trug sie die blaugrüne Kette, die ihr die Amazonen zu ihrem Armreif geschenkt hatten.

Roses Kleidung war dagegen deutlich schlichter. Sie trug ein schwarzes Wams mit silbernen Knöpfen über einem weißen Hemd und schwarzen Beinlingen sowie ebenfalls schwarze Stulpenstiefel. Nur ein Eingeweihter hätte gewusst, dass der Ring an ihrem Finger Rose Caddington gehörte.

»Wir sollten Michael fragen, ob er und seine Frau sich später zu unseren Gästen aus Cyane gesellen wollen«, nahm Rose ihre Unterhaltung wieder auf. »Hera würde sich bestimmt freuen, mehr Zeit mit ihrer Königin zu verbringen, und wir könnten sie bei unseren Amazonen am Hofe unterbringen. Auf ein paar Gäste mehr oder weniger kommt es nicht an, solange uns nur genug Zeit füreinander bleibt.«

»Mehr Zeit füreinander – das klingt paradiesisch«, seufzte Isabelle. »Wenn das Fest heute Abend vorbei ist und wir zurück in York sind, dann beginnt die Hochzeit von Rose und Isabelle. Versprochen?«

Rose küsste ihren Handrücken. »Versprochen. Diese Nacht wird allein uns gehören, und sie soll dir für immer in Erinnerung bleiben.«

Die verheißungsvollen Worte ließen Isabelle erröten. »Ich werde meinem Gemahl heute Treue und Liebe schwören«, sagte sie leise. »Und ich weiß, du wirst mir der beste Gatte der Welt sein. In der Nacht jedoch ...« Sie senkte ihre Stimme. »In der Nacht jedoch bist du mir die Frau, die ich liebe.«

»Ich bin sie dir auch tagsüber, Isabelle. Lady Emilys Tochter lebt auch auf der Burg.«

»Aber ich darf sie nicht lieben.«

»Das ist wahr. Aber wir könnten uns heimlich in den Garten zurückziehen.«

»Oder uns in meiner Bibliothek verabreden.«

»Oder in den Ställen nach den Pferden sehen.«

»Oder in meiner Kräuterkammer neue Salben anrühren.«

»Oder die Tauben oben im Turm vertreiben.«

»Oder in der Gewandkammer die rechte Kleidung für den Abend heraussuchen.«

»Es wird wundervoll werden, du wirst sehen.«

»Wirst du mir dann auch endlich erzählen, wie ihr es geschafft habt, mit einem vollkommen seeuntüchtigen Kutter auf Cyane anzukommen?«

»Das kann ich dir auch heute Abend erzählen.«

»Ach ja? Muss ja höchst unmoralisch sein, wenn du damit bis nach unserer Hochzeit wartest.«

»Nicht unmoralisch, aber ein bisschen erschreckend«, lächelte Rose.

»Dann erzähle es mir jetzt, damit kein Geheimnis zwischen uns steht.«

Und während Rose Isabelle erzählte, wie Michael und sie mit viel Geschick und noch mehr Glück dem drohenden Tod in der Irischen See entronnen waren, näherten sie sich dem Wald von Wetherby. Hand in Hand ritten sie der Besiegelung ihrer Liebe und einer gemeinsamen Zukunft entgegen.

Glossar

Beinlinge: Enganliegende oberschenkellange Strümpfe, die meist aus dehnbarem Wollstoff gefertigt wurden.

Buhurt: Ein Ritterkampfspiel zwischen zwei etwa gleichgroßen Heerhaufen auf einem abgesteckten Schlachtfeld. Es wurde zwar mit stumpfen Waffen gekämpft, weshalb es relativ selten zu ernsten Verletzungen kam, aber der Ablauf des Buhurts glich einem Krieg.

Bundhaube: Im Mittelalter war es üblich, fast ständig eine Kopfbedeckung zu tragen, um die Haare vor Verstaubung zu schützen. Die Bundhaube war eine Kopfbedenkung, die von Männern wie Frauen jeden Standes getragen wurde.

Carta (auch Charta): Eine grundlegende rechtliche und politische Urkunde. Von besonderer Bedeutung war die von King John unterschriebene sogenannte »Magna Carta« (siehe Magna Carta).

Cotte: Ein tunikaartiges Untergewand, das von beiden Geschlechtern aller Stände getragen wurde. Die Cotte wurde über dem Unterkleid und unter dem Surcot getragen, wobei Halsausschnitt, Ärmelbündchen und Rocksaum der Cotte sichtbar blieben.

Duke: Ein englischer Adelstitel, der dem deutschen Herzog entspricht. In der Hierarchie des Mittelalters war dies die höchste Position nach dem König.

Earl: Ein englischer Adelstitel, der dem deutschen Grafen entspricht. Ein Earl gehörte zum sogenannten »hohen Adel«. Die Hierarchie im hohen Adel war: Duke/Duchess (Herzog/Herzogin), Marquesse/Marchioness (Markgraf/Markgräfin), Earl/Countess (Graf/Gräfin), Viscount/Viscountess (Vizegraf/Vizegräfin) und Baron/Baroness (Baron/Baronin).

Farthing: In der Währung des englischen Mittelalters ein Viertelpenny.

Fibel: Eine meist runde Gewandnadel zum Zusammenhalten der Kleidung.

Galeere: Ein Kriegschiff, das besegelt und mit Riemen versehen war, so dass es bei Bedarf gerudert werden konnte. Im Mittelalter waren Galeeren die am weitesten verbreiteten Kriegsschiffe.

Gugel: Eine kapuzenartige Kopfbedeckung mit überstehendem Schulterteil.

Gürtel: Erst im 12./13. Jahrhundert wurde das Tragen von Gürteln nachweislich üblich. Eine Besonderheit stellte der weiße Gürtel dar, der seinen Träger als Ritter kennzeichnete.

Herold: Ein Bote eines Lehnsherrn, der Kenner des Rechts war und ab dem 12. Jahrhundert auch als Experte der Waffekunde galt. Herolde waren an einen eigenen Ehrenkodex gebunden. Im Turnier und im Krieg waren sie u.a. verantwortlich für die Identifizierung der Ritter anhand ihrer Wappen. Außerdem waren sie häufig Verkünder von Botschaften ihres Lehnsherrn.

Höflichkeitstitel: Ein vererblicher Adelstitel (z.B. Earl) konnte nur von dem aktuellen Titelträger geführt werden. Erst bei dessen Tod wurde der Titel rechtmäßig auf den ältesten Sohn übertragen. Allerdings war es in England üblich, aus Höflichkeit die Abkömmlinge wie auch die Ehefrau eines Adeligen ebenfalls mit einem Titel anzusprechen. Der Höflichkeitstitel des ältesten Sohnes befand sich vom Rang her eine Stufe unter dem des rechtmäßigen Titelträgers.

Hofdame: Eine zu einem Hofstaat gehörende adelige Frau, die u.a. als Gesellschafterin fungierte. Häufig stand eine Hofdame im Dienst einer Königin, Fürstin oder Herzogin.

Kämmerer: Er war Teil des Hofstaates und verantwortlich für die Schatz-, Gewand- und Waffenkammern und somit auch für die Finanzen am Hofe.

Knappe: Im Mittelalter waren Knappen Jungen bzw. junge Männer von meist adeliger Herkunft, die einem Ritter dienten. Ein Knappe war seinem Herrn beim Anlegen der Rüstung behilflich, hielt die Waffen instand, überwachte die Pferdepflege und begleitete ihn auf Kriegszügen. War der Knappe adeliger Herkunft, galt seine Tätigkeit als Vorbereitung auf den Stand des Ritters.

Kuvertüre: Eine prunkvolle Decke für das Pferd, das auch den Kopf (außer Augen und Ohren) des Tieres einschloss und in der Regel bei Turnieren angelegt wurde. Auf der Decke waren die Farben und das Wappen des Reiters als Erkennungsmerkmal eingearbeitet. In Schlachten wurde auf die prunkvolle Kuvertüre meist verzichtet.

Lord: Im England des Mittelalters war »Lord« der Titel, mit dem der hohe Adel (Duke, Marquesse, Earl, Viscount, Baron) angeredet wurde. Die mündliche Anrede lautete »My Lord« oder »Milord.«

Magna Carta: Am 15. Juni 1215 unterzeichnete King John in Runnymede (England), die sogenannte Magna Carta, die dem revoltierenden Adel gegenüber dem König mehr politische Rechte einräumte. Dieses Zugeständnis an den Adel wurde später von King John mit Einwilligung des Papstes Innozenz III. jedoch wieder zurückgenommen, was zum ersten englischen Baronenkrieg führte. Erst als Johns Sohn Henry III. nach dessen Tod den Thron bestieg und die Magna Carta wieder für gültig erklärte, beruhigten sich die Zustände in England. Die Magna Carta gilt als die wichtigste englische verfassungsrechtliche Rechtsquelle und ist, zusammen mit der »Bill of Rights« von England, auch Grundlage aller Gesetze der Vereinigten Staaten. Historisch gesehen war sie der erste Schritt auf dem Weg zu einem Rechtsstaat und zur Entwicklung einer modernen Demokratie in Europa.

Marschall: Ihm fielen verschiedene Aufgabenbereiche zu. In erster Linie war er der Stallmeister am Hofe und hatte außerdem die Oberaufsicht über das Hofwesen und somit über Turniere inne. Im Krieg führte er das Ritterheer und hatte den Oberbefehl über alle berittenen Krieger.

Petroleum: Im Mittelalter bezeichnete man Erdöl als Petroleum.

Portolankarte: Eine Karte, die Seefahrern bei der Orientierung half. Die Karten waren in der Regel nordorientiert und besaßen keine Meridiane oder Breitenparallelen, sondern waren mit einem Netz von Strahlen überzogen, die von mehreren Punkten ausgingen. Die frühen Karten aus dem 13. und 14. Jahrhundert waren auf Pergament gezeichnet.

Quintana: Eine Turnierdisziplin, bei der es um Geschicklichkeit und Treffgenauigkeit ging. Es galt, zu Pferde mit der Lanze ein bestimmtes Ziel (den Sarazenen) zu treffen. Der Sarazene konnte z.B. eine Stange mit einem Schild sein oder auch eine ausgestopfte Attrappe des Feindes.

Ritter: Der Titel eines adeligen berittenen Kriegers. Ab dem 10. Jahrhundert entwickelte sich die Ritterschaft zu einem eigenen Stand. Zusammen mit den Baronets bildeten die Ritter den sogenannten »niederen Adel«. Bald wurden ihnen verschiedene rechtliche und staatliche Aufgaben übertragen. Ritter zu werden galt als erstrebenswert, denn es bedeutete Macht und Ansehen. An einen Ritter wurden hohe ethische und moralische Anforderungen (»ritterliche Tugenden«) gestellt, denen nur die wenigsten gerecht wurden. Bevorzugte Waffen waren Lanze und Schwert, aber auch die Streitaxt und der Streitkolben wurden häufig verwendet. Im Laufe der Jahrhunderte wurde die Rüstung der Ritter immer kompakter, so dass Wappen und andere Symbole nötig wurden, um die Krieger identifizieren zu können.

Ringgalgen: Eine Disziplin in einem Turnier, bei der vom Pferd aus ein Ring mit der Lanze aufgespießt werden musste, der an einem Galgen hing.

Stechen: Ein Zweikampf zu Pferde, bei dem die Lanzen mit einem stumpfen gezackten Krönlein versehen waren. Das Stechen fand gewöhnlich im Rahmen eines Turniers statt.

Sir: Die Anrede für den niederen Adel (Knight und Baronet).

Surcot: Ein Obergewand des Adels und des gehobenen Bürgertums. Es wurde von Männern und Frauen gleichermaßen getragen.

Tasseln: Eine Art von Knöpfen im Mittelalter, die zum Teil prunkvoll verziert waren.

Tjost: Ein reiner Zweikampf, der im Rahmen eines Turniers stattfand. Es gab zwei Formen des Tjosts: das Rennen und das Stechen. Beim Rennen hatten die Lanzen scharfe Eisenspitzen, beim Stechen waren sie stumpf und hatten gezackte Krönlein.

Tunika: Ein kleidartiges Gewand, das bis zu den Oberschenkeln oder bis zu den Waden reichen konnte.

Vasall: Ein Herr, der sich aus freiem Willen unter die Herrschaft eines anderen Herrn (z.B. eines Fürsten oder Königs) stellte. Der Vasall stellte Soldaten zur Verfügung und war seinem Dienstherrn persönlich verpflichtet.

Vesperie: Ein Vorturnier, bei dem es keine festen Absprachen oder Regeln gab. Meistens wurde in geschlossenen Verbänden gekämpft.

Wams: Eine Art Weste, die ursprünglich von Kriegern zur Polsterung als Unterjacke getragen wurde und schließlich auch in die zivile Kleidung Eingang fand.

Wachstafel: Sozusagen das Notizbuch im Mittelalter. Man schrieb mit einem Holzgriffel auf einer Wachsschicht und ritzte die Buchstaben in das Wachs ein. Wurde das Geschriebene nicht mehr benötigt, wärmte man das Wachs an und strich es wieder glatt.

Wappen: Entstanden ist das Wappen im frühen 12. Jahrhundert, als man in Turnieren oder großen Ritterheeren aufgrund der Helme und Rüstungen nicht mehr unterscheiden konnte, wer Freund und wer Feind war. Das Wappen galt im Mittelalter zunächst als ritterliches Symbol und wurde auf Schild,

Helm oder Rüstung getragen. Voraussetzung war eine adelige Herkunft. Später wurden Wappen erblich und wandelten sich dadurch von Persönlichkeitskennzeichen einzelner Träger zu Familienzeichen bzw. Familienwappen.

Friedrich, Hanna:
Das Erbe der Lady Eleanor / Roman
ISBN 978-3-930041-64-0
Originalausgabe / Alle Rechte vorbehalten

1. Auflage 2008
Satz und Gestaltung: Grafikbüro Schadenberg, Berlin
Umschlagfoto: © Hayden Verry / buchcover.com
Druck: CPI – Clausen & Bosse, Leck

Zum Weiterlesen …

Flannery Jansen betritt eine neue Welt. Sie ist Erstsemesterin an einer Universität an der Ostküste. In einem Diner beim Campus entdeckt sie eines Morgens eine faszinierende Frau, die in ein Buch vertieft ist: Anne Arden, Dozentin im Fachbereich Literaturwissenschaft – selbstbewusst, weltgewandt, lebenserfahren. Und für Flannery die schönste Frau der Welt …

»Ein poetischer, kluger, anrührender Roman über die Liebe.«

AVIVA-BERLIN

Sylvia Brownrigg
Geschrieben für Dich
288 Seiten, gebunden
ISBN 978-3-930041-45-9

Berlin, Herbst 2004. Ariane geht es gut. Beruflich ist sie erfolgreich. Privat genießt sie ihr Glück mit Paula. Alles könnte immer so weitergehen, findet Ariane. Doch dann nimmt ihr Leben eine entscheidende Wende: Nach einem Unfall beginnt eine junge Frau ihr nachzustellen. Ariane fühlt sich zunehmend in die Enge getrieben und weiß sich kaum zu wehren. Während Paula sich wachsende Sorgen um ihre Geliebte macht, spitzt sich Arianes Bedrängnis dramatisch zu …

Manuela Kuck
Ariane
288 Seiten, gebunden
ISBN 978-3-930041-53-4

www.krugschadenberg.de

Romance«: Karin Kallmaker

Das Weingut der Ardanis steht vor dem Konkurs. Dass Syrah Ardani und die attraktive, kühl kalkulierende Bankerin Toni Blanchard sich auf den ersten Blick nicht ausstehen können, macht die Dinge nicht einfacher ...

»Endlich gibt es ein neues Werk der ›Queen of Lesbian Romance‹! *Liebe im Sternenlicht* ist romantisch, witzig, intelligent und unterhaltend – in jedem Fall ein lesbisches Lesemuss!«
AVIVA-BERLIN.DE

Karin Kallmaker
Liebe im Sternenlicht
256 Seiten, brosch.
ISBN 978-3-930041-58-9

»Dein Herz sei mein« heißt die Partneragentur, die Marissa Chabot betreibt. Mit großem Erfolg. Doch ihr eigenes Liebesleben lässt zu wünschen übrig. Bis Marissa ihr Herz an die bildschöne Linda verliert. Doch nach einer zauberhaften Nacht lässt die geheimnisvolle Schöne nichts mehr von sich hören. Marissa versucht schließlich, Linda zu vergessen. Sie nimmt eine Herausforderung an, die ihr Leben von Grund auf verändert. Und macht sich von neuem auf die Suche nach der Frau ihrer Träume ...

Karin Kallmaker
Dein Herz sei mein
320 Seiten, brosch.
ISBN 978-3-930041-63-3

www.krugschadenberg.de